A Faint Cold Fear Thrills Through My Veins – William Shakespeare

Zu diesem Buch

Es wäre foul play zu behaupten, dies sei ein Kriminalroman im üblichen Sinn: Es findet keine Schießerei im U-Bahnschacht statt; niemand flieht über Wolkenkratzerdächer, und keine Erbtante stirbt unter fragwürdigen Begleitumständen.

Dies ist vielmehr die Geschichte eines völlig unbedeutenden Fußballclubs in der finstersten Provinz, der in die höchste Liga aufsteigt.

Es geht dem Autor jedoch nur vordergründig um Fußball. Für Per Wahlöö, den Moralisten, gibt es nicht nur die juristisch erfaßbare Kriminalität, die er, zum Teil mit seiner Frau Maj Sjöwall, in späteren Romanen beschrieben hat (und in denen ja auch das kriminelle Element bei näherem Hinsehen nur Vehikelfunktion ist). In Foul Play schildert er das juristisch weitgehend irrelevante, moralisch aber hochgradig «kriminelle» Verhalten eines Mannes, der besessen ist von dem *einen* Ziel: den Aufstieg schaffen – egal mit welchen Mitteln.

So wird der Club zum Mikrokosmos, in dem Wahlöö sein Unbehagen an der schwedischen Gesellschaft kritisch artikuliert.

Per Wahlöö, 1926 in Schweden geboren, machte nach dem Studium der Geschichte als Journalist Karriere, ging in den fünfziger Jahren nach Spanien und wurde 1956 vom Franco-Regime ausgewiesen. Nach längeren Reisen, die ihn um die halbe Welt führten, ließ er sich in Schweden nieder und schrieb dort zusammen mit seiner Frau Maj Sjöwall die Kriminalromane Die Tote im Götakanal (Nr. 2139), Der Mann, der sich in Luft auflöste (Nr. 2159), Der Mann auf dem Balkon (Nr. 2186), Endstation für neun (Nr. 2214), Und die Großen läßt man laufen (Nr. 2264), Das Ekel aus Säffle (Nr. 2294), Verschlossen und verriegelt (Nr. 2345), Der Polizistenmörder (Nr. 2390) und den letzten Band der von vornherein auf zehn Titel geplanten Edition: Die Terroristen (Nr. 2412).

Darüber hinaus erschienen in der Reihe rororo thriller der erstmals 1964 veröffentlichte utopische Kriminalroman von Per Wahlöö Mord im 31. Stock (Nr. 2424), Das Lastauto (Nr. 2513), Libertad! (Nr. 2521), Unternehmen Stahlsprung (Nr. 2539), Die Generale (Nr. 2569), Wind und Regen (Nr. 2623) und Von Schiffen und Menschen (Nr. 2889).

Per Wahlöö

Foul Play

Deutsch von
Inge Barnutz

Rowohlt

rororo thriller
Herausgegeben von Bernd Jost

67.–69. Tausend Februar 1992

Deutsche Erstausgabe
Veröffentlicht im Rowohlt Taschenbuch Verlag GmbH,
Reinbek bei Hamburg, März 1982

Redaktion Jutta Schwarz
Umschlagentwurf Ulrich Mack
Umschlagtypographie Manfred Waller
Die Originalausgabe erschien bei Bokförlaget Pan / Norstedts, Stockholm,
unter dem Titel «Hövdingen»

Satz Bembo (Linotron 404)
Gesamtherstellung Clausen & Bosse, Leck
Printed in Germany
880-ISBN 3 499 42588 2

Die Hauptpersonen

Der Boss	kennt nur eines: den Erfolg seines Vereins. Die Folgen kümmern ihn nicht.
J.-H. Lundell	will hoch hinaus und gerät ins Abseits.
Sven Lundell	kommt vom Lande. Er wird noch sehr viel lernen müssen.
Sven-Erik	ist von der ersten Stunde des Vereins mit dabei. Die letzte erlebt er nicht.
Persson	opfert sich für den Verein auf, aber es dankt ihm keiner.
Ich	habe immer für den Boss gestimmt. Doch am Ende stimmt er gegen mich.

Für Sylvia

– ohne deren tatkräftige
Hilfe dieses Buch nicht
vollendet worden wäre

I

Für die Bewohner des östlichen Stadtteils – und das waren fast alle – brachte es höllische Schwierigkeiten mit sich, dorthin zu gehen. Der Höhenunterschied war ungewöhnlich groß. Auf dreitausend Meter mußte man einige hundert Meter bergan steigen, während das Gelände zusehends dichter bebaut war. Danach war es wieder spärlicher besiedelt, und schließlich waren es nur noch einzelne dreckige Packhäuser und kümmerliche kleine Fabriken. Die Straße war schmal und uneben. Große Pflastersteine, in Asphalt hineingedrückt, der im Sommer dicke, träge Blasen aufwarf und im Winter ein unregelmäßiges, vereistes Karomuster zeigte. Aber nach der Kurve, beim Friedhof, vorbei am Irrenhaus, der Schuhfabrik und der Ziegelei mit der mistgelben Mergelgrube, kam man dann auf die große Reichsstraße. Sie schlängelte sich über Hunderte von Kilometern durch die Landschaft, breit und stattlich, ein prachtvoll platter Betonstrang mit Löwenzahn an den grasbewachsenen Rändern. Auf diesem fröhlichglatten, leicht befahrbaren Monument der Straßenbaukunst flitzten die großen Stockholmer Autos so schnell dahin, daß man hinter den gebogenen Windschutzscheiben nicht die ganze magere Dürftigkeit der Umgebung wahrnehmen konnte. Die Leute, die den Weg kannten, brauchten ja nicht langsam zu fahren, aber die anderen, die die Strecke nicht so gut kannten, verlangsamten das Tempo ein wenig, um die Wegweiser an der Einfahrt lesen zu können, wobei sie angewiderte Blicke nach links auf die dreckiggraue Barackenstadt werfen konnten. Polen und Balten, die dort zusammen mit dem einen oder anderen schwedischen Versager wohnten, zeigten mit schwarzem Daumen auf die Vorbeifahrenden und sagten Scheißstockholmer so gut sie konnten in dieser merkwürdigen Sprache, die sie langsam erlernen sollten. Und alles, was von den zusammengerechnet sechsunddreißig Minderjährigen zur Stelle war, streckte rosige Zungen heraus soweit es nur ging, während sie sich wegen der quietschenden Bremsen die Ohren zuhielten. Und die schöne Ehefrau des Scheißstockholmers wandte überwältigt den Kopf zur anderen Seite und blickte aus dem verchromten Fensterrahmen und sah – wirklich sah, mit der ätzenden Schärfe des Augenblicks – die mit Schotter belegte Nebenstraße, die durch zweihundert Meter ehemaliges Stoppelfeld führte, ehe sie in einer rechteckigen Einzäunung verschwand, die mit hohen, gleichmäßig gewachsenen Pappeln umgeben war, deren Blätter wie ein undurchsichtiger Vorhang wirkten.

«Gut geplant mit hübschen Hecken rund um Schuttplätze», sagte sie vielleicht. Und der Mann am Steuer nickte, trat auf das Gaspedal, denn er war halbwegs durch die Kurve und hatte das Betonparadies wieder übersichtlich vor sich.

Persson hatte den langen Weg aus dem östlichen Teil der Stadt zurückgelegt. Nicht einmal auf der geraden Strecke am Marktplatz kam er zu Atem. Schon in Höhe des ersten Friedhoftores mußte er gewaltig in die Pedale treten, obwohl er keinen Gegenwind hatte, und er fragte sich, ob das wohl an dem großen, schweren Koffer oder an ihm selbst läge. Der letzte Kilometer wurde ihm immer schwerer, und vor dem Krankenhaus mußte er bei jedem Tritt seine achtundfünfzig Kilo auf die Pedale drücken. Den Koffer hielt er mit der rechten Hand auf dem Gepäckträger und mußte die Lenkstange mit der linken so wegstemmen, daß die Sehnen schmerzten. Er schwankte und holte Luft, und bei einem Tritt mit links stellte er sich vor, wie das Fahrrad, wenn es leichter gebaut und er etwas kräftiger wäre, bei diesen Bewegungen auseinanderbrechen könnte. Aber das war ja nur Theorie; er verlagerte das Gewicht nach rechts und wechselte den Griff an dem abgenutzten Kofferbügel. Als er sich bis zur Pappelhecke vorgekämpft und das Vorderrad in das Fahrradgestell hineingehoben hatte, stand er ganz still und sah auf das ehemalige Stoppelfeld. Es sollte ein Rasen nach Vorschrift der Stadt sein, glich aber seit Jahren einem narbigen Schlachtfeld mit alten Nachttöpfen und kaputten Dachpfannen, die sich in jeden verwahrlosten Quadratmeter einbohrten. Als sich sein Puls und die Lunge beruhigt hatten, angelte er eine Schachtel Zigaretten aus der Hosentasche und zündete sich mit nervösen, zuckenden Bewegungen eine an, was das Ganze mechanisch und lächerlich professionell wirken ließ. Dann packte er den großen Koffer und ging mit vorgeschobener Schulter durch das Drehkreuz. Weiter weg sah er Lundell auf dem Platz herumstiefeln und die feuchte Ecke besichtigen. Das schiefe Grinsen schlich wieder aus dem Mundwinkel hervor, als er um den niedrigen, priembraunen Holzpavillon herumging. Er murmelte vor sich hin und drückte die Tür auf, die ins Dunkel des Umkleideraumes führte. Hereingekommen, nickte er zur Ecke hin, sah kritisch auf die umgeworfenen Sachen und hustete abgehackt. Es war Herbst und die Luft war rauh und schwer. Er holte den Ofen aus dem Winkel hinter dem Eckschrank hervor, schob ihn mitten auf den Fußboden und hockte sich hin. Fein säuberlich glättete er die Dochte, ehe er anzündete. Die Petroleumflamme warf ein flackerndes, rotgelbes Licht auf sein fast asketisches Gesicht mit den hohlen Wangen und den tiefliegenden Augen. Gerade fing die Flamme an, bläulich zu brennen, als Lundell die Tür mit dem Knie aufstieß. Die Zugluft löschte das Feuer und eine schwarze, stinkende Qualmwolke wirbelte davon.

Hej, sagte er und hej, sagte Persson, aber ohne aufzusehen. Denn er wußte, wie Lundell aussah und interessierte sich offensichtlich mehr für den Ofen, als sich noch einmal vergewissern zu wollen. Sie waren sich nicht sonderlich ähnlich; Lundell war ein Riesenbaby im Glencheckanzug, der ihm schlecht stand, dazu weißes Hemd, Schlips mit rotgelbem Muster und erbsengrüne Strümpfe. Ein wandelnder Fettkloß mit kleinen blauen Schweinsaugen, die sich in rosigen Polstern unter den Augenbrauen verloren. Letztere waren so hell, daß nur eine Geliebte mit Röntgenaugen sie möglicherweise hätte entdecken können. Er dehnte einige Male eitel seinen Brustkorb und nahm die Zigarre aus dem Mund, wobei er an dem zerkauten Stummel vorwurfsvoll wie ein Kind herumknabberte. Mit einem leisen Schmatzen fing er wieder an, daran zu saugen, und kreuzte die Arme. Dabei versuchte er, seinem Brustkorb einige Zentimeter mehr Umfang zu geben als seinem Bauch und verharrte in dieser olympischen Stellung wie ein halbgeschmolzener Schneemann nach einem unerwarteten Frost. Persson beschäftigte sich ungerührt mit den alten, rostigen Kofferschlössern, öffnete den Koffer so, daß Lundell sich darüberbeugen und mit seiner großen, fleischigen Nase wie ein Schwein im Trog schnüffeln konnte.

«Äh, B-Mannschaft», sagte er mit dem Tonfall eines Experten.

Mit anderen Worten: es konnte keine Rede davon sein. Persson sagte nichts. Lundell überdachte die Situation und beschloß, wütend zu werden. Nachsichtig und in aller Freundschaft, gewiß, aber dennoch verächtlich zurechtweisend und sein Mißfallen demonstrierend.

«Es ist doch, verdammt noch mal, nicht nötig, auch die Scheißklamotten einzupacken.»

Er hob den Kopf und dirigierte diesen auserlesenen Kommentar mit einem geräuschlosen, platten Grinsen in die Ecke, sowohl, um Zustimmung zu erhalten, als auch, um seine überlegene Redegewandtheit unter Beweis zu stellen. Ein Junge aus der Knabenmannschaft lachte respektvoll.

Dieses war der wollene Fausthandschuh, der den Schlagring verbarg.

«Übrigens, wie zum Teufel kann jemand den Koffer fünf Tage lang ungeöffnet stehen lassen, wo es doch so geregnet hat?»

Jemand, das war Persson. Persson, der nacheinander die zusammengeknautschten grauen Hemden herausholte und sie zu glätten versuchte. Er behandelte sie fast liebevoll, vermutlich dachte er daran, wie elegant sie gewesen waren, schwarz mit weißen Kragen, als er sie zum erstenmal im Geschäft gesehen hatte. Der Gestank aus der Tasche war wirklich beachtlich.

Nun sagte er etwas, ohne aufzublicken, mit trockener, klangloser Stimme. «Olle hat sie im Zug liegenlassen, er war nicht nüchtern und hatte vergessen, wo er sie hingestellt hatte.»

«Aha», sagte Lundell leicht mißtrauisch, indem er zu erkennen gab, daß es bei der Rüge blieb und sie zu Protokoll genommen werden sollte.

Für einen Augenblick wirkte es so, als wolle er noch etwas über den Koffer der B-Mannschaft und die Handhabung sagen, aber seine Stimme ging in ein leises Brummeln über, während er aus der Hosentasche einige Fünf-Öre-Stücke hervorgrub. Herablassend sah er auf die paar Münzen und fing an, eine nach der anderen nachdenklich in die blau-gelbe Spardose an der Wand zu stecken, während er gedankenverloren die sinnreiche Aufschrift der Vorderseite betrachtete. Dann drückte er mit einem schnellen und sicheren Griff den Deckel auf, sah mit Argusaugen hinein und kramte einige Silbermünzen hervor. Er warf dem Jungen an der Tür ein Fünfzig-Öre-Stück zu und sagte mit Kommandostimme: «Hau ab und kauf ein Bier», und als der Junge verschwunden war, sagte er in den Raum hinein: «Fünf Kronen hab ich vorige Woche reingelegt ...»

Im Umkleideraum war es sehr still. Persson war bereits beim neunten Paar fleckiger Hosen. Acht lagen auf einem ordentlichen Haufen neben ihm. Er sagte immer noch nichts, und seine Augen lagen so tief in ihren Höhlen und das Licht war so schlecht, daß man nicht ausmachen konnte, ob er nur beschäftigt war oder ob er einige Blicke aus den Augenwinkeln warf.

Lundell drehte einige geräuschvolle Runden, in der fünften setzte er sich ganz plötzlich hin, sackte wie punktiert auf der Holzbank in sich zusammen, während die Luft in einem riesigen Seufzer ausströmte. Offensichtlich war etwas im Gange, und Persson senkte mit passivem Trotz den Blick tiefer in die lehmige Trostlosigkeit der Strümpfe. Er hatte sich jetzt bis auf den Boden vorgewühlt.

«Hör mal, Persson», sagte Lundell, «ich muß mit dir über was reden.»

Die Stimme war fast bittend, aber die Stille und die fehlende Reaktion ließen ihn unerwartet heftig werden.

«Hör auf mit dem verdammten Wühlen in den Klamotten, du hast doch gehört, daß ich mit dir reden will!»

Persson legte den Strumpf, den er gerade in der Hand hielt, vor sich auf den Rand des Koffers, nickte hölzern und hob den Kopf ein wenig. Er mußte Lundells Blick begegnet sein, denn dessen Schweißspuren wurden noch deutlicher und große Tropfen glänzten in den Stirnfalten. Lange besah er seine Fingernägel, bevor er sich, die Ellenbogen auf die Knie gestützt, vorbeugte und zu sprechen begann. Er wirkte etwas erleichtert, aber man brauchte kein Psychiater zu sein, um diese Gleichgültigkeit als erzwungen zu erkennen.

«Eigentlich war nichts, ich dachte nur, weil du dich doch in diesen Kreisen auskennst, weißt du besser als ich, wie die Jungen sich die Sachen zurechtlegen. Gestern hab ich einen Jungen getroffen, einen vom Land ..., und der hat erzählt, daß ein Junge bei ihnen gespielt hat, obwohl er krank war, der hatte ... tja, so eine innere Krankheit, ich weiß auch nicht so genau, und nach dem Spiel ging es ihm schlechter ... und nun glauben die, daß er abkratzen wird ...»

Er sah forschend unter seiner Tolle hervor.

«Na und», sagte Persson.

«Na ja, es war ja nur, daß der Spielobmann wußte, daß der Junge krank war vorm Spiel, aber er hatte niemanden und dann hat er ihn doch spielen lassen, aber er wußte ja nicht, daß er *so* krank war, verstehst du, und jetzt haben die gesagt, wenn der Junge stirbt, dann ist das die Schuld vom Spielobmann, und daß der ihn vorsätzlich ums Leben gebracht hätte, denn jeder könnte doch begreifen, daß das schiefgehen mußte, aber das ist doch eigentlich gar nicht so leicht, wenn da so ein Junge auf zwei Beinen rumläuft, zu wissen, daß der so verdammt todkrank sein kann ... find ich, hätte der doch im Krankenhaus liegen müssen, so richtig mit Decke und so, aber nun war der nur krankgeschrieben von der Arbeit und kein Mensch wußte, daß er so matschig war, ist ja nur, daß der Spielobmann das wußte, und nun sagen die, das ist auch egal, ob der das wußte, das war auf jeden Fall Mord, den rauszuschicken ... nicht Mord vielleicht, aber auf jeden Fall hat er ihn umgebracht ...»

«Verdammte Geschichte, das», sagte Persson, «aber erwachsene Menschen müssen sich selber helfen.»

«Tja, natürlich, klar ist das so, ich bin doch auch nicht blöde, aber das hier, das war was anderes, der Junge war erst sechzehn ... oder fünfzehn war er ... und das ist ganz anders, sagen die, aber ich weiß nicht ...»

«Verdammte Geschichte ...» sagte Persson.

Zum erstenmal blickte er ganz auf.

«Aber», fuhr er fort, «wir haben doch wohl genug mit unserem eigenen Mist zu tun, um noch an andere zu denken, oder? Soll Lillen am Sonntag spielen?»

«Nee», sagte Lundell schnell, «der neue Junge muß einspringen. Wird Zeit, daß man mal ausprobiert, hab ich doch immer gesagt. Im übrigen gewinnen wir – und diesmal ist das bombensicher.»

Er stand auf und fing wieder an, herumzumarschieren.

«Ich hab mir den Platz heute angeguckt», sagte er, «der ist die reinste Rutschbahn. Die werden auf dem Arsch sitzen und glotzen, während wir spielen. Verdammte Bauernlümmel, Gott, werden die rutschen ...»

Der Gedanke daran, wie sie ausrutschen würden, vertrieb die düstere Wolke auf seiner Stirn. Man sah richtig das naive Panorama, das sich dahinter entrollte. Elf Mann, hilflos auf dem Hintern sitzend, während er selbst mit vollendeten, ausdrucksvollen Bewegungen das Spiel von einer Ecke in die andere dirigierte. Mitten in dieser Vision kam der Junge zurück, und Lundell trank mit rhythmischem Glucksen aus der Flasche. Als er einen Teil ausgetrunken hatte, wischte er die Flaschenöffnung mit dem kleinen Finger ab und reichte die Flasche in die Ecke, ohne auch nur hinzusehen. So sehr war er an den Gedanken gewöhnt, daß ich dort saß und mit irgend etwas beschäftigt war, was er selbst nicht bewältigen konnte. Ich hatte im Augenblick nichts Besonderes zu tun, denn alle Einladungskarten waren geschrieben und längst mit Briefmarken versehen, und ich hatte nur dort gesessen und mir das Gerede angehört. Aber ich war ziemlich durstig.

«Verdammt noch mal», sagte Lundell, «von Bier kriegt man bloß Hunger. Los, wir gehen Kaffee trinken.»

Und wir gingen und tranken Kaffee. Ab und zu blieben wir stehen, um den herumliegenden Ziegel- und Topfscherben einen nachdenklichen, wütenden Fußtritt zu versetzen.

«Dieser Koffermörder geht mir auf die Nerven», sagte Lundell.

«Du redest zuviel», sagte ich.

Und er ging ein wenig vor mit seinem großen, feuchten, kranken Gewissen, das genauso geräumig und empfindlich war wie seine Leibeshülle. Wenn ich es recht bedenke, glaube ich damals, ihn eines der letzten Male zu sehen, und eines der ersten Male von oben, im rechten Licht – glaubte ich.

Das war zu Lundells Zeit, Herbst 1947, als er selbst Vorsitzender war und Persson nur Zeugwart.

2

Weder Lundell seinerzeit, noch weniger der große Boss während seiner glanzvollen Tage, konnten sich mit den rattenfarbenen Trikots abfinden oder sich an den Gedanken gewöhnen, daß die B-Mannschaft aussähe, als habe man sie bei einem Trödler eingekleidet. Zwar ließ der Boss allmählich den ganzen Kram bei einer seiner Razzien in den Rumpelkammern wegwerfen. Aber entweder war da ein Fünkchen unterschwelliger Pietät zwischen all den Rationalisierungsparagraphen in seinem Hirn, oder er hatte dabei einen seiner seltenen, nicht besonders einfallsreichen Augenblicke. Denn das Torwartstrikot blieb übrig mit seinen ungeschickt, aber sorgfältig aufgesetzten Lederflecken an den Ellenbogen. Und es sollte mich nicht wundern, wenn es als stillschweigende Erinnerung immer noch herumspukte bei vereinzelten Trainingsspielen, verblichen wie eine uralte Fahne, als eine Erinnerung an Lundell, der nicht mehr ist, und an Persson, der so lange saß und wartete, und an mich selbst, der sich besten Wohlbefindens erfreut. Um nun nicht auch noch von einer Handvoll Randfiguren der Vergangenheit zu sprechen. Eine der wenigen Kleinigkeiten, in denen ich und Persson der gleichen Auffassung waren, nämlich eine gewisse Hochachtung vor diesen Trikots. (Größere Dinge sind ja immer schwerer unter einen Hut zu bringen.) Meinerseits war es wohl reine Gefühlsduselei. Aber obwohl ich im Verborgenen immer etwas sentimental war, bestimmte dieses Gefühl niemals in größerem Ausmaß mein Handeln. Ich kann mich nicht erinnern, daß ich mich entschließen konnte, dagegen zu sein, wenn über das endgültige Ausrotten der Trikots gesprochen wurde. Eines der letzten Male, bei denen ich mir ernsthaft über ihre Existenz Gedanken machte, war, als Lundell im Umkleideraum des westlichen Sportplatzes vor Persson sein Herz ausschüttete. Das erste Mal war fünf Jahre zuvor, bei strömendem Regen auf einem namenlosen, mit Schotter belegten Spielplatz hinter dem Güterbahnhof. Noch heute erinnere ich mich daran, wie es anfing.

Es gibt viele Orte, an denen man sich rumtreiben kann, wenn man jung ist, und es gab wohl damals schon viele, die sich gern am gleichen Ort wie ich rumgetrieben hätten: Auf der Innenseite der Sperre vor dem Funktionärsausgang im Stadion. Ich stand und preßte meine Hüften gegen den gelbgestrichenen Holzzaun und dachte an gar nichts. Ich wartete darauf, von meinen neunzehnjährigen Bürden erlöst zu werden. Wahrscheinlich träumte ich davon, daß eine Repräsentantin des Geschlechts, das ich damals für das entgegengesetzte hielt, sich aus den Zwangsvorstellungen verwirklichen und die Arme von hinten um mich legen würde. Oder daß ein Wesen aus einer anderen Märchenwelt mich schulterklopfend fragen sollte, ob ich nicht am kommenden Sonntag als Halbrechtsaußen in der Nationalmannschaft spielen wollte. Das eine war ungefähr so glaubhaft wie das andere, denn ich war zu komplexbeladen, um begehrenswert zu erscheinen, und außerdem war ich kein besonders guter Fußballspieler. Neben mir stand ein typischer Funktionär, dessen Namen ich längst vergessen habe, der aber stellvertretender Schriftführer im Vorstand war und von dem man annahm, daß er die Sitzungsprotokolle ins Reine schrieb, dessen Existenz in den inneren Kreisen aber in Wirklichkeit ganz anderen Zwecken diente. Das Ganze war eine sehr passive Szene. Wir sprachen kein Wort miteinander, sondern blickten nur über die große

Grünfläche, die in ihrem hellen Grün so schön geschnitten war, daß man das Gefühl hatte, man streiche über Samt, würde man die Hand ausstrecken. Auf der Mitte des Spielfeldes drehte sich ein automatisches Bewässerungsgerät, phlegmatisch seinen Sprühregen verteilend. Ein Platzwart in Uniform trippelte am nördlichen Tor herum. Er korrigierte die Kreidelinien mit Hilfe einer sinnreichen Kreuzung aus Mülltonne und Rollstuhl. Und weit weg, in der Nähe des großen Trainingsplatzes, liefen kleine Figuren in blauer Oberbekleidung rhythmische Achten. Über uns die Tribüne, wie ein lauerndes, gieriges Ungeheuer aus Eisenbeton und Glasscheiben, imponierend in ihrer völligen Leere. Klar, denn die armen Seelen, die fünfzig Öre Eintritt für das Zugucken beim Training bezahlt hatten, hielten sich in entlegeneren Regionen auf, um das Optimale aus dieser schamlosen Extrabesteuerung ihres Fanatismus herauszuholen. Genauso unterhaltend war die Situation – und so war sie fast immer für mich, da ich nur fünfter Mann im Jugendausschuß war, und das vermutlich nur, weil mein Alter seinerzeit irgend so ein Spezialehrenheini gewesen war und als er starb, einen Kranz mit blau-weißer Seidenschleife vom Vorstand bekommen hatte –, als der Vorsitzende herauskam und sich neben uns stellte. Er war ein verdammt feiner Mann, der Vorsitzende, hieß Jansson und stand als Direktor im Telefonbuch. Er rauchte irgendwelche ägyptischen Zigaretten, ging in Paletot und schwarzem Filzhut mit steifer Krempe; außerdem hatte er die Angewohnheit, auch im Sommer ein Paar schweinslederne Handschuhe in der rechten Hand zu halten. Aus den unteren Schichten im Verein waren Spitznamen wie der «Graf» und der «Baron» gekommen, vielleicht wegen der Handschuhe. Er selbst hatte diese Bezeichnungen mit einem nachsichtigen Lächeln in einem größeren Kreis bekannt gemacht. Im Augenblick lag ein Zug großer Zufriedenheit auf seiner edlen Stirn, und ich erriet ohne große Mühe die Ursache. Denn kurz zuvor hatte ich das schnapsgierige Gesicht eines Sportjournalisten im Korridor gesehen. Der Vorsitzende hatte sicherlich wieder mal eine seiner berüchtigten vorläufigen Aussagen gemacht ... *Über das Resultat kann ich mich natürlich nicht äußern, aber ich erwarte ein gutes Spiel und gebe der Hoffnung Ausdruck, daß die beste Mannschaft gewinnt. Und ich glaube versprechen zu können, daß die Jungs ihr Allerbestes geben werden, nicht nur, um zu gewinnen, sondern auch, um dem Publikum ...* und so weiter und so fort, eine halbe Spalte runter. Der Vorsitzende war für seine Ruhe, seine Rechtschaffenheit und seine Besonnenheit bekannt. Eine Zierde für den Ballsport des Landes, das sagte man auch. Was andere sagten, gehört nicht hierher. Mit anderen Worten: ein verdammt feiner Mann.

Er sprach mit uns in vollkommen kameradschaftlichem Ton, obwohl er ein gewisses übertrainiertes Knarren in der Stimme hatte.

«Ich dachte», sagte er, «wir sollten eine dritte Jugendmannschaft zusammenstellen.»

«Gute Idee», sagte der typische Funktionär schnell, allerdings mit einem flackernden Funken im Augenwinkel, und ich verstand ihn und überlegte auch, wie weit raus auf das Land er fahren müsse, um diese hoffnungsvollen Jugendlichen aufzutreiben. Denn mit so etwas war der stellvertretende Schriftführer betraut. In der Stadt hatten alle anderen Clubs seit langem den Gedanken aufgegeben, etwas anderes als eine sehr begrenzte eigene Jugendmannschaft zu haben.

«Man hat mir erzählt, daß es eine neue Straßenmannschaft gibt im östlichen Stadtteil», sagte der Vorsitzende. «Die sollen angeblich am Sonntag um zehn Uhr spielen, auf dem alten Militärplatz zwischen Straßenreinigungsamt und dem Bahnhof.»

Er sagte das kurz und bündig.

Dann wandte er sich zu mir und sagte mit seiner überraschendsten Herzlichkeit, die fast niemanden unbeeindruckt ließ: «Und dir gefällt es im Club, sehe ich, darüber bin ich verdammt froh.»

Der Kraftausdruck drückte ekstatisches Entzücken aus, und um noch mehr Wirkung zu erzielen, sah er mir gerade in die Augen, damit diese neugewonnene Erkenntnis bis ins Innerste des Opfers sickern konnte. Dann wurde er ans Telefon gerufen, er drehte sich schnell auf dem Absatz herum und verschwand im Hintergrund. Der stellvertretende Schriftführer folgte ihm mit den Augen und sagte in einem Ton, als wollte er direkt nach Hause gehen, um seine Abdankung schriftlich abzufassen:

«Straßenmannschaft, pfui Deubel! Ein Haufen Hinterhofspieler und Kerle, die aus anderen Gruppen geflogen sind, nee, pfui Deubel!»

Und obwohl ich mich an seinen Namen nicht erinnere und auch kaum an sein Aussehen, denke ich dabei an einen Mann, der sein Wort hielt, denn er kam nicht zu dieser Kuhle zwischen Güterbahnhof und Müllplatz am Sonntag, auch an keinem anderen Sonntag, soweit ich weiß. Aber ich kam. Mit meinem neuen, schicken Fahrrad mit verchromten Schutzblechen, Rennradlenker und Bremsen vorn und hinten fuhr ich hin. Es goß in Strömen, und es war höllisch schwer, über alle Gleise zu kommen. Man irrte zwischen den Schotterbergen herum. Endlich konnte man sich an den klatschenden Geräuschen orientieren, die von einem getretenen Fußball mit doppeltem Zulassungsgewicht stammen mußten. Es war ein sandiges Spielfeld, das vom Landsturm der ersten Kriegsjahre hergerichtet worden war, robust, einfach und mit militärischer Unkenntnis, mit ungehobelten, kräftigen Torlatten und einem Umkleideschuppen, der aus einem Wellblechdach bestand, das man einfach mit Pfählen abgestützt hatte. Was da draußen im Matsch vor sich ging, war etwas ganz Besonderes. Und ziemlich schnell bemerkte ich, daß die feine Kleidung der Straßenmannschaft Schaden nahm, sowohl durch die schlechten klimatischen Verhältnisse, als auch deswegen, weil sie nur eines gemeinsam hatten: sie waren allesamt schlechte Fußballspieler.

Aber mit mir mußte diesmal etwas passiert sein, etwas, was fast sofort da war, sich aber in seiner vollen Tragweite erst viel später zu erkennen gab. Um es richtig erklären zu können, müßte man wahrscheinlich Psychologieprofessor sein – und dazu reicht es auch heute wohl noch nicht bei mir –, aber ich glaube, das da hatte mit dem Phänomen des sogenannten Sammlerinstinktes zu tun. Schuljungen und erwachsene Männer und alte Männer sammeln Briefmarken und Streichholzschachteletiketten, Mädchen auf Fotos oder auch in Lebensgröße und -gestalt. Plötzlich stoßen sie auf ein Exemplar, das sie besonders fasziniert, und in ihrem Inneren beginnt eine Saite vor Lust zu vibrieren. Kaum, daß sie im Büro, am Pult, über dem Suppenteller im Altersheim stillsitzen können vor lauter Verlangen, so schnell wie möglich wieder zu ihrer neuen Kostbarkeit zu kommen. Für einige dämmert dann allmählich die Enttäuschung, sie entdecken, daß alles ungefähr das gleiche ist, Briefmarken, Etiketten, Frauen, mit der gleichen Begrenztheit. Und dann ist es aus mit dem Vergnügen. Sie sitzen da, sauer und mürrisch und gefühlsarm und sie finden, daß Gefühle Verbrauchsmaterial sind, und daß sie ihren Anteil vertan haben, genau wie eine Rolle Klopapier. Zum Schluß ist da auch nur noch die Aufhängung übrig, unbrauchbar, rostig und leblos.

Ich möchte nicht behaupten, daß es gerade da bei mir klickte, denn es war so ein Tag, an dem es nicht sofort «klick» sagt. Der Regen tropfte so schwer und dicht, daß die Zigarette ausging und die Klebestelle im Papier sich auflöste. Ich blieb unter dem Schutz des primitiven Daches nur deshalb stehen, weil man keine Möglichkeit hatte, wegzukommen. Aber trotzdem glaube ich, daß mein Schicksal schon besiegelt war, als Persson in meinem Blickfeld auftauchte, mit einer Sammelbüchse klappernd, um mir ein freiwilliges Eintrittsgeld abzuverlangen. Es war eine pathetische und leicht heroische Geste, denn außer den schlammverkrusteten Spielern auf dem Feld und ihm selbst waren nur zwei Figuren zu sehen, höchstwahrscheinlich die Betreuer der aus einem nahegelegenen Bauerndorf stammenden Gegner. Und außerdem war schon der bloße Gedanke eine Frechheit, dafür zu bezahlen, daß man den sauer verdienten Sonntagmorgen auf diesem von Gott und der Stadtverordnetenversammlung vergessenen Platz opferte. Aber da stand er trotzdem, tief versunken in seinem triefend nassen Trenchcoat, der dunkelblau und einige Nummern zu groß war, und klapperte auffordernd mit der Blechbüchse, in der nur einige verlorene 2-Öre-Stücke lagen, und vermied es sorgfältig, mir ins Gesicht zu sehen. Ich suchte eine Krone heraus, wobei er mit den Augen gierig diesem Vermögen folgte, bis es durch den Schlitz gesteckt und somit in Sicherheit war. Dann erst glotzte er mich neugierig an mit einem Paar dunkelbrauner Augen, die vor zähem Fanatismus und störrischem Unwillen glühten. Danach wandte er sich sofort ab, um seine Linienfahne zu bewachen, hinaus in den Regen, als ob es den nicht gäbe. Und ich stand da im Sturzregen und fand, er sei eine seltsame Figur. Als der Himmel leergeregnet schien und das Spiel zu Ende war, machte ich mich allmählich auf den Heimweg. Einige Tage später begegnete ich Persson ganz unvermutet in der Stadt, wo er mit langen Schritten daherkam, zusammengekauert in seinem Mantel, wie eine lustige Spinne auf zwei Beinen. Ich hielt ihn an, bot ihm eine Zigarette an, und seine Zunge löste sich langsam aus der Feindseligkeit, und wir klöhnten ein bißchen. Es war die alte Geschichte: da waren ein paar Jungs, die einen wöchentlichen Beitrag zahlten, schon lange, und die zu einigen Bällen und einer Anzahl Trikots beigesteuert hatten, weil sie nirgendwo sonst in einer A-Mannschaft spielen durften, und weil entweder ihr Individualismus oder ihre Eitelkeit (was oft dasselbe ist) es nicht anders zuließen, als in eigener Regie zu spielen. Er selbst war bis zum Rand voll von verrücktem Optimismus und großen Plänen. Sicherlich war Gott nicht auf ihrer Seite (falls es einen gab), und die Welt auch nicht, aber er hatte die Sache hingekriegt: die Organisation, den Plan, die Einzahlungen, die Bälle und Kleidung. Er würde den Rest auch noch hinkriegen, selbst dann, wenn der König den Vorsitz auch noch im Fußballverband übernehmen müßte. Eine Versammlung sollte Ende der Woche bei *Britta* sein, viele würden kommen, und dann sollten mal alle Dickköpfe und Eifersüchtigen und Ungläubigen sehen, was eine Harke sei. Ich wisse ja, was und wo *Britta* sei (eine kleine Konditorei im östlichen Stadtteil mit mehreren kleinen Räumen für Liebespaare ohne Wohnung, für Durstige mit Schmuggelflaschen und für einfachere Vereinstreffen), und alle seien, wie gesagt, willkommen. Was er offenbar zum Glück nicht wußte, war, daß jedes Jahr fünf oder sechs solcher Straßenmannschaften aus der Erde schossen, alle wieder eingingen und in einem Sarg aus schönen Träumen begraben wurden, ehe noch ihre Existenz in verantwortungsvolleren Kreisen bekannt werden konnte. Ich wußte das, aber ich sagte es nicht. Hellsehen konnte ich auch nicht, konnte ihm auch nicht sagen, daß diese Idee eine Totgeburt, vielleicht aber auch eine Hydra war, die ihn und manch anderen lustvoll erdrücken würde, falls er sie nicht im Keim erstickte. An dem besagten Sonntagmorgen hatte ich etwas gesehen, was die Alten aus dem Vorstand sicher interessiert hätte. Es kam nie so weit, jedenfalls nicht durch mich. Da war einer unter diesen schwarzweißen Jungs gewesen, der das Spielen sicherlich lernen konnte. Er flitzte drüben auf der rechten Außenseite herum und zuckte spätestens jede zehnte Sekunde zusammen, aus Ärger darüber, daß er zu selten an den Ball kam. Kurz vor Schluß kriegte er den Lehmklumpen, raste an den anderen vorbei und knallte das Leder krachend ins Stahlnetz. Da war nichts mit hoher Schule des Fußballs, aber es überkam mich ungefähr das gleiche Gefühl wie einen Zirkusdirektor, der einen Seelöwen mit einem selbstgerollten Schneeball jonglieren sieht, auf einer Eisscholle am Pol sitzend.

«Behalt den Jungen mal im Auge», sagte ich zu Persson, als wir miteinander sprachen.

«Sven-Erik», sagte er und setzte ein mieses, bösartiges Lächeln auf, das durch Mark und Bein ging, «den kann uns selbst der Satan nicht wegnehmen.»

Ich dachte, daß er wohl die Methoden des stellvertretenden

Schriftführers nicht kenne, aber ich sagte nichts. Und das war gut so, denn ich wußte über seine Methoden auch nichts. Das Gespräch machte wohl weder mich noch ihn klüger oder dümmer, aber es führte dazu, daß ich am Freitag zu *Britta* ging. Dort hatte Persson auf der Außentreppe Posten bezogen, bereit, die Vielzahl der Versammlungsbesucher zu zählen. Man hatte den kleinsten und dunkelsten Raum gemietet und mehr war auch nicht nötig. Alles in allem waren wir nämlich nur sechs Personen. Persson eröffnete die Versammlung, derweil ich mich, mit einer Zeitung versehen, ein bißchen abseits setzte, um dadurch klarzustellen, daß mein Anliegen nicht allzu sehr mit dem Gespräch am Tisch verknüpft werden sollte. Die Besprechung verlief in ziemlich kühlem Ton; einer der Jungs sagte, er habe die Protokolle der letzten Besprechungen nicht schreiben können, da er Nachtschicht gehabt habe. Und nachdem sich Persson lang und breit über Eintrittsgesuche für die verschiedenen Verbände ausgelassen hatte, verlangte der mit den ungeschriebenen Protokollen nochmals das Wort. Er hatte so was mißtrauisch Unaussprechliches in der Visage, daß Persson sich instinktiv über den Tisch duckte.

«Herr Vorsitzender», sagte der andere schließlich, gestärkt durch seine beiden Tischnachbarn und deren Zustimmung, die er begierig in sich hineinschlürfte. «Ich hab dieser Tage mit dem Vorsitzenden des FC gesprochen und der sagt, daß sie zweihundert Kronen für die Trikots und die anderen Sachen bezahlen wollen und daß alle unsere Jungs freie Mitgliedschaft für ein Jahr kriegen, wenn wir uns ihnen anschließen.»

Er holte einige begrabbelte Papierfetzen aus der Tasche, zog ein paarmal hoch und fuhr fort:

«Aus diesem Grunde meinen wir –» Geste mit dem Kopf nach allen Seiten – «daß es das beste wäre, auf dieses Angebot einzugehen, da sich ja kein anderer Ausweg bietet.»

Der Mensch hatte bestimmt mal einige Protokolle gelesen, auch wenn er nie eines geschrieben hatte. Perssons Gesicht hatte während der Rede eine merkwürdige Farbe angenommen, und er grapschte nach den Armlehnen des ehrwürdigen alten Korbsessels.

Jetzt aber sammelte er sich überraschend schnell. Die anderen drehten und wanden sich unruhig, und ich konnte sie verstehen. Und den FC übrigens auch. Das war einer dieser sogenannten Ultimo-Clubs der Stadt, und es war gar nicht verwunderlich, daß man da ein gutes Geschäft witterte. Man würde eine fast neue Ausrüstung bekommen, dazu noch ein, zwei verwendbare Spieler. Die übrigen würden schnellstens aussortiert und alles in allem würde es nur ein Spottgeld kosten. Für die zwei oder drei, die hier ihre Kräfte geopfert hatten, würde es Geld als Trostpflaster geben, und für Persson würde es bedeuten, daß seine Luftschlösser zu einem traurigen Grabhügel über mißglückte Spekulationen zusammenfielen. Er sagte selbst nicht viel, sah wohl den anderen an, daß ihr Entschluß gefaßt und unumstößlich war. Der Fünfte der Runde, der schnellfüßige Außenspieler, den Persson Sven-Erik genannt hatte, wirkte genauso uninteressiert, wie ich mich zu sein bemühte. Er saß da, glotzte auf den Tisch und spielte statt mit Karten mit Hilfe einer Streichholzschachtel ein primitives Kartenspiel, und rutschte irritiert hin und her, genauso, als ob ihn der ganze Kram nichts anginge und er sich außerdem von Herzen wünschte, nicht hier, sondern woanders zu sein. Persson war ein Mann von kleinem Wuchs, nach dem herkömmlichen Maß gemessen, auch sehr einfach, aber die Art, in der er die offenbar unvermeidliche Schlappe ertrug, hatte einen Zug von Finesse. Er wirkte natürlich gedämpft, erfüllte aber dennoch seine Pflicht genau in der vorgeschriebenen Reihenfolge, bis endlich der Antragsteller sich räusperte und Abstimmung verlangte. Er und seine beiden Kumpel stimmten mit «ja», und alle drei sahen aus, als hätten sie Caesar den Dolchstoß versetzt. Persson und der Jüngling enthielten sich der Stimme durch Handzeichen, letzterer mit einer Habichsnichtgesagt-Geste. Und in genau diesem Augenblick sah Persson mich an, und ich begriff, dieser Club, der keiner war, konnte nie total kaputtgehen. Denn Persson würde neue Leute zusammentrommeln, neue Beiträge für neue Sachen eintreiben, schon am nächsten Tag. Dieses hier war nur die erste einer langen Reihe gleichartiger Niederlagen. Ich hob also den Kopf, sah den anderen voll ins Gesicht, und keiner wußte weder etwas zu sagen, noch etwas zu tun. Also sagte ich, so munter es ging:

«Der Vorsitzende hat doch die ausschlaggebende Stimme, oder?»

Es gab ja keine Vereinsregeln.

Und Persson beendete die Versammlung nach allen Regeln der Kunst. Draußen auf der Treppe, im Nieselregen, fragte er mich, ob ich zum Platz kommen würde, nächsten Sonntag, und ich sagte, daß ich das nicht wisse. Und das war wahr. Aber danach ging ich nach Hause, schrieb mein Austrittsgesuch und schickte es per Post, mit der Adresse des Vorstandszimmers unter der Tribüne im Stadion drauf. Soweit ich weiß, wurde es bewilligt, ohne daß Jansson, der «Graf», dazu Stellung nehmen mußte oder jemals von der Existenz dieses Schreibens erfuhr.

3

Im folgenden Sommer passierte nicht viel. Ich traf Astrid. Trotz allem hatte ich mich nicht völlig festgelegt, damals, als ich meine Hand hob wie ein gerade Bekehrter in einer Erweckungsversammlung im Eckzimmer bei *Britta*. Und es sollte ein halbes Jahr dauern, bis ich die schwarz-weißen Trikots wiedersah und endgültig anbiß. Die Gruppe im Stadion hatte ich irgendwann im Frühjahr verlassen, ohne in einen anderen Club einzutreten, und so hatte ich im Frühsommer nicht viel anderes zu tun, als mich rumzutreiben und über unwesentliche Dinge nachzudenken. In solche Gedanken vertieft stand ich vor einer Konditorei im östlichen Stadtteil, als sie vorbeifuhr. Auf einem Fahrrad, das mindestens genauso neu sein mußte wie meines. Ich kannte sie ein bißchen, wir waren in die gleiche Penne gegangen, und ich nickte gelassen. Und als ich sie auf einer der geraden Straßen in Richtung Industriehafen verschwinden sah, raste ich los und fuhr durch die Parallelstraße, ich kannte den Stadtplan besser als ein Taxichauffeur und wußte, daß ich vor ihr an dem siebenhundert Meter weiter unten gelegenen Schnittpunkt der Straßen ankommen und sie also staunen würde. Es klappte natürlich auch, und wir kamen ins Gespräch, während wir nebeneinander den Uferweg entlangfuhren. Allmählich hielten wir an, lehnten uns an die Kaimauer und redeten so etwa eine Stunde lang über das, was wir sahen und alles mögliche, während ich sie mit taxierenden Blicken betrachtete, ihre muskulösen Beine und erstaunlich großen Brüste, gut aufgehängt in einem flauschigen gelben Pullover. Wieder und wieder sah ich sie so an, wie ein Schacherer in einer Pfandleihe, und sie war sehr erstaunt über all mein Wissen und über alles das, wovon ich eine Ahnung hatte. Was ich nicht wußte war, daß sie aus ungefähr dem gleichen Grund wie andere, darunter auch ich, in der Stadt rumfuhr und daß sie die Oberschenkel um den langen

Sattel preßte, so daß die matte Wärme da unten noch mehr konserviert wurde, und daß sie, wenn ich nicht an der Brüstung stehengeblieben, sondern einige hundert Meter weitergefahren wäre (wo zu dieser Tages- und Jahreszeit keine Menschenseele war), ihre Beine auseinandergerissen und ihren Hinterkopf in das Gras oder den Sand, oder was da nun war, gedrückt hätte, und wir wären davongefahren, gesünder und weniger belastet, durch Geschenk und Gegengeschenk, und Lundell und den Boss hätte es vielleicht nie gegeben. Denn was man nicht kennt, kann einen nicht stören. Aber ich erzählte alles über einen Schaufelbagger, der da draußen lag und mit seinen Schaufeln den friedlichen Grund vergewaltigte, und über einen Schlepper mit Eisbrecherausrüstung und rotem Schornstein. Dann wurden wir hungrig und fuhren weg, aber wir trafen uns etliche Male in dem Sommer, was mir die Gelegenheit gab, über viele andere Dinge in unserer wunderbaren Welt zu reden. Ich ging auch zu ihr nach Hause, saß im Sessel, trank Tee und aß die Kekse, die ihre Mutter gebacken hatte. Diese Mutter hatte, trotz der vorzüglichen Kekse, einen enttäuschten und gefährlichen Gesichtsausdruck. Sie war selten oder nie dabei, wenn wir Tee tranken, kam nur, wenn es die Situation erforderte, nämlich Teller und Tassen leer waren, mit einem Blick wie ein scharfäugiger Dschinn oder wie eine Transportarbeiterin für Kuchenteller mit abgewiesenen Forderungen für eine bessere Bezahlung, tückisch und unzufrieden. Mir ging sie auf die Nerven, aber Astrid kümmerte sich nicht viel um sie, und ich glaube, unsere unausgesprochenen Ansichten gingen da sehr auseinander. Aber nicht der Frau wegen, auch nicht der bösen Augen wegen ging ich dann nicht mehr zu den Teestunden und blieb schließlich ganz weg. Vor alten Weibern hab ich noch nie Angst gehabt.

Als ich Astrid drei Jahre später traf, das war gerade zu Lundells Glanzzeiten, fragte ich sie nach ihrer Mutter und erfuhr, daß sie in einer Irrenanstalt saß. Was vielleicht zum Teil eine Erklärung war. Zu der Zeit arbeitete Astrid bei einer Bank und hatte ein Mansardenzimmer in der Altstadt. Ein kleiner Zug enttäuschter Hoffnung lag um ihre Mundwinkel, der auf abscheuliche Weise an die ältere Ausgabe mit den Schokoladenplätzchen und Nußkeksen erinnerte. Diesmal wußte ich besser, was wir wollten und warum. Aber ich ließ sie erst mal schmoren in ihrer Mansarde, während wir zusammengekauert auf dem Bett hockten und das Radio laufen ließen, um die eigenen Stimmbänder zu schonen. Bis sie durch die chemischen Vorgänge in ihrem Körper zusammenbrach und wie ein überreifer Granatapfel aufbrach, randvoll von physischen Schwierigkeiten unter der glatten äußeren Schale. Danach war ich oft dort, immer nachmittags, weil ich bei einer Abendzeitung arbeitete und meistens von drei Uhr an frei hatte, bis ich gegen sieben Uhr auf dem Sportplatz auftauchte. Sie hatte die Kraft und den Vorzug, selten sichtbar deprimiert zu sein, aber ich erinnere mich, daß sie manchmal fragte:

«Warum redest du nie mit mir?»

«Weil es so wenig zu reden gibt», habe ich wahrscheinlich gesagt, schlau wie ein Fuchs, und das schien zu genügen.

In Wirklichkeit hatte ich während dieser Zeit den Kopf voll anderer Dinge, mal war ich viel zu melancholisch, mal konnte ich mir ein stilles Mona-Lisa-Lächeln nicht verkneifen, was wahrscheinlich irre komisch ausgesehen hätte, falls ich auf die Idee gekommen wäre, in einen Spiegel zu sehen. Das Lächeln brachte sie auch zu der Bemerkung, ich mache mich lustig über sie. Das war falsch; aber eines stimmte: es hatte etwas ungewöhnlich Lächerliches an sich, wie sie die Arme hochwarf und sich in meinen Schoß fallen ließ wie eine abgehackte Statue oder ein Fußballspieler, der gerade das Siegestor in einem Cupfinale geschossen hatte. Das wiederum kann damit zusammengehangen haben, daß sie einen BH trug, den man über den Kopf ziehen mußte.

Ist ja auch egal, es war eine Affäre, die sowohl Lundell als auch noch einige andere überdauerte, und, wenn ich so nachdenke, zum letzten Mal lag ich mit ihr in der Mansarde in der Nacht vor dem großen Spiel.

Aber das alles passierte mehrere Jahre später, und lange davor hatte ich, wie gesagt, mit der Baggerwissenschaft und den Teestunden Schluß gemacht, ohne herauszukriegen, um wie viele Zentimeter ihre Brüste herabsanken, wenn sie ganz und gar aus dem Hebemechanismus befreit wurden, oder ob die Brustwarzen rosa oder hellbraun oder sogar fast schwarz waren, oder ob es überhaupt ein Siegel aufzubrechen gegeben hätte, damals, auf den Feldern am Industriehafen.

Die Sommerferien verbrachte ich auf den Schären, ohne eine Adresse zu hinterlassen, aber in den Zeitungen sah ich ab und an eine kleine Notiz, die darauf hindeutete, daß Persson seine Sache so gut wie möglich machte. Der Club war mit Erlaubnis der Behörden auf den westlichen Sportplatz umgezogen und nahm an irgendeiner Pokalserie teil, und die Ergebnisse wurden offiziell genannt, allerdings recht unregelmäßig. An einem Samstagabend kam ich in die Stadt zurück, und ich hatte schon so im Gefühl, daß der Club spielen würde, also beeilte ich mich, um zum westlichen Sportplatz zu kommen und kam gerade noch zum Ende der zweiten Halbzeit. Das war ein ganz anderer Anblick als vor einem halben Jahr hinter den Schotterhaufen. Zuschauer waren da – ungefähr dreißig, diese Zahl sollte über die nächsten Jahre ungefähr die gleiche bleiben – und richtige Eckfahnen und ein Netz im Tor, und es brodelte ordentlich auf dem Platz, weil es ein typisches Pokalserienspiel auf dem Niveau der Tabellenletzten war, und zweiundzwanzig Mann auf dem Spielfeld hatten sich geschworen, daß nur ihre Mannschaft gewinnen sollte. Da wurde nach Herzenslust gebolzt und der Schiedsrichter angeschnauzt, und man sah sofort, daß Persson in den letzten Monaten Jüngere reingenommen und Unbequeme aussortiert hatte; von den drei Pessimisten der Versammlung damals bei *Britta* war kein einziger zu sehen, und die Trikots sahen so neu aus, als kämen sie gerade erst aus dem Geschäft. Als das Spiel zu Ende war und der Club gewonnen hatte, wohlverdient, wie es schien, und die anderen nach einem schlampigen und unwilligen Hurra in einem ungeordneten Haufen abzogen, kam Persson angelaufen mit unverhohlener Schadenfreude auf dem Gesicht, und die Schlüssel zum Umkleideraum hatte er in der erhobenen Hand. Im Vorbeilaufen drückte er mir die Hand und sagte, mit unerwarteter Herzlichkeit:

«Jetzt mußt du auch mitmachen, jetzt läuft das.»

Am folgenden Abend ging ich zu Persson nach Hause, und dann gingen wir an die Arbeit. Ich kann nicht behaupten, daß ich Persson besonders mochte, aber in der folgenden Zeit kamen wir uns so nahe, wie zwei Männer sich überhaupt nahekommen können, ohne schwul zu sein. Es war eine merkwürdige Zeit. Man hatte nur einen Tag in der Woche zur Erholung, Montag, an dem man in der Zeitung über Sieg oder Niederlage las, und die Freude oder Enttäuschung des vorhergehenden Tages verflog. Dann ging es los mit den Vorbereitungen für das nächste Spiel, und damit war man im allgemeinen am Donnerstag fertig. Am Tage drauf schien alles unvollkommen, am Samstag dann umsonst gewesen zu sein. Der

Club war jung und von allen denkbaren Kinderkrankheiten heimgesucht, und alles schien immer schiefzugehen, so oder so. Die Heimspiele verliefen im allgemeinen ganz gut, aber sowie es an diese ewigen Bus- und Zugreisen aufs Land hinaus ging, war das ganz anders. Bis auf Sven-Erik war keiner der Jungs so gut, daß man seinen Namen auch nur für kürzere Zeit in der lokalen Sportgeschichte behalten hätte, aber sie selbst hielten sich für was Besonderes, und vor allem wußten sie, daß es keinen Ersatz gab. Manche hatten als besondere Eigenart, erst am späten Samstagnachmittag abzusagen, und manche kamen gar nicht erst. Gründe konnte man immer finden, und sie wußten, daß sie am nächsten Sonntag wieder willkommen waren, oder wann sie nun zu kommen beliebten, und daß es niemand gab, der ihren Platz in der Mannschaft einnehmen konnte. Und Persson und ich standen auf der Bus- oder Bahnstation bis zum allerletzten Augenblick und kauten Nägel, während die Nervosität in uns nagte, und schickten schließlich die neun ab, die wirklich erschienen waren, und rasten los, um die Streikenden mit bösen oder guten Worten zu bewegen, ihre eingebildeten Krankheiten oder nicht eingebildeten Kater zu vergessen, während die kostbaren Minuten zu Ewigkeiten wurden. Aber wir kriegten fast immer Leute zusammen und ließen sie im Taxi auf unsere Rechnung fahren, und wenn das nicht klappte, sprang ich, oder sogar Persson, ein. Was im Grunde keinen Unterschied machte, denn meistens verloren wir ja doch. Es ging so weit, daß die Hauptsache an diesen Auswärtsspielen nicht der Sieg war, sondern daß wir mit einer vollständigen Mannschaft antraten. Wenn die Jungs endlich auf dem Spielfeld waren und der Schiedsrichter zum Anstoß pfiff, empfand man eine Erleichterung, so groß, daß keine noch so hohen Verlustziffern zu hoch gewesen wären, um das Gefühl der Befreiung und des Wohlbehagens auszurotten. Es war eine Sportwelt auf ganz anderer Ebene als der vergessene Fußballhimmel mit tausend, zehntausend oder fünfzigtausend auf der Tribüne zusammengepferchten Menschen, die vor Freude über jeden Tritt losbrüllten, ja, dies hier war so weit entfernt von dem anderen, daß nur wir selbst und eine Anzahl Gleichgesinnter in den ländlichen Vereinen es kannten und damit rechneten, wie ein spezielles Dasein für Eingeweihte. Man lernte dabei, neue Formen zu akzeptieren, zum Beispiel, daß es viele schöne Dinge gibt, die gut sind, aber auch eine Menge Nuancen, die mit der überlegenen Beurteilung eines kritischen Blickes als dürftig und minderwertig abgestempelt werden mußten. Ich erinnere mich an einen Sportreferenten, den ich kannte, der sich anfangs mal an einem besonders sonnigen Spielvormittag bis raus zum westlichen Sportplatz verirrt hatte. Er blieb zehn Minuten, dann sagte er:

«Das war das Beschissenste, was ich je gesehen hab.»

Und ging. Ich sah ihm nach, einige Sekunden nur, denn länger konnte ich die Augen nicht vom Spiel losreißen, und er tat mir leid. Nicht nur weil ich wußte, daß er mich nachmittags anrufen und nach dem Endergebnis fragen würde. Er bekam zwei Kronen als Mindestpreis für eine Zeilennotiz in seinem Blättchen. Man lernte auch, weder seine Zeit, noch seinen Einsatz überzubewerten. Persson und ich flitzten manchmal samstags mit dem Fahrrad von zwölf Uhr mittags bis ein Uhr nachts durch die Stadt, um hier und dort anzuhalten und eine Menge mit Leuten hier und da zu reden, belangloses Zeug, das eigentlich überhaupt nichts brachte, obwohl der Eifer immer gleich groß schien. Aber im ganzen ging es gar nicht so schlecht. Die Pokalserie wurde zu einer Distriktserie, geschützt durch den Paragraphen des Verbandes, und wir behielten dabei unseren festen Platz in der Mitte. Das einzige, was für den lawinenartigen Erfolg noch fehlte war, die Komplexe wegzuarbeiten und anzufangen, auch die Auswärtsspiele zu gewinnen – laut Persson. Wir bekamen einige vielversprechende junge Leute in den ersten Jahren, aber die verschwanden fast sofort wieder, denn entweder waren sie so talentiert, daß sie durch die Kundschafter des «Grafen» dem Stadion zugeführt wurden, oder es war der FC, der sie uns wegnahm. Dort konnte man es nicht verwinden, daß ihnen die Trikots vor der Nase weggeschnappt worden waren. Außerdem verschliefen in der A-Mannschaft nicht alle die Abfahrtszeit des Busses. Sechs oder sieben waren zuverlässiger als ein Wecker. Allerdings – mit Ausnahme von Sven-Erik waren es auch die am wenigsten talentierten. Aber mit ihm war das eine besondere Geschichte, die ich schon beim ersten Besuch bei Persson rauskriegte.

4

Untergebracht war er im Hinterhaus eines großen, unrentablen Mietshauses mit hohen, schmalen Räumen, das Anfang des Jahrhunderts gebaut worden war, als man die menschlichen Behausungen noch wie Eisenbahnwagen in erste, zweite und dritte Klasse einteilte. Die steinerne Hintertreppe war kalt und gewunden, schon auf dem ersten Absatz spürte man den Geruch von Kinderkotze, saurer Muttermilch, undichten Gaskochern und gebratenen Fleischklößchen mit Sahnesoße, was für mich heute noch untrennbar verbunden ist mit Persson, seinen Nachbarn und seiner zusammengewürfelten Familie. Zwei Treppen hoch verdichtete sich der Geruch bis an die Grenze des Erträglichen, und da wohnte er auch. Hinter einer Tür, die erst nach dem vierten Klingeln nur einen Spalt breit geöffnet wurde, und das auch nur mit vorgelegter Sicherheitskette. Den Jungen, der durch die schmale Öffnung guckte, erkannte ich nicht gleich wieder, denn er hatte den trüben Lichtschein hinter sich, aber er war ziemlich lang aufgeschossen und es konnte also nicht der sein, den ich suchte. Als ich nach Persson fragte, wandte er den Kopf, murmelte etwas, das sich im Dunkel und im Essensgeruch verlor, ohne auch nur ein Echo zu geben. Ich wartete entspannt, stoisch wie ein Kassierer, aber der da drinnen wurde wütend und brüllte so laut er konnte:

«Ist Reinhold da?»

Irgendwo in der Wohnung wurde eine Tür geöffnet, und indem ich den Jungen im Türspalt als Sven-Erik erkannte, fing drinnen eine Frauenstimme an zu grölen:

«Mach die Tür auf und laß ihn rein ins Zimmer.»

Und noch allerhand mehr.

Sven-Erik ließ mich sofort ein, sagte hej und sah bedrückt aus, – wie meistens, er hatte auch schwerwiegende Gründe dazu, wie ich nach und nach entdeckte –, und er führte mich durch die Diele und in ein Zimmer, in dem ein Mädchen war. Sie stand von dem durchgesessenen Sofa auf und blieb wie geschockt stehen, wie ein überraschtes Kind, das gerade aus der Spardose geklaut hat. Sie war ein hochgewachsenes, dunkles Mädchen mit großen Augen und ebenmäßigen Zügen, und das Merkwürdige mit ihr war, daß man zwei-, dreimal hingucken müßte, um sich zu überzeugen, daß sie nicht nackt war, sondern wirklich eine Strickjacke und ein dünnes, schlottriges Baumwollkleid, ausgetretene Hausschuhe, vielleicht sogar Unterhosen und Unterrock anhatte. Aber das glaube ich nicht. Sie war hübsch, sogar schön, aber ihr Blick ließ einen fast hintenüber kippen. Das war nicht Bosheit oder Dummheit oder Frechheit oder Verwirrung, sondern reine, echte Idiotie. So auffällig und sofort erkennbar, daß jeder mit schwachen Nerven sofort nach Krankenwagen, Arzt, Morphin und Zwangsjacke telefoniert hätte und aus einer sicheren Ecke versucht haben würde, beruhigend auf sie einzureden bis Hilfe käme. Sie aber gab die Hand, piepste guten Tag und knickste vor mir, was genauso lächerlich wirkte, wie wenn ein Königstiger aus dem Dschungel rausgetrottet wäre und einem Lamm den Hintern aus reiner Unterwürfigkeit und Ehrerbietung geleckt haben würde. Viele Jahre später glaubte ich zu verstehen, daß diese Begegnung meinen Glauben an und meinen Respekt vor fraulicher Schönheit zerschlug, was sich zum Glück nie wieder rückgängig machen ließ. Denn Irma war in dem Augenblick, und überhaupt zu der Zeit, die schönste Frau, die ich je zu Gesicht bekommen hatte, wenn man bedenkt, wie wenig Erfahrung ich hatte. Sie hatte sicherlich nie einen BH getragen und auch bestimmt nie einen nötig gehabt, und was Beine, Füße, Schenkel, Hüften und Schultern, Hals, Taille und Bauchmuskulatur anbelangte, hätte jedes Pin-up-girl, von der Venus von Milo bis hin zu Silvana Pampanini, sich nur verstecken können. Ich hatte mehr oder weniger gegen meinen Willen, und auf jeden Fall ohne mich zu bemühen, ausgiebig Gelegenheit, alle diese Einzelheiten genau zu beobachten, denn Irma hatte kein Gefühl für das, was man früher Anstand nannte, nicht, weil sie in einer anderen Zeit lebte, sondern weil sie wie ein Tier war, ein ungewöhnlich dämliches sogar. Ich nehme an, daß das auch der Grund dafür war, daß sie immer so ausgezogen wirkte. Zu dem Zeitpunkt, da ich meine Gedanken über meinen persönlichen ersten Eindruck von ihr auf mich formen konnte, war sie nicht mehr schön und spielte eigentlich auch keine Rolle mehr. Die letzten Spuren von Schönheit verschwanden nach dem vierten Kind, oder vielleicht schon nach dem dritten, und nach dem sechsten, als so ein ganz schlauer Sozialhelfer auf die Idee kam, daß sie eigentlich sterilisiert werden müsse, war nicht mehr viel mit ihr los, weder im Bett noch sonstwie. Aber da war Sven-Erik auch schon seit längerer Zeit in dem Schlamassel untergegangen, das er und Persson und einige andere Meister aus seinem Leben gemacht hatten, und er hatte aufgehört, sich für etwas anderes zu interessieren als Tore zu schießen – auf dem Fußballplatz, und die große Lüge der Leute anzuhören, die ihn großartig fanden. Er war wirklich nicht besonders großartig, gesehen aus der Perspektive der allgemeinen Moralfreimaurerei, und jeder verantwortungsbewußte Staatsbürger von der Sorte, die als Schöffe oder Untersuchungsrichter auftreten, muß ihn für schwach und charakterlos, zwar nicht unintelligent, aber moralisch unterentwickelt gehalten haben, – und ehrlich gesagt, er war auch kein Elitespieler. Er hatte wohl Fähigkeiten gehabt, aber die Tatsache der jahrelang fehlenden gleichwertigen Mitspieler hatte ihn selbstsüchtig und eigensinnig gemacht, und als die Mannschaft endlich konkurrenzfähig geworden war, konnte man ihm das nicht mehr abgewöhnen. Ich selbst mochte ihn immer gern und mag ihn auch noch, obwohl sich etliches geändert hat.

Wie er Irma kennengelernt hatte, weiß ich nicht, – falls nicht der Hintergedanke, Persson habe den Kontakt höchstpersönlich vermittelt, berechtigt ist. Mit ihm konnte man allerhand erleben, wenn es um Verschlagenheit und Pfiffigkeit in kleinerem Ausmaß ging. Jedenfalls ist es schwierig, sich vorzustellen, wie es sonst zugegangen sein sollte, denn Irma ging nie aus, sogar für diese einfachen Dinge des Alltags interessierte sie sich nicht. Nun ja, er lernte sie kennen, ging mit ihr ins Bett, ohne Sinn und Maß (was konnte er sonst tun?), während Persson wahrscheinlich hockte und schwarzen Kaffee zusammen mit seiner Frau in der Küche schlürfte und seine häßlichen kleinen Intrigen austüftelte und das Gas aus der undichten Leitung strömte. Als ich auf der Bildfläche erschien, schrie bereits das erste Kind im Hintergrund, und Sven-Erik selbst saß bis über die Ohren in der Tinte. Er war jünger als ich und hatte schon damals über so viele Probleme nachzugrübeln, daß er es schon gar nicht mehr schaffte. Aber er spielte Fußball, voller Kraft und mit einer verbissenen Leidenschaft, viel komplizierter als der einfache Trieb, der zu den monotonen Entladungen auf der Schlafcouch in Perssons Wohnzimmer führte. Persson zog solange gern mit seiner Kaffeetasse in die Küche und störte ihn nicht bei der idyllischen Erzeugerarbeit. Danach überließ er seiner eigenen Frau die Pflege der fertigen Produkte, was sie mit Freude und ganz gut machte, und weil sie wirklich für diese Arbeit taugte, – trotz des Mißgeschicks mit Irma, die man vermutlich nie als Kind hatte bezeichnen können. Als Irma das dritte Kind erwartete, kam ein Vogel geflogen, der so taktvoll war, Sven-Eriks Eltern davon zu erzählen – sie wohnten in einer anderen Stadt, wo der Vater einen Namen im gesellschaftlichen Mittelstand hatte, Disponent oder so –, daß sie in der Tat sich doppelter Großelternschaft erfreuen durften und schon weit vorn in der letzten Kurve der dritten Runde lagen. Sven-Erik dürfte bei dieser Gelegenheit nicht unbedingt als Held empfangen worden sein, aber auch nicht rausgeschmissen, doch während die ältere Generation damit beschäftigt war, sich zu erholen und zu überlegen, was zu tun sei (was ihnen nie gelang, soweit mir bekannt ist), waren es jedenfalls Persson und ich, die sich darum kümmerten, eine Wohnung mit großem Doppelbett und anderen Finessen zu beschaffen, was nicht leicht war. Das war vor der Zeit mit dem Boss und während der schlimmsten Zeit der Wohnungsnot.

Bis dahin lebte Sven-Erik parallel und ohne Unterbrechung seine vier verschiedenen Leben, offenbar ohne daß jemals das eine das andere verdrängt hätte, und ohne einem Außenstehenden Einblick in mehr als eines auf einmal zu gewähren. Wenn man bedenkt, wie viele Stunden er in Perssons Wohnzimmer verbrachte und mit welcher Maßlosigkeit er sich seinen sportlichen Vorhaben hingab, ist es mir noch immer ein Rätsel, wie ihm das Kunststück gelang, die Zeit teilweise in seinem sogenannten Heim zu verbringen, das übrigens sehr ordentlich war, mit bestickten Kissen auf dem Boden und handgemalten Bildern an den Wänden, und teilweise seiner Arbeit in der Uhrmacherei nachzugehen. Er muß auf jeden Fall eine Veranlagung zur Persönlichkeitsspaltung gehabt haben. Auf dem Fußballplatz dachte er nur und ausschließlich an den Ball, niemals an etwas Abstraktes wie Club oder das Spiel, das gerade lief. Und wenn er mit Irma schlief, ist es kaum wahrscheinlich, daß er Zeit hatte oder einen Grund, an Fußball oder Armbanduhren zu denken. Nicht mal an Kuckucksuhren. Was den Arbeitsplatz anbelangt, so zeigte sich nach und nach, daß man dort von seinen Nebenbeschäftigungen nichts wußte, und daß alles eitel Sonnenschein und ungetrübte Unwissenheit war zu Hause beim Disponenten oder Fabrikanten oder wie sein Alter sich nun nannte, ist klar. Später einmal, bei einer erregten Diskussion, verlor ich die Beherrschung und fragte ihn, wie er, verdammt noch mal, sich so hoffnungslos in so ein Schlamassel hatte verwickeln können. Aber er guckte nur zur anderen Seite und sagte:

«Ach, laß!»

Hätte ich an seiner Stelle auch geantwortet, wenn jemand so dumm gewesen wäre, mich zu fragen. Aber dieser Zwischenfall liegt viel länger zurück als das Mal, bei dem er mich in Perssons gute Stube geführt hatte, durch die dunkle Diele und vorbei an seinem Frauentier.

Die Stube sah aus wie ein nach Abzahlung riechender Standardausstellungsraum, ungemütlich und kalt durch den nie geheizten Kachelofen. Da saß ich, blätterte zerstreut in ungelesenen Dekorationsbüchern von Gorki und anderen Proletariatskanonen, bis Persson ganz außer Atem hereinkam und mich innerhalb von zehn Minuten beschwatzte, was für ihn in so günstiger Ausgangsposition leicht war. Er war kein schlechter Psychologe; diesmal wußte er, daß ich unwiderruflich angebissen hatte, und er verheimlichte mir nicht, daß der Vorstand untauglich und in der Kasse fast nichts drin war. Das war ja an sich nichts Umwerfendes, aber wir wurden schnell tatkräftig, das heißt, wir peitschten schnell eine neue Zusammensetzung des Vorstandes durch, mit Persson als Vorsitzendem und Kassenwart; ich wurde Schriftführer und Spielwart. Noch in der gleichen Woche wurde dieses bei einer Vorstandssitzung beschlossen und der Allgemeinheit eingebläut, einer Sitzung, an der wir beide und einige wenige Vertrauenswürdige teilnahmen.

Damit hatten wir die Brücken hinter uns abgebrochen, denn da wir die Schlüsselpositionen mit Beschlag belegt hatten, übernahmen wir die Verantwortung für alles, was eine Menge Arbeit bedeutete. Ohne Garantie für Erfolg. Persson schuftete unwahrscheinlich, genauso vorbehaltlos wie ich, aber mit mehr Zeitaufwand und noch fanatischer. Er hatte Scheuklappen an beiden Augen und konnte nur vorwärts sehen, dem nächsten Spiel entgegen; die Welt außerhalb dieser geraden Spur war allenfalls feindlich gesinnt, bestenfalls gleichgültig oder uninteressiert. An sich selbst dachte er zuletzt, ging es aber um den Club, entwickelte er den vernichtendsten Egoismus, den ich je erlebt, beziehungsweise, von dem ich je gehört habe, und das will was heißen, wenn es einer sagt, der fünfzehn Jahre engen Kontakt mit der Sportbewegung hinter sich hat. Anfangs versuchte ich, ihn aus dieser Igelhaltung herauszulocken – damals war ich noch gemäßigter und glaubte nicht daran, daß Einäugigkeit und allgemeine Boshaftigkeit der einzige, oder gar der beste Weg zum Erfolg seien –, aber das führte nur dazu, daß er mich für einen absoluten Trottel ohne Erfahrungen hielt, und bald merkte ich, daß nicht nur der überwiegende Teil der anderen Jungs, sondern auch ich langsam aber sicher zu der gleichen Einstellung kamen. Das geschah aber erst, nachdem ich meine ursprünglichen Ideen in die Praxis umgesetzt hatte, was zu einer schweren Niederlage führte. Perssons Aggressivität konnte wirklich zu trostlosen Verwicklungen führen. Das galt besonders für den Umgang mit dem FC, mit dem wir gezwungenermaßen den Platz teilen mußten und somit also auch einige Berührungspunkte hatten. Zwar machten die Mitglieder des FC selten Annäherungsversuche, aber wir konnten sie doch fluchen und sich bewegen hören durch die Bretterwand des Umkleideraumes. Wechselte Persson wirklich einmal ein Wort mit diesen Eindringlingen (er nannte sie so, obwohl die Jungs des FC im westlichen Stadtteil wohnten und schon über zehn Jahre auf diesem Platz zu Hause und eigentlich wir die Eindringlinge waren), dann verwandelte er sich in einen giftspritzenden kleinen Skorpion, und er kannte kein Maß für seinen beißenden Spott. Am Ende unseres ersten Jahres dort hatte sich das Schloß des Materialschrankes des FC einmal vor einem Spiel der Reservemannschaft verklemmt, und sie liehen sich unser Torwartstrikot, das zum Trocknen auf einer Leine an unserer Seite des Clubhauses hing. Persson, der das Vergnügen hatte, mitten im Spiel aufzutauchen, machte daraus sofort einen fürchterlichen Auftritt, der damit endete, daß der Schiedsrichter das Spiel unterbrach und er den Torwart zwang, das Trikot mitten auf dem Platz auszuziehen, worauf er triumphierend mit dem wiedereroberten guten Stück von dannen zog. Tags darauf schleppte er ein enormes Vorhängeschloß an, Scherzartikelgröße, das an unserer Tür mit schrecklichem Aufwand angebracht wurde, während der FC gerade Training hatte. Und das verfehlte offenbar seine Wirkung nicht. Denn zwei Abende später rief mich der Vorsitzende an, ungewöhnlich milde im Ton. Er war sonst ein schwerfälliger und düsterer Typ, wahrscheinlich so geworden durch zehn Jahre Vorsitz in einem Verein, der weder besser noch schlechter geworden war. Er eröffnete das Gespräch damit, daß er das Mißgeschick mit dem Torwartstrikot bedaure und versprach anschließend, daß so etwas nie wieder vorkommen werde. Dann sagte er, er habe an ein Trainingsspiel in der kommenden Woche gedacht, um neue Leute auszuprobieren, es seien ungewöhnlich viele seiner Spieler krank, beziehungsweise im

Militärdienst. Sie wollten mit mehr als der Hälfte aus der B-Mannschaft spielen und die Frage sei, ob wir gegen sie antreten wollten. Wir könnten das Spiel in ihre Trainingszeit verlegen, um die Platzmiete zu sparen, sagte er, und könnten auch ein bißchen Reklame machen, so daß Zuschauer kämen, und dann die Einnahmen teilen, fifty-fifty. Man könne sich doch genausogut helfen wie hindern, meinte er weiter, wahrscheinlich ohne rot zu werden, auf jeden Fall sagte er es in einem Ton, ohne daß das Telefon vor Scham zu einem jämmerlichen Häuflein zusammenfiel. Ich wußte, daß er zumindest teilweise die Wahrheit sagte; sie hatten einen gewissen Einfluß auf die Ortszeitung und konnten sicherlich hundert Zuschauer zusammenlocken zu einem abendlichen Spiel mitten in der Woche, was einen 50-Kronen-Schein in der mageren Kasse bedeuten würde. Kämen sie außerdem mit fünf Reservespielern, würden wir sicherlich mit großer Wahrscheinlichkeit Dresche kriegen, trotzdem aber eine nicht allzu schlechte Figur abgeben. Ich nahm das Angebot also an. Während Persson, der zwischen der Gier nach den fünfzig Kronen und seinem natürlichen Abscheu gegen die Nachbarn hin- und hergerissen war, den Kopf schüttelte und vor sich hinschimpfte, ohne einen Entschluß fassen zu können.

Und dann spielten wir unser erstes Spiel gegen den FC. Sie machten Reklame nach allen Regeln der Kunst, es kamen fast zweihundert Personen und drei Fußballreporter, was sogar mehr als bei ihren Serienspielen war, aber ich war kaum fünf Minuten auf dem Platz, als ich begriff, daß sie gar kein Trainingsspiel wollten. Sie wollten uns fertigmachen. Ihre sämtlichen Kranken waren auf mirakulöse Weise gesundet, die Wehrpflichtigen hatten Urlaub bekommen, und außerdem hatte man zwei richtige Spezialisten ausgeliehen. Einer davon spielte in Meisterschaftsserien; er war irgendwie mit irgendwem von ihnen verwandt und bei einem zufälligen Besuch in der Stadt überrascht worden. Normalerweise spielte der FC in der Distriktserie, zweite Division, wir in der fünften, und schon mit einer verhältnismäßig schlechten Mannschaft hätten sie imstande sein müssen, uns gehörig eins auf das Fell zu brennen. Das hier war etwas ganz anderes, das war Mord, überlegt und kaltblütig. Was das Wetter anbelangte, so war es allerdings ein ungewöhnlich milder Abend, und ich erinnere mich, daß ich allein in einer Ecke stand und darüber nachdachte, wie schön so ein Spiel am Spätnachmittag sein konnte und wie gut ihre rot-weiß-gestreiften und unsere schwarz-weißen Trikots mit dem Grün des Rasens harmonierten –, während unsere Jungs nur so abgeschlachtet wurden; eine halbe Stunde vor dem Schlußpfiff stand es schon 9:0, und doch hatten unsere Jungs da ihr Bestes und Letztes gegeben. Normalerweise läßt das Tempo einer Mannschaft, bewußt oder unbewußt, nach, wenn sie so haushoch überlegen ist, aber die FC-Spieler hatten andere Befehle bekommen und legten, im Gegenteil, noch zu. Kurz bevor die Zeit um war, haute ihr linker Verteidiger, ein berüchtigter Flegel, der Karlsson hieß, Sven-Erik den Ellenbogen so ins Gesicht, daß wir ihn vom Platz schleppen mußten. Mit Watte und Pflaster bemühten wir uns um seine Nase, aber ehe wir das Blut stoppen konnten, riß er sich los und stürzte auf den Platz zurück. Und dann bekam er den Ball, machte einen irren Angriff, das Gesicht blutverschmiert, und schoß ein Tor. Ein einziges, und der FC hatte fünfzehn zustande gebracht. Es war zu Ende. Das Publikum, das nicht begriff, daß der Unterschied zwischen zwei schlechten Mannschaften so groß sein konnte, hatte sich königlich amüsiert und unsere Jungs ordentlich ausgelacht, um auch ja noch Salz in die Wunden zu streuen. Als Persson und ich mit möglichst ungerührter Miene in Richtung Clubhaus gingen, tauchte der Vorsitzende des FC auf.

«Schade, daß es so ungleich ausgegangen ist», sagte er sanft, «aber wenn ihr was ausleihen wollt von uns, Verbandskasten oder ein Trikot oder so, dann braucht ihr das nur zu sagen. Wir hier oben müssen zusammenhalten.»

Persson platzte fast vor Wut, hielt aber die Klappe. Im Umkleideraum war es stiller als in einem Grab. Alle duschten sehr schnell und hauten jeder in seine Richtung ab, derweil Persson und ich ein Taxi herbeischafften, um Sven-Erik zum Krankenhaus zu fahren, damit sein Zinken wieder zurechtgeflickt werden konnte. Als wir durch das Drehkreuz rausgingen, wehte die Abendluft frisch und rein durch meine Gedanken, und ich fand das alles lächerlich. So eine Idiotie, daß erwachsene Menschen sich durch so etwas Unbedeutendes wie eine Niederlage im Fußball so aus der Fassung bringen lassen konnten; und plötzlich fühlte ich mich befreit und leicht und überlegen. In dem Augenblick tauchte ein Spieler der FC-Knabenmannschaft aus der Dämmerung auf, so ein kleiner Dreikäsehoch, und sagte forsch:

«Kann ich ein Autogramm kriegen?»

Ich gab ihm mit dem Handrücken eine Ohrfeige, hart und unbeherrscht, so daß er vom Fahrrad fiel. Am folgenden Tag überlegte ich, warum ich das getan hatte, und das tue ich heute noch. Persson soff nicht oft, aber an diesem Abend tranken er und ich allein eine halbe Flasche Klaren aus, während wir in der Küche saßen, seine Frau auf der Arbeitsplatte Brote schmierte und Sven-Erik im Wohnzimmer lag und sich zur Abwechslung die Nase lecken ließ.

Der FC hatte versucht, uns kleinzukriegen, aber so leicht ging das nicht. Zwar gingen drei unserer besten Jungs gleichzeitig zum FC über, und wir verloren natürlich vor lauter Schreck auch die nächsten Serienspiele, aber in der darauffolgenden Saison ging plötzlich alles viel besser, wir redeten davon, die Serie zu gewinnen, und zum Schluß gewannen wir auch.

5

Das erste Mal traf ich Lundell an einem saukalten Abend im Februar im *Loch*. Was nicht ganz so mies war, wie es sich für Leute mit schmutziger Phantasie anhört. Wie die meisten anderen, größeren Orte des Landes, war die Stadt nicht gerade reichlich mit Lokalen versehen, in denen man sich längere Zeit aufhalten konnte, und besonders im Winter, wenn das Clubhaus wie ein verriegelter Eisschrank war und der Eismatsch kniehoch auf dem Platz lag, waren die Vergnügungsmöglichkeiten an einer Hand aufzuzählen. Das *Loch* war eigentlich die Rückseite eines sogenannten Tanzpalastes. Es lag an einer Seitenstraße, nicht weit vom Zentrum, und hatte seinen Namen daher, weil der Besucher gezwungen war, erst zwei halbe Treppen herunterzusteigen, um die Schwingtür zu finden, die in seine rauchigen, nach hellem Bier riechenden Räume führte. Eigentlich war das ein ganz annehmbares Lokal, in dem Bier und Wurstsalat serviert wurde, das über drei Billard- und zwei Ping-Pongtische verfügte und einen ehemaligen Polizisten, zugleich Schwergewichtsboxer, als Rausschmeißer hatte. Seinerzeit war er in dieser Gegend zu sportlichen Ehren gelangt und genoß immer noch gewissen Respekt. Ansonsten hatte er kaum irgendwelche Qualitäten, und als er noch im Dienst gewesen war, hatte er mal aus purer Dummheit einen Einbrecher, um den sich andere, gewöhnliche Mitmenschen freundlicherweise schon kümmerten, aus dem Jackett schlüpfen lassen, während er selbst noch da stand und einen Halbnelson, oder vielleicht war es ein Backhammer, in die leere Cordjacke schwang, die noch immer zur allgemeinen Warnung im Polizeimuseum hing. Das *Loch* war kein Mistbeet für Banden und auch keine Eliteschule für Tennis- oder Billardweltmeister, aber es lag in bequemem Abstand zu fünf, sechs Kinos, und alle möglichen Leute kamen hin, um ein bißchen zu schwatzen und sich die Zeit zu vertreiben, während sie in Hemdsärmeln mit einem Queue oder Tischtennisschläger herumliefen und sich einen Vorwand verschafften, den Staub aus der Kehle zu spülen. Eine meiner frühesten Erinnerungen an dort stammt von einem gemeinsamen Besuch mit Sven-Erik, so bald nach dem denkwürdigen Spiel gegen den FC, daß er noch die Spuren des chirurgischen Eingriffs im Gesicht trug. Wir hatten Ping-Pong gespielt und waren auf dem Weg nach draußen, da nahm er mich am Arm und sagte:

«Guck mal, da sitzt der Kerl, der mir den Zinken gebrochen hat!»

«Karlsson, ja», sagte ich gelassen, – in der festen Überzeugung, daß dieser Mensch, der gerade dabei war, sein Billardqueue einige Meter von uns entfernt zu kreiden, weitere Nasen und viele Fußriste kaputttreten würde, bis er an einem Bierabend vergaß, daß er nur auf dem Fußballplatz seine Gewaltsamkeit in Ruhe abreagieren konnte, so sehr vergaß, daß einige ordentliche Leute ihn zu einem Funkstreifenwagen mit heulenden Sirenen schleifen und somit seinem fiktiven Dasein als gesetzestreuem und untadeligem Gesellschaftsmitglied ein Ende machen würden.

Wäre ich nicht so mit diesen Vorstellungen beschäftigt gewesen, hätte ich Sven-Eriks Tonfall bemerken müssen und wäre deshalb besser vorbereitet gewesen, als er drei Sekunden später auf seinen Feind losrannte, um ihn zu erschlagen. Das war ein Ausbruch, so blitzschnell wie seine Rushs mit dem Ball, und bevor jemand reagieren konnte, hatte er zweimal zugeschlagen, gegen die Brust, in die Herzgegend, wohin man aus Urinstinkt schlägt, wenn man darauf aus ist, jemand zu töten. Aber ich war schnell hinter ihm und zog seine Arme so auf den Rücken, daß er nicht loskommen konnte, obwohl sie wie die Kolben einer Lok in einer Schneewehe arbeiteten und ich mich vorsehen mußte, weil er mit seinem Kopf wie ein Wilder hin- und herschlug. Es war aber nichts weiter passiert. Karlsson hob das dicke Ende des Stockes, um, falls nötig, dem Angreifer die Zähne einzuschlagen, aber ein Kumpel legte beruhigend die Hand auf seine Schulter und der Rausschmeißer kam mit vor Dummheit leuchtenden Augen ächzend herbei und sagte:

«Ruhig, Jungs, ruhig ...»

Danach kam Sven-Erik nie mehr in das *Loch*, aber ich ging oft hin, und dort traf ich auch, wie erwähnt, Lundell. Zwei Jahre nach dem Zwischenfall mit Sven-Erik und Karlsson saß ich da unten mit Björk, einem aus der A-Mannschaft, und kaute den ewigen Wurstsalat, als Björk plötzlich sagte:

«Die Jungs haben den Persson satt.»

Ich wollte gerade die Gabel in den Mund schieben, ließ sie aber auf halbem Wege wieder sinken. Die meisten konnten damals sagen, was sie wollten, über wen sie wollten, ohne daß ich mich nennenswert darum gekümmert hätte, aber Björk war eine der Stützen des Vereins und mit ihm war das etwas anderes. Er war fast von Anfang an mit dabei gewesen und sein Interesse hatte mit den Jahren ständig zugenommen. Wir hatten ihn seit langem als zuverlässig eingestuft; er redete eigentlich kein dummes Zeug, aber er hatte ein feines Empfinden für die Stimmung unter den Jungs, und man konnte sicher sein, daß da eine ganze Menge dran war an dem, was er gesagt hatte, sowohl Aufgeschnapptes wie eigene Gesichtspunkte. Na ja, irgendwie hatte ich dies hier früher oder später erwartet, denn im letzten Halbjahr hatten allzu viele dieser gewöhnlichen Schwätzer über Perssons Regiment gemeckert. Ich aß also weiter und sagte:

«Wieso?»

«Tja, er ist zu nervös und zappelig als Spielobmann, er macht die Jungs kribbelig. Nach jedem Spiel sind wir reif für die Nervenheilanstalt. Und zufrieden ist er auch nie, nicht mal, wenn wir selbst finden, daß es ganz gut ging. Immer sagt er, es hätte besser sein können, oder daß ...»

Er verstummte plötzlich und sah sich im Lokal um, das jetzt, zwischen der Fünf-Uhr- und der Sieben-Uhr-Kinovorstellung, gut besetzt war, und wo der Tabakrauch so dicht hing, daß er das Klikken aus der Billardecke zu dämpfen schien.

«Wenn du Lust hast, komm mit, dann zeig ich dir, was wir meinen», sagte Björk.

Er machte eine Geste in Richtung Billardecke und fuhr fort: «Kennst du den Großen, der da hinten spielt, den mit Schlips?»

Einen historischen Augenblick lang betrachtete ich Lundell und stellte fest, daß ich ihn nicht kannte und daß er kaum einen anderen Eindruck auf mich machte als ein unförmig fettes, aufgedonnert gekleidetes Individuum, das zum Sauerstoffmangel beitrug, weil er eine billige, dicke Zigarre paffte. Auf dem Weg nach draußen blieben wir einen Augenblick lang beim Billard stehen, und ich sagte hej und Björk etwas noch Unverfänglicheres, und der Kontakt wurde mit einem feucht-warmen Händedruck besiegelt. Lundell war mit einer Partie Dänisch Kegel beschäftigt und hatte gerade einen großartigen, komplizierten und allgemein verblüffenden Stoß mit Karambolage, Bataille und einer schon von der grünen Filzfläche verschwundenen Kugel getan.

Während er mit uns sprach, rollte die rote Kugel ärgerlich langsam in eines der Löcher und alle seine zwanzig oder fünfundzwanzig Pluspunkte verwandelten sich in genauso viele, oder mehr, Minuspunkte. Er seufzte, stützte sich auf das Queue und machte eine großartige Geste mit der Zigarre.

«Ich mag Billard», sagte er, «je besser man spielen will, desto schlechter geht es.»

Er spielte sein hohes Spiel weiter und wir gingen weg, durch Straßen, in denen das Eis und die Schneeklumpen unter den Schuhsohlen knirschten, wobei wir über Lundell sprachen. Björk kannte ihn nur flüchtig, fand ihn aber sympathisch und wußte, daß Lundell ein recht guter Spieler gewesen war, vermutlich war er es noch, ein ehemaliges Mitglied einiger anderer Vereine. Björk meinte, er sei vermutlich einer, der es nicht lange an ein und demselben Arbeitsplatz aushielte, aber er sei früher schon mal hier gewesen und habe, seines Wissens, auch mal hier gespielt. Er wolle jetzt hierbleiben, sich hier niederlassen, habe sein Interesse am Club bekundet und sich sogar als Trainer angeboten, ohne Anspruch auf Bezahlung. Das alles hatte Björk in Erfahrung gebracht. Und außerdem noch einiges. Er war darüber irritiert, daß Lundells sportliche Vergangenheit offenbar keineswegs ohne Anmerkungen war; der Name war oft in *Schwedischer Sport* aufgetaucht und Verwarnungen und Disqualifizierungen schienen an der Tagesordnung gewesen zu sein, aber trotzdem – ein Trainer gratis, und außerdem konnte er ein guter Spielobmann werden ... Das war also des Pudels Kern. Persson war Spielobmann, und jetzt wollte man ihn weghaben und statt dessen die Neuentdeckung einsetzen.

Als wir endlich zu Hause bei Björk angelangt waren und ich in einen Lehnsessel verfrachtet worden war und ja-danke zu einem Drink aus Klarem und Mineralwasser gesagt hatte, öffnete er eine Schublade im Bücherschrank, der aus polierter Kiefer war und einen Meter, zumindest äußerlich, sehr schöner Bücher hinter den Glasscheiben enthielt, und packte einen Haufen Akten vor mir auf den Tisch. Er breitete sie sehr sorgfältig aus, und ich merkte, daß ich auf einen Doppelbogen starrte, der mit einem gigantischen Dreieck voller Ziffern versehen war, säuberlich eingetragen und in so klitzekleiner Schrift, daß man fast eine Lupe brauchte, um sie zu entziffern und die Reihen auseinanderzuhalten. Auf den anderen Bögen sah man eine Anzahl ähnlicher Spezialanfertigungen, und ich blickte überwältigt von einer zur anderen.

«Nun sag bloß, was ist denn das?»

Björk setzte eine Linealspitze auf die erste Pyramide und fing an zu erklären.

«Das besagt», sagte er in seltsam eindringlichem Tonfall, «daß wir, seit Persson Spielobmann ist, einhundertzwölf Spiele gemacht und neunundfünfzig Prozent gewonnen haben. Gewonnene Heimspiele achtzig Prozent, aber nur dreiundzwanzig bei den Auswärtsspielen. Aber wenn du hier guckst ...»

Er schob eine neue Zifferkombination ins Blickfeld und sah so ernst aus wie ein ganzes Kirchenkonzil.

«... dann siehst du gleich, daß wir die meisten Auswärtsspiele mit geringem Punktverlust verloren haben, höchstens ein oder zwei Tore, und außerdem ...» er klatschte mit dem Lineal auf den Tisch, um seiner statistischen Weisheit mehr Ausdruck zu verleihen «... außerdem zeigt das, wie gesagt, daß wir in fünfundsiebzig Prozent der Fälle, wo wir Auswärtsspiele verloren haben, bei Halbzeit in Führung lagen, dann aber die Oberhand verloren haben.»

Er nahm einen Schluck und sah mir starr in die Augen, bevor er seine Schlüsse aus diesen unglaublichen Zahlenmengen zog, mit denen er sich offenbar seit Jahren liebevoll in seiner Freizeit beschäftigt hatte.

«Warum», sagte Björk, «warum ist das so?»

Und man hörte ihm an, wie er sich selbst bis zu einem Höhepunkt hochjubelte:

«Weil Persson Spielobmann ist», legte er los, als wenn es um den Großmogul ginge, «weil er so kribbelig ist in der Pause und so viel quatscht, daß wir es so und nicht so machen sollen, daß wir keine Chance kriegen, nicht den Schimmer einer Chance, uns zu konzentrieren, und dann sind wir alle ganz verdattert und weg, wenn wir wieder rauskommen. Es gibt keinen anderen Grund, weshalb wir verlieren sollten, an der Kondition kann das nicht liegen. Nee, ein neuer Spielobmann muß ran, und vielleicht ist Lundell der richtige. Der versteht jedenfalls was vom Fußball.»

Geistesabwesend trank ich mein Glas aus.

«Wir wissen, daß das für Persson bitter ist», sagte Björk ein bißchen entschuldigend, «aber das muß man so drehen, daß er zuviel zu tun hat und daß es einem leidtut, daß er eben alles zugleich tun muß. Außerdem brauchen wir mehr Betreuer im Club.»

Als er aufgehört hatte, saß ich lange und sah in seine Papiere, ohne etwas zu sagen, bis er wieder anfing:

«Von den Jungs machen da mehrere solche Tabellen. Das ist prima, sollst mal sehen. Da versteht man gleich viel besser, was getan werden muß.»

Noch einmal überflog ich mit den Augen die merkwürdigen Berechnungen und dachte bei mir:

Jaha, du verdammter Kerl, hier hast du drei Jahre lang in der geheizten Bude gehockt und deine idiotischen Zahlenkombinationen gestapelt, während wir wie die Viecher geschuftet haben, um elf Mann zusammenzukriegen, die sich überhaupt erst mal dazu bequemen mußten, Fußball zu spielen. Und jetzt kommst du und willst uns erzählen, welche Fehler wir gemacht haben und warum.

«Was hältst du von meiner Statistik», sagte Björk.

«Prima find ich die», sagte ich.

In der folgenden Woche beschäftigte ich mich damit, den Fall Lundell zu untersuchen, einschließlich der dazugehörigen Bahnfahrten und anderer Unbequemlichkeiten. Es war allerhand dran an dem, was Björk gesagt hatte, allerhand, was nicht durch Zahlenspielchen und verzwickte Prozentzahlen belegt zu werden brauchte. Auch ich hatte mich mehr als einmal über Perssons unleidliche Angewohnheit geärgert, immer mit Aberdashättedochbessersein-können anzukommen, sogar dann, wenn es verdammt viel besser gelaufen war, als er und ich und die Jungs verdient hatten. Etliche seiner taktischen Ideen waren fragwürdig, und allein dieses Aufundabrennen, mit Riesenschritten entlang der Seitenlinie und dabei mit dem Schaft des Fähnchens wie besessen zu schlagen, hätte eine Sphinx Krämpfe in der Schwanzspitze gekriegt.

«Fast alle Jungs sind meiner Meinung», hatte Björk gesagt, als ich an dem Abend ging.

Das war eine versteckte Drohung. Daß Persson von seinem Posten als Spielobmann abgesägt werden sollte und jemand anderes, vermutlich Lundell, dafür kommen würde – und falls man sich nicht im Guten einigen könnte –, geschehen würde es auf jeden Fall. Mein erster Eindruck von Lundell war nicht zu seinem Nachteil, aber die dunklen Punkte in seiner Vergangenheit bohrten ein bißchen in meinem Unterbewußtsein, und bevor ich überhaupt mit Persson darüber gesprochen hatte, fuhr ich zur Kanzlei des Verbandes, die in einer ganz anderen Stadt lag, und es gelang mir dank meiner Redegewandtheit, die Akten der Fälle einzusehen, in die der neue Kandidat verwickelt war. Das waren, wie gesagt, gar nicht wenige.

Er hatte die Repräsentationsbestimmungen übertreten. (Wer hatte das nicht getan?)

Er hatte «wutentbrannt eine Zitronenscheibe auf das Spielfeld geworfen, auf der er zuvor gekaut hatte, und sich dabei unsportlich darüber geäußert».

Er hatte sich aus Protest gegen den Schiedsrichter auf das Spielfeld gesetzt und «unter der Vorgabe, verletzt zu sein, sich geweigert, den Platz zu verlassen, woraufhin er auf einer Trage schließlich davongetragen wurde».

Außerdem hatte er «wiederholte Male» den Schiedsrichter S. Bengtsson gefragt (der zweifellos Polizist sein mußte im privatberuflichen Leben), «inwieweit er selbst einer der Gebrüder Grimm sei oder auf welche Art er seine Kenntnisse über Abseits aus deren Märchenbüchern bezogen habe». Schließlich hatte er, im gleichen Spiel, als Ausgewiesener «den Platz mit entblößtem Rückenende verlassen und dadurch den Schiedsrichter lächerlich gemacht, dessen Gang er angeblich nachzuahmen versuchte».

Und noch so einiges im gleichen Stil.

Es fiel etwas schwer, alles so ernst zu nehmen, wie es in den Strafnotizen des Verbandes stand. Die meisten Meldungen gegen Lundell mußten von Leuten mit wenig Sinn für Humor eingereicht worden sein, und bei mir wurde durch die Akten mein positiver erster Eindruck eher gestärkt als geschwächt.

Ein, zwei Wochen später traf ich Lundell zufällig bei *Britta*, wo er recht verlassen bei einer Tasse Kaffee saß und dummes Zeug schwafelte mit einer wasserstoffsuperoxydierten Kellnerin, die Iris hieß und die nicht mit zu ihm nach Hause gehen wollte, sagte sie, obwohl er eine Chaise mit Federkernmatratze hatte, sagte er, die jeden Seegang aushalten würde. Ich vermittelte ein bißchen, und wir klönten mit noch einer Kellnerin, Lundell vorneweg natürlich, denn er war ein hervorragender Spezialist auf dem Gebiet. Und als das Café um zehn Uhr geschlossen wurde, beschafften wir uns ein paar Flaschen Rotwein – das einzige, was man um die Uhrzeit ohne tödliche Anstrengung bekommen konnte –, und fuhren mit einem Taxi alle vier nach Hause zu Lundell, um die Federkernmatratze anzusehen, darauf zu sitzen oder zu liegen, je nachdem, was nun am besten passen würde.

Für mich war der Abend auf jeden Fall erlebnisreich, und ich erinnere ihn sehr gut und nicht nur wegen der übereinstimmenden Gedanken, die wir austauschten über die Kunst des Fußballspiels.

«Ich hab einen Jungen beschwatzt, den wir vielleicht gut gebrauchen können», sagte ich später zu Persson.

Wir saßen wie gewöhnlich in der Küche und tranken schwarzen Kaffee mit Schnaps, weil Samstag und deshalb ein bißchen Feststimmung war. Er sah von seinem Leitartikel in der Zeitung auf und blinzelte pfiffig.

«Den Lundell, meinst du.»

Erstaunt war ich nicht, denn Persson verfügte in kleinerem Stil über Informationen aller Art, die er sich mit beispiellosem Fleiß aus jeder denkbaren Quelle verschaffte.

«Kennst du ihn», sagte ich vorsichtig, mit dem Nebengedanken, daß dann ja alle meine Bemühungen vergeblich gewesen seien.

«Nee, hab nur gehört. Vielleicht fehlt uns so einer. Wenn er die A-Mannschaft übernimmt, können wir uns um die kleinen Jungs kümmern. Das ist vielleicht gut.»

«Das werdet ihr noch bereuen», sagte Perssons Frau.

Perssons Frau, die auf der Küchenbank saß und die Club-Strümpfe stopfte.

Perssons Frau, die immer schrie, wenn sie reden wollte. Die trübe Augen hatte, unreine Haut und einen dicken Hintern.

Aber die doch gut war.

Die mal vor langer Zeit mit einem total bekloppten Nähmaschinenvertreter geschlafen hatte, weil sie ihn gutaussehend fand, und die Mutter des Kindes wurde, das in jeder Hinsicht seins war.

Die ihn sogar heiraten wollte, vor diesem bösen Schicksal aber bewahrt wurde, weil er in seiner Einfalt auf eine Hochspannungsleitung pinkelte und viel mehr Volt durch seinen Körper kriegte, als er verdiente.

Die Persson mit an Gewißheit grenzender Wahrscheinlichkeit liebte.

Die Perssons Frau war.

Die Frau war.

Die war.

Die so guten Kaffee kochte.

«Das werdet ihr noch bereuen», sagte sie.

Denn sie hatte vor Jahren in der selben Fabrik gearbeitet wie Lundell und wußte, daß er nur drei Tage in der Woche zur Arbeit erschienen war, und zum Schluß war er ganz verschwunden, zusammen mit den abnehmbaren, leichtverkäuflichen Teilen seiner Maschine. Er war dafür nie verklagt worden, denn bevor er abhaute, hatte er seinen Chef unter den Tisch gesoffen. Soweit sie wußte, war er im ganzen Land herumgezogen, und überall war in etwa das gleiche passiert.

«Aber er kann Fußball», sagten wir.

«Darüber weiß ich natürlich nichts», sagte sie.

Sie war klug und ehrlich, und dieses hier war eine andere Welt.

«Weibertratsch», sagten wir.

Es ging wie geschmiert. Wir hatten Jahreshauptversammlung und Lundell war da und tönte mächtig und alle waren sehr beeindruckt, und er wurde zum Spielobmann und Trainer ernannt. Ich sagte, wir müßten offiziell jemand für die Statistik haben und schlug Björk vor, und er wurde mit Applaus gewählt. Persson war weiterhin Vorsitzender und Kassenwart, ich war Schriftführer und Spielwart.

Die ganze Frühjahrssaison hindurch ging es gut, wir gewannen die Serie, wie erwähnt, und alle Jungs mochten Lundell. Mitten im Sommer gab es eine kleine Palastrevolution, und wir hatten eine Halbjahresversammlung und Lundell wurde zum Vorsitzenden gewählt. Persson wurde Zeugwart. Die Trainingskoffer sahen fürchterlich vernachlässigt aus, und keiner konnte die Sachen so gut betreuen wie er. Im folgenden Frühjahr ging es plötzlich schlechter.

6

Als Twen hatte ich die Vorahnung, daß ich mit 23 Jahren sterben würde. Das war so stark, daß es mich nachts wach hielt, und anstatt Schafe zu zählen, wie man das auf Karikaturen sieht, versuchte ich schweißgebadet vor Angst, die Anzahl der Tage auszurechnen, die ich bestenfalls noch zu leben hätte. Diese mathematischen Übungen hörten erst auf, als ich bemerkte, daß ich irgendwie die Grenze überschritten hatte und etliche Jahre älter geworden war. Es ist immer dasselbe. Man ist klein und traut sich nicht, auf die Ritzen zwischen den Steinplatten zu treten, wenn man zur Schule geht. Und man wird etwas größer, und jeden dritten Mittwoch hat man eine Eingebung, wie die Totozahlen aussehen wollen. Oder auch, man fährt mit achtzig auf einer ganz geraden Landstraße, und man pfeift ein bißchen vor sich hin, und wenn der Sonnenschein und die Motorwärme sich in der Gegend des Zwerchfells bemerkbar machen, denkt man wie Hamlet *That's a fair thought to lie between maids' legs* und ansonsten gar nichts. Und dann nimmt aus dem Nichts ein Traktor mit Anhänger Gestalt an, und er scheint stillzustehen, quer auf der Straße, und die Zeit bleibt stehen, während man voller Panik bremst und auf den großen Blechknall wartet. Dann kommt die Polente mit dem Maßband, und der eine sagt zum anderen: «Fünfundzwanzig Meter Bremsspur und auf dem Lehmfleck ins Schleudern gekommen.» Oder man kommt in eine Gesellschaft und sieht kaum, wer da hinten in der Ecke sitzt und denkt höchstens, wirklich komische Nase hat die, und ein Jahr später wacht man mitten in der Nacht auf und hat ihre Knie hoch oben zwischen den Nieren, oder weil sie einem ins Ohr schnarcht. Fast alle wirklich guten Eingebungen entstehen im nachhinein.

Im Herbst 1947 hatte ich im großen und ganzen keine Eingebungen. Das Gefühl, Lundell werde den Kahn auf den Grund setzen, wurde allerdings immer stärker, aber für diese Beobachtung brauchte man nicht Hellseher zu sein. Anfangs hatte er dem Club belebende Impulse und den meisten Jungs Freude am Spiel gegeben, von der wir vorher nicht viel bemerkt hatten. Er hatte eine ungewöhnlich geschäftige Klappe und verbreitete gekonnt gute Laune und allgemeinen Optimismus, aber dieser Optimismus war von der trügerischen Sorte, und in dessen Schatten gediehen Schlamperei und Improvisation wie üppiges Buschwerk.

«Da gibt es nicht viel drüber zu lachen», pflegte der todernste Persson zu sagen, wenn nach seiner Auffassung die Stimmung nach einem sogenannten sportlichen Rückschlag allzu gut war.

Lundell wußte meistens die Lacher auf seine Seite zu bringen und sagte zum Beispiel: «Mann, hol dir 'n Spaten und buddel dich ein.»

Oder er tauchte seinen Daumen in Perssons gefüllte Kaffeetasse und sagte mit einem beifallheischenden Grinsen: «Dacht ich doch, da wäre 'ne Schmeißfliege drin.»

Persson war ein leichtes Opfer.

Da gab es Schlimmeres. Zum Beispiel hatten wir eine miese Frühjahrssaison hinter uns, und der Herbst schien auch nicht besser zu werden. Je fetter Lundell wurde, desto mehr ging seine Klappe während des Trainings, und auch während eines Spiels mochte er sich immer weniger bewegen. Dennoch war er ein verhältnismäßig guter Spieler mit großer Routine, und solange er sich auf dem Platz befand, war das von Nutzen. Aber schließlich kam er gar nicht mehr. An dem Sonntag sollte ein Heimspiel stattfinden, und als ich zeitig zum Sportplatz kam, fand ich Persson völlig aufgelöst vor dem Clubhaus.

«Darauf hab ich schon immer gewartet.» Er zeigte mit seinem ledernen Zeigefinger auf eine halbe Papiertüte, die die Tür zum Umkleideraum schmückte, und während ich versuchte, ihn zu beruhigen, entzifferten wir die krakelige Schrift.

«Kann man nicht mal lesen», sagte Persson und spuckte wütend nach allen Seiten aus.

Endlich einigten wir uns auf folgendes:

KRANG! MÜDE! KAN NICHT KOMEN HAP ZU TUHN

LUNDELL

«Genau darauf hab ich schon immer gewartet.»

Wir waren selten in der Lage, ein Ausbleiben hinzunehmen, ohne die eventuelle Stichhaltigkeit zu untersuchen. Also fuhren wir mit dem Fahrrad zu Lundell nach Hause. Er wohnte draußen im Norden, in einem sehr kleinen Haus, das sich diskret hinter einigen großen, verwohnten Mietskasernen aus der Zeit um den Ersten Weltkrieg versteckte. Die Haustür war diesmal verschlossen, vielleicht aus bestimmten Gründen, und wir bollerten lange daran, ehe die Druckwellen von Schnaufen und gewaltigen Körperbewegungen vernehmbar wurden. Nach einiger Zeit knirschte es im Türschloß, und mit großer Schwierigkeit öffnete Lundell, denn die Tür ging nach innen auf, so daß er nach und nach zur Seite rücken und dafür Platz machen mußte. Er war notdürftig mit einer grauen Kommißdecke drapiert und sein großer Kopf lehnte schwerfällig am Türpfosten, als er versuchte uns anzusehen.

«Ihr seht doch selber, Jungs», murmelte er. «Es geht nicht. Verdammt, es geht überhaupt nicht.»

Sogar Persson nickte, denn der Anblick dieses außer Gefecht gesetzten Sportlers machte jedes Gegenargument überflüssig.

«Ich würde ja gerne ...» sagte Lundell und hob den Kopf, der allerdings sofort mit einem fleischigen, dumpfen Schlag zurück an den Türpfosten fiel.

Er grinste und fing an, die Tür genauso umständlich zu schließen, wie er sie geöffnet hatte.

«Wir müssen Geld haben, für die Fahrt der B-Mannschaft», sagte Persson scharf. «Du bist doch Kassenwart.»

Lundell hörte auf zu grinsen und sagte langsam:

«Ach so, ja, klar, dann –»

Es wirkte so, als ob er die Worte alle buchstabieren müßte und sie mit großer Mühe in geordneter Folge sagte. Ich zwängte mich hinein, aber als Persson folgen wollte, fing Lundell wieder an zu buchstabieren:

«Bleib-mal-draußen-bitte-.-Wird-sowieso-zu-eng.»

Die Luft drinnen war furchtbar sauerstoffarm, aber reich an anderen Ingredienzen, und ich stand still und atmete in kurzen Zügen durch den Mund, während Lundell sich im Dunkel zu schaffen machte, einem Seehund ähnlich, der versucht auf den Hinterflossen zu gehen. Im Bett zeichnete sich eine prächtige Wölbung ab, die etwas recht Vollendetes unter der Bettdecke zu verbergen schien. Nach einigem Suchen in verschiedenen Jacken- und Hosentaschen und einer umgeworfenen Handtasche, die zwischen übervollen Aschbechern und abgestandenen Drinks rumlag, holte er zwei verschwitzte Zehn-Kronen-Scheine heraus. Ich nahm sie und wollte gehen.

«Du», sagte er.

Ich blieb stehen.

«Das-da-ist-meine-Frau-oder-Verlobte-oder-so-was», sagte er und legte den Zeigefinger auf die Ausbuchtung, die lauthals stöhnte.

«Oh, verflucht», sagte ich.

«Du-kennst-sie», sagte Lundell und zog die Decke ein Stück zur Seite.

Ich kannte sie. Es war Iris, die Kellnerin bei *Britta*.

Als wir den langen, aufsteigenden Weg zum Sportplatz zurückradelten, hatten wir es eilig, und Persson keuchte schwer, als er mich überholte und schrie:

«Er hätte nie Kassenwart werden sollen!»

Der Kommentar war ohne Zweifel berechtigt, aber Persson hatte das schon so oft gesagt, daß ich langsam gar nicht mehr darauf reagierte.

Bei einer turbulenten Jahreshauptversammlung hatte man voller Begeisterung Lundell zum Vorsitzenden und Kassenwart gewählt. Das war eine sowohl unkluge wie unbegreifliche Wahl, und wäre etwas zu veruntreuen gewesen, hätten Persson und ich wahrscheinlich versucht, diese Wahl anders zu beeinflussen. Aber es schien so, als bezahle Lundell etliches aus eigener Tasche, und unter solchen Umständen wäre es kleinlich gewesen, Lundells sicherlich ungewöhnliche Buchführung genauer zu kontrollieren. Auch Persson akzeptierte diesen Zustand, was ihn aber natürlich nicht daran hinderte, bei passender und unpassender Gelegenheit mit dem gleichen säuerlichen «Er hätte nie Kassenwart werden dürfen» zu kommen.

Wie auch immer – Lundells allzu solider Kater hinderte ihn daran, an diesem Sonntagvormittag zu spielen, und ich machte mir zu dem Zeitpunkt auch keine weiteren Gedanken darüber. Denn ich war der Knabe, der mit achtzig Sachen fuhr und nur die gerade Strecke vor sich sah. Hätte ich etwas anderes gesehen, etwas, was andeutete, wie das Land hinter den Hügeln aussah, ich hätte wahrscheinlich mit einem Krankenwagen unseren Vorsitzenden zum Krankenhaus bringen lassen und hätte der Wissenschaft eine Möglichkeit gegeben, den Teufel mit Kochsalzinjektionen auszutreiben. Aber der Gedanke kam mir wirklich nicht.

Persson und ich brachten das alles schnell in die Reihe. Ich, der Spielobmann sein sollte, rückte für Lundell ein, und Persson, der die B-Mannschaft zu einem ländlichen Spiel hatte begleiten sollen, ersetzte mich als Spielobmann, während die B-Mannschaft ordentlich in den Zug verfrachtet wurde und unerfreulichen Abenteuern entgegenfuhr. Alles schien soweit ganz in Ordnung.

Wir in der A-Mannschaft spielten unentschieden, aber wie so oft, wenn ich selbst mitmachte, wurde das Spiel unnötig hart. Einer unserer meistgeförderten Spieler, der Lillen genannt wurde, bekam einen derben Schlag in den Rücken und mußte vom Platz genommen werden, und selbst fühlte ich mich auch ziemlich waidwund, besonders einige Stunden später, als ich mit Persson geduldig auf dem Bahnhof die Rückkehr der B-Mannschaft erwartete.

Der Zug kam, aber nicht die B-Mannschaft.

«Die haben sich besoffen», sagte Persson.

«Alle» sagte ich zweifelnd.

«Wir hätten sie niemals allein fahren lassen sollen», sagte er finster.

«Die Jungs sind doch in Ordnung», sagte ich.

Persson schüttelte den Kopf.

Am Sonntag kamen aus der Richtung keine weiteren Züge, also gingen wir zu mir, um nach einer Telefonnummer zu suchen, die wir anrufen konnten. Wir waren noch immer damit beschäftigt, als das Telefon das Problem für uns löste und ein erregter Kommissar der Landpolizei zu hören war, der sagte:

«Sind Sie verantwortlich für diesen sogenannten Sportverein?»

Eine Minute später wußte ich, daß das Spiel in Örhult in «Tumult und Aufstand» ausgeartet war, daß drei unserer Jungs in der B-Mannschaft in Arrest saßen, drei weitere sich in der Gewalt des Polizeiarztes befanden, vier von der Polizei verhört wurden und einer verschwunden war. Außerdem war ein Hund getötet worden, und ein alter Mann hatte einen schweren Schock bekommen. Die ganze Gegend dort war in Aufruhr, die Gebäude auf dem Sportplatz waren dem Erdboden gleichgemacht worden, und der Schiedsrichter hatte sich auf der Bahnhofstoilette versteckt, die von Polizisten beschützt wurde.

Erschüttert legte ich den Hörer aus der Hand. Örhult mußte ein Ort bar jeder Sportkultur sein. Meines Wissens gab es dort fünfundsiebzig Einwohner, verteilt auf ein riesiges Gebiet.

«Ich hatte da schon so ein Gefühl», sagte Persson, als wir hastig in einen Mietwagen stiegen.

Wir saßen fast die ganze Fahrt über schweigend, jeder überlegte sich, was wohl eigentlich geschehen war. Die Beschreibung des Kommissars wirkte stark übertrieben, denn selbst wenn man mit der Möglichkeit rechnen mußte, daß die Jungs sich ordentlich hatten vollaufen lassen, da sie nun endlich einmal außer Perssons freudetötender Reichweite gekommen waren, es waren doch allesamt ungewöhnlich nette Jungs. Es fiel schwer, sich nach dem, was ich einerseits über die B-Mannschaft, andererseits über Örhult wußte, gehässige Krawallszenen und leidenschaftliche Verwüstungen vorzustellen.

Örhult war überhaupt gar keine richtige Ortschaft, sondern bestand aus einer Anzahl Höfe, die in der naturschönen Gegend verstreut lagen, mit einigen wogenden Kornfeldern zwischen den tannenbewachsenen Anhöhen. Es lag zwanzig Kilometer vom nächsten Marktflecken entfernt, wo der Kreisarzt, der Tierarzt und der Landpolizeikommissar residierten, mit dem Bahnhof und einem vereinsamten Kiosk als führende Bauten. Der Fußballplatz, der im Jahr zuvor angelegt worden war, hing auf einem Hügel am Bachrand und war so pfiffig angelegt, daß man vom einen Tor aus gerade noch das andere sehen konnte. Der Boden war mit großen, grünenden Grassoden bedeckt, ausgenommen die unterste Ecke, die in einen schwarzbraunen Morast überging mit glitzerndem Sonnenkraut und wogendem Wollgras. Der Umkleideraum bestand aus einem verfallenen kleinen Trockenschuppen, in dem der Grundbesitzer sein Heu zu verwahren pflegte, bevor der Boden zum Sportplatz ausersehen wurde. Das Serienkomitee des Verbandes hatte den Platz für Spiele in der Distriktserie nicht anerkannt, was niemand daran hinderte, ihn für eine sanktionierte Reserveserie zu benutzen, und bestimmt nur bei einer solchen Veranstaltung konnte unter Umständen auch der Örhulter SC mitmachen.

Es war bewundernswert, daß es gelungen war, eine Mannschaft in dieser Metropole zu organisieren, denn die Einwohnerzahl war, wie gesagt, sehr niedrig, und nur einer hatte Erfahrungen aus Serienspielen. Obwohl der jüngste Spieler zwölf, der älteste siebenundvierzig Jahre alt war, hatte Örhult alle Heimspiele gewonnen, wie man sich erzählte. Ein Verbandsbonze hatte vor kurzem bei einer Ansprache auf Örhult als ein Beispiel dafür hingewiesen, wo Fußball wahrer Volkssport sei.

«Hier sehen wir, wie der Volkssport in seiner edelsten und feinsten Form blüht und gedeiht, in einer isoliert gelegenen und an Bevölkerung armen Gegend», hatte er unter anderem geäußert ... «In Örhult hat der Fußball die Freizeitprobleme gelöst und eine ungeheure Bedeutung für die Entwicklung der Ortschaft gewonnen. Wieviel wird nicht die sportliche Gemeinschaft mit den umliegenden Dörfern bedeuten für so einen Ort. Meine Herren, sie wird aus der Isolierung herausführen, den Horizont erweitern und die Kluft zwischen Stadt und Land überbrücken.»

So ungefähr lauteten die Gerüchte über die Arena, in der unsere B-Mannschaft das ereignisreichste Spiel aller Zeiten erleben sollte.

Die B-Mannschaft war zu Lundells Zeit eine wirklich «bunte Mischung» von Leuten, die Ball spielen wollen, ohne andere Ambitionen, als Spaß dabei zu haben, und für die man entweder wegen ihres mangelnden Könnens oder aus anderen Gründen keinen Gebrauch bei qualifizierteren Gelegenheiten hatte. Diejenigen im Club, die nach Ordnung und Effektivität strebten, äußerten oft, daß die B-Mannschaft eine Schande für den Club sei und außerdem auch als Reservespieler vollkommen wertlos sei, aber Lundell mochte die Jungs leiden und verteidigte sie oft durch streitbare Reden. Ich unterstützte ihn in diesem Punkt, denn die B-Mannschaft hatte unbestritten einen gewissen Charme. Die führenden Persönlichkeiten dabei waren Artisto, Rippe und Kvax, drei unbrauchbare, in ihrem Wesen aber ganz unterschiedliche Ballspieler.

Man neigt schnell dazu, Artisto als den originellsten von ihnen zu bezeichnen, dabei ist eigentlich jeder Mensch ein Original. Er war jedenfalls mit seinen zweiundzwanzig Jahren ein recht ansehnlicher Jüngling mit übertrieben guten Manieren, braunen Augen und dunklem, gewelltem Haar, das auf der Stirn zu einem Dreieck geschnitten war. Er hatte viele und sehr verschiedene Jobs gehabt, behielt aber keine länger als einen Monat und die meisten sogar nur zwei bis drei Tage. Nach einiger Zeit ging er dazu über, Landschaften und Stilleben zu malen, die er an einen professionellen Gemäldehausierer für vier Kronen das Stück verkaufte, und als die alte B-Mannschaft aufgelöst wurde, kurz nach Lundells Bruchlandung, ging er zur See auf große Fahrt. Schon auf der ersten Reise soll er irgendwo in Afrika verduftet sein, und seither habe ich über ihn nichts gehört. Seine Bilder waren fürchterlich, sein Umgang mit dem Ball aber superb, und es gab damals einige, die ihn für den besten Halbstürmer der Stadt hielten. Dennoch war er unmöglich einzusetzen, und nur ein so vorurteilsloser Sportwart wie Lundell mochte das Risiko eingehen, ihn auch nur in einer Reservemannschaft spielen zu lassen.

Rippe war nicht, wie man vielleicht glauben könnte, ein dürrer Schlaks mit wiegendem Gang. Er trug seinen Namen aus tragischen Gründen. Denn eine unglückliche Leidenschaft hatte ihn einmal dazu getrieben, zu versuchen, sich zu erhängen. Aber da er schon damals über einhundert Kilo wog, riß der dazu benutzte Bindfaden. Der ganze Block soll angeblich seinen Schrei gehört haben, als er sich beim Aufprall eine Rippe brach; die Treulose eilte herbei und soll ihm seither unverbrüchlich treu geblieben sein. Das war vor zehn Jahren passiert, geriet aber, genau wie die traurig wahre Geschichte vom Grafen Sparre und seiner Seiltänzerin, nie in Vergessenheit. Als ich Rippe begegnete, war er wohlbestallter Arbeiter bei der Müllabfuhr und Vater von drei oder vier Kindern, sogenannten Rippchen. Er wog einhundertvierzig Kilo, war einsdreiundneunzig lang, hatte Beine wie Grubenhölzer und war mit einer leidenschaftlichen, jedoch unerwiderten Liebe zum Ball behaftet. Auf dem Platz war er meistens nicht in der Lage, sich fortzubewegen, und wenn ihm einmal ein Start gelang, nicht imstande, stehenzubleiben. Er hatte eine ernste und geradlinige Gesinnung, die oft mit hochgradiger Dummheit verwechselt wurde, und wurde von Persson protegiert, der ihn für einen eifrigen und zuverlässigen Spieler «von hohem Gewicht» hielt. Hingegen verabscheute Persson alle, die improvisierten oder zu bescheiden waren, und wahrscheinlich hatte Lundell deswegen Artisto zum Kapitän der B-Mannschaft ernannt.

Kvax war die angemessene Verkürzung eines langen, von Konsonanten nur so wimmelnden Namens, den ein polnischer Junge trug, der sich extravagant kleidete und mit überflüssigem Intellekt behaftet war. Vermutlich besaß er die übliche Mischung aus guten und schlechten Eigenschaften, aber ich selbst mochte ihn nie leiden, was wohl kaum auf Neid beruhte. Die Beschaffung von Geld, Freunden, Frauen fiel ihm leicht, so leicht wie die von Schulden, Feinden und Geschlechtskrankheiten. Alle Spiele spielte er gleich schlecht, abgesehen von einigen einfachen Kartenspielen, wobei ihn seine Fingerfertigkeit zum Meister machte. Aber er war auch ein freigebiger Mensch, der gern und zur allgemeinen Freude die Summen spendierte, die er seinen Kumpels bei Zugfahrten oder in einsamen kleinen Cafés abgeknöpft hatte. Kvax war mit Lundell befreundet und in seinem Kielwasser zum Club gekommen. Später sollte der Boss ihn erben, und obwohl sanguinisch veranlagt, war er den Leuten ein verläßlicher Kamerad, die ihm trauten. Ich tat das nicht und gelangte infolgedessen auch nicht in den Genuß seiner Dienste, die in der Tat recht weitreichend sein konnten.

Ich dachte über alles das immer wieder nach und war immer noch in unfruchtbares Grübeln versunken, als wir auf sich dahinschlängelnden Schotterwegen unser Ziel erreichten.

Der Bahnhof war ein tristes kleines Haus mit Fensterbögen, die die Farbe von Katzenscheiße hatten, mit Eternitplatten auf dem Dach. Ein Stück entfernt lag der dazugehörige Ziegelbau mit dem abblätternden Hinweisschild «Männer» und «Frauen» und sah aus, als sei er aus Resten gebaut. Jenseits der drei Gleise befanden sich ein rotgestrichener Güterschuppen und eine Laderampe aus Brettern. Auf der Laderampe saßen zwei unserer Spieler und kauten an ihrem mitgebrachten Proviant. Der eine hatte einen Verband um den Kopf. Vor dem Abort stand ein Extra-Polizist mit Armbinde und Uniformmütze, breitbeinig, die Hände auf dem Rücken. Außer unserem waren noch zwei Autos auf den Kiesplatz, neben die Fahnenstange, gefahren. Fünfzig Meter entfernt sah man eine kleine Menschenansammlung, meist Kinder und alte Männer. Das sah bemerkenswert ungefährlich aus. Wir gingen zum Wachtposten, der mit der einen Hand die Mütze hob. Aus der Richtung des Bahnhofsgebäudes näherte sich ein Bahnbeamter, der tiefsinnig durch die Zähne spuckte, und sagte:

«Der Kommissar sagt, wir sollen den D-Zug anhalten und den da wegschicken.»

Er nickte zur Toilettentür hin. Der Mensch mit der Mütze zog einen Schlüssel aus der Tasche hervor und schloß die Tür auf, wobei er vorsichtig nach allen Seiten guckte.

«Entwarnung», sagte er.

Der Schiedsrichter kam heraus. Er war ein Mann von kleinem Wuchs, mit scheuem und erstauntem Gesichtsausdruck. Mitten am Kinn hatte er einen kreisrunden blauen Fleck und entlang der einen Wange eine lange, karmesinrote Schramme, was sein Gesicht wie ein bemaltes Fragezeichen aussehen ließ. Kaum war er über die Schwelle getreten, sagte Persson:

«Wie ist das Ergebnis?»

«Örhult hat mit 7:8 verloren», sagte der Schiedsrichter mit fester, aber leiser Stimme.

«Was sagst du, du verdammter Kerl», schrie der Bahnbeamte plötzlich los und schwang einen, allerdings sehr ungeübten, rechten Haken, der Schiedsrichter bekam den Schlag mitten auf die Stirn und sackte nach hinten weg.

«Oskar, der Kommissar kann dich durch das Fenster sehen», sagte der Polizist.

Ich nahm den wilden Mann in einen festen Griff und hatte ihn, mit einiger Mühe, ins Gras gesetzt, als der Kommissar aus dem Bahnhofsgebäude gestürzt kam, die Mütze in der Hand. Er war rotwangig, korpulent, cholerisch und kurzatmig.

«Nehmen Sie den Mann fest», sagte er.

Der Polizist kratzte sich im Nacken. Dann sagte er:

«Ja, gut, aber wer soll denn den Zug anhalten?»

«Der verfl ...» sagte der Kommissar.

«Ich schei ...» sagte der Kommissar.

«Dieser verd ...» sagte der Kommissar.

Dann war er still, versuchte, zu Atem zu kommen und sortierte sein Vokabular und sah von mir zu Persson, und sagte:

«Sind Sie die aus der Stadt?»

Wir nickten.

«Lassen Sie den hoch und kommen Sie mit», sagte er.

Ich ließ Oskar los, nicht ohne Zögern, und wir gingen in den Bahnhof und durch den Wartesaal. Auf einer der Wandbänke saßen zwei unserer Jungs. Der eine war Rippe, dick verbunden.

«Hej», rief er mit schwer zu fassender Begeisterung.

Wir nickten und gingen weiter durch in die Fahrkartenausgabe. Der Kommissar hängte seine Mütze an einen Nagel und sah hinaus auf den Platz, wo gerade ein dunkelblaues Auto voll uniformierter Polizisten bremste. Dann seufzte er und sagte mit Nachdruck:

«Das hier, meine Herren, ist eine verflixte Geschichte.»

7

Es sollte eine Weile dauern, bis wir erfuhren, was wirklich in Örhult geschehen war an dem Sonntagnachmittag. Die Vermutungen des Kommissars über den Ablauf des Geschehens waren ziemlich vage, und was er Persson und mir erzählte war fast genauso lücken- und fehlerhaft wie der schriftliche Polizeibericht. Die Untersuchungen des Fußballverbandes waren noch unklarer, und von den Jungs hatte jeder mindestens zwei Versionen parat. Ich habe dann die Sache Stück für Stück und so komplett wie möglich zusammengetragen, denn ich hatte schon immer eine Vorliebe für Geschichte und ließ mich nicht so leicht zufriedenstellen wie die offiziellen Ermittler. So im nachhinein, und mit der nötigen Distanz zum Geschehen, möchte ich allen danken, die mir bei dieser Forschungsarbeit behilflich waren.

Über die Bahnfahrt weiß man nichts weiter, als daß Kvax ein frisches Kartenspiel am Bahnhof kaufte, die Luschen gleich aussortierte und sie in den Papierkorb warf. Ansonsten war es wie üblich, einige spielten Karten, ein paar hoben heimlich einen und andere saßen nur da und starrten mit toten Augen aus dem Fenster, während wieder andere so laut und so unflätig johlten, daß der Schaffner sie bitten mußte, die Klappe zu halten.

Rund um den Fußballplatz in Örhult herrschte erwartungsvolle Spannung. Die Platzmannschaft hatte sich schon umgezogen, damit die Gäste im Clubhaus Platz nehmen konnten, und hatte sich unter die etwa dreißig Zuschauer gemischt. Die Jungs gingen als einigermaßen geordnete Truppe in den Umkleideraum, der Koffer wurde geöffnet und die Sachen unter allgemeinem Krawall verteilt. Rippe, der viel Platz beim Umziehen brauchte, drängelte furchtbar mit denen, die in seiner nächsten Nähe standen, wobei er in Perssons Abwesenheit sinnlose Anweisungen für das bevorstehende Gefecht durch die Gegend brüllte. Kvax ging nach draußen und zog sich hinter einem Busch um. Danach breitete er ein mitgebrachtes Stück Papier auf dem Boden aus und verpackte umständlich seinen Anzug darin. Einige Zuschauer, die in der Nähe im Grünen saßen und heimlich verkorkte Thermoskannen und Limonadenflaschen austauschten, die wohl Wasser enthalten konnten, wenn der Gedanke nicht so abwegig gewesen wäre, beobachteten ihn mit finsterem Erstaunen. Erst als der Schiedsrichter zur Aufstellung pfiff und beide Mannschaften hinaus auf den Platz trotteten, bemerkte man, daß Artisto fehlte. Nachdem man einige Minuten lang in verschiedene Richtungen gerufen hatte, gelang es, ihn aus einem angrenzenden Feld herauszulocken. Er hatte einen großen, duftigen Blumenstrauß aus Klatschmohn und Wiesenkerbel gepflückt, den er nun mit abgemessenem Schritt in die Mitte trug. Das Botanisieren hatte ihn aufgehalten, und er hatte sich bisher damit begnügt, das verwaschene schwarze Trikot über sein Oberhemd zu ziehen. Im übrigen hatte er noch seine Knickerbocker und Wildlederschuhe an. Als er beim Mannschaftskapitän der Örhult-Mannschaft angelangt war, überreichte er den Duftbesen und sagte:

«Da wir zum erstenmal auf eurem Platz sind, möchten wir gern diese kleine – Aufmerksamkeit überreichen, wenn ich mich so ausdrücken darf. Sie ist schön und ich hoffe, ihr wißt sie zu schätzen.»

Örhults Mannschaftskapitän, ein Mann, dessen Kinn erst in Höhe der Brustwarzen aufhörte, nahm den Strauß und besah ihn sich mit tiefem Mißtrauen.

«Jaha», sagte er und ging mit schweren Schritten an die Seitenlinie, wo er ihn einem älteren Herrn mit Gummistiefeln und rotem Schnurrbart übergab. Dieser – später stellte sich heraus, es war der Spielobmann – starrte stumm auf die Blumenpracht und legte sie ins Gras.

Danach fing das Spiel an.

Kvax, der als Mittelstürmer spielte, gab den Ball an Artisto, der zur Seite losrannte und dabei an drei Leuten, dicht hintereinander, vorbeidribbelte. Dann drehte er und preschte diagonal über das Spielfeld, sehr schnell an der abschüssigen Seite, wo die Gegner vergeblich nach seinen Beinen traten. An der Eckfahne angekommen, drehte er erneut, dribbelte an beiden Verteidigern und am Torwart vorbei, bis in das Tor hinein, und stellte den Fuß so auf den Ball, daß der einen halben Meter hinter der Torlinie lag. Die meisten aus der einheimischen Mannschaft lagen jetzt auf dem Boden, während unsere Jungs noch auf ihren Plätzen standen, ausgenommen Kvax, der sich da hinten abseits gestellt hatte. Artisto suchte sich seinen linken Schuh wieder, der ihm beim Dribbelangriff verlorengegangen war und ging anschließend, um seine Kleidung zu vervollständigen.

Er war allerdings einer von der langsamen Truppe, außer manchmal, wenn er den Ball hatte, und kam, genaugenommen, erst am Ende der ersten Halbzeit zurück. Örhult führte zu diesem Zeitpunkt mit 6:2, und die Zuschauer waren hochbegeistert. Rippe hatte es schwer gehabt, denn er spielte als Mittelläufer an der sumpfigsten Stelle des Feldes und schaffte es selten, seine kolossalen Beine vom Boden zu zerren, bevor es zu spät war. Als die Platzmannschaft ihr sechstes Tor schoß, stand er wie angewurzelt zwischen den Grassoden. Kvax lief schnell zu ihm und sagte:

«Verflucht noch mal, wie spielst du denn eigentlich?»

«Der flitzte nur so vorbei», keuchte Rippe. «Wie ein Blitz war ich hinterher, aber ...»

«Hast du Blitz gesagt, du blöder Glockenturm», sagte Kvax, der anfing, sich aufzuregen.

«Ruhig, Jungs», sagte Artisto, «bloß ruhig. Wir geben nicht auf, wenn nicht heute, dann eben später mal.»

«Wo warst du», keuchte Rippe.

«Geht dich gar nichts an, dämlicher Weihnachtsbaum», sagte Kvax rotäugig.

«Das ist unkameradschaftlich», sagte Rippe, «uns allein ...»

«Halt die Fresse, du dusseliges Denkmal», kläffte Kvax.

«Hört mal, Freunde, wir wollen doch nicht einen angenehmen Sonntag verderben», sagte Artisto.

«AUFPASSEN», grölte Rippe plötzlich und löste sein rechtes Bein vom Boden.

Das Spiel war wieder in Gang gekommen und der Ball kam angeflogen. Rippe schwang sein Bein, und im nächsten Augenblick landete er seinen berüchtigten Direkttreffer. Er bekam den Ball genau auf den Fußrücken, und wie aus einer Rakete geschossen, flog das Leder hoch in die Luft.

«Der geht in den Bach», sagte Kvax mißmutig.

Der Ball stieg weiter, wahnsinnig hoch, und fiel dann steil gegen das gegnerische Tor. Wie eine Bombe kam er, völlig im toten Winkel, unter dem Querbalken herunter, und der überrumpelte Torwart hatte ihn hinter sich, ehe weder er noch jemand anders sehen konnte, wohin er ging. Rippe riß die Arme hoch und fiel Kvax mit ohrenbetäubendem Siegesgeschrei an die Brust, der sofort unter dieser Last zu Boden ging.

«Bravo, Junge, bravo, du schießt am höchsten im ganzen Land», sagte Artisto und klopfte Rippe auf den Rücken.

«Bist du nicht ganz klug, du blödsinniger Kachelofen», sagte Kvax von unten.

Es hörte sich an, als spräche er aus der Tiefe eines Brunnens.

Kurz danach pfiff der Schiedsrichter Halbzeit, und die Mannschaften hauten ab auf ihre jeweilige Spielfeldhälfte, um zu rauchen und zu verschnaufen.

«Jetzt, Jungs, jetzt legen wir vor und gewinnen», sagte Rippe, erfolgstrunken.

«Es steht doch 3:6, Mann», sagte einer der anderen sauer.

«Wir werden schon gewinnen», sagte Rippe. «Wir müssen kämpfen und direkt ins Tor schießen.»

«Leck mich», sagte Kvax nachtragend.

Die Stimmung im Lager der Platzmannschaft war ausgezeichnet. Man hatte einen erkennbaren Vorsprung gesichert und betrachtete die Gastmannschaft nunmehr mit Nachsicht, fast mit Wohlwollen. Die Zuschauer, die im Schatten der Haselbüsche saßen, zückten etwas unvorsichtig die Flaschen und riefen ein ums andere Mal: Heja, Rotblau, jetzt mal vor – wann sehn wir das nächste Tor, obwohl Pause war und obwohl die Farben der Mannschaft gelb und schwarz waren. Der Mann mit den Gummistiefeln und dem roten Bärtchen stapfte los und drohte den Radaumachern mit der Linienfahne. Man wollte einen guten Eindruck machen.

Als das Spiel wieder anfing, bekam Artisto ganz unvermutet Spaß daran, und in der ersten Viertelstunde hatte fast nur er den Ball. Er schoß sogar zwei Tore in dieser Zeit, und es stand somit 6:5 für Örhult. Auf dem Abhang verbreitete sich Nervosität, und die Gruppe bei den Haselbüschen schrie durcheinander «heja Rotblau» und «macht sie fertig, die Scheißer» und «hau ihn rein, Oskar» mit zunehmender Heiserkeit und Besessenheit. Der Mann mit der Linienfahne versuchte nicht länger, sie zur Ruhe zu bringen.

Etwa gleichzeitig entdeckte Artisto etwas, was ihm mehr Spaß machte, als Tore zu schießen, die Möglichkeit nämlich, den Ball in den Bach zu kicken. Zwischen der zwanzigsten und fünfundzwanzigsten Minute der zweiten Halbzeit gelang ihm dieses Kunststück dreimal, und jedesmal brauchten die Örhulter sechs, sieben Minuten, bis sie den Ball ein Stück weiter unten mit Hilfe von Stangen wieder bergen konnten, wobei sie vorher auch noch zwei Stacheldrahtzäune überklettern mußten. Jedesmal mußte der Schiedsrichter das Spiel entsprechend verlängern, schließlich mußte er sogar ein Zeitprotokoll führen. Artisto verlor aber recht bald die Lust an diesem Vergnügen und ging weg und hielt sich eine Weile für sich allein im Hintergrund, ohne am Spiel teilzunehmen. Doch seine Aktion hatte die Platzmannschaft dermaßen demoralisiert, daß sie mehr auf Verteidigung spielte. Da diese Taktik aber einer gewissen Systematik bedarf, war das zum Scheitern verurteilt. Vor dem Tor wurde wild gebolzt, der Ball prallte mit dumpfem Geräusch hin und her, während die Mannschaften wie eine Herde müder Ardenner dahertrotteten. Nach einer Weile landete der Ball irgendwie im Tor, und zehn Minuten später lag er wieder da. Kvax hatte sich hervorgetan und lief federnd auf die Mitte zu, wobei er wie ein dämlicher Schimpanse schnatterte, während die Spieler der Platzmannschaft durch die Zähne fluchten und die Gruppe bei den Büschen sich unter bedrohlichem Gemurmel erhob. Der Schiedsrichter blickte auf die Uhr. Die B-Mannschaft lag mit 7:6 in Führung. Rippe war völlig außer sich und schrie Anweisungen durch die Gegend.

«Jetzt behalten wir den Ball, Leute!»

«Jetzt gewinnen wir», brüllte er, «der Ball bleibt bei uns, Jungs.»

Nun fand Artisto, es sei an der Zeit, einen Einsatz zu machen. Er hatte, wie alle anderen auch, Rippes Wink verstanden: Spielverzögerung. Das lag ihm, egozentrisch wie er war, und sowie er den Ball gekriegt hatte, fing er an, ihn vor sich her zu spielen, eine Kunst, die er fast bis zur Vollendung beherrschte. Die Gegner waren müde und wußten außerdem nicht, wie er zu stoppen sei, was eigentlich nicht so schwierig war, weil er immer um seine Beine besorgt und ein ziemlich wehrloses Opfer war. Er konnte nur täuschen und dann schnell vorbeiziehen. Er blieb oft ganz stehen und wartete, bis der Gegenspieler angerast kam. Dann täuschte er durch eine Finte, lobbte und rannte vorbei, immer in die leichteste Richtung und mit großem Sicherheitsmarginal, denn sein Spiel war l'art pour l'art in reinster Form, nicht zweckgebunden. Artisto war jetzt ausgeruht und irrte lange im Mittelfeld herum, ehe die Örhulter, angefeuert durch die lauten, blutrünstigen Zurufe des Publikums und der Spielleitung, ihn ernsthaft bedrängten. Zweimal wäre ihm beinahe ein Durchbruch gelungen, aber da ihm die Puste ausging und er Gegner vor sich sah, drehte er um und kam auf diese Weise langsam immer weiter auf die eigene Spielfeldhälfte, wo er, den Ball immer noch gesichert, stehenblieb und erst mal Atem schöpfte.

«Hau ab hier», rief Rippe hysterisch, weil der Ball dem eigenen Tor so nah war.

Als Artisto immer noch dastand, Luft holte und mehrere Gelbschwarze sich näherten, änderte Rippe seine Taktik und flehte:

«Gib ihn mir, ich hau ihn direkt ins andere Tor.»

Aber Artisto dachte nicht daran. Mit einer plötzlichen Finte täuschte er zwei Gegner in die falsche Richtung, drehte um und raste auf das eigene Tor zu, dribbelte sich vom linken Verteidiger frei und lief dicht an Rippe vorbei, der völlig die Beherrschung verlor und ihm von hinten ein Bein stellte. Darauf war Artisto nicht gefaßt, er fiel platt auf den Bauch, und der Schiedsrichter, der so etwas noch nie erlebt hatte, blies verzweifelt in seine Trillerpfeife.

«Strafstoß!» sagte er kategorisch und zeigte auf den sogenannten Elfmeterpunkt.

«Na, was denn nun», sagte Rippe.

«Verwarnung», sagte der Schiedsrichter.

«Du spinnst wohl», sagte Kvax, der, wie alle anderen, sich an diesem unruhigen Punkt eingefunden hatte.

«Verwarnung», sagte der Schiedsrichter.

«Find ich völlig richtig. Strafstoß ist das mindeste», sagte Artisto und kam mühsam wieder auf die Beine.

«Ruhe», sagte der Schiedsrichter.

«Den möchte ich schießen», sagte Artisto mit großem Ernst. «Mich hat er ja umgelegt.»

«Verwarnung», sagte der Schiedsrichter.

«Warum das?» sagte Artisto.

Der Schiedsrichter pfiff und ein Örhulter schoß direkt auf den Torwart. Der Ball prallte zurück, und Kvax, der wieder rote Augen hatte – ein schlimmes Zeichen – fing den Ball und schmiß ihn dem Schiedsrichter mit aller Kraft an den Kopf, von wo er abprallte und im Tor landete.

Dieser Schiedsrichter war auch nur ein gewöhnlicher Mensch, und der Fall war nun so kompliziert, daß er bereits entschlafene Fußballjuristen bestimmt hundert Jahre lang im Paradies beschäftigen würde. Er wußte, daß er irgendwie einen Fehler gemacht hatte, daß es aber nun zu spät war, und da er ja irgend etwas tun mußte, wurde Kvax ausgewiesen und das Tor anerkannt. Kvax räusperte sich und spuckte ihm ins Gesicht, wurde danach von mehreren anderen Spielern übermannt und vom Platz geführt. Das Publikum jubelte rauh.

Beide Mannschaften waren jetzt völlig aufgelöst. Örhult spürte den nahenden Sieg nach diesem merkwürdigen Erfolg.

«Auf sie, Leute», krächzte der rotbärtige Spielobmann und gestikulierte mit der Linienfahne.

«Schieß in den Bach», schrie Rippe Artisto zu, der gerade an den Ball gekommen war.

Artisto gehorchte, und eine Sekunde später lag er bewußtlos im Wollgras. Der bärtige Mann war auf das Feld gelaufen und hatte mit der Linienfahne auf ihn eingeschlagen, die aus dem Stiel einer alten Hacke gemacht und deshalb unerhört robust war. Der Schiedsrichter kam zu Hilfe gelaufen.

«Du bist vom Sportplatz verwiesen», sagte er und zeigte auf den Spielobmann, der vor Wut zitterte.

Er starrte den Schiedsrichter mit fürchterlichen, wäßrigen Augen an. Dann stieß er den Fahnenstiel in eine Grassode hinein, stellte sich breitbeinig hin und sagte:

«Platzverweis, wie? Das hier ist meine Wiese, du Lümmel. Und sag nicht ‹du› zu mir, ich könnt ja dein Vater sein, und mach, daß du von meinem Grund und Boden wegkommst, Lümmel. Und der da –» er zeigte auf Artisto, in dessen Gesicht gerade ein verschreckter kleiner Frosch landete, – «der da, erst im Roggen rumgammeln und uns denn so 'n Heu überreichen und denn viermal den Ball in 'n Bach bolzen! Der hat nur gekriegt, was er verdient hat, so wahr es einen Gott im Himmel gibt.»

Der Schiedsrichter fing an, unsicher auszusehen, nahm sich aber zusammen und sagte:

«Das hier ist ein Sportplatz, und Schiedsrichter bin ich. Ich bitte Sie, den Platz zu verlassen.»

Diejenigen vom Örhulter SC, die noch vernünftig genug waren, führten den Grundbesitzer vom Spielfeld. Er folgte ohne größeren Widerstand, sagte aber kläglich:

«Und ihr seid auch noch gegen euren Spielobmann, ihr Lumpen.»

Artisto wurde zur gegenüberliegenden Seite fortgetragen, der

Ball wurde herausgeangelt und das Spiel begann von neuem. Einer unserer Jungs schmetterte den Ball mit einem hohen Schuß weit auf das Feld, ein Verteidiger versuchte, abzuwehren, was ihm nicht ganz gelang, ein anderer genauso, und dann ballte sich ein Klumpen von Spielern vor dem Örhulter Tor zusammen. Der Ball ging hin und her, mißhandelt, lehmig, durch und durch naß. Immer wieder neue Schrägschüsse, immer wieder prallte der Ball ab. Während diese Schau ablief, näherte sich Rippe in langsam schneller werdendem Laufschritt.

«AUFPASSEN», brüllte er plötzlich und stürzte mitten ins Gewimmel.

Mit dem Ball vor sich, rauschte er mitten durch die Horde, Mit- und Gegenspieler fielen wie die Kegel in verschiedene Richtungen, und unter langgezogenem Triumphgeschrei galoppierte er, den Ball auf der Brust balancierend, geradewegs ins Tor. Es war nicht Rippes Schuld, daß er nicht stehenbleiben und daß das Netz ihn nicht halten konnte. Mit einem «ritsch» riß das Netz von den Haken und fuhr mit dem Spieler hinaus in die Landschaft, der Querbalken löste sich aus seiner morschen Verankerung und fiel mit auf den Boden. Eingewickelt in das Netz wie in einen etwas verrutschten Kokon, raste Rippe geradeaus in den Sumpf und fing an, zu versinken.

Der Schiedsrichter gaffte fünfzehn lange Sekunden, bevor er zu sich kam und «Tor» pfiff. Das Publikum stürmte unter schrecklichen Flüchen auf das Spielfeld, und die meisten Spieler verloren, unter dem Druck des Geschehens, jegliche Beherrschung. Unsere Jungs waren damit beschäftigt, die Torlatte in den Sumpf zu schieben, um Rippe zu retten, was ihnen nach einiger Zeit gelang. Der Schiedsrichter, der sich wie unter Hunderten von Wahnsinnigen vorkam, obwohl es doch nur einige zwanzig ganz normale Menschen waren, pfiff zum Anstoß, sah symbolisch auf die Uhr und tat den Schlußpfiff. Er war formell bis zum bitteren Ende. Inzwischen kam eine hysterische Frau herbeigelaufen und zerkratzte ihm das Gesicht. Das allerdings war eine Weibertat und somit eine Situation, in der alle dem armen Mann beisprangen, was zu einer kurzen Atempause führte. Eine halbe Minute später kam einer der Helfer zurück und schlug den Schiedsrichter k. o.

Trotz allem scheint es doch auch Beispiele würdevollen Verhaltens gegeben zu haben. Man erzählt sich, daß drei von Örhults und zwei von unseren Spielern mitten auf dem Spielfeld für einander

Hurrarufe ausgebracht und sich die Hand geschüttelt hätten. Diese Helden kümmerten sich auch später um den Schiedsrichter und mehrere andere Opfer. Der Spielobmann, der für einige Zeit verschwunden gewesen war, kam wieder zurück, bewaffnet mit einem großen gelben Hund. Den ließ er auf Rippe los, der sich verschmiert in seiner ganzen Länge im Umkleideraum aufhielt, wo er ein ums andere Mal «Wir haben gewonnen, wir haben gewonnen» rief. (Die B-Mannschaft hatte vorher längere Zeit keinen Sieg nach Hause gebracht, schon gar nicht bei Auswärtsspielen.) Geduckt und röchelnd fiel der Hund ihn an, und Rippe, der eine panische Angst vor Tieren überhaupt hatte, besonders vor solchen mit Zähnen, versuchte, sich durch das kleine Fenster des Clubhauses zu retten. Das hatte allerdings ein ungeeignetes Format, und er blieb auf halbem Wege stecken. Als die Draußenstehenden ihm helfen wollten, kam erst der Fensterrahmen mit, danach die ganze Wand, worauf der Schuppen ganz und gar in sich zusammenfiel und einen Hund und zwei Halbliter-Flaschen unter sich begrub.

Als der Schnurrbärtige Blut, Brägen und Schnaps zwischen Bretterhaufen und Steinsockel hervorsickern sah, bekam er einen Schock und kippte um. Jemand schmiß frische Pferdeäpfel auf Kvax' Anzug.

Der Rest der Geschichte ist genauso deprimierend und uninteressant wie jede andere groß-schwedische Wochenendschlägerei. Im Polizeibericht werden mehrere der üblichen Schlagwaffen erwähnt, leere Flaschen, Ledergürtel und Holzbretter mit Nägeln, und was das anbelangt, so ist es sicherlich auch korrekt. Von unseren Jungs hatte sich wohl Kvax am besten verteidigt – er schlug schnell und mit tollem Schwung und war der einzige, der ganze drei Monate auf Bewährung vom Gericht bekam –, und Rippe kriegte am meisten Dresche, weil er durch den Fensterrahmen, der um seine Hüften saß, in seiner Bewegungsfreiheit eingeschränkt war.

Der Pfarrer, der in der Nähe wohnte, alarmierte Polizei und Arzt, aber als die ankamen, war die Schlacht schon beendet, und allein die Auffassung des Landpolizeikommissars, es handele sich um einen Aufruhr, vermochte die Sache von neuem zu entfachen. Als man die Mannschaften durchzählltte, zeigte sich, daß Artisto verschwunden war. Man befürchtete, daß auch er einen Schock bekommen hätte und nun im Wald herumirrte, aber als man die Gegend durchkämmte, fand man ihn ein paar Stunden später seelenruhig beim Pilzesuchen, noch immer in Fußballstiefeln und Turnhosen, und das Trikot hatte er zu einem Beutel zusammengebunden.

Als wir ihn fragten, was zum Donnerwetter ... sagte er, er hasse Gewalt.

Nach diesen Ereignissen hörte der Volkssport in seiner edelsten Form auf, in Örhult zu existieren.

8

Eine Blamage ist selten ein Unglück, auch wenn man sie zunächst als solche empfindet. Sie ist im Augenblick maßlos ärgerlich, aber bald kann man darüber laut lachen, wenigstens deshalb, weil man wissen möchte, ob man sein Gesicht immer noch an der gleichen Stelle hat. Die Expedition der B-Mannschaft war eine Blamage, und Lundell schüttelte sich schon beim ersten Erzählen vor Lachen. Am folgenden Tag lachte ich auch darüber, und einige Zeit später zeigte sogar Persson sein schiefes Lächeln. Aber der Boss hat niemals gelacht, wenn die Jungs diese Geschichte erwähnten. Er sah nur kalt und mit verkniffenem Mund an den Witzbolden vorbei, und ich lache heute auch nicht mehr darüber, nicht, weil ich das Spiel in Örhult vergessen habe, sondern weil ich im Laufe der Jahre eine andere Einstellung dazu gewonnen habe. So geht es ja oft, wenn man über etwas Komisches lange genug nachdenkt.

Drei Wochen später saßen ich und Lundell und schlürften schwarzen Kaffee in einem Café ganz in der Nähe des westlichen Sportplatzes, derweil Persson in seiner Einsamkeit, ein paar hundert Meter entfernt, die Trainingskoffer der B-Mannschaft in Ordnung brachte und ab und zu den Brenner der Petroleumheizung wieder richtig einstellte. Persson hatte tagsüber frei, weil er Nachtschicht arbeitete. Er schnitt Weihnachtsbaumschmuck aus Stanniol in einer wegen des regelmäßigen Saisongeschäfts blühenden kleinen Fabrik, Lundell feierte krank, und ich selbst war der glückliche Inhaber eines Arbeitsplatzes, wo man den Hut in den Nacken schieben und etwas murmeln und seiner Wege gehen konnte, ohne daß es jemand besonders gekümmert hätte, jedenfalls nicht im ersten halben Jahr. Das Café, in dem wir saßen, war ganz ordentlich, so daß man es gern besuchte und oft, denn da der Inhaber weder Teppiche noch Tischtücher verwendete, auch keine kitschigen Bilder an den Wänden hängen hatte, meinte er wohl, er könnte es sich leisten, richtigen Kaffee mit Gebäck zu verkaufen. Aber gerade an diesem Tag erzielte dieses vortreffliche Getränk keine aufmunternde Wirkung bei Lundell, und sein schwabbeliges Gesicht mäkelte über der großen weißen Porzellantasse. Ehrlich gesagt, ich sah vermutlich auch nicht putzmunter aus, und als wir uns ansahen, wurden wir noch trübseliger, und Lundell zerkrümelte sinnlos sein Mandelplätzchen zwischen den Fingern und sagte apathisch – wie es des wahren Optimisten letzte Rettung in der Bedrängnis zu sein pflegt –: «Wir sind in der Klemme.»

Er legte seine fette rechte Hand auf den Tisch, die Handfläche nach oben, und betrachtete sie lange. Dann seufzte er und schloß die Augen, als hätte er etwas Unangenehmes gesehen, und mit jeder weiteren Minute schien er in immer tiefere Resignation zu versinken.

«Diesmal hat's uns erwischt, verdammt», sagte er leise, wie zu sich selbst.

Das schlimmste war: er hatte vermutlich recht. Wir waren in der Klemme oder es hatte uns erwischt, egal, welcher Umschreibung man sich nun bediente, und das als indirekte Folge der alkoholisch-erotischen Ausschweifungen Lundells vor drei Wochen.

Im Auswärtsspiel am Sonntag nach dem Örhultabenteuer bekamen wir ordentlich eins auf die Rübe, vor allem weil wir zu wenig Leute hatten. Lillen und noch jemand waren verletzt, fast die ganze B-Mannschaft hatte Spielverbot und wartete auf den Disqualifikationsbescheid des Verbandes, und die noch vorhandenen Reservespieler konnten unter keinen Umständen die anderen ersetzen. Sechs Tage später spielten wir wieder auf dem westlichen Sportplatz, an einem Samstag, und um halb fünf sollte es losgehen, und Lundell und ich und Björk stellten am späten Freitagabend die Mannschaft zusammen, und schon auf dem Papier sah es erbärmlich aus, aber Lundell war bester Laune und sagte:

«Ich spiel für fünf.»

Als wir uns trennten, war es nachts halb drei Uhr, und spätestens um sechs nächsten Morgen mußte ich mich bei der Arbeit sehen lassen, in der Hoffnung, sie noch weiterhin für einige Zeit behalten zu können.

Genau um halb fünf nachmittags wachte der Spielobmann der A-Mannschaft auf. Er lag an der Wand unter dem winkligen Dach, auf die Seite gedreht, eingepackt in kuschelige, einschläfernde Wärme. Das war so ein Panikerwachen, bei dem man sofort ganz klar ist im Kopf und der restliche Körper nicht so schnell mitkommt, der Schweiß ausbricht und man alles erstaunlich deutlich sieht und fühlt, ohne etwas dagegen tun zu können.

Ich fühlte zum Beispiel sehr deutlich die weiche Schulter und sah deutlicher denn je den Hals, mit seinen feinen, blaßblauen Äderchen und den klitzekleinen Leberflecken, und am deutlichsten sah ich den emaillierten Wecker auf dem Nachttisch, und der zeigte schon auf eine Minute nach halb fünf.

«Du lieber Himmel», sagte ich vermutlich, lallend und außerstande, irgendeinen Kraftausdruck hervorzubringen, der angemessener gewesen wäre.

«Du», sagte Astrid und hielt den Arm um meinen Rücken genauso vorsichtig und fest wie um ihre Lieblingspuppe, was absolut nicht zutraf.

«Du hast so schön geschlafen», sagte sie, «da mocht ich dich nicht wecken.»

«Du warst so lieb», sagte sie.

«Lieb, Himmelherrgottnochmal», sagte ich.

Als ich anfing, mich loszumachen, legte sie lässig ein langes Bein über meine Hüften und versuchte, mich in der Wärme festzuhalten. Das war lästig, aber ich schlug sie nicht, was wohl auch ungerecht, vor allem aber Zeitverschwendung gewesen wäre.

Auf dem Sportplatz war die Uhr Viertel vor fünf, und das Spiel hatte angefangen. Ich ignorierte Perssons Blicke und versuchte, mich auf das Spiel zu konzentrieren, während ich mein Hemd in die Hose stopfte und mir die Haare zurechtstrich.

«Ach so, Lillen spielt», sagte ich.

«Ja», sagte Persson.

«Ich dachte, der wäre krankgeschrieben», sagte ich.

«Weiß nicht», sagte Persson, «Lundell hat ihn jedenfalls eingesetzt.»

Ich habe, besonders später, viele eindeutige Beweise dafür bekommen, daß ich nicht die Gabe habe, schwierige Situationen richtig zu beurteilen und überhaupt Dinge zu begreifen, aber ich müßte lügen, wenn ich behaupten wollte, daß ich damals nicht augenblicklich begriff, was da passiert war und noch passieren würde. Lillen hatte eine böse Rippenverletzung. Noch am Vortag hatte er sie gehabt und war für mindestens drei weitere Wochen krankgeschrieben. Offenbar wußten nur Lundell und ich davon, denn da Lillen einer unserer wichtigsten Spieler war, meinten wir, daß die Neuigkeit, er werde voraussichtlich für den Rest der Saison nicht mehr spielen können, die restliche Mannschaft entmutigen würde, falls es allgemein bekannt würde. Deshalb sprachen wir nicht darüber und hatten auch ihm gesagt, er solle die Klappe halten. Lillen war ein netter und unselbständiger Bengel, der machte, was man ihm sagte. Er war erst sechzehn Jahre alt.

Ich konnte auch Lundell verstehen. Er hatte kaum Leute und Möglichkeiten und hatte schon immer einen Hang dazu, auf Gewinn und Verlust zu setzen. Wahrscheinlich dachte er, wenn der Junge ansonsten rumlaufen kann, kann er auch neunzig Minuten vorsichtiges Außenspiel aushalten.

An sich hätte ich als Spielobmann Lillen sofort aus dem Spiel nehmen und die Mannschaft mit zehn Mann weiterspielen lassen müssen, was im Klartext bedeutete, daß wir verlieren würden. Daß ich bei Astrid verschlafen hatte, war nur eine schlechte Entschuldigung für mein Zuspätkommen und entledigte mich keineswegs meiner kleinen Verantwortung, die plötzlich recht groß erschien. Die leichteste Entscheidung ist allerdings noch immer, nichts zu entscheiden. Ich kümmerte mich also weiterhin nicht um Persson und sah dem Spiel interessiert zu, Minute für Minute, ohne daß etwas passierte. Und ich fand, die Zeit verging richtig schnell, und dachte, ich müßte mich vielleicht in der Halbzeit entscheiden. So vergingen siebzehn Minuten. Danach löste sich das Problem von allein und wurde durch ein anderes ersetzt.

Und das war:

Lillen, der vornüber im Gras lag, ganz still, den Ball unter sich.

Lundell, der sich mit bekümmertem Gesicht über ihn beugte.

Ich, der ich in der gleichen Sekunde auf das Spielfeld lief, in der der Schiedsrichter das Spiel abpfiff.

Persson, der völlig unmotiviert nach einem Strafstoß rief und losrannte, um den Verbandskasten zu holen.

Lundells Hand, die unter Lillens Kopf verschwand und zusammenzuckte und wieder hervorgezogen wurde, blutverschmiert.

Der Ball, der eine schmutzig-rote Kalotte hatte, war schon matt behaart, da, wo das Blut zum Teil eingezogen und ansonsten mit kleinen, dunklen Bläschen bedeckt war.

Lundell, bleich und angeekelt, sagte:
«Weg damit, verdammt, und her mit einem anderen Ball.»
Jemand aus der anderen Mannschaft, der sagte:
«Schleppt die Leiche ab, damit wir endlich anfangen können.»
Ein Sechzehnjähriger, der auf dem schmutzigen Holzfußboden im Clubraum auf dem Rücken lag, mit magerem Gesicht und roten Rinnsalen an den Mundwinkeln und Nasenlöchern.
Ein Taxichauffeur, der den Kopf schüttelte:
«Wer bezahlt das denn, wenn er den ganzen Rücksitz vollblutet? Und mit dem Matsch an den Stiefeln? Nee, also jetzt reicht's mir ...»
Ein Privatfahrer, der sagte:
«Meine kleine Chaise? Der kann hier nicht lang liegen, und außerdem hab ich's eilig.»
Das waren die Krankenwagensirenen, zuerst leise und weiter entfernt, und Persson in der Tür, der das Spiel beobachtete:
«Jetzt verlieren die ihre Form, das geht schief.»
Das war Lundell im Café, sechs Tage später, mutlos über seine Tasse gebeugt:
«Wir sind in der Klemme.»
Es gab Leute, die uns persönlich nicht mochten und die von Sport schon gar nichts hielten. Zum Beispiel Lillens Vater, der mit Nachnamen Andersson hieß und einen dicken Bauch und traurige Augen hatte, der eine Faßbinderei besaß und der wollte, daß unser Club aufgelöst wurde, am liebsten alle Sportvereine. Zum Glück hatte er ein schlechtes Gewissen und Angst, sein Sohn werde sterben. Ich wußte ja, daß Lillen gute Voraussetzungen hatte, durchzukommen, obwohl der behandelnde Arzt den Kopf schüttelte und sich verlegen räusperte und überhaupt so aussah, als ob seine Patienten abkratzen müßten, wenn er sie nur ansah. Aber es gibt ja viele solcher Ärzte, die, wenn man ihnen auch nur einen verstauchten kleinen Finger vorzeigt, gleich bereit sind, den Totenschein auszuschreiben, während andere wieder voll technischer Begeisterung, strahlendem Optimismus und Berufsstolz sind, wenn sie dem Kranken schon alles, außer dem Kopf, amputiert haben. Man soll nicht versuchen, aus der Mimik eines Quacksalbers Schlüsse zu ziehen. Wichtig war, daß Lillens Rippe sich in die Lunge gebohrt hatte und daß die Sachverständigen meinten, das sei schlimm genug, ohne daß man nun gleich sterben müsse.

Lundell war nicht der Richtige, sich um so etwas zu kümmern. Ihn plagte viel zu sehr das, was wohl mal das Gewissen gewesen sein mußte, obwohl Feinfühligkeiten wie Gewissen und anderes zu der Zeit in den einschlägigen Kreisen schon abgeschafft worden waren. Das einzige, was er sagen konnte, war:

«Beschissen.»

Und:

«Mein Fehler ist das.»

Und das machte keinen guten Eindruck, besonders nicht, als wir mit dem Faßbinder sprachen, der vor Unruhe fast einging und der eher Zuspruch nötig gehabt hätte und beim Anblick von Lundells reuevoller Visage nur wütend wurde. Das war eine ganz und gar verfahrene Geschichte. Wir hatten es nicht anders verdient und waren uns darüber im klaren, daß die Angelegenheit, wenn sie zu früh bekannt würde, den ganzen Club ruinieren und uns als Sportwarte unmöglich machen würde. Deshalb hatten wir einiges in Umlauf gesetzt, was nicht ganz wahr war, zum Beispiel, das Lillen selbst darum gebeten hatte, spielen zu dürfen. Teilweise waren es auch handfeste Lügen, zum Beispiel, daß der Junge nur leicht verletzt und sehr bald wieder spielklar sein würde. Die große Crux mit Lundell war, daß er nicht dichthalten konnte, sondern seine Sorgen anderen mitteilen mußte. Er war so einer, der am liebsten seine düsteren Gedanken portionsweise an jeden zweiten austeilt, in der Hoffnung, es sei dann leichter zu ertragen. Und ich glaube, am meisten plagten ihn ein Gefühl von Einsamkeit und das Bewußtsein, nicht frei reden zu können. Außerdem verglich er Lillen mit seinem eigenen jüngeren Bruder, der im selben Alter war und dem Hörensagen nach ein ungewöhnlich vielversprechender Spieler sein sollte. Dazu muß man sagen: diese Gerüchte kamen von Lundell selbst, weil er oft von seinem Bruder sprach, der angeblich ein Mittelstürmer sondergleichen werden würde, sagte er, der aber sein Zuhause nie verlassen würde, wo er eine gute Arbeit in der Torfindustrie hatte und nur so zum Spaß in der Dorfmannschaft spielen konnte. Damals gaben wir nicht viel auf Lundells Gerede, aber die Zukunft sollte zeigen, daß er im großen und ganzen recht behalten sollte, denn der Bengel wurde wirklich ein guter Mittelstürmer und trotzte vielen großzügigen Angeboten, ehe er sich schließlich doch aus seiner heimatlichen Umgebung herauslocken ließ. Tatsache ist, daß er mir viel später einmal größte Schwierigkeiten machen sollte.

Aber hier und jetzt, in diesem Kraftfahrer-Café, ging es um Lillen. Der Arzt hatte versprochen, an diesem Tag irgendeinen Bescheid zu geben, und wir warteten unruhig darauf, denn wie auch immer dieser Bescheid ausfallen würde, konnten wir erwarten, daß Lillens Vater sich auf eine seiner bisher nur angedeuteten, bedrohlichen Maßnahmen konzentrieren würde. Er konnte zum Beispiel rechtlich gegen uns vorgehen, was zwar fragwürdig, aber immer noch eine Ahnung besser sein würde, als wenn er sich an die Zeitungen wandte, denn es gibt verschiedene Möglichkeiten, sich von einer Auflage zu befreien, aber keine einzige, um die Wirkungen eines Pressefeldzugs zu eliminieren. Im übrigen hatten wir wie die meisten Sportfunktionäre viel mehr Angst vor der willkürlichen Rechtsprechung des Verbandes, als vor dem offiziellen Gericht. Na ja, wir konnten nichts anderes tun als warten, und Lundell konnte nicht einmal das, denn er sagte:

«Wir rufen im Krankenhaus an.»

Ich schüttelte den Kopf, und er trommelte mit seinen dicken Fingern auf den Tisch, bevor er es noch einmal versuchte:

«Wir rufen bei Lillens Vater an.»

«Es ist besser, wir gehen zum Sportplatz zurück und warten ab, ob jemand anruft», sagte ich. «Ist auch besser, wenn Persson nicht ans Telefon geht.»

«Nee, natürlich nicht», antwortete Lundell.

Wir riefen die Bedienung, um zu zahlen, und als wir gerade dabei waren, hielt ein Lastwagen vor dem Fenster. Er war hochbeladen mit Butterfässern, gab mir aber keine Assoziationen, bevor ein Kerl die Cafétür zuknallte und Lundell sagte:

«Mensch, das ist doch der, der Anderssons LKW fährt.»

Ich sah mir den Mann an, der zum Tresen ging und zur Küche hin nach einer großen Tasse Kaffee und einem Stück Zuckergußgebäck rief, ehe er sich umdrehte und zu uns kam. Ich hatte ihn schon früher mal gesehen, auf dem Sportplatz, ziemlich oft, und ihn niemals in Zusammenhang mit Lillen oder etwas anderem gebracht, aber jetzt hatte ich Grund dazu und stellte fest, daß er ein großer und grobschlächtiger Mann in Bierkutscherjacke und Schirmmütze war, mit markanten Gesichtszügen und tiefbraunem Bartwuchs. Später sollte sich mir dieses Gesicht tief einprägen, und jetzt kennen es fast alle, zumindest in unserer Stadt und unserem Teil des Landes. Er sah kalt auf uns herab und sagte:

«Das wird schon werden.»

In diesem Augenblick kam die Kellnerin mit ihrem kleinen Blechtablett, und er gab ihr ein Zeichen, es auf unserem Tisch abzusetzen.

«Was wird schon werden», sagte Lundell mit einem Anklang seiner üblichen Arroganz im Ton.

Der Mann öffnete den Mund und ließ ein kurzes Lachen heraus, schallend, aber ziemlich freudlos. Dann biß er zwei Drittel seines Gebäckstückes ab und sagte mit vollem Mund:

«Mit Lillen. Das wird jetzt schon werden. Andersson hat mir gesagt, ich soll herfahren und euch das sagen.»

Er nahm einen Schluck Kaffee, schluckte und setzte die Tasse schmetternd ab.

«Daß da keine Gefahr mehr ist. Er soll ein halbes Jahr liegen, aber der Doktor sagt, das wird schon.»

Er riß den Schlund auf und warf die restlichen Kuchenkrümel hinein. Dann lehnte er sich auf dem knarrenden Stuhl zurück und streckte den Rücken, der ohnehin schon auffallend gerade war, und sah abschätzend von Lundell zu mir und zurück. Nach einem Weilchen sagte er:

«Andersson glaubte, ihr wärt unruhig wegen Lillen. Er sagt, ihr und er haben die verdiente Strafe gekriegt und daß er nicht Salz oder Pfeffer, oder was das nun war, in die Wunden streuen will. Andersson ist ein anständiger Mensch ...»

Letzteres sagte er mit merkwürdig wenig Überzeugung, aber doch sehr bestimmt, mehr so, als ob er ein Urteil und nicht eine wohlwollende Beurteilung abgegeben habe. Und während der ganzen Zeit sah er Lundell an, der ein bißchen zu lachen versuchte und sich wichtig machte und doch keinen rechten Stil fand, obwohl ein großer Teil der schlimmsten Sorgen, jedenfalls für den Augenblick, aus der Welt zu sein schien.

«Jaha, ja», sagte Lundell irritiert und drehte und wand sich, um eine Körperhaltung zu finden, die entspannter aussah. Der Mann sah ihn noch eine geschlagene Minute an, und eine Minute kann erstaunlich lang sein, und dann nahm er die Hände aus den Taschen und stützte die Ellenbogen auf den Tisch und sagte, als habe er etwas Bedeutsames abgeschlossen und konzentriere sich innerlich nun auf andere Dinge:

«Aha, ja, ja. Und wie wird das am Sonntag?»

Lundell, der noch vor anderthalb Stunden so siegesgewiß gewesen war, sagte keinen Ton.

«Wir hoffen immer das Beste; daß die beste Mannschaft gewinnt», sagte ich aus alter Gewohnheit. So ungefähr sagte man zu Außenstehenden.

«Ihr müßt gewinnen», sagte der Mann in der Lederjacke sehr ernst, «jetzt, so am Anfang der Saison, ist es wichtig, daß man unter den Serienersten liegt.»

«Wir sind froh, wenn wir uns halten können und nicht absteigen», sagte ich.

Er schien einige Sekunden darüber nachzudenken. Dann sagte er hej und ging hinaus zu seinen Fässern.

Wir sahen ihm nach, und Lundell zuckte die Achseln und holte seine halbe Zigarre vor.

Es war etwas Merkwürdiges mit diesem Mann, irgend etwas, was nicht übereinstimmte mit seinem Auftreten und dem Grund seines Besuchs. Da lag etwas Sonderbares in der Art, wie er Lundell angesehen hatte, und im Tonfall seiner letzten Worte.

Das merkwürdigste war allerdings, daß er der Boss war.

Ich erinnere mich daran, daß ich ihn zwei Tage später auf dem Sportplatz sah, als unsere Jungs sich zäh ein Unentschieden erkämpften, was schwer war, und daran, daß ich nach dem Spiel mit ihm redete und daß Persson auch dabei war. Und besonders deutlich ist meine Erinnerung an den darauffolgenden Trainingsabend, an dem Persson glaubte, ihn überredet zu haben, den Posten als außerordentliches Vorstandsmitglied zu übernehmen, der seit der Gründung des Clubs unbesetzt war, und daran, daß wir alle vier im Clubraum versammelt waren, wo damals nur eine nackte Glühbirne an der Decke hing und ein paar ausrangierte Küchenschemel und ein verwitterter, alter Markttisch auf Böcken standen.

Persson, der ein Gegengewicht zu Lundell haben wollte, war die treibende Kraft hinter der Konferenz, und er saß am Tischende, in seinem blauen Trenchcoat zusammengesunken, und der Boss stand an der Langseite, schwer und ernst, die Handflächen auf die ungehobelten Planken gestützt.

Wir warteten auf Lundell, der trainiert hatte, um die Unlust aus dem Körper zu vertreiben, und er kam vom Duschen herein, barfuß und dampfend und naß und mit rosafarbener Haut, wie ein abgebrühtes Ferkel, ein Handtuch um seine unförmigen Hüften geknotet. Er brachte einen Viertelliter Weinbrand mit, und ich verteilte einige kleine Campingbecher, die ich immer bei mir trug in einem kleinen Moleskin-Futteral, und wir prosteten uns würdevoll zu.

Alle sagten, in unterschiedlichen Formulierungen, daß wir zusammenarbeiten wollten, gleichberechtigt, einer für alle, alle für einen, daß wir interne Konflikte vermeiden wollten, einen Strich unter die Vergangenheit und gemeinsam das begonnene Spieljahr zum erfolgreichsten des Clubs machen wollten. Dann schüttelten wir einander die Hand und sahen uns starr in die Augen, und ich erinnere mich an alle Handschläge, Lundells naß und schwammig, der vom Boss schwer und fest im Griff, Perssons, als ob er eine überfahrene und ausgetrocknete kleine Kröte hinhielte, und ich habe oft gedacht, wie meiner sich wohl anfühlte.

Als wir aus dem Umkleideraum marschierten, sagte Sven-Erik, der da stand und sich den Bauch frottierte:

«Mann o Mann, seht ihr scheißwichtig aus.»

«Das, Jungs, ist der eigentliche Brain-Trust», sagte Lundell.

Und alle lachten, außer einem.

Eine Woche danach schmiß der Boss Lundell aus dem Club und verwies Persson für immer auf den Posten des Zeugwarts. Obwohl es Persson gewesen war, der ihm den ersten Knuff nach vorn gegeben hatte.

9

«Ein Ball fehlt», sagte Persson, der in der Hocke saß und im Geräteschrank wühlte.

«Wie kannst du das denn sehen», sagte Rippe, der zufällig im Umkleideraum war.

«Wir sollen sieben Bälle haben. Ich hab das hier aufgeschrieben und sie vorige Woche gezählt, und jetzt zähl ich wieder, und es sind nur sechs da», erklärte Persson geduldig.

«Hast du mehr als einmal gezählt», sagte Rippe.

«Dreimal», sagte Persson.

«Dann fehlt wohl einer», sagte Rippe.

Persson stand auf und latschte zielbewußt hinaus und um das Haus zur anderen Seite, wo die Tür zum Umkleideraum des FC offenstand. Deren Zeugwart saß auf der Schwelle und tauschte kaputte Schnürsenkel aus.

«Hej», sagte Persson und blinzelte über ihn hinweg in den Raum hinein, wo die Bälle an Haken unter den Deckenbalken hingen.

«Hej», sagte der junge Mann abwesend, ohne aufzublicken.

Persson stand einen Augenblick da und wechselte von einem Fuß auf den anderen, um einen besseren Überblick zu bekommen. Währenddessen wurde er noch finsterer.

«Wie viele Erbsen habt ihr in euren Bällen», sagte er.

«Wir haben nichts anderes als Luft in unseren Bällen», sagte der junge Mann und gab Persson einen solchen Blick, wie man ihn Haustieren oder eigensinnigen Kindern zu geben pflegt.

«Wir haben zwei Erbsen in unseren Bällen», sagte Persson und schlüpfte schnell wie ein Wiesel in den Raum.

«Ja, wenn ihr Erbsensuppe in eure Bälle tut, kann ich verstehen, daß ihr so spielt», sagte der andere säuerlich.

Unterdessen knüpfte Persson einen der Bälle los und schüttelte ihn prüfend.

«Das hier ist unser Ball», sagte er. «Da sind zwei Erbsen drin. Hör selbst!»

Er hielt den Ball neben den Kopf des anderen und schüttelte demonstrativ.

«Bist du nicht richtig klug», sagte der Zeugwart des FC. «Der da ist unserer, sonst hätten wir ihn nicht hier drinnen gehabt!»

«Und das Torwartstrikot, das ihr vor vier Jahren geklaut habt – war das auch eures», sagte Persson giftig.

Der junge Mann sah fragend aus. Er hatte zu der Zeit dem FC noch nicht angehört und wahrscheinlich von dem Vorfall nie reden hören.

«Einmal Dieb – immer Dieb», sagte Persson philosophisch und stieg über den Stiefelhaufen, um herauszukommen.

«Jetzt reicht es aber», sagte der andere und stand auf. «Das da ist unser Ball, und den läßt du bleiben.»

Er ergriff den Streitapfel, und Persson hielt ihn mit beiden Pfoten fest und ließ nicht los.

«Da sind zwei Erbsen drin, und ich kenn ihn wieder, am Fleck», sagte er starrköpfig.

«Welchen Fleck», sagte der andere und zog so heftig, daß Persson, der kleiner war, fast das Gleichgewicht verlor.

«Dieb», spuckte Persson mit blitzenden Augen.

Ich hatte das alles aus einigem Abstand mit angesehen und fand nun, daß der Konflikt so beunruhigend weit gegangen war, daß es des Eingreifens eines Dritten bedurfte. Der Boss hatte offenbar auch die Augen offengehalten und tauchte aus einer anderen Richtung auf.

«Jetzt beruhigt euch, Jungs», sagte ich. «Laßt mich den mal angucken.»

Ich prüfte den Ball sorgfältig. Das war der, den Lillen mit Blut beschmiert hatte, als wir seine Gesundheit zum Wohle des Clubs opferten. Das dunkle Halbrund war deutlich zu erkennen.

«Der Ball gehört uns», sagte ich schließlich, «da gibt es kaum einen Zweifel.»

«Das ist vielleicht eurer gewesen», sagte der Repräsentant des FC, «aber jetzt ist er das nicht mehr. Den haben wir gekauft.»

«Von wem», sagte ich.

«Von eurem Vorsitzenden.»

«Für wieviel», sagte Persson.

«Das geht dich nichts an», sagte der junge Mann und ging nach drinnen mit der Kostbarkeit.

«Für wieviel», sagte der Boss.

«Fünf Kronen», sagte der junge Mann und hängte den Ball an seinen Platz zurück.

«Fünf Kronen», sagte Persson ziemlich verzweifelt, als wir uns auf unsere Seite des Hauses zurückzogen.

Es hörte sich an, als wollte er gleich anfangen zu heulen.

«Unser neuester Ball», sagte er.

«Wir müssen wohl Lundell fragen, wenn er kommt», sagte ich, und der Boss sagte gar nichts.

Das Los fiel auf mich, mit Lundell zu reden, und er sah verlegen und bestürzt aus und sagte erst, verdammt, was für ein blödes Gerede, aber als er nachgedacht hatte, besann er sich offenbar eines anderen und versuchte, ein Grinsen aufzusetzen und sagte:

«Mensch, ja, ich hab ihn verkauft, und ich hatte das wahrhaftig vergessen.»

Damit schien die Sache klar zu sein, aber Persson sagte:

«Für fünf Kronen.»

Lundell dachte nach.

«Nee, für fünfzehn.»

Perssons Entgegnung wurde zu einem tiefen Seufzer, der in einen langanhaltenden Hustenanfall überging, und dann wurde es langsam still im Raum. Der Boss hatte die ganze Zeit gestanden und an der Anschlagtafel gefummelt und wirkte ganz und gar nicht interessiert. Nach einer Weile ging er weg, und ich selbst nahm Zuflucht zur Korrespondenz.

Am folgenden Abend war kein Training, und ich saß zu Hause und las einen vorbereitenden Bericht über das nächste Spiel im Stadion. Das war ein hübsch zusammengestellter Artikel, der über drei Spalten ging und den Namen des «Grafen» nicht öfter als in jeder dritten Zeile erwähnte, und der darauf hinauslief, daß der Ball rund sei und daß alle hofften, die beste Mannschaft werde gewinnen. Im Text gab es ein zwei Spalten großes Bild des «Grafen», der einem Spieler aus der Knabenmannschaft mit behandschuhter Hand auf die Schulter klopfte, und unter dem Ganzen stand der volle Name des Artikelverfassers, aber nichts darüber, wer ihm die Wohnung und Möbel beschafft und seine Sommerferienreise nach Bulgarien bezahlt hatte. Ich lenkte meine Aufmerksamkeit auf ein Referat über ein Spiel, das am Tag zuvor zwischen einer nicht namentlich genannten Mannschaft und «den steinharten Supermännern vom ungastlichen Strand des Storsjö» gespielt worden war, einem lyrischen Beiwort für eine Fußballgruppe aus Sandviken oder Östersund. Das Referat war in sechsundzwanzig Abschnitte unterteilt und nannte verschiedene Beugungsformen des Adjektivs steinhart an vierzehn Stellen, aber nirgends das Ergebnis. Ich wollte mir gerade merken, daß ich, wenn ich den Reporter das nächste Mal träfe, danach fragen müsse, wie das Spiel endete, als meine Mutter den Frieden zerklopfte und sagte, da sei jemand, der mich sprechen wolle.

Draußen in der Diele stand der Boss, groß und düster und sehr geschniegelt mit dunklem Anzug und weißem Hemd, und sagte, daß er etwas Wichtiges zu Hause bei sich vorzuzeigen habe.

Auf dem Weg dorthin dachte ich an Björk und seine Statistik, und war auf alle nur möglichen Verrücktheiten gefaßt, denn es sollte noch eine Weile dauern, bis ich zu der Einsicht kam, daß der Boss keine Schwäche für übertriebenes Theoretisieren hatte. Das war mein erster Besuch bei ihm und er verlief, zumindest zu Anfang, nach den herkömmlichen Regeln des guten Tons. Ich sah mir seine unpersönlich möblierte Zweizimmerwohnung an und schüttelte die Hand seiner Frau, die Sonja hieß und eine kleine, recht wohlgeformte Frau war mit dunklem Haar, nicht mehr ganz jung, aber um so ordentlicher. Ihr Auftreten war übertrieben korrekt und wohlerzogen und ihr Blick erschreckend eisig. Ich erinnere mich, daß der Boss später einmal sagte, ihr Kaffee sei gut, werde aber kalt, wenn sie einen Blick darauf täte. Der Kaffee war wirklich aromatisch, besonders so beim ersten Mal, und wir konversierten uns durch die ganze Kuchenparade, vom Hefezopf mit Zimt bis zum Teegebäck, ohne brenzligere Themen als die Kaffeerationierung und das Filmrepertoire zu berühren. Ich bemerkte, daß sie sich über die Art, in der der Boss die Ellbogen auf den Tisch legte, ärgerte, und über das Umrühren mit dem Teelöffel, als habe er es mit einem Zementmischer und nicht mit dem besten Kaffeegeschirr zu tun, aber daß er sich nicht darum kümmerte und selbst darüber irritiert war, daß die Zeremonie sich so lange hinzog. Schließlich schob er seinen Stuhl geräuschvoll zurück und sagte ach ja, ja, ja, und wir gingen in das andere Zimmer, und er machte sorgsam die Tür hinter uns zu.

«Guck dir das an», sagte er bedeutungsvoll und zeigte auf zwei Porzellanschafe, die auf einem kleinen Sekretär standen.

Ich betrachtete die Viecher, nicht ohne ein gewisses Erstaunen, und er selbst stierte ziemlich hölzern drein.

«Mein Frauchen sammelt solche da», sagte er schließlich. Und nach einer Pause: « *Überall* stellt sie sie hin.»

Dann sprach er sehr laut, mit einer Stimme, die durch eine doppelte Decke dringen konnte.

«Sonja! Wo sind meine Papiere?»

Sie öffnete die Tür und gab uns einen stillen, aber frostigen Blick.

«In der Schreibtischschublade, wo solche Sachen hingehören.»

In der Schublade des Sekretärs häufte sich eine Menge übel mitgenommener Dokumente verschiedener Größe und zuunterst einige Hefte mit vielen Eselsohren in blauem Einband.

«Was ist das da», sagte ich.

«Die Kassenbücher vom Club.»

«Woher hast du die?»

«Hab sie von Lundell gekriegt.»

«Ohne weiteres?»

«Nee, nicht ohne weiteres», sagte er lakonisch.

Wir setzten uns vor den Sekretär, Seite an Seite, und er legte eine große, sonnengebräunte Hand auf den Packen und sagte, spöttisch wie eine Dampfwalze:

«Das hier sind feine Sachen, sehr feine Sachen.»

Er zog eine Brille hervor und montierte sie umständlich auf seine prächtige Nase. Dann nahm er das oberste Papier, sah es genau an und sagte:

«Dies ist eine Quittung für den Ball, den Lundell vorgestern dem FC verkauft hat. Du hast ihn selbst sagen hören, daß er fünfzehn Kronen dafür gekriegt hat, aber hier stehen nur fünf. Das Geld hat er veruntreut.»

«Woher weißt du das», sagte ich und sah auf die Quittung.

«Hör mal zu. Als ich verlange, die Kasse zu sehen, gibt er mir sechsundfünfzig Öre, die er in der Tasche hat. Er hat außerdem noch eine Krone, aber davon muß er was zu futtern kaufen, sagt er. Aber das hier ist nur der Anfang. Siehst du diesen Pfandschein?»

Ich sah den Pfandschein.

«Lundell hat diesen Schein für vier Kronen in einem Café oben in der Stadt verkauft. Ein Junge, den ich kenne, hat ihn gekauft. Das beweist –» er richtete sich auf und holte tief Luft, als habe er einen Terminus weitreichender juristischer Konsequenz in den Mund genommen – «das bestätigt, wie ich sagte, daß Lundell die Stoppuhr des Clubs versetzt und die Quittung verkauft hat. Verdammt feine Art, mit den Clubsachen umzugehen.»

Ich besah mir genau, aber mehr zum Schein, das Beweismaterial, enthielt mich aber eines Kommentars.

«Und dann», sagte er, «schließlich und endlich haben wir die Kassenbücher. Ha, die Kassenbücher. Willst du hören, was meine Frau, die was von solchen Sachen versteht, über Lundells Kassenbücher sagt?»

«Nee», sagte ich, «ist mir scheißegal, was deine Frau von der Buchführung im Club hält. Ich weiß, daß Lundell kein Kontorist ist und nichts davon versteht, wie man Bücher führen soll. Aber wenn kein Geld da ist, dann ist das wahrscheinlich nicht sein Fehler, weil es nie was in der Kasse gegeben hat, außer unbezahlten Rechnungen. Kann sein, daß die Bücher mies aussehen, aber alle sollen wissen, daß er es so gut wie möglich gemacht hat. Und was hast du für einen Anlaß, dich da reinzumischen? Und deine Olle mit reinzuziehen? Und die Bücher dem Kassenwart wegzunehmen, wenn es Buchprüfer gibt?»

Kassenbücher …

sten Talente. Persson wußte das alles, aber auf seine Art war er Idealist und vor allem der eigensinnigste Mensch, den ich je gekannt habe. Der Boss neigte abwägend den Kopf, und das war wohl ungefähr das letzte Mal, daß er Interesse für Perssons Ansichten zeigte. Als wir die Treppe hinuntergingen, wo es an diesem Abend sagenhaft nach Kohleintopf roch, sagte er, begleitet vom Widerhall fernen Kindergeschreis:

«Das hört sich ja gut an, aber es geht zu langsam. Zuerst müssen wir eine zuverlässige A-Mannschaft haben, und die können wir auch kriegen.»

«Wie denn», sagte ich.

«Durch Disziplin», sagte er, als wäre das die selbstverständlichste Sache der Welt.

Operation Disziplin wurde in der gleichen Woche eingeleitet. Bescheiden fing es an und wurde vor allem ein unaufhörliches Nörgeln über die Wichtigkeit darüber, daß jeder einzelne sein Bestes tue, um jedes Spiel zu gewinnen.

«Und wenn ich alle sage, dann meine ich alle», sagte der Boss.

«Und wenn ich alle sage, dann meine ich Ella», sagte Artisto, der sich zufällig zum Training eingefunden hatte.

Das wurde Artistos letztes Wort im Club, denn der Boss verbot ihm ab sofort, sich auf dem Sportplatz sehen zu lassen, bevor er nicht die Mitgliedsbeiträge der letzten drei Monate bezahlt hätte, mit denen er im Rückstand war. Vielleicht war das eine reichlich harte Strafe, aber ich glaube nicht, daß jemand weder Artisto noch seine blöden Witze geradezu vermißt hat. Ein paar andere von den am schwersten zu zügelnden gingen den gleichen Weg, aber die Mehrzahl der Jungs schien sich mit dem neuen Regime wohlzufühlen. Tatsächlich hatten wohl alle zu lange zu lockere Zügel gehabt, und die Verhältnisse zu Lundells Zeit waren eigentlich nur zufriedenstellend für diejenigen gewesen, deren Freiheitsideal das Chaos war.

Der Boss hörte zur gleichen Zeit auf, als Chauffeur beim Faßbinder zu arbeiten, allerdings nicht, um die Stellung in der Schuhfabrik anzunehmen, das war ganz gewiß eine gute Stellung, aber viel zu untergeordnet, und unter den vielen Vorarbeitern waren außerdem einige Sportbonzen der Stadt. Statt dessen kaufte er sich ein Motorrad und eröffnete allmählich ein kleines Botenbüro, vermutlich von Sonjas Geld. Sie war Weißnäherin und verdiente ganz gut. Wir hatten eine gute Herbstsaison und gewannen tatsächlich jedes Spiel, und es war alles in Ordnung, und alle Jungs mochten den Boss, so wie sie früher Persson gemocht hatten und Lundell und sogar mich.

Als es im Oktober anfing zu schneien und mehr als die Hälfte der Spiele gespielt waren, lagen wir auf dem dritten Tabellenplatz, nur zwei Punkte hinter dem Tabellenführer. Wir würden beim ersten Frühjahrsspiel gegen sie antreten, und es sollte das wichtigste Spiel in der jungen Geschichte des Clubs werden, und wenn wir hart arbeiteten und uns gewissenhaft vorbereiteten, dann würden wir dieses Spiel und die ganze Serie gewinnen, und alle sollten ihr Bestes tun und am liebsten noch ein bißchen mehr. Der Boss sagte das alles wieder und wieder, und allmählich fingen wir an, das zu wiederholen, und er legte sich feste ins Zeug für dieses Spiel, und das taten wir anderen auch. Schon kurz nach Neujahr begann das Training in einer Halle, und als die Sonne den Frost aus der Erde verjagte, quetschte der Boss der Verwaltung einen Extra-Zuschuß ab und es gelang ihm, den Sportplatz herrichten zu lassen. Er sorgte auch dafür, daß mehrere Lotterien stattfanden, und der Club hatte mehr Geld in der Kasse, als je zuvor.

10

Am Montag der Woche, in der das große Spiel sein sollte, fing es an zu regnen, ein anhaltender grauer, rauschender Regen, der fünf Tage dauern sollte. Am Mittwoch hörte es für eine Weile auf, also ging ich ohne Mantel nach draußen und wurde durch und durch naß, und schon nach vierundzwanzig Stunden verlangte in mir etwas Unbehagliches Lebensraum im Organismus. Kein gewöhnlicher Schnupfen, sondern eine doppelseitige Lungenentzündung, oder etwas noch Feineres. Es gab nicht viel zu tun, denn was die Organisation betraf, so war alles schon lange fix und fertig. Die Vorbereitungen hatten sich ja über den ganzen Winter erstreckt, und nun war das Trainingsprogramm abgeschlossen und die Freundschaftsspiele überstanden und das Spielfeld dräniert und das Clubhaus gestrichen und die neue Vereinskleidung gekauft und der Ball auch. Mit anderen Worten, alles war wunderbar.

«Wir sind sprungbereit», sagte der Boss.

Wie der Tiger in einem Tarzan-Film, mit frischgewaschenen und geschnittenen Haaren, bereit, sich im gegebenen Augenblick auf den Feind zu stürzen und ihn zu Tode zu erschrecken, ihn aufzufressen mit Haut und Haar. Als es dann soweit war, hatten wir so lange gelauert, daß wir in der Stellung erstarrt waren, und für den Augenblick war der blutrünstige Tiger nicht gefährlicher als eine Gipskatze. Falls überhaupt, denn so eine kann wenigstens herunterfallen und den Leuten auf den Schädel schlagen. Aber von all diesem wußten wir natürlich nichts.

Am Samstag gegen Abend ging ich zu Astrid, das war so vorgesehen, und fand sie in einer Stimmung vor, die ich für romantisch und überhaupt für merkwürdig hielt – was teils nicht vorgesehen war, teils schlecht zu meiner eigenen Stimmung paßte und deshalb dazu Anlaß gab, mich aus der Fassung zu bringen. Unsere Treffen hatten über lange Zeit stattgefunden und waren, trotz der physischen Wärme, mit der sie wattiert waren, im Einerlei festgefroren. Das Ritual als solches war allerdings praktisch und zweckdienlich; wir waren dazu durch gegenseitiges Einräumen schweigender Zugeständnisse gelangt, und es ließ keine, äußerlich gesehen, störenden Momente zu, wie zum Beispiel Stoppuhr unter dem Kissen oder so. Der einzige Fehler war der eigentliche Begriff Ritual, der manchmal wie ein Damoklesschwert in der mickrigen Atmosphäre unter dem Winkeldach schwebte, aber bisher war noch keiner von uns auf die Idee gekommen, laut darüber zu klagen. Diesmal traf ich sie schon im Korridor vor dem Zimmer; das geschah nicht selten und ich vermute, daß sie dort mit etwas Besonderem beschäftigt war, wahrscheinlich Wäsche.

«Tja», sagte sie und drehte mit ihren Händen an der Schürze, die rot und längsgestreift war.

Und sah ungewöhnlich ernst aus, bewußt, dachte ich, weil die Augen beweglicher und frischer aussahen als sonst. Ich nahm das zur Kenntnis, ohne Überlegungen über die ursächlichen Zusammenhänge anzustellen, und wir gingen in das Zimmer, wo ich meinen Ulster und die Jacke auszog, sie küßte, zärtlich, oder zumindest lange, und mir die Nase putzte. Als ich an sie herantrat und meine Hände auf die Hüften legte und sie aufwärts führte, um den Pullover abzustreifen, hielt sie meine Handgelenke fest und ging rückwärts von mir weg und schaltete die Deckenbeleuchtung aus. Das waren neue Tricks, und ich blieb in der Dämmerung stehen und fühlte mich wie ein altersschwacher Traktor mit Dreck im Vergaser, aus dem der Fahrer ausgestiegen ist und in seiner Unzulänglichkeit auf halber Ackerfurche überläßt. Es war übrigens ganz und gar nicht dunkel, denn der elektrische Ofen war an und warf seinen infraroten Schein gegen die Wand, wie ein improvisierter Scheinwerfer in einem Varieté sechster Klasse. Sie zog sich im Lichtschein selbst aus, was unbestritten einen gewissen Effekt hatte, denn obwohl sie nicht wie eine professionelle Nackttänzerin geformt war, so war sie jedenfalls jung und vermutlich recht schön, auch ohne gekünstelte Beleuchtung, und auch, wenn ich selbst selten oder nie Gedanken in dieser Richtung hatte. Aber die Vorführung konnte kaum darauf abgezielt sein, mich zu verführen, das war wirklich nicht nötig. Wie auch immer, das darauffolgende Miteinanderschlafen war recht geglückt, vor allem, wenn man meinen angeschlagenen Allgemeinzustand in Rechnung stellt, aber dann wurde die Stimmung kühl. Statt Teewasser auf den Spirituskocher zu setzen, was zur Tagesordnung gehörte, blieb sie im Bett liegen, einfach und entspannt und natürlich, die Hände im Nacken gefaltet, und sah ein bißchen nachdenklich aus.

«Ich hab gelesen, daß dein Ballverein morgen ein sehr wichtiges Spiel hat», sagte sie.

Ich hatte mir den Morgenmantel übergezogen und saß und fummelte am Radio, und nun war ich plötzlich so verdutzt, daß ich für immer den schwer einzustellenden AFN auf dem Vierzig-Meter-Band verpaßte. Im ersten Augenblick wollte ich sagen:

«Verdammt, was geht dich das an!»

Aber dann besann ich mich und sagte:

«Och, na ja.»

Sie blieb liegen, ohne sich zu bewegen, und sah mich an mit Augen, die noch immer genau so merkwürdig klar und entschlossen waren.

«Da stand, das sei das wichtigste Spiel in der jungen Geschichte des Clubs.»

Mir war dieser floskelhafte Wortlaut solchen Geschwätzes nur zu bekannt, und ich hatte nichts dagegen, daß er zitiert wurde, aber nicht ausgerechnet hier und in diesem Ton. Da waren offensichtlich Schwierigkeiten im Anzug, ich spürte, wie sie aus den Ecken herbeieilten wie ein Termitenschwarm, um das Idyll zu zerstören und den postcoitalen Frieden, wie das Zimmer langsam um mich herum zusammenschrumpfte. Vor etwa einem Jahr hatte Astrid gefragt, ob ich sie mitnehmen könne zum Sportplatz, und ich hatte gesagt, ich wolle es mir überlegen, woraufhin wir dann nie mehr darüber sprachen. Natürlich hätte ich einen so schlichten Wunsch sehr wohl erfüllen können, aber, ehrlich gesagt, konnte ich nicht verstehen, wieso es ihr oder mir oder irgend jemand im geringsten Nutzen oder Freude bringen sollte. Der eine oder andere der Jungs pflegte bei feierlichen Gelegenheiten in Damengesellschaft zu kommen, aber nur Kvax war bekannt und berüchtigt in dieser Hinsicht. Fast jede Woche lotste er eine seiner Supermiezen durch den Eingang. Das war wahrscheinlich eine reine Demonstration und brachte ihm wohl nie etwas anderes als dumme Bemerkungen und Spöttereien ein. Aber selbst stolzierte er daher wie ein Hahn und war sich der nagenden Eifersucht, die sich hinter diesen Bemerkungen versteckte, verdammt bewußt – und es gab sie zweifellos auch, denn die meisten Jungs fanden seine Pin-up-Mädchen toll und konnten nie begreifen, wie er das fertigbrachte. Einmal, kurz nachdem Astrid ihren ersten und einzigen, bescheidenen Vorstoß gemacht hatte, stieß ich auf Kvax während eines Vormittagsspiels, als er so stand und sich im Kreuzfeuer der gierigen Blicke der Umgebung sonnte, mit seinem Mädchen, die aussah, als sei sie aus einer farbigen Bildseite einer Serienzeitschrift geradewegs in die Wirklichkeit herausgeschlurft. Er stellte seine Bombe vor (das tat er aus irgendeinem Grund immer) und sagte mit großen Gebärden:

«Marja hat noch nie 'n Spiel gesehen. Vielleicht erklärst du ihr mal bißchen was drüber, ich hol solange was zu trinken.»

«Mit Vergnügen», antwortete ich höflich.

«Dieses Spiel nennt man Fußball», sagte ich, «und eigentlich hat es seinen Ursprung auf den britischen Inseln. Als Wettkampfsport wird es auf einer Rasenfläche von zwei sich gegenüberstehenden Mannschaften betrieben, bestehend aus 11 Spielern pro Mannschaft. Eine Mannschaft stellt sich in vier Reihen auf, wovon die beiden hinteren, Torwart- und Verteidigungslinie, fast ausschließlich defensive Aufgaben haben, während die Läuferreihe defensiv-offensiv, die Stürmerreihe offensiv spielt. Das Ziel sollte sein, mit Hilfe aller Körperteile, außer Händen und Armen, den Ball an sämtlichen gegnerischen Reihen vorbei in die an den Querseiten vorhandenen Toröffnungen so oft wie möglich in einer Zeitspanne von neunzig Minuten zu bewegen. Jedesmal, wenn das geschieht, kann die Mannschaft, die den Ball durch die Toröffnung bewegt hat, sich einen Teilpunkt des Spieles zugute rechnen, oder, wie wir kurz und bündig sagen, ein Tor, und die Mannschaft, der dieses in der vorgegebenen Zeit am häufigsten gelingt, wird als Sieger betrachtet. Außerdem gibt es eine Unzahl spezieller Regeln ...»

Sie sah mich an mit Augen, die vor Einfalt erstarrt waren, und sagte:

«Tut das sehr weh, wenn der Ball auf den Fuß kommt?»

«Fürchterlich, aber die meisten Spieler gewöhnen sich mit den Jahren daran, und wenn sie richtig alt werden, fühlen sie den Schmerz gar nicht mehr. Aber wenn man kleine Füße hat, tut's natürlich weniger weh.»

Sagte ich und sah an ihrem nylonbestrumpften Schienbein entlang.

«Igitt, allesamt haben so häßliche Knie», sagte sie, «aber Ronald ist sooo reizend, er will so gern, daß ich mit ihm überall mitkommen soll.»

Da kam gerade zum Glück Kvax zurück, und ich überließ ihn dem Schutz des johlenden Haufens.

Am Nachmittag des gleichen Tages suchte ich seinen Namen im Mitgliederverzeichnis heraus. Er hieß Abraham Samuel Karfunkelwiecz und war doch auch nur ein Mensch wie jeder andere, wenigstens, was seine Methoden anbelangte.

Aber Astrid kam nie zum westlichen Sportplatz und sprach die Sache nie mehr an, nicht einmal, als ich zusammengesackt im Sessel saß und rauchte und dem Krabbeln der widerwärtigen Tierchen in den Eckchen lauschte und dem Trommelfeuer der letzten, verspäteten Regentropfen auf dem Blechdach. Aber sie streckte ihr eines Bein im Schein der Reflexe des elektrischen Ofens und wendete und drehte es, damit die Haut die Wärme aufnehmen konnte, und sagte:

«Warum sagst du nichts?»

Warum sagst du nichts? Das war eine alte Frage, und während ich mich vorbeugte und auf das Bein und seine tausend Schatten der kleinen flaumigen, strohgelben Härchen sah, durchblätterte ich den Gedächtniskatalog der früher auf die gleiche Frage gegebenen Antworten und wählte schließlich wiederstandslos die leichteste von allen.

«Ich denke», sagte ich.

Sie drehte sich im Bett auf die Seite und zog die Knie hoch und legte beide Hände unter die Wange, so, daß sie mich unverwandter ansehen konnte. Ihre Pupillen weiteten sich im Dunkel und waren groß und schwarz wie Grubenlöcher.

«Denken, an was denn», sagte sie. «Daran, wie glücklich wir sind und wie gut wir's haben? Wie schön und gemütlich wir's haben, wenn wir zusammen schlafen, und wie glücklich ich bin, wenn du gegangen bist und ich hier noch in der Wärme liege, die immer noch in der Luft ist, obwohl du schon weg bist? Aber die verschwindet bald und dann wird's verflixt kalt.»

Ich sagte nichts, zog aber so kräftig an der Zigarette, daß ich husten mußte.

«Aber das macht nichts», sagte sie, «ich dreh mich nämlich zur Wand um und zieh die Decke so hoch wie möglich und kriech drunter, wie unter ein kleines Zelt, und dann schlaf ich schnell ein. Und wenn man schläft, ist man ja immer glücklich. Aber erst lieg ich immer und guck mir die Tapeten ein bißchen an, und wenn ich unten die Tür zuschlagen höre, denke ich eine Menge alberne Sachen. Aber sobald es warm ist, schlaf ich ein.»

Ich schloß daraus, daß sie einen ganz enormen Bedarf an Schönheitsschlaf haben müsse, denn ich ging früh abends, und sie fing kaum vor zehn Uhr vormittags an zu arbeiten.

«Du schläfst zuviel», sagte ich.

Sie gab mir einen langen Blick.

«Das kommt, weil ich müde bin», sagte sie, «körperlich müde, und dann wach ich furchtbar früh auf und bin ausgeschlafen. Aber dann ist es zu spät zum Einschlafen und auch zu früh zum Aufstehen.»

Ich drückte meine Zigarette mit großer Sorgfalt aus, denn ich konnte ihrem Blick aus den weitgeöffneten Augen nicht begegnen. Eigentlich hatte ich auch ein bißchen Angst davor, ins Wanken zu geraten und umzukippen und auf den Grund gezogen zu werden.

«Es ist wunderschön, nur zu Hause zu liegen und drauf zu warten, gebumst zu werden, drei-, oder vier- oder fünfmal die Woche ...»

«Astridchen», sagte ich vorwurfsvoll.

Und das, glaube ich, ist die schwerste Sünde in Sachen Heuchelei, die ich je begangen habe, aber sie ließ sich nicht stören.

«Ja, oder geliebt, wenn du findest, daß das sich besser anhört», sagte sie. «Aber es gibt Mädchen, die finden's schön, auch mal was anderes zu tun. Nur so ab und zu, aber irgendwas, das einem 'ne Vorstellung von so 'ner Art Zusammengehörigkeit gibt oder ...»

Sie verstummte.

Feuerpause in der Wortkanone, dachte ich, und fühlte mich für einen Augenblick enorm überlegen. Sie könnte sagen Geborgenheit, Freundschaft, Kameradschaftsgeist oder Zusammenhalt, gar nicht zu reden von seelischem Kontakt, Gleichberechtigung, gegenseitigem Besitzrecht oder Gefühlsgemeinschaft.

«Oder was denn», sagte ich gemein und sah sie an.

Aber sie verstand nicht, wie bösartig ich das meinte, und in ihrem Gesicht gab es nur ein naives Bitten um Hilfe, während sie nach dem abhandengekommenen Wort suchte.

«Verstehst du nicht, was ich meine», sagte sie.

«Nee», sagte ich, «ich versteh nicht, was du meinst. Aber das wird schon werden, sollst mal sehen», sagte ich mit der weiten, umarmenden, trostreichen Milde, die nur echte Falschheit hervorbringen kann.

Denn ganz kurz vorher war der Entschluß gefaßt worden, daß ich die Tür öffnen und durch den Korridor und die Treppe hinunter und hinaus auf die Straße und niemals mehr zurückkehren würde.

Es kam mir nicht so vor, als sei ich persönlich für diese Stellungnahme verantwortlich; ich saß nur da und registrierte, was bei einer Vorstandssitzung im Kopf beschlossen wurde, wo man sich mit ungefähr Zweidrittelmehrheit dafür entschied, daß diese junge Frau meinem Wohlbefinden nicht länger von Vorteil sei.

«Liebe ...» sagte sie zögernd. «Liebe. Das hier ist keine Liebe, aber so was gibt's vielleicht auch gar nicht. Das hier ist wohl was, was wir beide brauchen.»

«Na, also», sagte ich – zufrieden darüber, daß ich nicht in eine ethisch-philosophische Auseinandersetzung verwickelt worden war über allgemeinmenschliche Tatsachen und das Gewicht der Worte, das ihnen in der Alltagssprache beigemessen wird.

«Aber kann man das nicht ein bißchen erfreulicher machen», sagte sie mit leichtem Zittern im Hals.

Für einen ganz kurzen Augenblick brach eine Wärmeströmung irgendwo zwischen den Kühlschlingen hervor, und der Vorstand wackelte ein bißchen auf seiner Eisscholle unter dem Druck des Tauvorgangs.

Aber dann sagte sie, ruhig und leidenschaftslos: «Ich möchte nicht, daß du wieder herkommst.»

Und die Temperatur im Kühlschrank sank auf das gewöhnliche Niveau. Die Ruhe war wiederhergestellt. Der hinterrücks erschlagene Impuls lag schon bereit zum *lit de parade*, und der Vorstand betrachtete ihn verwundert.

Ich stand auf, ohne ein Wort zu sagen, und fing an mich anzuziehen. Aber plötzlich fuhr sie aus dem Bett und schlang die Arme um mich.

«Ich hab dich viel zu gern», sagte sie so leise, daß ich mich darüber wunderte, daß ich es hörte.

Sie hielt mich sehr fest und ließ nicht los.

«Viel zu sehr», sagte sie.

Ich fühlte, wie der Sauerstoff aus der Luft verschwand und die Temperatur im Gedränge anstieg. Ich haßte dieses Scheißzimmer und die Rollos und das Winkeldach und den elektrischen Ofen. Mich irritierte ihre Nacktheit, ihre Brustwarzen, die ich auf der Haut fühlte, und sogar ihr dichtes Schamhaar, das ich durch die Gabardinehose spürte. Ich haßte diese ganze verdammte Situation, die ich nicht bewältigen konnte, ich haßte die Wahrheit, die auf der Lauer lag in der Schwüle, ich sehnte mich nach Licht und Luft und Weite, nach Schweinereien und Lügen an der frischen Luft. Nach etwas, von dem ich wußte, daß ich es begriff. Nach dem Sportplatz.

Es muß ein Zauberwort geben, dachte ich, ein Zauberwort, ein Sesam-schließe-dich, damit ich nicht mehr hinein muß, nicht mehr zu hören, zu sehen, zu fühlen brauche.

«Nana, meine Süße, nana», sagte ich, und die Falschheit stärkte mich, «das wird schon werden ...»

Bei «Süße» hatte sie mich schon losgelassen.

Es gab also ein Zauberwort.

Dieses war das vorletzte Mal, daß ich Astrid sah, und das erste Mal, daß ich an sie dachte.

11

Der darauffolgende Morgen war rein und klar, mit einem ungewöhnlich bleichen, fast weißblendenden Licht, und es gab keine Wolken am Himmel, der glatt und fade aussah. Die Temperatur war ideal, der Wind sanft. Alles war ideal. Die Club-Fahne und die blau-gelbe waren schon gehißt und bewegten sich träge. Der Rasen war am Vorabend zum letzten Mal geschnitten worden und lag da, hellgrün und frisch gekreidet und jungfräulich und wartete ergeben auf die harten Stollen, die lange, unregelmäßige Stücke aus seiner lieblichen Oberfläche herausreißen würden. Die Torpfosten waren frisch gestrichen, in Schwarz und Weiß, ebenso das Clubhaus. Es wirkte niedriger als sonst, alles wirkte niedriger, sah aus wie ein eingeschüchtertes Kätzchen, in der vernichtenden Fahlheit der Sonne. Als ich durch den Eingang kam, erschien mir alles wie in einem enormen Blitzlicht, durch einen langen, schmalen Sehschlitz, die Farben, die geringe Höhe, die Leere. Ich war zeitig da, und auf dem Spielplatz sah man nur den Schiedsrichter, in weißem Seidenhemd mit Monogramm, und Tafthosen, der entlang der Diagonale ging, von der nordwestlichen Eckfahne aus. An der Clubhausecke stand der Boss, in dunklem Anzug, die Daumen in den Westentaschen, und in der Haltung eines Feldwebels der Leibgarde. Natürlich war da eine Menge anderer Leute in der Umgebung, aber das waren solche, bei denen es sich nicht lohnte, sie zu bemerken.

«Verflixt, wenn wir nicht gewinnen», sagte der Boss.

«Wir müssen gewinnen», sagte ich.

Denn ich war so von diesem Gedanken besessen, daß ich nicht einsehen konnte, daß etwas anderes denkbar war.

«Ich bin kribbelig», sagte er.

«Das sieht man dir nicht an», sagte ich.

«Ich hab 3 : 1 getippt», sagte er.

«Das wird mehr, wenn es nur erst mal in Gang kommt», sagte ich.

Wir sahen dem Schiedsrichter zu, der sich immer noch auf dem Marsch schräg über das Feld befand und hin und wieder stehenblieb, um auf dem Boden zu hopsen und zu prüfen, ob die Unterlage auch elastisch sei, was ihn eigentlich nichts anging. Es sah lächerlich aus, weil er klein und dick war, und er hüpfte auf und nieder wie eine Gummikugel. Aber er war ein guter Schiedsrichter, der sonst Spiele hoch oben in der Landesserie betreute. Aus diesem Grunde hatte man uns sogar von offizieller Seite eine gewisse Bedeutung beigemessen.

«Was passiert, glaubst du, wenn ich rausgehe und ihm hundert Kronen biete», sagte der Boss.

«Ungefähr das gleiche, als wenn du ihn in den Arsch trittst», sagte ich.

«Man könnte vorbeigehen und einen Hunderter auf die Erde fallen lassen.»

«Vergiß nicht, daß ein schwedischer Fußballschiedsrichter genauso ist wie ein schwedischer Polizist», sagte ich. «Er kann dumm sein und böswillig und besoffen im Dienst und widerwärtig in jeder Beziehung, und ist es auch oft, aber man kann ihn nicht kaufen.»

«Scheißgerede», sagte der Boss, «man kann alle Schurken bestechen, wenn's nur richtig gemacht wird.»

«Ich nicht», sagte ich.

«Aber dich auch», sagte er.

Natürlich hatte er recht, wie gewöhnlich, nicht ich, aber mich auch.

«Das habt ihr gut hingekriegt, Jungs», sagte der Schiedsrichter, als er zu uns herankam, «der Rasen ist erstklassig. Hoffentlich gewinnt ihr», sagte er. «Ich mag geordnete Verhältnisse.»

Er hatte vor dem Spiel Kaffee bekommen und die Vergütung für die Reise in der zweiten Klasse. Er war ein bekannter Schiedsrichter, wie gesagt, aus einer kleinen Stadt ein paar Meilen entfernt und war den ganzen Weg mit dem Rad gefahren mit seiner kleinen Tasche auf dem Gepäckträger. Er war Hausmeister in einer Schule und Chef der Landwehr, und furchtbar geizig.

«Sagt den Linienrichtern, daß ich die Abseits selbst übernehme und kein unnötiges Gewinke haben will», sagte er militärisch und sah aus wie ein sehr ernstes Fischklößchen.

«Man kann was erreichen mit Bestechungen, aber sie müssen korrekt sein», sagte der Boss, als der Schiedsrichter gegangen war.

«Er ist sehr korrekt», sagte ich, «Hunderter verlieren, das haut nicht hin.»

«Im übrigen hab ich keinen zu verlieren», sagte der Boss, «und er ist wirklich korrekt.»

Mir war komisch im Magen. Erst in einer dreiviertel Stunde war es soweit, aber die kleine Lawine kam ganz langsam ins Rollen. Allmählich kamen Leute durch das Drehkreuz. Die andere Mannschaft kam auch an und mit ihr ein halber Bus voll Fans, mit hängenden Ohren, sonntäglich gekleidete, heimlich-erwartungsvolle Typen, die orientierungslos nach allen Seiten blickten und leise miteinander sprachen. Ich unterhielt mich ein Weilchen mit Persson, der auf dem Holzklotz vor unserem Umkleideraum saß und einige neue Stollen in Sven-Eriks Schuhe hämmerte.

«Das geht in die Hose heute», sagte er, «ich fühl das.»

Ich hörte seine Stimme wie von weither; mit einer Geräuschkulisse aus künstlichen Echos, und alles war vollkommen unwirklich, wie eine Vorführung in einer anderen Dimension. Eine halbe Stunde vor Beginn waren alle Jungs umgezogen und saßen aufgereiht auf den Wandbänken, und sie erzählten sich den einen oder anderen freudlosen Witz. Der Boss stand an der Tür und sprach zu ihnen, gleichmäßig und fließend, wie ein Geistlicher, der die Messe hält.

«Mann, bist du blaß», sagte Sven-Erik zu mir.

«Ruhe, hört mir lieber zu», sagte der Boss.

So eine Begräbnisstimmung hatte ich noch nie erlebt – und noch dazu vor einem Spiel. Jetzt habt ihr wohl zum letztenmal zu eurem Vergnügen gespielt, ihr armen Schlucker, in Zukunft ist es eine traurige Pflicht, dachte ich und ging hinaus und nahm meine Stellung in der Gegend des westlichen Tores ein, wo immer wenig Leute waren und wo wir uns während der Spiele für gewöhnlich aufhielten und wo ich zu diesem Zeitpunkt stehen und sehen konnte, wie sich der Sportplatz langsam aber sicher zur Hälfte füllte. Unter anderen sah ich Johansson, den «Grafen», gefolgt von zwei Handlangern, wie er lossteuerte und in vornehmer Abgeschiedenheit seine Stellung bezog. Nun kamen die anderen, in einem ungeordneten Haufen, mit verwaschenen blauen Trikots, und dann unsere Jungs, wie ein peinlicher Kontrast, in ihrer neuen Takelage und musterhaft im Takt und in Nummernfolge. Und obwohl ich es nicht sehen konnte, wußte ich, wie der Boss dastand und einen nach dem anderen am Clubhaus auszählte. Torwart, Zwei, Drei, Vier, Fünf, Sechs, Sieben, Acht, Neun, Zehn, Elf, und jetzt kämpfen wir, Jungs. Und genau auf die Sekunde kam der Schiedsrichter herausgedackelt, in urkomisch vorgebeugtem Laufstil, mit dem neuen, zitronengelben Ball unter dem Arm, und pfiff ein Signal, das die

Toten hätte erwecken können. Was es aber nicht tat, denn diejenigen, die Selbstmord durch ihre Vorbereitungen begangen hatten, liefen wie bewegliche Holzfiguren im neuen Dreß herum und glaubten, sie seien am Leben und sehr rüstig. Der Boss kam heraus und stellte sich neben mich. Wir sagten nichts.

Die ersten fünfundzwanzig Minuten verliefen sehr schnell und sehr schlecht. Die Jungs spielten schlechter, als ich sie je gesehen hatte, nervös und unkonzentriert, mit einem Anflug steifer Hysterie. Die anderen, die darauf eingestellt waren, zu verlieren, und gelähmt waren durch die elliptischen Torpfosten, spielten zögernd und zurückhaltend. In der zwölften Minute machte Björk einen Fehler, den seine Statistik niemals hätte voraussehen können, und der Mittelstürmer kam in der Mitte frei, ungefähr beim Elfmeterpunkt, und schoß ein Tor, einfach und schmerzlos. Alle begriffen, daß das ein Zufall war, aber der Boss sagte:

«Verdammte Scheiße nochmal.»

Fünf Minuten später passierte ein ähnlicher Zufall. Es stand 0 : 2, und ich sah dem Boss an, daß er begriff, daß sowohl er wie ich es begriffen, es aber nicht zu sagen wagten. Das Unglaubliche schien zu passieren: Wir sollten Dresche kriegen. Das Spiel war weiterhin ausgesprochen schlecht, ohne Stil, zündenden Funken oder Unternehmungsgeist, und die anderen hatten offensichtlich noch nicht begriffen, daß sie dabei waren, zu gewinnen. Kurz vor der Pause bekam die Stürmerreihe einen verirrten Ball zu fassen und der ging zu Sven-Erik, der ungefähr drei Meter im Abseits stand. Ich sah das, und der Boss sah das, und alle sahen das, und der Schiedsrichter sah das, aber er pfiff nicht ab, und Sven-Erik lief ins Netz mit Ball und Torwart und der ganzen Herrlichkeit. Der Boss sagte:

«Jetzt kommt es in Gang.»

«Das roch nach Abseits», sagte ich.

«Du spinnst wohl», sagte er.

Ich ging nicht hinein während der Halbzeitpause, sondern saß am Grasabhang und rauchte und fühlte mich krank und dachte an den Boss und daran, wie er gerade mit seinen trostreichen Versuchen beschäftigt war, den beweglichen Kadavern da eine Spur Leben einzuträufeln, die die A-Mannschaft des Clubs vorstellen sollten, und an Perssons Kopfschütteln im geheimen, und an irgendeinen aufgeregten Typ, der hin- und herrannte im Gastzimmer und ein ums andere Mal wiederholte:

«Wir haben sie, Jungs, wir haben sie im Sack, wir haben sie fast schon, spielt nur wie immer, und geht direkt aufs Tor ...»

Ohne Zweifel war es genau so gewesen, denn als sie wieder herauskamen, sah man ihnen an, daß jemand ihnen erzählt hatte, sie würden gewinnen, und unseren sah man an, daß ihnen selbst klar geworden war, daß es total schiefgehen würde. Es gab auch ein 1 : 3 kurz darauf, und alle unsere Jungs vergaßen, daß sie jemals ein Planspiel gesehen oder die Möglichkeit diskutiert hatten, einen Schweizer Riegel zu bilden mit Querpässen zu öffnen, und gingen dazu über, den Ball wegzuschießen, sobald er zu ihnen kam, am besten so hart und weit, daß er kaputt ginge und tot wäre und nie wiederkäme, genauso, als wäre er ein ekliges kleines Tier.

Ich stand da und merkte mir das alles, und es ging so total schief, so unvergleichbar hundertprozentig schief, wie es nur in besonders geistvollen Augenblicken geschehen kann. Denn die völlige Katastrophe ist ein ebensolches Ereignis wie der vollkommene Erfolg. Nach dem vierten Fallrückzieher riß sich der Boss seinen funkelnagelneuen eleganten Sonntags- und Ausgehhut vom Kopf und fing an, darauf in lautloser Raserei herumzutrampeln. Ich hob ihn auf, als er die Füße weggenommen hatte, und während ich versuchte, ihn einigermaßen glatt zu streichen, schossen die wieder ein Tor und Persson kam angelaufen.

«Warum tut ihr nichts», schrie er erregt. «Laßt doch defensiv in der Verteidigung spielen, sonst geht doch alles in die Hose.»

«Das ist schon passiert», sagte ich philosophisch.

«Ich werd was tun, Scheiße noch mal!» sagte der Boss finster. «Irgendwas, was die nicht so schnell vergessen», sagte er nach einer Weile.

Es kam zum 1 : 8, was eine Katastrophe war, aber es hätte noch schlimmer werden können, und Persson konnte sich mit Recht selbst parodieren, indem er sagte:

«Das hätte schlechter ausgehen können.»

Der Schiedsrichter zeigte seine taktische Begabung dadurch, daß er den anderen am Ende noch ein Gratis-Tor gab – jetzt konnten natürlich die Zeitungen schreiben, er habe einen schlechten Tag gehabt und sich einige Fehler zuschulden kommen lassen, aber nie und nimmer, daß er parteiisch gewesen sei. Als es endlich zu Ende war – die letzte halbe Stunde war unerträglich lang – ging der Boss mit mächtigen Schritten quer über das Spielfeld, seinen dreckigen, lustmörderisch zerstörten Hut im Nacken, sichtbar für alle Leute. Es gelang ihm, dicht an Johansson vorbeizugehen, und der streckte die Hand aus und fragte, wie ich mich fühle, – ich hatte bestimmt seit Jahren kein Wort mit ihm gewechselt.

«Erkältet, danke», sagte ich.

«Und dies ist doch euer Vorsitzender, nicht wahr», sagte er und schielte mit kaum erkennbarem Lächeln auf den Oberbau des Boss. Ich bejahte diese Tatsache, wie ein Pavianwärter in einer Tierschau.

«Aber ich muß sagen», sagte Johansson und machte eine kluge Geste mit den Schweinslederhandschuhen, «daß ich von euren Jungs erwartet hatte, daß sie ein *bißchen* mehr Technik hätten und schneller mit dem Ball sein würden. Es fehlt doch noch so einiges.»

«Den Scheißkerl, den nehmen wir uns noch vor», sagte der Boss genau in dem Augenblick zwischen den Zähnen hervor, als wir über die Schwelle des Clubraums stürmten.

Die meisten saßen und rauchten oder tranken Limonade, verschwitzt und ohne Trikots, niedergeschlagen, aber dennoch irgendwie befreit und zufrieden, daß das Elend endlich vorbei war. Ekberg, der Linksinnen, der Briefträger war und am Nachmittag arbeiten mußte, hatte sich die Klamotten schon ausgezogen und war auf dem Weg in den Duschraum, als der Boss ihn am Arm packte:

«Kein Schwein wäscht sich, bevor ihr nicht gehört habt, was ich zu sagen hab», brüllte er.

Die meisten sahen ziemlich erstaunt aus. Und dann legte er los.

«Ihr seid ein schöner Scheißhaufen, ein Haufen Schweine seid ihr. Hier hat man sich abgearbeitet und abgeschuftet ein ganzes Jahr lang, und das ist der Dank.»

Sagte er, und niemand antwortete.

«Wißt ihr, warum ihr so eins über die Birne gekriegt habt heute?»

Und niemand antwortete.

«Weil ihr euch einen Scheißdreck um den Club kümmert und einen Scheißdreck um das Training und einen Scheißdreck um alles. Weil keiner unter euch ist, den man einem Arsch vorzeigen kann, weil ihr glaubt, ihr seid Fußballer, weil ihr auf die Disziplin scheißt und glaubt, ihr seid so verdammt gut, daß ihr nicht besser sein könntet, und trotzdem seid ihr, verflucht noch mal, überhaupt gar nichts. Ihr kapiert überhaupt nicht die Bohne, verdammt, und ihr zieht Schimpf und Schande über den Club. Rumfaseln, das könnt ihr, wenn trainiert werden soll, sitzt ihr nur und quatscht davon, wie verdammt schneidig ihr seid und wie viele Tore ihr schießen wollt, und dann, wenn alles zum Deubel ist, dann sitzt ihr in der Kneipe wie so mistige Säufer, und faselt, wie prima ihr am *nächsten* Sonntag sein wollt, und in der Stadt steht ihr rum, wie so'ne Kacker und redet Scheiße, Scheiße, Scheiße. Zum Teufel auch, was hattet ihr heute hier überhaupt zu tun? Ihr hättet, verdammt noch mal, alle zu Hause im Bett bleiben und wichsen können, allesamt, das ist doch das einzige, wozu ihr was taugt.»

Sein Wortschatz war ziemlich unerschöpflich.

«Beruhige dich, so redet man nicht», sagte Björk.

«Doch, du, das tut man, genau so redet man, wenn man so behandelt worden ist. *Ich* war das, der da draußen stehen und sich schämen mußte, als ihr da rumgealbert habt und dem Club Schimpf und Schande eingebracht habt, *ich*, der ich so verdammt viel geschuftet habe für dieses Spiel und diese Saison, ich, und die anderen hier –», er machte eine Handbewegung zu Persson und mir –, «und jetzt hab ich euch so verflucht satt und euer Gemecker und eure Wichtigtuerei, daß ich euch überhaupt nie mehr sehen will, ihr verdammten Scheißkerle.»

«Keiner nennt mich Schwein», schrie Ekberg und fuchtelte dem Boss mit der Seife vor der Nase herum, nackt und rothaarig und auf- und abhopsend, wie ein Medizinmann in einem schlechten Indianerfilm.

Er war zudem am ganzen Körper rothaarig, und jedes einzelne Haar sträubte sich ihm vor Wut. Aber der Boss langte ihm eine mit dem Arm, daß er rücklings auf die Bank fiel, und Björk, oder ein anderer, hielt ihn zurück, um eine Prügelei zu verhindern.

«Doch, Schweine,» sagte der Boss, «genau das: Schweine, allesamt. Und jetzt hört mal zu. Von jetzt an trainieren wir dreimal die Woche, Montag, Mittwoch und Freitag, und keiner, keiner vergißt das oder scheißt drauf, falls ihn nicht die Arbeit hindert, oder wenn er verletzt ist. Und wer morgen nicht um Punkt sieben hier ist, den will ich, verflucht noch mal, nicht mehr sehen.»

«Und den da», er zeigte auf Ekberg, «will ich überhaupt nicht sehen, auch wenn er kommt. So.»

Und dann ging er weg.

Am liebsten hätte er sich wohl kurz auf dem Absatz umgedreht, aber das war topographisch nicht möglich, da er dann gezwungenermaßen in den Geräteschrank hätte hineingehen müssen. Aber er stiefelte aus dem Clubhaus hinaus und vorbei an den Leuten, die noch geblieben waren, und durch das Drehkreuz hindurch, und drehte nicht den Kopf, bevor er bei seinem Motorrad angelangt war, als wenn er die Heerscharen überschauen wollte, die ihm mit den Blicken gefolgt waren. Das war nur ich. Er guckte mich an und, hol mich der Henker, wenn er nicht Tränen in den Augenwinkeln hatte.

«Was sollen wir machen», sagte er.

«Fahr mich nach Hause, verdammt noch mal», sagte ich.

Etwa eine Stunde später war wohl der Umkleideraum leer, bis auf Persson, der ungewöhnlich viel mit dem Aufräumen zu tun hatte, weil sie alle die Klamotten voller Abscheu irgendwie von sich gezerrt und hingeschmissen hatten. Aber da lag ich schon in meinem Bett, die Decke über den Kopf gezogen, und schlief oder war bewußtlos und hatte alles vergessen. Ich war nämlich wirklich krank – wie ich später herausfand.

12

Das Telefon hatte wohl fünfzigmal geläutet, als ich mich schließlich aus dem Bett bequemte und den Hörer abnahm. Die Wohnung war leer und die Rollos heruntergelassen, denn meine Mutter war in Finnland, und ich war allein zu Hause, und ich ging wie ein Schlafwandler in die Diele hinaus, in die Decke eingehüllt wie in einen Kokon, und nahm den Hörer von der Gabel. Es war der Boss.

«Sven-Erik und Persson und Björk waren die einzigen, die gekommen sind», sagte er. Ich dachte lange nach und fing an, mich an eine Menge zu erinnern.

«Bist du da», sagte er.

«Was für ein Tag ist heute», sagte ich.

«Dienstagvormittag», sagte er.

Ich war also fast achtundvierzig Stunden weg gewesen.

«Wo sind die anderen», sagte ich.

«Weg», sagte er.

Lakonisch wie nur was.

«Du mußt wohl die Mannschaft rekonstruieren», sagte ich und fühlte, daß ich mich bald wieder hinlegen mußte.

«Re...» sagte er.

«Ja, neue Leute ranschaffen. Haben wir noch die Reservemannschaft?»

«Weiß nicht», sagte er.

«Ich bin krank», sagte ich, «komm morgen früh her und bring Kaffee und so mit.»

Dann legte ich den Hörer auf und zog den Stecker heraus und ging zurück ins Bett und dämmerte fast sofort ein. Aber vorher gelang mir noch die Überlegung, daß der Club am Ende sei und daß wir aus der Serie aussteigen müßten und daß der Vorhang für das ganze Spektakel gefallen sei. Aber es war nicht zu Ende, und in Wirklichkeit hatte es gerade erst angefangen.

Am Mittwochmorgen fühlte ich mich recht munter und stand auf und ließ die Rollos hochflitzen und wusch mich und nahm die Zeitungen aus dem Briefkasten und setzte mich in das Bett, um die Nachrufe zu lesen, die übrigens sehr kurzgefaßt waren. Etwas anderes war kaum zu erwarten, denn wenn man alles richtig bedachte, dann waren wir, oder waren gewesen, mußte man vielleicht sagen, nur eine von Hunderten anderer Mannschaften, und unsere spezielle Katastrophe ging kümmerlich im Resultatschwall der Zeitungsspalten unter. Nach einer Weile kam der Boss mit einem Kaffeekorb, und als er zugesehen hatte, wie ich sechs Kopenhagener und eine Kanne Kaffee verputzt hatte, räusperte er sich und sagte:

«Das braucht Zeit, die A-Mannschaft zu rekonstruieren.»

Darauf hätte ich erwidern können, daß wir sechs Jahre lang geschuftet und uns abgerackert hatten, um die Garnitur zusammenzukriegen, die er mit Vorbedacht auf den Müllhaufen geworfen hatte, aber ich fand, die Bemerkung sei überflüssig. Er war jetzt gut unterrichtet über die Lage der Dinge, und es zeigte sich, daß soeben A-Mannschaftsspieler zu anderen Vereinen übergegangen waren und mehr als die halbe B-Mannschaft nach sich gezogen hatten, und zwei hatten sich entschlossen, nicht mehr zu spielen. Übrig blieben uns Sven-Erik und Björk und unsere ziemlich untauglichen Reservespieler. Mit anderen Worten: eine halbe B-Mannschaft. Die Kraftprobe der Giganten war also zu Ende. Der Boss hatte den Club kaputtgemacht, die sieben Köpfe der Hydra mit einem Streich abgeschnitten, und nun war er also kein Boss mehr, sondern konnte ruhig den Job in der Schuhfabrik annehmen, falls er ihn noch bekommen konnte, und dann würde er ungefähr siebenundzwanzig verschiedene Vorarbeiter zwischen sich und dem Chef haben. Er würde mehr Geld verdienen, und seine Frau würde neue Gardinen kaufen können und neue Porzellanschafe, und er würde mit ausgestreckten Beinen dasitzen und abends Radio hören können und die Serientabellen lesen und sich um seinen Fußballtoto-Tip kümmern können und ins Kino gehen, mittwochs und freitags, und zum Stadion zu den Sonntagsspielen gehen können. Bei diesen Gelegenheiten würde er ganz sicher einen dunklen, gut gebürsteten Anzug anhaben und mit sehr geradem Rücken gehen, und seine Frau unterhaken und den Hut lüpfen bei denen, die er kannte, und das würden wohl nicht so besonders viele sein. Und nun saß er hier und glotzte störrisch auf den Fußboden und sagte, es werde Zeit brauchen, die A-Mannschaft zu rekonstruieren. So weit war ich mit meinen Gedanken gekommen, als es wieder an der Tür klingelte und der Boss hinging, um Persson hereinzulassen. Aber ich hatte alles nur denken können, ohne etwas zu sagen, – wäre Persson nicht gekommen, hätte ich vielleicht etwas gesagt, und alles wäre anders geworden. Aber jetzt kam er, wie gesagt, und als er Atem geschöpft und eine Weile gehustet hatte, blieb er zwischen uns stehen und sah uns mit mehr Verachtung als Resignation an.

«Ich hab zwei Jungs beschafft», sagte er, «die sind nicht gut, aber sie müssen genügen.»

Er hatte zwei Typen beschafft, die Ball spielen wollten. Die nicht gut waren, aber ausreichen mußten. Jetzt war er in seinem Element. Es war genau wie früher, als ob die Zeitmaschine uns in der Statistik drei, vier Jahre zurückversetzt hätte. Für Persson war das, alles in allem, nicht so erstaunlich, die Katastrophe war keine Katastrophe, nur eine hoffnungslose Situation, die gemeistert werden mußte. Und die nicht hoffnungsloser war, als Dutzende anderer gewesen waren.

«Du bist wohl nicht ganz dicht», sagte ich, «da sind recht gute Mannschaften in dieser Serie, und wir können uns da nicht mit irgendwelchen Krücken durchspielen.»

«Quatsch», sagte Persson, «wir müssen zusammenkratzen, was wir können. Und unterdessen müssen wir neu aufbauen.»

«Ja, verflucht noch mal», sagte der Boss, «wir werden aufbauen.»

«Wir müssen von unten aufbauen», sagte Persson.

«Das spielt keine Rolle», sagte der Boss.

Und sie betrachteten einander einen langen Augenblick.

Die Sache war also klar, und ich hatte nicht recht gehabt. Oder hatte ich vielleicht nur einen verrückten Gedanken, wider besseres Wissen, gedacht. Der Club war nicht tot; der Boss hatte den siebenten Kopf verfehlt, und der lebte und atmete immer noch. Er war ausgemergelt und sah ziemlich schlecht aus mit seinen dunklen Ringen unter den Augen, aber er lebte, wie gesagt.

Wir hatten ein Auswärtsspiel am Sonntag, und am Samstagnachmittag war man der Ansicht, wir hätten eine Mannschaft zusammengekratzt. Aber es war auch aus mit Persson; er lag auf der Küchenbank und atmete in kurzen Zügen, röchelnd, und ich sah, daß er nicht wieder auf die Beine kommen würde, zumindest nicht am nächsten Tag. Er war bedrückt, aber ich schlug ihm auf die Schulter und sagte:

«Das macht nichts, erhol du dich nur. Wir kriegen den Haufen morgen zusammen, und wir werden spielen.»

«Es kommen elf Mann», sagte er und sah zu mir auf, mit einem Blick, der so voller Pathos und Inbrunst war, daß ich es kaum aushielt.

«Klar, alter Knabe», sagte ich, ohne aber die Zweifel zu unterdrücken, die sich durch jedes einzelne der sinnlosen Worte nagten.

Es kamen acht. Sven-Erik und sieben mehr oder weniger unbekannte Figuren, die als kleinlaute Gruppe in der Wartehalle standen, und der Boss und ich standen ein Stück entfernt und besahen sie uns. Björk und zwei andere lagen noch in den Federn. Ich konnte selbst mitspielen, aber wir wären noch immer erst neun gewesen, und das würde mies aussehen. Es war schlimm genug so.

«Nehmt ihr den Zug», sagte ich zum Boss, «dann nehme ich ein Auto und hole Björk und noch jemand und komme nach.»

«Komm aber ganz bestimmt», sagte er.

«Halt die Klappe», sagte ich.

Björk öffnete selbst. Er hatte Morgenrock, Schlafanzug und Pantoffeln an, und drinnen zeichnete sich ein Frühstückstisch ab, der mich aggressiv werden ließ. Ich hatte keine Zeit gehabt, etwas zu essen.

«Verflucht noch mal, warum bist du nicht gekommen», sagte ich.

«Meine Frau ist krank», sagte er kalt, «und außerdem hab ich keine Lust, mich zu blamieren. Ich bleib in diesem Club nur, weil ich fast von Anfang an dabei war. Willst du nicht reinkommen?»

Die kranke Frau ging im Hintergrund vorbei und warf mir einen höhnischen Blick zu. Sie sah nicht besonders leidend aus.

«Ich hab ein Taxi da unten», sagte ich, «und der Boss ist mit acht Mann gefahren.»

«Rechne nicht mit mir», sagte er.

«Nee, das hab ich nie getan», sagte ich und ließ ihn stehen und glotzen, während ich die Treppe hinunterflitzte.

Ich versuchte es noch an zwei weiteren Stellen, aber keiner biß an, und die Zeit wurde sehr kostbar. Da fiel mir Lundell ein. Ich hatte ihn lange nicht gesehen und wußte nicht einmal, ob er sich in der Stadt befand, aber wir fuhren hin, durch Straßen, die noch sonntäglich morgenleer waren, und das kleine Haus im Hinterhof sah nicht ermutigend aus mit seinen heruntergezogenen Rollos und seinem Schornstein ohne Rauch. Aber als ich an die Tür bollerte, hörte man Bewegungen von drinnen, und nach einer Handvoll Wartesekunden, die schicksalsschwer in die Ewigkeit tropften, öffnete jemand die Tür einen Spalt breit. Ich sah nicht, wer es war, wurde aber offensichtlich wiedererkannt, denn die Tür öffnete sich quietschend, und ich stieg hinein ins Dunkel. Es war Iris, käsig und ungekämmt und schlaftrunken, und mit einem Mantel, in den sie ihren langen Körper eingehüllt hatte.

«Ich muß Lundell für zwei Stunden leihen», sagte ich.

«Ha», sagte sie kurz und schrill, «wenn du Leben in das verfluchte Säuferschwein kriegst, dann bitte schön.»

Er lag auf dem Rücken und pennte, munter wie ein geschlachtetes Schwein, und als ich ihn berührte, war keine Reaktion zu bemerken.

«Du siehst selbst», sagte Iris und schauderte und verkroch sich in ihrem Mantel.

Dann haute sie ihm plötzlich mit der Handfläche mitten auf den Bauch, daß es knallte, und schrie:

«Wach auf, verflixt noch mal, du hast Besuch.»

Er machte keine Bewegung, öffnete aber die Augen.

«Jetzt ist er wach, wacher wird er nicht, bitte schön,» sagte Iris.

Dann sagte sie wieder brrrr und warf den Mantel ab und kroch von der anderen Seite auf die Chaiselongue und drehte sich sofort um. Lundell stierte zu mir hoch mit runden Augen, die nichts sahen, mit Porzellanaugen, und versuchte irgend etwas zu sagen, aber es ging nicht, also räusperte er einen enormen Schleimklumpen hoch und flüsterte:

«Scheiße, was'n los.»

«Hoch mit dir und Fußball spielen», sagte ich ungeduldig, denn die Minuten vertickten und die Zeit war knapp.

«Muß ich», sagte er heiser und matt.

Ich nickte.

«Worauf warten wir denn dann», sagte er.

«Auf dich», sagte ich, «und ich hab hier ein Taxi draußen.»

Er fiel aus dem Bett wie eine Lawine und zog in der Eile die Bettdecke bis zu Iris' Kniekehlen herunter, aber als er endlich auf den Beinen war, schwankte er hin und her, und ich sah, daß er bis zu dem Stadium eines ausgewachsenen Katers noch eine Weile brauchte.

«Leg bitte mal die Decke über meine ehemalige Verlobte, damit ich das Ekel nicht anzugucken brauche», sagte er und kämpfte so energisch mit den Hosen, daß die Fußbodenbretter zitterten und knackten.

Ich zog die Bettdecke über Iris und bekam ein ersticktes «hau doch ab» zum Dank, und dann rasten wir los, denn Lundell verstand, worum es ging, und zog vor, sein Ankleiden im Auto zu beenden. Er war noch dicker und aufgedunsener als beim letzten Mal, sein Gesicht war bleich und teigig, und die unerwartete Anstrengung hatte schon den Saufschweiß in großen Tropfen aus den Poren hervorgepreßt. Trotz der Zeitnot ließ ich den Taxichauffeur an einem Café halten und holte ein Mineralwasser, und als Lundell das gekippt hatte, rülpste er wie ein Kannibalenhäuptling:

«Ich hab über ein halbes Jahr nicht gespielt, das wird also fast nur Mist.»

Er hätte auch sagen können:

«Was will so ein scheißvornehmer Club mit so einem wie mir?»

Aber das sagte er nicht.

Wir kamen beim Platz, der mitten im Ort lag, fünf Minuten vor Spielbeginn an, und bevor das Taxi richtig anhalten konnte, riß der Boss die Tür auf und bekam Lundell zu sehen, stutzte, und sagte:

«Wie viele seid ihr?»

«Zwei Sechstel», sagte Lundell.

Acht plus zwei sind zehn, dachte ich, und dann fingen wir an, uns umzuziehen, und die Panik wich langsam, und ich hörte den Boss sagen:

«Gib mir ein paar große Schuhe.»

Und ich guckte hoch und sah ihn da stehen, einssechsundachtzig groß, und seine Cheviothosen ausziehen. Es verschlug mir so sehr die Sprache, daß ich fast ohnmächtig wurde, denn ich wußte, er war achtunddreißig Jahre alt und hatte bestimmt nie ein Paar Fußballstiefel angehabt. Er war genau der Typ, dem schon als Vierjährigem das Kunststück gelingt, einen ausgewachsenen Ball zwischen den Beinen durchrollen zu lassen, und der deshalb nicht mit den anderen spielen darf, und außerdem war er in der Gegend der großen Wälder aufgewachsen, wo man keine elf gleichaltrigen Jungen im Umkreis von siebzig Quadratkilometern zusammenkriegt. Aber er sah mich an und grinste, was sehr ungewöhnlich war, und sagte:

«Keiner soll jedenfalls sagen, wir kämen ohne vollständige Mannschaft zu den Spielen.»

Es wurde ein vergnügliches Spiel, denn allen machte das Spielen Spaß, und wir hatten nichts zu verlieren, weil wir von vornherein abgestempelt waren, und noch weniger zu gewinnen. Mitten in der ersten Halbzeit ging Lundell hinter das Tor und kotzte, kam dann aber wieder, frisch und nüchtern, und schwitzte unwahrscheinlich, und der Boss irrte unten in der Verteidigung wie ein Glockenturm auf Rädern herum, obwohl er an sich wohl als Linksaußen spielte. Zu Beginn der zweiten Halbzeit war da ein kleiner blonder Schlingel, der eine große Schau abzog und den Boss fünfmal am gleichen Fleck abwimmelte, und schließlich versuchte der Boss den Fuß auf den Ball zu stellen, stolperte aber und setzte sich voll auf den Hintern.

«Sitzt du da und scheißt, alter Knacker, was», sagte der andere und lachte albern und fand sich toll.

Der Boss blieb auf dem Spielfeld sitzen und glotzte wie ein verlorener Dreijähriger, und ich dachte, das da hast du nicht umsonst getan, mein Kleiner. Zehn Minuten später hatte ich im Gedränge die Chance, denn sie stürmten unaufhörlich, und es herrschte ununterbrochenes Chaos vor unserem Tor. Der Blonde kam in voller Fahrt geradewegs auf mich zu und wir hatten den Ball zwischen uns, aber ich kümmerte mich um keinen Ball, sondern hob das Bein und parierte seinen Schuß mit der Stiefelsohle, genau unterhalb der Kniescheibe. Er schrie laut und lange und rollte auf dem Boden, und ich gab den Ball weiter, und der Schiedsrichter pfiff ab, ohne so ganz zu wissen, was geschehen war, denn er hatte verdeckt gestanden, und Betreuer und andere liefen auf das Feld. Der Boss kniete sich hin und besah den Verletzten und schüttelte den Kopf und sagte mit priesterlicher Autorität:

«Am besten fährt man diesen armen Schlucker zum Krankenhaus. In diesem Jahr wird der sicherlich nicht mehr spielen.»

Und der Junge auf dem Boden sah zu ihm auf, und Schmerz und Angst verzerrten seine Züge.

Ich stand neben dem Schiedsrichter und sah mit passender Miene zu, und einer der Kameraden des Verletzten kam vor und ballte die Faust vor meinen Augen und sagte:

«Das warst du, du Miststück, du hast das getan, und jetzt wirst du fertiggemacht.»

Der Schiedsrichter zuckte zusammen, wie von einer Wespe gestochen. Das hier hatte er jedenfalls gesehen und gehört, und er hob den Zeigefinger und sagte:

«Das gibt eine Verwarnung, und wenn du piep sagst, fliegst du raus.»

Der Junge war zu Tode erschrocken und sagte natürlich weder piep noch irgend etwas anderes, aber ich sagte zum Schiedsrichter:

«Das war ein bedauerlicher Unfall, und vielleicht ist es gar nicht so merkwürdig, daß sie sich so aufregen.»

«Nee, so was kommt vor», sagte er.

Wir fingen wieder an zu spielen.

«Warum hast du das getan», sagte Lundell etwas später zu mir, als wir das Opfer in einem Taxi hatten abfahren sehen, zusammen mit Arzt und Braut.

«Der hat sich wohl das Bein gebrochen», sagte er und sah sehr verblüfft aus.

Denn er selbst hatte äußerst fair gespielt und ließ sich nichts, außer mündlichen Ausschweifungen, zuschulden kommen. Aber ich fühlte mich, schändlicherweise, zufrieden, und wenn ich je Gewissensbisse bekam, dann immer viel später, und das verging auch noch sehr schnell. Wir verloren das Spiel 4 : 0, aber das waren ganz annehmbare Ziffern, verhältnismäßig, und alle Jungs waren froh und zufrieden, was zum großen Teil auf Lundell beruhte. Auf dem

Spielfeld hatte er eine Laune, die unmöglich unterzukriegen war, weil er wirklich die Kunst beherrschte, sich zu lösen und Sport aus Freude zu betreiben. Und das ist eine Kunst, die viel zu wenige ausüben.

Im Grunde genommen war er ein talentierter Mensch und konnte auf vielen Saiten spielen, der Fehler war nur, daß sein Instrument so gestimmt war, daß es nicht in das große, allgemeine Konzert paßte. Gleich nach dem Spiel gelang es ihm, durch einen glänzenden Coup einen halben Liter Fusel aufzutreiben, und als wir zum Bahnhof kamen, war er schon total besoffen. Er lieh einen Zehn-Kronen-Schein von mir und verschwand, wie er gekommen war, in einem Taxi. Es war das letzte Mal, daß ich mit ihm sprach.

Am nächsten Tag rief der Boss mich am Arbeitsplatz an und sagte, seine Gelenke seien so steif, er könne sich kaum rühren. Er brauchte keine näheren Beschreibungen in dieser Richtung zu machen, denn ich hatte selbst gewisse Anzeichen dieser Art. Dann sagte er, ich solle für den Rest der Frühjahrssaison die A-Mannschaft betreuen und er garantiere, wir würden Leute haben. Sven-Erik solle nicht eingesetzt werden, er solle nur trainieren und sich ansonsten vom Spielen erholen.

«Und dann noch was», sagte er.

Da war wirklich noch etwas. Persson war am Sonntagabend so krank geworden, daß seine Frau versucht hatte, den Arzt zu erreichen, der auch sonst nach ihm sah, aber der war nicht zu Hause. Daraufhin hatte sie den Diensthabenden angerufen, und der war gekommen und hatte fast einen Schlag gekriegt und in Windeseile einen Krankenwagen besorgt. Früh am Montagmorgen hatten sie Persson in ein Sanatorium gefahren, und nun war er wohl schon dort.

13

Einmal fuhr ich zur Mittsommerzeit dorthin, zum Vergnügen, und das Bahnpersonal hatte die niedliche kleine Lokomotive mit schlanken weißen Birken geschmückt. Da war Harzduft in der Luft und eine endlose, laue Dämmerung, und vor dem Abteilfenster sah man blanke Seen, und Leute um die Mittsommerbäume, und wenn nicht die Betrunkenen gewesen wären, die da von Wagen zu Wagen torkelten, mit Hosentaschen, die durch Halbliterflaschen verunstaltet waren, dann hätte man glauben können, man sitze im Kino und sehe einen Fitzpatrick-Film über das Land der Mitternachtssonne. Aber wenn das Mittsommerfest vorüber oder noch gar nicht gekommen war, dann wirkte die Miniaturlokomotive nur lächerlich und nutzlos, und man sah sofort, daß die schmalspurige Eisenbahnlinie eine Schande für das Verkehrsministerium war, und man war allein im ganzen Wagen, bis auf ein Bäuerlein, das in der Stadt gewesen war und den Arm gegipst bekommen hatte, und kam man auf den Gedanken, aus dem Fenster zu sehen, mußte man sich fragen, wo die Menschen um die Mittsommerbäume in der Zwischensaison steckten. Denn zu beiden Seiten gab es nur struppige Kieferngehölze und weite, einsame, sandige Heideflächen, und die Lok heulte einsam und fraß sich daran vorbei durch lange, schräge Kurven. Ich saß und starrte hinaus und dachte, ich könnte, verflixt noch mal, doch wenigstens einen Elch zu sehen bekommen, aber das einzige, was zu sehen war, waren magere Rindviecher und Kinder mit Rotznasen, die auf den Briefkastenpfählen hockten und dem Zug zuwinkten. Ich winkte nicht zurück, weil ich ganz schlechte Laune hatte, und hinterher hatte ich ein schlechtes Gewissen, weil ich nicht gewinkt hatte und dachte, die wohlfahrtsstaatliche Eisenbahn könne Winkmaschinen auf die Züge bauen und dann, wenn die Kinder entwöhnt waren, könnte man ebensolche Winkmaschinen an Stelle der Kinder anbringen, und so hätte man das vollkommene Wohlbefinden auch auf diesem Gebiet. Nach den ersten zwei Stunden wurde die Landschaft etwas ansprechender, und die Schienen tauchten in rußgeschwärzte Tunnel und kamen im Hochwald wieder heraus und kletterten aufwärts in langen, zähen Steigungen, zwischen granitroten, abgesprengten Felsen und lavagrauen Leitungsmasten, bis der Zug endlich die letzte Steigung bewältigt hatte und mit einem müden Schaukeln langsam in den Bahnhof einfuhr, von dem aus er allmählich die Abfahrt zur anderen Seite beginnen sollte. Ich faltete die Zeitung zusammen und stieg auf den teerimprägnierten Holzbahnsteig und ging um das Bahnhofsgebäude herum und stieg in einen staubigen gelben Bus ein – er sollte in zwanzig Minuten abfahren –, und ich schlug die Zeitung wieder auf und blätterte gleichgültig die Sportseiten durch, mindestens zum viertenmal.

Was ich in den Händen hielt, war ein Exemplar der größten Morgenzeitung der Stadt, und während ich mir eine Zigarette anzündete, las ich aufmerksam und nachdenklich den obersten Artikel, der unter einer zweizeiligen Überschrift halbfett in vier Spalten sehr ordentlich aufgemacht war, denn dieses Nachrichtenblatt hatte, wie die meisten anderen auch, seine besten Umbruchtechniker bei der Sportredaktion. Der Text war in geheimnistuerischem Wortlaut gehalten und enthielt nicht eine einzige Neuigkeit, dahingegen aber eine Reihe schwer zu deutender Anspielungen. Er war in dem modernen Staccato-Stil abgefaßt, ausgetüftelt von Journalisten, die zu spät erkannt hatten, daß sie einen anderen Beruf hätten wählen sollen, und in der Einleitung hieß es unter anderem:

Der ‹eiserne› Karlsson fehlte. Am vergangenen Sonntag. Ebenso ‹Birr› Olsson.

(Der Name wurde allgemein und aus leicht verständlichen Gründen ‹Bier› ausgesprochen.) Ich las weiter:

Und Kalle P. Wir sprechen mit dem ‹Grafen›! Er kann nichts sagen. Oder will nicht? Wohin gehen die Jungs? Es gärt. Im Stadion.

Und am Sonntag? Fragt man sich. Und fragt sich ...

Zwei weitere halbspaltige Texte hatten nichts Sachliches hinzuzufügen und bestanden meist nur aus Spielergebnissen und Satzzeichen, aber ich las sie doch, immer und immer wieder, bis der Buschauffeur mich aus der Fachsimpelei über die drei verschwundenen Fußballer riß, indem er seinen Kopf in den Bus steckte und im Feldwebelton sagte:

«Sie dürfen hier nicht rauchen.»

«Ah, entschuldigen Sie», sagte ich gewandt, «aber ich war ja ganz allein und der Bus parkte, da dachte ich ...»

Er zeigte finster auf das Verbotsschild und ich machte die Zigarette aus.

Zehn Minuten später trat er ganz ein, und ich löste die Fahrkarte, und während er mit der Knipszange fummelte, starrte er abweisend an mir vorbei, und ich dachte, daß er ein freier Mann sei und mich haßte, weil ich ihm fünfundsiebzig Öre gab und ihn dadurch zwang, mich zu bedienen, obwohl er, wie gesagt, ein freier schwedischer Mann war und, verflixt noch mal, so viel besser als fast alle seine Passagiere, und daß er am liebsten am nächsten Abgrund angehalten hätte und mich über die Kante hinunterschmeißen würde.

Das letzte Stück der Reise war nicht lang, es ging aufwärts, auf schlängeliger Asphaltstraße, und der Motor ächzte schwer im niedrigsten Gang und hörte sich abgenutzt an. Wir fuhren durch die Einfahrtstore zum Sanatorium, große, aus luftigem, rostfreiem Schmiedeeisen, und dahinter lagen rote Holzpavillons mit wilden Kletterrosen an den Seiten und ungeharkten Wegen zwischen gestutzten Erinnerungen an zurückgedrängte Wildnis.

Eine Helferin in weißem Kittel wies mich in eine offene Loggia, wo die Patienten auf Ruhestühlen lagen, eingehüllt in die braunkarierten Decken der Bezirksverwaltung, und die Schwalben schossen in schnellem Sturzflug dicht unter dem Dach aus und ein. Persson lag ungefähr in der Mitte der Reihe, auf dem Rücken, die Hände hinter dem Nacken gefaltet, und starrte leer gegen die Balken über ihm. Er hatte sich schnell verändert während der Mastkur der ersten Monate, seine Haut war ungesund gelb, und er hatte speckig gepolsterte Wangen, aber der Blick war wie immer und die schiefgezogenen Mundwinkel auch. Er sah mich an, mehr irritiert als erfreut, und man merkte, er hatte lange auf jemand gewartet. Nicht auf seine Frau, denn die war natürlich oft dort gewesen, und nicht auf Sven-Erik, aber auf jemand, der etwas zu sagen hatte, zum Beispiel der Boss oder ich.

«Wie geht es dir», sagte er.

«Und dir», sagte ich.

«Na ja, so einigermaßen.»

Und dann:

«Verflixt noch mal, was macht ihr denn eigentlich? Das läuft doch alles völlig schief. Fünfmal solche Rückschläge hintereinander, und ich versteh nicht, daß ihr nicht eine richtige Truppe zusammenkriegen könnt. Man weiß ja gar nicht, was man sagen soll, wenn man die Zeitung aufschlägt.»

Er hatte sich offensichtlich überanstrengt, denn diese kleine Aufregung endete in einem langanhaltenden Hustenanfall, trocken und schauderhaft gellend.

Sowohl der Boss als auch ich hatten Persson in den vergangenen Wochen vergessen, und eigentlich hatten wir keine Zeit gehabt oder auch nicht die Gelegenheit, uns seiner zu erinnern, und natürlich wußte er nicht die Bohne von dem, was passiert war, nichts über die dürftigen Nachrichten hinaus, die aus den Tabellen der Montagszeitungen hervorgingen, die, ohne es zu kommentieren, Rechenschaft darüber ablegten, wieviel Dresche unsere merkwürdige A-Mannschaft am Tag zuvor hatte einstecken müssen. Ich sah ihn nachdenklich an, während der Husten langsam und widerwillig nachließ, als wolle er demonstrieren, daß er ihn ganz in seiner Gewalt habe und jederzeit wiederkommen könne. Als er sich beruhigt hatte, gab ich ihm die Zeitung, die Sportseite immer noch aufgeschlagen, und zeigte auf den obersten Artikel. Er las einige Zeilen, übersprang schnell zwei Drittel des Textes, überflog noch ein kleines Stückchen und zuckte die Schultern.

«Ja, ja», sagte er irritiert, «die haben schon vorher darüber geschrieben, die ganze Woche. Das sind Manieren, wie bei einem Großverein. Die machen nur Reklame.»

Er sah mich prüfend an, auffordernd, als ob ich versuchte, etwas unter den Tisch fallen zu lassen.

«Du», sagte ich vorsichtig, damit der Schock ihn nicht umbringen sollte, «wir haben die Jungs.»

«Was zum Teufel meinst du», sagte er und strampelte unter der Decke.

«Wir haben sie unter Dach und Fach, verstehst du. Alle drei haben vor fast vierzehn Tagen unterschrieben. Wir haben das nur noch nicht publik gemacht und gedenken das auch für einige Zeit nicht zu tun. Und nicht nur das – wir haben noch fünf Jungs vom Land, allesamt gut. Wir kriegen eine Bombenmannschaft zum Herbst.»

Er flog hoch, als sei eine Spirale irgendwo inwendig losgegangen, und saß kerzengerade mitten auf dem Liegestuhl, in Hosenträgern und einem roggenfarbenen Unterhemd.

«Was zum ...» sagte er.

Und dann sprang ein rotbackiges Mädchen in weißem Kittel hinzu und drückte ihn in die Horizontale zurück.

«Persson weiß, was der Doktor gesagt hat, und jetzt müssen wir ganz auf Ruhe machen, ganz auf Ruhe», sagte sie und gab mir einen vernichtenden Seitenblick.

«Ja, ja, ja», sagte Persson und ich dachte, jetzt fängt er an zu husten, aber das tat er nicht.

«Hast du das gedreht», sagte er matt.

«Na ja», sagte ich, «das war vor allem der Boss. Er hat einen Sponsorenverein gegründet und da einige wertvolle Männer reingekriegt, und dann hat er den Jungs Wohnungen beschafft.»

«Und die haben unterschrieben», sagte Persson.

«Ja, und dann sind sie durch ihre Mietverträge gebunden. Der Boss hat einen Schwager, dem gehören die Häuser. Und für die Jungs vom Land haben wir Stellen in der Schuhfabrik beschafft.»

Er sagte «verdammt» und «das gibt's doch nicht», und die Augen glühten über dem Deckenrand – aber das war im großen und ganzen auch alles. Es schien, als ob die kleine Anstrengung kurz vorher ihm die restliche Kraft genommen hatte, und er atmete stoßweise, und ich fühlte mich ziemlich unwohl in meiner Haut.

«Du mußt dich jetzt erholen», sagte ich nach einer Weile und bemühte mich, dabei nicht allzu forsch zu klingen.

«Ja, ja», sagte er. «Ich muß. Ich muß bald.»

Die Rotbackige tauchte im nordöstlichen Quadranten auf und fing an, mich durch Nicken zum Gehen zu bewegen.

«Ich muß wohl jetzt gehen, scheint's», sagte ich.

Er antwortete nicht.

«Jaa, hej dann, wir sehen uns bald.»

«Du», sagte er plötzlich, und eine seiner gelben, trockenen Hände kletterte auf die Decke.

Ich beugte mich über ihn, weil er leise und keuchend sprach.

«Du», sagte er, «das wird prima, das ist, wofür wir immer gearbeitet haben. Dieser Tag. Aber laß ihn nicht bloß irgendwie machen, und denk dran, wir müssen von unten aufbauen. Und du, Sven-Erik muß immer bleiben dürfen. Das ist wichtig für ihn, viel wichtiger als für jemand anders.»

«Ist doch klar», sagte ich und nahm seine Hand.

«Hej», sagte er, «und komm wieder.»

«Ist doch klar», sagte ich.

Auf dem Weg nach draußen fragte ich die Helferin nach Perssons Arzt, und sie nannte einen Namen, Schnabelbaum glaubte ich zu verstehen, aber das mußte wohl doch falsch gewesen sein.

«Wo ist er?»

«Auf dem Tennisplatz», sagte sie und machte einen spitzen Mund.

Dann errötete sie plötzlich, und ich betrachtete sie mit gewissem Erstaunen.

Der Doktor war recht jung und groß und braungebrannt und hatte eine angehende Glatze. Er spielte gegen ein schlankes blondes Mädchen in knallengen Shorts und weißer Wolljacke, und ich stand am Rande des Platzes und sah ihn fünf Satzbälle ausschlagen, sicherlich nur, um das Vergnügen zu verlängern und weil ihre Brüste sich so schön unter der Jacke bewegten, wenn sie vor und zurück über den Platz rannte. Er stand ganz still und verteilte berechnende Bälle nach rechts und links, während er systematisch ihre Anatomie mit seinen Blicken erforschte. Er wollte gewinnen, allmählich, aber das gelang nicht, denn ich war unfein genug, ihm durch ein Räuspern einen Doppelfehler zu verpassen, und dann bekam sie einen Treffer direkt auf die Kante durch ihren Vorteilball, so, daß er in einem toten, schrägen Smash herunterfuhr und dem Spiel ein Ende machte.

«Sie sind ganz ausgezeichnet, Schwester Elsa», sagte er mit deutlicher Aussprache und versuchte, das Beste aus der unerwarteten Lage zu machen.

Sie gab ihm einen gleichgültigen Blick und fing an, die Turnschuhe aus- und die weißen Holzschuhe anzuziehen.

Als ich nach Persson fragte, sah er mich ärgerlich und gelangweilt an und zählte an den Fingern.

«Aha, der Persson», sagte er.

«Ja», sagte ich.

«Tjaa», sagte er und schielte auf das Mädchen, das gerade angefangen hatte, seine Sachen zusammenzusuchen.

«Hoffnungslos», sagte er abwesend.

«Wieso?»

«Schlimm, schlimm», sagte er und schüttelte den Kopf, «sehr schlecht, sehr häßliche Tuberkulose, offen, ganz offen.»

Die Krankenschwester ging vorbei, ohne sich umzusehen oder auch nur irgend etwas zu sagen, und er starrte gierig auf ihre rosafarbenen Fersen.

«Versuchen Sie's statt dessen mit Schwimmen», sagte ich, «das geht bestimmt besser.»

«Im Sommer, jaa», sagte er in seinem verträumten Wiener Dialekt.

Ich fand ihn jetzt richtig widerlich, aber er nahm sich sofort zusammen und sagte geschäftsmäßig:

«Es tut mir leid, trauriger Fall, viel zu spät.»

Sie war schon weit entfernt, als er loskam, und die jahrhundertealte Politur hinderte ihn daran, ein geiles Gewieher von sich zu geben und mit hängender Zunge hinterherzulaufen. Die Zivilisation beraubt uns vieler unbezahlbarer Anblicke und vieler Reize, ohne eigentlich in der Sache etwas zu ändern.

Die Heimreise war langweilig, obwohl ich vermied, an den wenig erfreulichen Eindruck des Krankenbesuches zu denken. Statt dessen dachte ich über das nach, was ich Persson gesagt hatte, was im großen und ganzen der Wahrheit entsprach, aber lange nicht einer ganzen Wahrheit. Denn der Boss hasardierte auf eine Weise, die schlecht mit den Prinzipien übereinstimmte, die Persson versucht hatte, dem Club zu eigen zu machen. Das eigentliche Kapital, – das Clubgefühl der Spieler und der Führung –, war veruntreut worden, und wir hatten versucht, es durch Geld zu ersetzen. Der Boss hatte neue Lotterien veranstaltet und einen Bankkredit für den Club aufgenommen, die Ausrüstung galt als Sicherheit. Dann hatten wir eigene, private Kredite aufgenommen und alles, was irgend ging, von den verpfändeten Materialien verkauft und auf diese Weise mehr als zehn Riesen zusammenbekommen, die der Boss als Köder für die neuen Spieler benutzt und, sobald die Jungs ihre Unterschrift haben, ausgeteilt hatte. Wir sahen gleich von Anfang an ein, daß dieses System riskant war und mit ziemlicher Wahrscheinlichkeit zu unserem persönlichen Bankrott führen würde, aber das war nicht so wichtig, weil wir alle beide nicht den Instinkt hatten, der dazu verhilft, zu pekuniärem Wohlstand zu kommen. Dem Boss war außerdem klar, daß das zusammengekratzte Bargeld allein uns niemals ans Ziel bringen würde. Das Vorhaben wäre auch nicht gelungen, wenn er nicht ein ungeahntes Talent für den Schwarzhandel mit Wohnungen enthüllt hätte. Es herrschte gerade zu dieser Zeit großer Wohnungsmangel im Land – den soll es übrigens merkwürdigerweise heute noch geben –, und viele Menschen revoltierten gegen das Mietregelungsgesetz, indem sie ganz einfach gar nicht erst vermieteten. Der Boss hatte im Frühjahr eine kleine Firma für Kurierdienste eröffnet, und zum Teil dadurch bekam er allmählich heraus, in welchen Häusern leere Räume waren, säuberlich camoufliert durch Gardinen vor den Fenstern und Farnkraut in den Fensternischen, und als er herausbekam, daß einige dieser scheinbar bewohnten Räumlichkeiten seinem Schwager gehörten, war die halbe Schlacht schon gewonnen. Es stimmte zwar, daß wir einen Sponsorenverein gegründet hatten, aber dessen einzige Aufgabe war eigentlich, unsere Vorhaben vor Einblicken zu schützen. Später einmal sollte er sich jedoch als sehr nützlich erweisen.

Der Boss reorganisierte den Club und leistete eine bewundernswerte Expertenarbeit mit Hilfe von Methoden, die damals noch als unorthodox galten, wenigstens in den kleinen Vereinen. Unser Arbeitseinsatz war ungeheuer ermüdend, denn die meisten Objekte wurden erst durch endlose nächtliche Verhandlungen und eine Flut von Überredungen, Drohungen und Bestechungen zustande gebracht. Manchmal waren die Druckmittel von nicht besonders feiner Art, und bei einer späteren Gelegenheit führten sie zum Rückschlag, aber mit der Zeit lernte sogar der Boss, daß man nicht immer so große Freude an einem Spieler hat, der das Clubtrikot einzig und allein deswegen trägt, weil seine Frau nicht erfahren soll, in wessen Bett er am Mittwochabend trainiert. Im großen und ganzen klappte aber alles erstaunlich gut, und zu Anfang wußte niemand etwas, außer dem Boss und mir und denen, die es unmittelbar betraf, und ich glaube nicht, daß es jemand gab, der die wirklichen Zusammenhänge auch nur ahnte. Denn keiner rechnete ernsthaft mit uns, wir arbeiteten im Schatten, wie wir das immer getan hatten. Und niemand sah uns.

Die Neuigkeiten erfuhr niemand, bevor wir sie nicht von selbst preisgaben, am Tag nach dem letzten Serienspiel. Wir hatten dem «Grafen» drei Spieler weggelockt, fast die besten, und die Ortspresse kompensierte ihr Versäumnis durch einen ziemlich großartigen Klamauk in den Überschriften. Sogar in den Zeitungen in der Hauptstadt fand man kleine Artikel und Überschriften wie «Kleiner Verein hat großen Fisch an der Angel» und «Neue Werbetruppe auf Volldampf mit hängenden Schnauzbärten», und der Boss befahl Björk, alle Zeitungsausschnitte zu sammeln, womit dieser schon aus eigenem Antrieb beschäftigt war. An einem Abend dieser Woche gingen wir in ein Restaurant mit zwei Neuerwerbungen und aßen ein feineres Abendessen mit zwei Weinen. Das war ein seltenes Ereignis, denn weder der Boss noch ich hatten eine besondere Begabung für das Vergnügungsleben, aber es sah freigiebig aus, und außerdem fanden wir, man müsse den Erfolg feiern. Einige Leute starrten uns an und wußten, wer wir waren, aber niemand ahnte, daß sich genau sieben Kronen und fünfzig Öre in der Clubkasse befanden und daß wir selbst so pleite waren, daß ich nachmittags einen Wechsel ziehen mußte, um die Rechnung bezahlen zu können.

Ich weiß nicht, ob es Zufall war, daß der «Graf» und einer seiner

Mitarbeiter an einem Tisch ganz in der Nähe saßen, auf jeden Fall war es Zufall, daß ich sie, als wir beim Longdrink saßen, dort traf, wo man Bekannte im Restaurant zu treffen pflegt. Im Pissoir nämlich. Als der Handlanger mich bemerkte, wandte er den Blick aus dem Porzellangewölbe und sagte:

«Du verdammtes, beschissenes, hinterhältiges Aas.»

Der «Graf» brachte ihn sofort zum Schweigen und knöpfte sich sehr sorgfältig den Schlitz zu und wusch sich die Hände, ehe er sagte:

«Ihr habt dem Sport hier in der Stadt böse eins ausgewischt. Nicht uns – aber dem Sport. Ich hatte das nicht erwartet. Von dir.»

Das Papierhandtuch raschelte übertrieben zwischen seinen Fingern. Ich entdeckte, daß sie zitterten, in einer Weise, wie sie es nicht hätten tun sollen.

«Ihr werdet das bereuen», sagte er.

«Ihr verdammten, verfluchten ...» sagte der Handlanger, aber der «Graf» brachte ihn wieder zum Schweigen, mit einer verärgerten Geste.

«Ihr werdet dieses häßliche Manöver bereuen», sagte er.

«Verdammte Scheiße, wir schlagen euch so zusammen, daß ihr ...», sagte der Handlanger.

«Ein einziges Wort noch und ich stopp dich mit der Birne zuerst ins Klosett und spül dich runter», sagte ich.

«Das ist technisch unmöglich», sagte der «Graf» trocken. «Geh jetzt, Walter.» Als ich dem Boss über das Gespräch berichtete, sagte er nur:

«Wer schlägt wen zusammen, glaubst du?»

Ich antwortete nicht auf diese Frage, denn ich war immer noch ein bißchen eingeschnappt wegen eines Streiches, den er mir zwei Tage zuvor gespielt hatte.

14

Es geschahen zu diesem Zeitpunkt nämlich nicht nur in den inneren Kreisen Dinge, die allmählich so verhängnisvoll werden sollten, daß wir uns kaum der Lawine erwehren konnten, die wir ins Rollen gebracht hatten. Während der Wiederaufbau in vollstem Gange war, sorgte ich dafür, daß wir uns durch die Serie spielten mit der sogenannten Mannschaft, deren Stamm sich damals herausgebildet hatte, als Lundell und auch der Boss auf dem Spielfeld herumgetobt waren. Es waren nette Jungs, die nicht viel von Fußball verstanden, die aber sorgsam ihre Chance wahrnahmen, in einer richtigen A-Mannschaft spielen zu können, und die mit großem Eifer zu den Spielen kamen. Besonders, wenn es sich um die Fahrten handelte, denn bei den Auswärtsspielen waren immer viele Zuschauer da und ein Heidenspektakel, weil die Platzmannschaft immer gewann. Auf dem westlichen Sportplatz war es dagegen trostloser, mit leeren Zuschauerbänken und unbeflaggten Fahnenstangen. Wer konnte sich schon vorstellen, die Flaggen zu hissen, wenn nicht einmal der Brauseverkäufer, geschweige denn der Boss, sich zur Spielzeit zeigten, und die äußeren Formen wurden noch überflüssiger, als der Boss uns auf den Schotterplatz verwies. Der Rasen sollte so viel wie möglich geschont werden, damit er zu Beginn der Herbstsaison in gutem Zustand sein konnte, sagte er, und ich konnte nicht anders als zustimmen. Nach und nach erhob sich die Frage, wie wohl die Frühjahrssaison ausgehen werde. Die Serie verlief gleichmäßig, und schon von Anfang an gab es gewisse Befürchtungen, daß wir nicht Schritt halten könnten, und derweil unsere Jungs mit der Genauigkeit eines Chronometers Dresche kriegten, verwandelte sich diese Gefahr von statistischer Theorie in Wirklichkeit. Als noch zwei Spiele zu spielen waren (alles in allem hatten wir sieben gehabt, sechs planmäßige und ein verlegtes), schien unser Schicksal besiegelt zu sein, aber der vorletzte Spielsonntag bot überraschende Wendungen, und da wir als letztes gegen eine der schlechtesten Mannschaften aus dem untersten Tabellenbereich spielen sollten, begann ich zu glauben, wir könnten es doch noch schaffen. Auch die Jungs waren sich der Möglichkeit nur zu bewußt und setzten alles ein für dieses Spiel, das unter allen Umständen ihr letztes in unseren Trikots der A-Mannschaft sein sollte. Ich teilte dem Boss alle Tatsachen über die Lage mit, als wir eines Abends bei ihm zu Hause saßen und uns von der Wiederaufbauwut erholten.

«Es wäre besser, wenn wir rausflögen», sagte er, den Mund voll Sandkuchen.

Das war merkwürdig gesagt vom Vorsitzenden eines Clubs, und zuerst konnte ich seine Einstellung gar nicht richtig kapieren.

Aber er stand auf und ging hin und her, kauend wie ein Mähdrescher, während seine Frau in einer Ecke saß und nach den Krümeln auf dem unechten Teppich schielte. Und dann sagte er:

«Ich sag dir, es ist besser, wenn wir rausfliegen, viel besser.»

«Und wieder in diese Preiselbeerserie», sagte ich. Preiselbeerserie war die herabsetzende Bezeichnung für die unterste Sprosse der Organisationsleiter des Bezirksverbandes.

«Ja, klar», sagte er und sah mich wie einen an, der nicht viel wußte, «natürlich ist das eine Preiselbeerserie. Aber das ist egal, verstehst du, das ist völlig scheißegal. Warum gehen die Leute überhaupt zum Fußball?»

«Weil sie nicht in die Kirche gehen wollen und ja wohl nicht saufen und Karten spielen können vor fünf am Sonntag», sagte ich.

«Nee, die gehen, weil sie sehen wollen, wie die Platzmannschaft gewinnt.»

Das war eine grundlegende und unbestreitbare Wahrheit. Ich begann, die Umrisse seiner Überlegungen zu erahnen.

«Du kannst eine Mannschaft aus der zweiten Division herholen und mit unseren Jungs gegen die spielen, und Dresche kriegen mit 20 : 0, und alle finden das beschissen. Aber wenn du so eine verdammte Holzpantoffelmannschaft auftreibst, von der niemand je gehört hat, und statt dessen mit 20 : 0 gewinnst, dann finden die Leute das prima in Ordnung, fußballhistorisch und ich weiß nicht was alles. Und nur, weil die Platzmannschaft gewonnen hat. Also ...»

Auch das war richtig, vor allem insofern, als die Leute zwar ein verlorenes Auswärtsspiel auch furchtbar ärgerlich fanden, aber die meisten hatten irgendwas in sich, das sagte: da siehste, sobald ich nicht dabei bin und zugucke, geht's schief, und deshalb kam das Publikum auch immer wieder, solange man sich nicht bei den Heimspielen blamierte.

«Also», sagte ich, «meinst du, wenn wir absteigen, eine Serie tiefer, die das Niedrigste und Schlechteste überhaupt ist, dann wird deine Bombenmannschaft jedes einzelne Spiel gewinnen und Aufsehen erregen?»

«Genau das», sagte er, «und deshalb ist es besser, wir fliegen raus.»

Eine Weile dachte ich darüber nach, während ich nebenbei dem Radio lauschte, das ein Symphoniekonzert oder etwas Vergleichbares sendete.

«Aber wir sagen den Jungs nichts davon», sagte ich, «sie würden mir leid tun und sie würden den Sinn und Zweck nie begreifen. Übrigens kriegen sie wohl auf jeden Fall Dresche.»

«Aber du bist nicht sicher?»

«Sie können gewinnen, nicht weil sie besser sind oder auch nur genausogut. Aber für die anderen steht viel auf dem Spiel, und die werden nervös sein. Niemand hat meinen Jungs beigebracht, was Nervosität ist, die beherrschen diese Kunst gar nicht.» Sagte ich und dachte, daß das vielleicht eine Anspielung sein könnte. Oder vielleicht nur ein Hinweis.

«Sag ihnen, das Spiel ist verflucht wichtig, dann kriegen sie Dampf. Übrigens, das spielt auch keine größere Rolle.» Sagte er, ruhig wie ein Karfreitag, und fügte hinzu:

«Ach ja, richtig, Kvax will als linker Verteidiger spielen.»

Ich nahm diesen Wunsch zur Kenntnis, und dann gingen wir dazu über, wichtigere Dinge zu besprechen. Daß Kvax mitspielen wollte, war nichts Besonderes. Er machte ab und zu mit, wenn er Lust dazu hatte, denn schon seit Lundells Zeiten war er irgendwie eine privilegierte Person, die sogar ein bißchen nützlich sein konnte und deren bescheidene Wünsche man immer zu berücksichtigen pflegte. Ob ich ihn im letzten Spiel einsetzte oder nicht, war völlig egal, da er weder besser noch schlechter war als die anderen. Als ich am gleichen Abend nach Hause fuhr, sah ich ihn zufällig in ein Kino hineinsteuern, zusammen mit einer seiner letzten blonden Eroberungen.

«Sonntag zehn Uhr», sagte ich im Vorbeifahren zu ihm.

«Warum das denn», sagte er und sah höchst erstaunt aus.

«Der Boss hat gesagt, du wolltest spielen», sagte ich. Und dann ging ich.

Der Besuch bei Persson war kurz vorher gewesen und ich hatte ziemlich schlechte Laune, als ich am Sonntagmorgen zum Sportplatz kam. Die Jungs strömten herbei, brav und ordentlich, und Kvax kam zehn Minuten vor dem Spiel in einem Taxi an, umgezogen und mit einem Bademantel über der Vereinstracht. Er wollte nicht den Glanz des seidenen Oberhemdes und die Bügelfalten der Hose dadurch riskieren, daß er seine Takelage im Umkleideraum unbeaufsichtigt hängen ließ. Ich schickte die Mannschaft auf das Spielfeld, und dann ging ich, mir ein Bier zu besorgen, weil ich durstig war, und außerdem war es ein unmenschlich warmer Tag.

Ehrlich gesagt, mich interessierte das Spiel nicht besonders, und warum auch? Der Club befand sich an der Schwelle zu etwas Neuem und ganz Anderem. Ich hatte die Trikots und die Hosen in sechs aufeinanderfolgenden Spielen auftreten sehen, die ganze Zeit über aber gewußt, daß die eigentliche Clubarbeit auf ganz anderer Ebene ausgeführt wurde und daß dies hier nur eine Tarnung der eigentlichen Vorgänge war. Außerdem hatte ich diese genügsamen Typen satt, die immer verloren und nicht mal ein einziges Tor schießen konnten, die aber trotzdem immer gleichbleibend vergnügt waren. An sich waren sie eine Zierde für den Sport, aber sie langweilten mich und das Publikum, das auch nicht kam, um ihre Anstrengungen ermunternd zu unterstützen.

Als ich zurückkam, lagen wir mit 1 : 0 in Führung, was äußerst bemerkenswert war. Tatsächlich passierte genau das, was ich dem Boss vorausgesagt hatte. Der Ball wurde in der Mitte des Spielfeldes vor- und zurückgeschossen, und die anderen waren dermaßen durch ihre eigene Nervosität paralysiert, daß es ihnen nicht gelang, sich zu irgendeiner Form sinnvoller Aktivität zu sammeln. Als noch zwanzig Minuten zu spielen waren, hatte Kvax innerhalb des Strafraums die Hand am Ball, aber der Schiedsrichter sah es nicht. Als noch eine Viertelstunde zu spielen war, klingelte das Telefon und ich ging hin, um abzunehmen. Es war der Boss, der nach dem Spielstand fragte:

«1 : 0 für uns», sagte ich.

«Das versteh ich nicht», sagte er.

«Nichtsdestotrotz ist es so.»

Zehn Minuten vor Spielende ließ Kvax seinen Linksaußen vor, dem es gelang, den Ball ins Tor zu setzen und der eine Art komischer Polka vor Begeisterung tanzte. Die Gäste mußten aber noch ein Tor schießen, um sich selbst zu halten und uns aus der Serie zu drängen. Ich ahnte, wie der Hase lief, und ging zu unserem Tor, um die Entwicklung aus der Nähe betrachten zu können, aber das nervöse Bolzen in der Spielfeldmitte ging weiter und nichts passierte. Nicht, bevor die Zeit so weit vorgeschritten war, daß der Schiedsrichter anfing, auf die Uhr zu sehen, und sich danach sehnte, den Schlußpfiff tun zu können. Da kam ein völlig ungefährlicher Ball, durch unsere Verteidigung hindurch, er kam von weither und zielte auf den Torwart, und Kvax lief, um zu decken. Das sah ganz natürlich aus. Genau im richtigen Augenblick berührte er zufällig den

Ball, der rollte am Torwart vorbei und langsam über die Linie, und Kvax schmiß sich der Länge nach auf den Bauch, in einem verzweifelten Versuch, zu retten und den Fehler zu korrigieren. Ganz natürlich sah das aus, ja. Fast übernatürlich. Das war aus, wir hatten mit 1 : 2 verloren, und ein paar Sekunden später waren die Jungs abgezogen, um sich umzuziehen, und Kvax war in einem Auto verschwunden. Er war kein Judas Ischariot, denn er hatte seinen Herrn und Meister ganz und gar nicht verraten, und er hatte bestimmt keine dreißig Silberlinge bekommen. Im Gegenteil, er hatte gute Arbeit geleistet, aber ich war wütend, weil man mich hintergangen hatte, und es fiel mir wirklich schwer, gute Miene zum bösen Spiel zu machen.

Als ich drinnen war und dem Schiedsrichter seine fünf Kronen gab (er war noch nicht fertig ausgebildet und konnte deshalb nicht mit einer höheren Bezahlung für seine Mühe rechnen), sagte er:

«Wenn es nicht unmöglich wäre, ich hätte geglaubt, daß eure Jungs absichtlich verloren haben.»

Ich lachte, so freundlich wie möglich, und reichte auch dem anderen Spielobmann die Pfote, dessen Hand noch immer ganz verschwitzt war. Und dann klingelte das Telefon und trug die aufgeregte Stimme des Boss heran:

«Wie ging's?»

«Wie glaubst du», sagte ich.

Er lachte so laut, daß mir die Ohren sausten, als ich in den Clubraum ging. Aber da drinnen brachte ich das Gerede durch ein diskretes Husten zum Schweigen und sagte:

«Ich fand, ihr habt gut gespielt, Jungs, und der Club wird nicht vergessen, was ihr für ihn getan habt. Und jetzt will ich nur danke sagen für diese Saison, und wenn wir uns nicht mehr wiedersehen, auf jeden Fall werde ich persönlich diese Zeit nicht vergessen. Es ging zwar nicht so gut, aber wir haben – ehrenvoll verloren. Danke Jungs.»

Alle schienen sehr zufrieden mit dieser Rede, aber einer von ihnen sagte:

«Willst du aufhören im Verein, nächste Saison?»

Ich antwortete nicht, aber ich drückte ihnen allen fest die Hand, ehe ich ging.

15

Es sollte sich jedoch herausstellen, daß der Boss recht gehabt hatte. Wir verloren zwar einen Punkt auf fremdem Platz im ersten Spiel, als alle die neuen Spieler noch nicht spielberechtigt waren, aber dann stürmten wir durch die Serie. Die Spiele hatten mit Wettkampf nicht so viel zu tun, es war eine Schau, und wir hängten sie ab, oder wie man das nun nennen will, und die Leute mochten das, und schon beim dritten Heimspiel hatten wir eintausend Zuschauer auf dem westlichen Sportplatz. Wir siegten mit 14 : 0 damals, und alle waren sehr zufrieden und kamen am nächsten Spieltag wieder. Es gab natürlich Leute, die uns nicht mochten, und im Stadion war man der Auffassung, die Mannschaft des «Grafen» hätte in die höchste Spielklasse, Allsvenskan, aufsteigen können, wenn wir ihnen nicht ein Bein gestellt hätten, aber der Lokalchauvinismus verlangt vor allem Platzmannschaften, die gewinnen, und fragt nur selten, wie und warum. Alles verlief wie berechnet, wir gewannen Spiel auf Spiel und schlugen den inoffiziellen Torrekord des Bezirks, und es ging so gut, wie jeder Sportwart es nur erträumte.

Alles hatte sich verändert. Nicht unsere Fortschritte oder die Tatsache, daß neue Jungs mit neuen Namen in den Trikots steckten, reichten aus, um die Atmosphäre zu verändern – der Austausch von Spielern war in der Tat oft vorgekommen im Laufe der Jahre –, sondern die Kräfte waren sozusagen aufeinander abgestimmt, und die Mannschaft war in eine Fußballmaschine verwandelt worden, bei der die Sportwarte ausschließlich als Sportfunktionalisten Interesse auf sich zogen. Man könnte es vielleicht so sagen, daß die Mannschaft langsam ein Gesicht bekam, während das der Mitglieder ausradiert wurde. Und der Boss sagte, in übermütigem Ton:

«Das Ganze hat was Professionelles an sich.»

Was eine recht angemessene Formulierung war.

Es stimmt, die Entwicklung zum Professionalismus im Sport kann nicht aufgehalten oder auch nur gebremst werden, es sei denn, für gewisse Zeit, und dann auch nur aus Trägheit oder aus Verachtung für den gesunden Menschenverstand. Es stimmt aber auch, daß der Professionalismus die Fundamente des Sports untergräbt, und für die Ausübenden tötet er die Freude in gleichem Maße, wie er den Unterhaltungswert für das Publikum steigert. Der

Professionalismus, genau wie der Kult mit den Stars, setzt die große Masse der potentiellen Sportler auf die Tribüne, und seine äußerste Konsequenz kann der Untergang des Volkssports werden.

Das war allerdings Theorie und vermochte uns und unsere Angelegenheiten nicht zu beunruhigen und zu stören. Wir verfügten nun zum erstenmal über eine gute und haltbare Mannschaft, die außerdem in ihrer Serie vollkommen überlegen war. Später habe ich manchmal ein bißchen nostalgisches Mitleid mit unseren Gegnern gehabt, in diesem und dem darauffolgenden Jahr. Es waren ausnahmslos kleine Vereine aus ländlicher Gegend, die ihren Sport als Trimm-dich betrieben, und wir traten mit Fachleuten gegen sie an, vielleicht nicht Elite, aber doch fast. Wir töteten ihren Enthusiasmus, und es war mehr als einer von ihnen, der für immer die Lust verlor. Natürlich war unser Material nicht im eigentlichen Sinne professionell, genausowenig wie der Club ein Großverein war, aber es bestand immerhin aus Leuten, die die Möglichkeit entdeckt hatten, Sport des Gewinns wegen zu betreiben. Nach unserem Durchbruch wurde von dem System, Spieler im Rahmen der veralteten Amateurbestimmungen zu kaufen und halb-berufsmäßig Fußball zu spielen, mehr allgemein Gebrauch gemacht, auch in den unteren Serien, und die Konkurrenz auf dem Transfer-Markt wurde härter. Aber der Boss hatte frühzeitig den richtigen Riecher gehabt und eingesehen, wo man am schnellsten und sichersten reitet, nämlich auf dem Kamm der Welle. Und dort hielt er sich.

Die Organisation verlangte genausoviel Zeit und Aufmerksamkeit wie früher, manchmal sogar mehr, aber obwohl der Boss und ich zwei Jahre lang den Club praktisch nur zu zweit führten, ging die Arbeit leichter und reibungsloser. Zum Teil lag das wohl an der wachsenden Zuschauerzahl, die stabilere Einkünfte erbrachte, und zum Teil daran, daß der Boss, nach dem gewagten Auftakt, sich imstande zeigte, sich um die Finanzen des Clubs mit einer Entschlossenheit und einer Kaltherzigkeit zu kümmern, wie er sie nie bei seinen privaten Geschäften zeigte. Keiner von uns brachte es übers Herz, sich materielle Vorteile durch die verbesserte Lage zu verschaffen, und es sollte Jahre dauern, bis der Boss sich darauf einließ, ein Auto auf Kosten des Clubs zu kaufen, weil er meinte, daß es in zu großem Ausmaß für private Zwecke in Anspruch genommen werden würde. Und als ich mir meine erste eigene Wohnung besorgen wollte, wählte ich nicht den leichten Weg über den Club, sondern kroch, langsam wie eine Schnecke, geduldig in der kommunalskandalösen Vermittlungsschlange. Was übrigens so seine Seiten hatte.

Als ich mich zum erstenmal als Wohnungsuchender anmeldete, bekam ich den tröstlichen Bescheid, ich solle in einem Jahr wiederkommen, falls ich nicht vorher ‹irgendwas gehört hätte›. Ein Jahr später stand ich wieder dort mit meiner eselsohrigen kleinen Karte, und das Frauenzimmer im Glaskasten, das mit seinen Träumen und Minderwertigkeitskomplexen da vor sich hinkümmerte, drehte und wendete das Dokument und sagte mißtrauisch:

«Haben Sie keine Kinder?»

Ich sagte, ich sei nicht verheiratet.

«Ich habe nicht nach dem Familienstand gefragt», sagte sie schroff. «Ich fragte, ob Sie Kinder haben.»

Ich antwortete, daß ich kein einziges Kind hätte, zum Teil, weil ich keine Lust hätte, es in einem Kasten auf der Straße aufzubewahren.

«In den meisten Fällen», sagte sie dozierend, «haben die Großeltern väterlicherseits oder mütterlicherseits die Möglichkeit, sich um das erste Kind zu kümmern, und außerdem gibt es kommunale Heime.»

Ich sagte, daß ich in einer solchen Situation, trotz allem, doch den Kasten vorziehen würde, aber daß diese Überlegungen ganz und gar theoretisch seien, da ich diejenigen kenne, mit denen ich geschlafen habe, und versichern könne, daß ich kinderlos sei.

Offensichtlich war das ein Beweis für meine Asozialität und beraubte mich des Rechtes, ein Dach über dem Kopf zu haben, denn sie malte einen Haken auf die Karte und schob sie durch den Schlitz unter der Glasscheibe, die sie vor Bazillen, Ohrfeigen und schlechtem Mundgeruch schützte, und sagte mit sadistischer Freude:

«Kommen Sie in fünf Jahren wieder.»

Am selben Abend war ich dienstlich bei einem Bankett, und es traf sich, daß ich neben ein Direktionsmitglied des Wohnungsamtes zu sitzen kam. Als der Kaffee serviert wurde, gingen wir zum Du über, und ich lamentierte ein Weilchen, und er sagte:

«Ich ruf dich morgen gegen neun an.»

Am nächsten Tag, Viertel nach neun, hatte ich eine Zweizimmerwohnung in einem neuen Haus im östlichen Stadtteil, und in der folgenden Woche zog ich ein.

Einen Monat später bekam ich einen Brief von der Vermittlung, in dem mir die Wohnung zugewiesen wurde, in der ich schon wohnte. Mit anderen Worten, alles hatte geklappt, und der Boss bekam einen zweiten Schlüssel, und ich konnte mich in aller Ruhe über die korrupte Verwaltung beklagen.

Zur gleichen Zeit geschah etwas an sich Unbedeutendes, das für uns weitreichende Folgen haben sollte.

Ein älterer Sportredakteur der Stadt, ein Mann, den man «Das Blatt» nannte, fuhr in den Ferien an einen See, irgendwo in der Wildnis. «Das Blatt» krankte an Idealvorstellungen, was den Sport anbelangte, und hatte ungeheure Kenntnisse, aber wie allzu viele aus der Welt der Presse, war er auch in anderer Hinsicht maßlos. Als der Ferienvorrat ausgetrunken war, wie gewöhnlich eine Woche früher als berechnet, und er es endgültig satt hatte, seine mächtige Frau und seine knöcherige Tochter in schlecht sitzenden Badeanzügen zu sehen, fuhr er elf Kilometer mit dem Fahrrad, um sich bei einem örtlichen Fußballspiel zu erholen. Zehn Tage später kam er nach Hause und schrieb einen begeisterten Artikel über eine Fußballbegabung, die er bei seiner Wallfahrt entdeckt hatte.

Hier oben (schrieb er) fand ich, auf einem Spielfeld, wo die Torhüter innerhalb des Strafraumes Preiselbeeren pflücken konnten und wo das Publikum aus weniger als einem Dutzend Menschen bestand, einen der vielversprechendsten Stürmer des Landes. Ich möchte vorstellen: Sven Lundell, zweiundzwanzig Jahre alt, Torfarbeiter. In der vergangenen Saison schoß er mehr als einhundert Tore in der Pokalserie, in der seine Mannschaft spielt. Er ist ein echter, hellblonder Wikinger, ein Gentleman mit Feuer in beiden Füßen, der verheißungsvollste Stürmer, den ich seit Jahr und Tag gesehen habe. Er spielt hier oben und wurde nie von einem größeren Zuschauerkreis als fünfzig Personen gesehen. Wie lange noch soll er, in einer Zeit wie dieser, unentdeckt und – ungenutzt bleiben?

Im gleichen Augenblick, als ich dieses las und darüber nachdachte, was «Das Blatt» meinte, wenn er seine Entdeckung unentdeckt nannte, erinnerte ich mich an Lundell und seine überschwenglichen Redereien über seinen Bruder.

«Das Blatt» setzte viele Kräfte durch die Schreibereien in Bewegung, denn er war zweifelsohne eine Autorität und redete selten oder nie dummes Zeug, wenn es um Fußball ging. Es gab zu dieser Zeit wenige gute Stürmer, weil die Italiener und Franzosen die Besten en gros kauften, und die Werber für Allsvenskan waren wie die Geier auch hinter den fragwürdigsten Talenten der unteren Serien her. Schon nach einigen Tagen konnte man lesen, daß es in dem Torfmoor von Talentjägern wimmelte, wo dieser erstaunliche Mensch arbeitete, und wenig später hieß es, Sven Lundell werde für einen Stockholmer Großverein spielen. Am nächsten Tag wurden die Angaben dementiert, und man behauptete statt dessen, ein Verein in Göteborg habe es geschafft, mehr zu bieten, und sei dabei, die Sache an Land zu ziehen. Kurz danach wurde auch diese Version durch neue Spekulationen ersetzt.

Der Boss las die Mitteilungen sorgfältig und mit großem Ernst und murmelte vor sich hin:

«Wenn wir das nur früher gewußt hätten.»

Laut sagte er:

«Krieg mal raus, was aus diesem Schwein, dem Lundell, geworden ist.»

Ich fragte also herum, und niemand schien etwas zu wissen. Einige sagten, er sei Zuhälter geworden, und andere glaubten, er säße im Knast. Nichts davon stimmte. Schließlich gelang es mir, Iris ausfindig zu machen, die in einem Café in der Nähe des Hafens arbeitete. Sie sah recht verbraucht aus, wie sie sich so an die Kasse lehnte und ihren großen Hängebusen zurechtschob und sagte:

«Was willst du mit Lundell? Übrigens habt ihr euch doch ziemlich gemein gegen ihn benommen, oder?»

«Ich wollte nur wissen, wie's ihm geht.»

«Beschissen», sagte sie, «bloß beschissen. Er liegt nur zu Hause in diesem Rattenloch, fett und faul und säuft und raucht und geht fast gar nicht raus. Ich schaff es bald nicht mehr mit ihm.»

Ein Mann kam aus der Küche und starrte mich aufmunternd an und tätschelte ihre Kehrseite, als wolle er ein gut eingefahrenes altes Motorrad verkloppen.

«Laß das, zum Teufel», sagte sie böse.

Er pfiff gleichgültig und ging seiner Wege.

«Ich hab versucht, ihm zu helfen», sagte sie unvermutet zart, «aber das ist wohl keine richtige Hilfe.»

Sie sah aus dem Fenster, sah den Hafenarbeitern zu, die Eisenblech von einem schottischen Steamer abluden, und ihr Mund wurde weich und formlos. Dann zuckte sie zusammen und drückte auf die Kasse und sagte metallisch:

«Er ist gutmütig, aber das ist auch alles.»

Der Boss hatte sich, von anderer Seite, ungefähr die gleichen Informationen verschafft und kratzte sich nachdenklich auf der Brust.

«Ein Schwein», sagte er lakonisch.

Am Samstag schickte er Björk auf Erkundung aus, und zwei Tage später hörten wir uns die Berichterstattung an.

«Der spinnt, das ist alles», sagte Björk. «Aber er ist phantastisch. Ich hab das Spiel angeguckt, und er schoß sieben Traumtore. Sowas hab ich mein Lebtag noch nicht gesehen. Aber er ist religiös, und er hat jemand versprochen, seinem Bruder, sagen die, niemals von zu Hause abzuhauen. Es ist ihm egal, was die bieten, Geld oder Arbeit oder irgendwas. Es gibt keine Möglichkeit, ihn zu werben. Die meisten haben schon aufgegeben.»

Der Boss gab keinen Kommentar, da nicht, aber als wir uns das nächste Mal trafen, sagte er:

«Wir müssen den Jungen haben.»

«Wie soll denn das gehen», sagte ich.

«Wir müssen hinfahren und schön mit ihm reden, über seinen Bruder und so. Aber erst müssen wir noch mehr rauskriegen. Björks Bericht war nicht vollständig.»

Ich machte ein bißchen mehr ausfindig, das heißt, ich rief den an, der für das Torfmoor verantwortlich war, ein Mann, der sich als Disponent bezeichnete und in der Stadt wohnte. Er sagte, daß Sven Lundell ein guter Arbeiter sei, und Antialkoholiker, und gewissenhaft, und daß niemals ein Fluch über seine Lippen käme.

Ich fragte mich, was er statt dessen täte.

«Er hat auch ein Mädchen da oben, kein Pin-up-girl gerade, eine kuhäugige Stallmagd», sagte er und lachte.

«Die kann ja vielleicht trotzdem gut sein», sagte ich.

«Ja, natürlich», sagte er schnell und wechselte das Gesprächsthema.

«Haben Sir vor, ihn da wegzuholen?»

«Vielleicht.»

«Ja, nicht, daß es mir was ausmacht, im Gegenteil. Einer weniger, um den man sich kümmern muß. Ein Torfmoor ist heutzutage kein großes Geschäft.»

16

Also fuhr ich auf dem Motorrad mit dem Boss dorthin. Es war ziemlich weit, mehr als einhundertsechzig Kilometer, und die Straße war von den Leuten vom Straßenbauamt in einem ihrer nicht besonders begeisterten Augenblicke zusammengebastelt worden, das heißt, jemand hatte ein Lineal genommen und es quer über die Landkarte gelegt und das war's dann auch. Sie führte wie eine einhundertsiebzig Kilometer lange Brandgasse durch den Wald, und wären nicht die Hügel gewesen, hätte man eigentlich bis zum Nordpol sehen können müssen, denn auf sechzig Kilometer war da kaum eine Kurve und schon gar kein Haus. Aber hier und dort sah man schwarze Radspuren, die sich zwischen die Fichten hineinschlängelten, und ganz oben auf den Hügelkämmen sah man immer, daß es hier und dort rauchte und qualmte über den Baumwipfeln. Denn natürlich wohnten überall da drinnen Leute, Leute, die in ihren roten Holzhäusern saßen und die sich darüber ärgerten, daß Rehe und Hasen die Rinde der Obstbäume abnagten, und die auf neue Buslinien warteten und auf den Anschluß an das Wechselstromnetz, derweil der Kaffee kochte und die Katze schnurrte. Der Boss fuhr schnell, wie gewöhnlich, und ich saß und guckte mit verzerrtem Gesicht über seine Schulter und sah, wie ein neuer Hügel, der kerzengerade hinter dem gerade von uns befahrenen in den Himmel aufragte, immer größer wurde, und dachte wider besseren Wissens altmodische Gedanken eines Städters über das Leben auf dem Lande, und sah vor meinem geistigen Auge Kristina Nilsson mit sieben Jahren, oder vielleicht waren es drei, schwebend daherkommen zwischen fallendem Herbstlaub in einer gelblich werdenden Allee, mit Kopftuch und Holzschuhen und Geige, indes das Varietéorchester in der Fichtenkulisse ‹Barnsdomshemmet› wimmerte.

Es war kein Verkehr auf der Straße und man sah keine Menschenseele, nur staubige Pilze, die sich in den knochentrockenen Straßengraben duckten, und es wirkte, als wären wir ganz allein in einer freien und reinen und totenstillen Welt, der Boss und ich und das Motorrad. Aber als wir anhielten, um zu pinkeln, sah ich die Staubwolke, die wir aufgewirbelt hatten, wie eine Wurst mehrere hundert Meter hinter uns, grauweiß und stickig und unbeweglich in der stehenden Luft hängen und hörte, daß der Wald tausend Geräusche hatte, daß es piepste und pfiff und knackte und irgendwo in der Nähe die Äxte ununterbrochen in Bäume schlugen.

«Schöner Wald», sagte der Boss und musterte ihn fachgerecht, «aber trotzdem Scheiße.»

«Warum denn», sagte ich.

Er lachte gutmütig und spuckte auf den nadelbedeckten Waldboden.

«Klar, man kann unter so'ner blöden Birke sitzen und 'ne Masse schöne Sachen denken, während man Spinnen ins Haar kriegt», sagte er.

«Aber ich weiß, wie das hier geht. Ich weiß, wie das ist, um fünf Uhr morgens aufstehen, wenn es so geschneit hat, daß man erst 'ne Viertelstunde schippen muß, um zum Scheißhaus zu kommen, und wenn man dann da hinkommt, dann ist 'ne Eisschicht auf dem Sitz, und da soll man den Arsch draufsetzen. Das war der Wald und so war das, als man klein war, und wenn man 'ne Lippe riskierte und 'n Ton sagte, dann sagte der Alte – das war übrigens ein richtiges Miststück –, daß man froh sein sollte, daß überhaupt 'n Scheißhaus da war, denn als er klein war und ein Kind, da mußte man raus und sich auf 'ne dünne Stange im Wald setzen, und das hätte auch nichts gemacht, weil es auch nichts zu fressen gegeben hätte, nur Kartoffeln, denn damals gab's keinen Hering und den amerikanischen Speck im Überfluß wie heute, sagte er. Ein Salzhering sollte für drei Personen eine Woche ausreichen, und man mußte die Kartoffeln am Hering reiben, damit sie nach was schmeckten, und das machte man so lange, bis der Heringskrüppel richtig durchgeschlissen war.»

«Ja, ja, so 'n Tagelöhnergequatsche», sagte ich, «schreib doch ein Buch drüber, dann wirst du reich.»

«Weiß der Deubel, aber wenn die damals Schneid gehabt hätten, dann hätten sie was anderes gemacht und es anders und besser gehabt. In denen war kein Schwung.»

Er brachte die Hosen mit einem breitbeinigen und großzügigen Ruck am Gürtel in Ordnung.

«Nee, da lob ich mir die Stadt», sagte er. «Als ich siebzehn, achtzehn war, mußte man fünfzehn Kilometer mit dem Fahrrad fahren, um ein Mädchen zu treffen, das einen ranlassen wollte, und wenn man ankam, konnte man sicher sein, daß das Licht aus und alles verdunkelt war und sie da drinnen mit einem lag, der fünf Kilometer näher dran wohnte. Und zu Hause gab's immer nur ein verdammtes Genörgel um Jesus und Sünde und Strafe, und daß der Wald Feuer fangen und alles verbrennen würde mit Haus und allem Drum und Dran. Jeder zweite da draußen war Pietist, und die anderen waren Kommunisten, und keiner von ihnen hatte genug, um Kondome zu kaufen, so daß es von Kindern nur so wimmelte in den Häusern. Nee, ihr aus der Stadt wißt gar nicht, was euch erspart geblieben ist.»

Er trat seine Kiste mit Nachdruck an und wir fuhren weiter entlang der geraden Straße und sangen einige Strophen aus dem zotigen Lied vom Bauer, der Paul hieß, und ließen sie in das Grün einfließen und im Rauschen der Nadeln ertrinken.

Das Moor sah eigenartig aus, sogar ich fand das, dem selten etwas imponierte, den selten etwas begeisterte oder auch nur verwunderte. Auf Abstand und von oben gesehen, konnte man meinen, es sei eine Stadt oder zumindest ein kleiner Ort, so viele Trokkenschuppen waren da, und sie schienen so dicht beieinander zu liegen, aus der schiefen Perspektive gesehen, die die Abstände zwischen den grauschwarzen Teerpappdächern verringerte und sie zu einem Wirrwarr zusammenschob, das aus der Entfernung wie Katzengold glänzte und aus der Nähe unbarmherzig stank. Aber vor allem war es unwahrscheinlich groß. Als wir hinfuhren und bei einigen Baracken anhielten, die aussahen, als könnten dort vielleicht Menschen sein, lag das Unglück in seiner ganzen Weite vor uns, die Einsamkeit, die Leere und die Verkommenheit, die halb zugewachsene Schmalspurbahn, die sich zwischen Grassoden dahinschlängelte, alte verrostete Maschinen, die offenbar dem Verfall an ihrem ehemaligen Einsatzort im Gelände überlassen worden waren, das gewaltige Skelett einer seit langem halbfertigen Fabrik, und einige fette Krähen, die in sicherem und uneingeschränktem Besitzgefühl eine Handbreit über dem Horizont mit schweren, trägen Flügelschlägen entlangflogen. Aber nicht ein Mensch. Wir sahen uns ein Weilchen um, und schließlich entdeckten wir einen vom Tode gezeichneten Güterwagen, der auf ein Seitengleis abgeschoben und unter der üppig wuchernden Hundskamille fast verschwunden war. Er stand unter einer primitiven Verladeanordnung und war zur Hälfte mit Torfstücken gefüllt, aber es dauerte lange, bis wir in seiner Nähe, aus gewissen Anzeichen zu schließen, ein lebendes Wesen erkennen konnten.

Es war ein uralter, schnupftabakfarbener Mann, der offenbar schon so lange im Betrieb angestellt war, daß er schließlich die Farbe des Torfes angenommen hatte. Im Schutz dieser natürlichen Tarnung saß er auf einem Haufen völlig ausgetrockneter Ballen und kramte weltentrückt in seiner Schnupftabaksdose, als ob er ein Zehn-Öre-Stück darin verloren hätte und nun mit seinem Daumennagel als Sonde darin suchte: Wir begrüßten ihn, aber er kümmerte sich einen Dreck darum, und der Boss sagte mißmutig:

«Immer dasselbe, sowie ich an einen neuen Ort komme, lauf ich dem Dorftrottel direkt in die Arme.»

Unterdessen hatte sich ein Mann in Arbeitskleidung hinter dem Eisenbahnwagen hervorgeschlichen. Er blieb in gebührendem Abstand stehen, die Arme hingen vor ihm wie zwei Mistschaufeln, und glotzte uns mißtrauisch an.

«Gibt es hier einen Mann, der Sven Lundell heißt», sagte ich laut.

Er schien lange darüber nachzudenken und dann sagte er, bäuerlich und direkt:

«Das konnt ich mir denken ...»

«Wir haben nicht danach gefragt, was du denkst», sagte der Boss geradeheraus, «wir wollen mit dem Mann persönlich reden, und das ist wichtig.»

«Er ist da hinten», sagte der Mann resigniert und zeigte in die weite Landschaft.

Halb unfreiwillig blickte ich in die Richtung, und als ich den Blick bis aufs Äußerste anstrengte, meinte ich einige millimetergroße Figuren zu sehen, die sich bewegten und auf dem äußersten erkennbaren Rand des Horizonts balancierten.

«Wie kommt man da hin», sagte der Boss.

«Mit der Bahn», sagte der im Arbeitsanzug und grinste boshaft, «aber es gibt keine Lok.»

«Keine Lok, hähähä», echote der alte Mann auf dem Torfstapel mit einem plötzlichen und geisterhaften Glucksen.

«Blödes Gegacker», sagte der Boss wütend.

Die Expedition schien offenbar schwierig zu werden.

«Jetzt hört mir mal einen Augenblick zu», sagte ich und zog die Brieftasche heraus, die mit Visitenkarten und anderem Zeug prall gefüllt war. «Wir wollen mit diesem Mann reden, und es gibt sicherlich eine Möglichkeit, entweder da hinzukommen oder ihn herzuholen. Ich hab übrigens schon mit dem Disponenten über die Sache geredet.»

«Dem Disponenten», sagte der Mann und schob sich ein bißchen näher heran.

«Dem Disponenten», sagte der Boss, und es gelang ihm, das in einem Ton zu sagen, als habe Gott Vater zufällig den Namen Jesus genannt.

«Ich kann natürlich die Reservelok rausholen», sagte der Mann unsicher.

«Natürlich können Sie das», sagte ich freundlich.

Er holte also die Reservelok heraus und kuppelte einen Tafelwagen an und stellte ein paar Holzkisten darauf, und wir standen abseits und rauchten. Gerade als wir den Express besteigen wollten, hörte der alte Mann auf, in seiner Dose zu baggern und sah uns an, mit Augen, die vor Alter bernsteingelb waren.

«Der fährt hier nie weg», sagte er so in die Gegend, «nie, nie ...»

Der Mann im Overall sah ängstlich von uns zum Alten und beeilte sich, den kleinen Benzinmotor in Gang zu bringen.

Es wurde eine recht angenehme Vergnügungsfahrt, und während wir hoch oben auf Kisten saßen, würdevoll wie Staatsräte bei einem Militärmanöver, und versuchten, uns dem unberechenbaren Gewackel der Bahn anzupassen, blickte ich über das Torfmoor und dachte an das, was ich sah. Das Gespräch mit dem Disponenten war mir noch gut in Erinnerung, und auf diesem Hintergrund konnte man sich leicht vorstellen, was hier draußen geschehen war. Natürlich hatte man schon zu vorgeschichtlicher Zeit damit angefangen, ein bißchen Torf zu stechen, und das war so weitergegangen, Jahrhundert auf Jahrhundert; es waren wohl meist die Armen gewesen, die sich ab und zu einen Sackvoll geholt hatten. Aber dann brach eine neue Zeit an, mit Lokomobilen und Zügen und Dampfschiffen, und irgendein pfiffiger Profitjäger aus der Stadt hatte den ganzen Kram für ein Spottgeld gekauft – und es ruhen lassen. Und seine Rechnung ging auf, es gab Krieg in der Welt, und ein Stück Kohle wurde zur Sehenswürdigkeit, und er hatte Leute beschafft und Maschinen, und der Staat hatte eine Stichbahn vom nächsten Bahnhof her gebaut, und einige Jahre lang wurde hier frisch zugegriffen, es gab einen Ansturm und es war ordentlich was los. Bis die Waffen ausgeklirrt hatten und sogar die Trockenklosetts aus der Mode gekommen waren. Aber da hatte der Pfiffige die Produktion schon eingestellt und saß und überlegte, was denn wohl als nächstes Mangelware werden könnte, während seine Kinder Weiße und Indianer im neu angebauten Teil des Hauses spielten und seine Frau im Bisampelz schwitzte. Im Moor blieben ein paar Mann zurück, solche, die es liebgewonnen hatten und die nicht länger ohne Moor sein konnten, und solche, die es einfach nicht fertigbrachten, davonzufahren, die herumliefen und in das schwarze Wasser patschten, das im Herbst aus dem Boden aufstieg, über die Schienen hinweg, sich ausbreitet und die zwecklosen Maschinen zerfraß. Jedes Jahr stachen sie ein bißchen Torf, und wahrscheinlich wurde der irgendwo mit solchem Gewinn verkauft, daß der Besitzer Geld für seinen Schnupftabak und sie selbst viel weniger in ihre magere Lohntüte bekamen. Und die Jahre vergingen, während die Preise sanken. Aber dann gab es wieder Krieg, und alles war wieder auf den Beinen. Es kamen neue Maschinen und neue Leute, viele, viele Leute, und sehr unterschiedliche. Landsturm und Studenten, Strafgefangene und Landstreicher, Arbeiterinnen aus stillgelegten Schokoladefabriken und langbeinige Mädchen in Hosen und mit Brüsten, die sich in den Blusen rund abzeichneten. Und allesamt arbeiteten, viele von ihnen so hart und lange sie konnten, bis in die Herbsttage hinein, an denen das schmutzige Wasser bis weit über die Knöchel reichte und sowohl Hosenbeine wie Rocksäume durchnäßte. Es waren Leute, die in neugezimmerten Baracken mit Kochwagen und Reisegrammophonen wohnten, die tanzten und soffen und schliefen und sich schlugen und liebten. Das Moor lebte, und der kleine Stamm der Arbeiter trottete nicht mehr als Waldwächter über ein Revier ohne Wald herum; sie waren Vorarbeiter und Organisatoren, und sie waren die Stützen und die Zierde des Landes. Man fing an, eine Fabrik zu bauen, und gab sich selbst der fetten Hoffnung hin, der Krieg werde nicht aufhören, Hitler (das war ein verflixt guter Mann!) werde ewig leben und der Russe werde den Engländer anfallen. Aber der Krieg machte einen Seufzer und starb, die Fabrik hatte immer noch erst eine Wand und einen Fußboden, und dann war es aus. Es krochen da keine Theologiestudenten mehr herum und bekamen Blasen zwischen den Fingern, und keine Stadtmädel beschmutzten sich länger die Knöchel in den Pfützen. Übrig blieben nur die Baracken und Maschinen und die Erinnerung an die eine oder andere herrliche Samstagsprügelei. Und dann die Fabrik natürlich, die da mit ihrer fensterlosen Fassade stand und langsam an den Ecken Risse bekam. Mit der Zeit würde das Militär sie wohl kaufen, ohne etwas dafür zu bezahlen, und eine kleine, kleine Atombombe aus Vergnügen und zur Übung darauffallen lassen, und das war auch egal, denn beides, die Fabrik und die obszönen Zeichnungen auf dem Zement, würde bis zum nächsten Krieg doch altmodisch sein.

«Ganz wie Ferien, was», sagte der Boss plötzlich und haute mir auf die Schulter. «An was denkst du?»

«An dieses Moordingsda hier, das ist so groß.»

Er sah sich um, als sei ihm erst in diesem Augenblick seine Umgebung mit ihrer ganz besonderen Struktur bewußt geworden.

«Das sieht schlimm aus», sagte er kategorisch. «Junge, hier würd ich nicht zwei Stunden bleiben, und wenn's der einzige Job wäre, den man kriegen könnte. Verflucht noch mal, lieber würde ich Pornofotos vor den Schulen verkaufen. Stell dir vor ... hier in der Scheiße liegen und buddeln ...»

Er sprach den Satz nicht zu Ende, wahrscheinlich, weil wir angekommen waren. Vier Mann arbeiteten hier draußen, aber drei von ihnen waren eindeutig zu alt, so daß wir uns mit Lundells Bruder nicht irren konnten. Bevor ich einen Eindruck gewinnen konnte, ging der Boss zur Offensive über.

«Svenne, ach so, du bist also Svenne», grölte er und kloppte dem Jungen auf den Rücken, «freu mich, dich zu treffen.»

Ich nahm das Opfer langsam in Augenschein. Er war seinem Bruder überhaupt kein verdammtes bißchen ähnlich, er war kleiner, jünger und viel feingliedriger, und würde wohl ganz nett aussehen mit seinem wirren Schopf, wenn er mal gesäubert würde. Seine Augen waren hell und freundlich, aber dämlich.

«Herzliche Grüße vom Bruderherz», röhrte der Boss, aber ein unmerkliches anfängliches Zögern gab mir zu verstehen, daß er vergessen hatte, nach Lundells Vornamen zu fragen und somit seine Vorbereitungen nicht exakt betrieben hatte.

Der Junge schien recht erstaunt über das überwältigende Wohlwollen, das ihm da entgegenströmte, sah aber ziemlich munter und positiv aus.

«Ach du liebe Zeit, haben dein Bruderherz und ich oft über dich geredet, der sagt immer: Svenne, der ist Klasse, Klasse ist der» sagte der Boss und fing an, den Arm um die Schulter des Jungen gelegt, ihn aus Hörweite der anderen zu führen, die nun aufgehört hatten zu arbeiten und die an der Sache mit unverhohlenem Interesse teilnahmen.

«Wir haben uns, sozusagen, bißchen was ausgedacht für dich, dein Bruderherz und ich», übertrieb er nun mit leiserer, aber intensiverer und noch vertrauenerweckenderer Stimme.

«Wir wär's denn mit 'ner guten Arbeit in der Stadt und 'ner Wohnung und so? Du wirst doch wohl nicht hier oben rumlaufen und vertrocknen wollen. Eine prima Arbeit in der Stadt sollst du haben, das finden ich und dein Bruderherz, und wir kriegen das auch hin.»

«Daraus wird wohl nichts», sagte der Junge sehr nüchtern.

Der Boss holte das Zigarettenetui hervor, das die Club-Initialien auf dem Deckel trug, und bot an, offensichtlich vor allem, um Atem zu schöpfen. Ich war der einzige, der eine nahm, und wir setzten uns auf den Bahnwagen.

«Wie ist das eigentlich mit meinem Bruder, von dem haben wir lange nichts gehört», sagte der Junge.

«Alles prima, alles prima», sagte der Boss. «Großartig einfach. Ein verd..., ein verfl... ich meine, ein sehr netter Kerl.»

Jetzt begann er, aus der Rolle zu fallen und signalisierte fieberhaft auf telepathischem Weg, daß ich ihn unterstützen sollte. Die Anfangsgeschwindigkeit war offensichtlich zu hoch gewesen.

«Dieser Vorschlag, vielleicht lohnt sich's doch, mal drüber nachzudenken», warf ich so sanftmütig wie möglich ein.

Und war der Ansicht, der Junge hier mußte langsam, über kleinem Feuer gebraten werden.

«In der Stadt», sagte ich, «gibt's trotzdem allerlei von Wert, Schulen und reichlich Möglichkeiten, seine Freizeit sinnvoll auszufüllen, in dieser und jener Hinsicht.»

«Genau das, ja», sagte der Boss.

«Es geht wohl auf keinen Fall. Aber ich werd mal mit meinem Bruder reden», sagte der Junge und wurde still. «Fast drei Jahre hab ich ihn nicht gesehen», fügte er gedankenvoll hinzu. «Hat er's wirklich gut?»

«Ja, wunderbar», sagte der Boss eilig.

«Er ist ein ganz prima ...»

Ich stoppte den Schwall mit einem Zwinkern, und dann saßen wir alle drei ein Weilchen und drehten und wendeten das große Schweigen, das wir zustande gebracht hatten.

«Geht wohl um Fußball», sagte der Junge nach einiger Zeit, mit einem gewissen Zweifel in der Stimme.

«Nicht nur», sagte ich, «und darauf geb ich dir die Hand. Aber, na klar, wenn du in die Stadt kommen solltest, mußt du bei einer Gruppe mitmachen, wo richtige Kameradschaft ist und keine Geheimnistuerei. Wir sind nur so 'n Haufen Jungs, die aus Freude Sport treiben.»

«So muß das sein», sagte er eifrig, «sonst bringt das keinen Spaß.»

Und zu meinem großen Erstaunen reichte er mir die Hand. Ich drückte sie herzlich, wenn auch etwas geistesabwesend.

«Ich will mich bald verloben», sagte er fröhlich und sah uns an, als habe er uns ein Weihnachtsgeschenk gemacht.

«Wo hast du denn die aufgegabelt», fragte der Boss im Verhörton.

«In der Kirchengemeinde.»

«Aha», sagte der Boss finster.

Jetzt sagt er: «... aber kein Bumsen am Samstagabend, wenn Sonntag gespielt werden soll.» Dachte ich. Aber ich hatte ihn unterschätzt. Er sagte:

«Für Mädchen gibt's in der Stadt viele schöne Sachen, Konzerte und Gesangvereine und sowas.»

Der Junge sah langsam ernster aus. Wir hatten ein klein wenig an seinem Torffundament geruckelt, und das mochte er nicht.

«Daraus wird trotzdem nichts, aber Sie wollen vielleicht zurückfahren», sagte er unsicher. «Dann kann ich mitfahren.»

Wir nahmen das Angebot an und fuhren also zusammen zurück, und währenddessen sprachen wir von anderen Dingen. Das heißt, er redete vom Moor.

«Ein besseres Leben als hier kann man nicht leben, es ist frei und schön, nur Natur, rundum. Mein Vater hat hier sein ganzes Leben gearbeitet, und das will ich auch tun. Aber mein Bruder hat das nie gemocht. Ich erinnere mich, er hat gesagt, daß hier zu wenig Bewegung ist. Das find ich nicht, und das stimmt auch nicht, natürlich gibt's hier Bewegung, in allem, eine natürliche Bewegung. Aber das versteht man wohl nicht, bevor man das Moor kennt. Ich kenn das, ich war hier draußen von kleinauf. Jetzt mag ich es. Es wäre schwer, von hier wegzufahren, beinahe unmöglich.»

Und ich sagte:

«Das versteh ich, ich finde, das Moor ist das Leben selbst.»

Und der Boss sagte, ein bißchen gekünstelt:

«Ich finde, es sieht sehr schön aus.»

Und der Junge sagte:

«Das Moor ist wie ein großes, hübsches Buch. Ich les' viel, tut mein Bruder das auch?»

«Nicht, seit sie sein Kontrollbuch für Alkohol eingezogen haben», sagte der Boss und spuckte nach Lee.

Ich starrte ihn bestürzt an und er glotzte zurück wie ein zorniger Stier.

«Ja, was denn, zum Teufel, du siehst doch, es geht trotz allem nicht», sagte er, «und da soll man, verdammt auch, hier sitzen und sein ganzes Scheißgerede mitmachen, wenn man doch nichts davon hat. Und außerdem hab ich den verdammten Saufbold satt, jetzt will ich von dem Miststück nichts mehr hören.»

«Hast du gehört, du», sagte er und wandte sich direkt an den Jungen und drückte seinen Zeigefinger auf dessen Brust, «dein Bruder ist ein abgedankter Säufer, den man keinem Arsch zumuten kann. Er hat keine Arbeit, und auch seit Jahren keine gehabt, und er lebt von einer ausgeleierten alten Hure, sonst wär' er wohl verhungert. Und wenn ich ihn auf dem Sportplatz zu sehen kriege, dann tret' ich ihm in den Arsch, daß er zur Hölle fliegt. Klauen kann er woanders, und das tut er auch. So.»

Welche inneren Vorzüge Lundells Bruder auch immer veredelt hatten während seines Lebens im Moor, auf keinen Fall war es schnelle Reaktion. Ich glaube nicht, daß er mehr als die Hälfte verstanden hatte, ehe wir angekommen waren und der Boss und ich abstiegen und auf dem Weg weg von dort waren.

Der Junge blieb wie gelähmt auf der Kiste sitzen.

«Wie geht es, Vater», sagte er zu dem armen alten Mann, der immer noch in seiner Schnupftabakdose forschte, auf dem Torfhaufen.

«Der da nennt mich Idiot», sagte der alte Mann und zeigte auf mich mit dem gekrümmten Zeigefinger.

«Ich komm zurück und hol' dich 'n andermal», schrie der Boss, als er gerade sein Motorrad antreten wollte, «und sieh zu, verdammt noch mal, daß dir bis dahin der Torf aus 'm Kopf raus ist!»

Als wir im Freilauf den ersten langen Abhang hinabrollten, beugte ich mich über seine Schulter vor und sagte:

«Wir hätten wohl mit 'nem feineren Haken angeln sollen.»

«Da liegst du falsch», sagte er, «bei solchen Fischen geht das nur mit Dynamit.»

Auf dem Rückweg hielten wir einmal, ungefähr an der gleichen Stelle wie zuvor. Es ging schon langsam auf den Abend zu, und die Schatten lagen in langen Streifen auf dem Kiesabhang. Wir gingen einige Schritte zwischen die Bäume und fühlten den moosweichen Boden unter den Schuhsohlen, und die Rauchspirale der Zigarette stieg gerade zwischen den Stämmen hoch. Hoch über uns flog eine Sumpfschnepfe diagonal durch das Blickfeld, stumm-leblos im Flug, steil aufsteigend, wie aus einem Katapult geschleudert, und die leichte Luft gab ihr verlassenes Meckern wieder.

«Himmelsziege», sagte der Boss und blickte dem Vogel nach, während er sich einen Tabakfussel von der Unterlippe nahm.

«Himmelsziege», sagte er. «Als ich klein war, hab ich mir immer gewünscht, daß ich's so wie sie machen könnte. Losfliegen und nach oben abhauen, weg von all dem Mist, und über alles lachen.»

«Eines schönen Tages kannst du das ja vielleicht machen», sagte ich.

«Vielleicht», sagte er.

Als wir zum Motorrad zurückgingen, hörte ich die Sumpfschnepfe wieder meckern, einsam und spöttisch und weit entfernt.

17

Ich kann mich nicht mehr daran erinnern, wann ich zum erstenmal bemerkte, daß Sven-Erik verhältnismäßig gut bei Kasse war, aber ich glaube, es war im Herbst des folgenden Jahres, als der Boss scheinbar anfing, die mißglückte Geschichte mit Lundells jüngerem Bruder zu vergessen. Was Sven-Erik betrifft, so glaubte wohl fast jeder von uns, daß sein Eifer und seine Redlichkeit zu einem Aufstieg und zu Gehaltserhöhungen geführt hatten, denn er war häufiger in der Stadt zu sehen und sagte seltener nein, wenn man einen Schluck vorm Schlafengehen in der Kneipe vorschlug. Ich freute mich für ihn; es war ihm wirklich lange genug dreckig genug gegangen, um nicht den einen oder anderen Erfolg verdient zu haben. Eines Abends hatte er mich zum Essen ins Stadthotel eingeladen, und da hatte ich ihn gefragt, ob er jetzt ein bißchen mehr verdiene.

«So was Ähnliches», sagte er und kippte seinen Schnaps runter.

Mehrere Wochen später saß ich zur Abwechslung einmal zu Hause, zusammen mit meinem irregulären Sexualleben, das in Unordnung war, seit Astrid ausfiel, als es an der Tür klingelte. Mehrere lange, ungeduldige Signale. Ich erwartete, nichts Gutes ahnend, daß der Boss draußen stünde, aber es war Perssons Frau, die im Treppenhaus stand. Ihr Haar war unordentlich, sie hatte Pantoffeln an den Füßen und sah aus, als würde der Kaffeekessel bei ihr zu Hause in der Küche überkochen.

«Die Polizei war da und hat nach Sven-Erik gesucht», sagte sie atemlos, bevor sie anfing, in kurzen Zügen zu keuchen.

«Uniformierte?»

«Nee, die hatten Kleidung an, alle beide. Die gingen in die Stube rein und guckten unter die Betten und überall.»

«Haben sie nichts gesagt?»

«Ich hab Angst gekriegt», sagte sie. «Und da hat der eine gesagt, er hätte in der Uhrmacherei gestohlen. Aber da wurde der andere böse. Ich hab solche Angst ... und bin ganz allein zu Hause.»

«Wann?»

«Vor fünf Minuten, mehr nicht. Ich bin den ganzen Weg gelaufen.»

«Und was sonst noch?»

«Der, der böse wurde, sagte, bald würden sie den gnädigen Herrn hinter Schloß und Riegel haben, und die ihm helfen würden, wären übel dran.»

«Polizeigerede, Scheißgerede», sagte ich.

Das sagte ich vor allem, um sie zu beruhigen, aber während ich die Telefonnummer des Boss' wählte, dachte ich, daß sie ganz recht hatte mit ihrer Angst. Polizei in Zivil pflegt selten mit irgendwelchen Freudenbotschaften zu kommen. Die Frau des Boss' antwortete. Er war nicht zu Hause. Ich sagte ihr, irgendwas sei schiefgegangen und daß er mich bei *Britta* treffen sollte, sobald er irgend könnte.

«Jaha», sagte sie resigniert, und wir schmissen den Hörer gleichzeitig auf.

«Geh du man nach Hause», sagte ich zu Perssons Frau, «geh nach Hause, und versuch dich abzuregen. Wir wollen mal sehen, ob wir das in Ordnung kriegen können, vielleicht ist es doch nicht zu spät. Und keine Bange, auch wenn's daneben geht, ist es kein Riesenunglück.»

Und ich drückte ihren Arm mit einer mitleidvollen Zuneigung, die ich ausnahmsweise nicht nur vorzutäuschen brauchte.

Ich hatte Schwein und bekam fast sofort ein Taxi, und es konnte nicht mehr als drei Minuten gedauert haben, bis ich an dem Haus war, wo Sven-Erik wohnte. Es war eine große, ziemlich neugebaute Mietskaserne, mit Anlagen und einer Menge Autos davor, aber ich sah sofort genau das, was ich nicht sehen wollte. Einen Funkstreifenwagen. Auf dem ersten Treppenabsatz standen zwei Gentlemen, deren Beruf selbst ein Blinder hätte erraten können, deren Detektivhirne angestrengt damit beschäftigt waren, aus dem Durcheinander auf den Plänen über Klos und Warmwasserleitungen die erlösende Aussage darüber zu finden, in welchem Stockwerk der Hausmeister wohnte. Ich fuhr im Aufzug hinauf und ließ ihn im sechsten Stockwerk stehen, um die paar läppischen Sekunden einzusparen, die es brauchte, um ihn wieder nach unten zu holen. Dann fing ich an, gegen die Tür zu hämmern und zu treten und beugte mich vornüber und schrie durch den Briefschlitz:

«Mach auf, schnell, verflucht, ich bin das.»

«Ich hab mich hingelegt», sagte Irmas Stimme von drinnen.

«Mach auf», schrie ich.

«Ich hab nichts an», brüllte sie.

«Aufmachen, verdammt noch mal», schrie ich wie verrückt, den ganzen Mund am Briefschlitz.

Das Licht auf der Treppe ging aus und nicht gleich wieder an.

Endlich machte sie die Tür auf, und ich war in weniger als einer halben Zehntelsekunde drinnen.

«Ich hab ja gesagt, ich hab nichts an», sagte sie mit einer Art komischer Verzweiflung in der Stimme.

«Wo ist Sven-Erik?»

«Weiß nicht, er ist um halb vier weggegangen, und danach hab ich ihn nicht gesehen.»

«Halb vier?»

«Er war nicht zur Arbeit heute nachmittag. Hast du gerade eben so entsetzlich oft an der Tür geklingelt?»

Ich gab keine Antwort, sondern stürzte auf seinen kleinen Schreibtisch los, der traurig dastand zwischen dem Gerümpel im Wohnzimmer. Ein paar der Kinder wachten auf und fingen an zu jammern. In der mittleren Schublade lagen nur ein paar Papiere und ausgeschnittene Spielreferate, aber im Seitenschränkchen fand ich fünf Schachteln 07-Munition, ganz bestimmt beim Militär geklaut, und eine kleine rote Pappschachtel. Ich öffnete sie; da lagen vier Armbanduhren und eine Menge merkwürdige kleine Dinger, zum Teil in Seidenpapier eingewickelt. Ich steckte alles zusammen in die Taschen.

«Was'n los», sagte Irma, die immer dicht hinter mir geblieben war, «stiehlst du?»

Sie hatte wirklich fast nichts an, und es gab an ihr nicht mehr viel zu sehen, aber ich glotzte trotzdem mal. Sie war eine merkwürdige Frau.

«Was guckste mich denn so an», sagte sie und kicherte kein bißchen.

«Herrgott Mensch, geh und leg dich hin, und mach die Tür nicht auf, für niemand, und sag keinen Mucks, wenn jemand kommt, nicht einen Mucks, verstanden?»

Sagte ich und rannte zur Tür. Das Licht leuchtete im Treppenhaus, der Aufzug war weg und Schritte hallten auf der Treppe. Ich ging ein Stockwerk höher und brachte meine Kleidung sehr sorgfältig in Ordnung und trocknete den Schweiß von der Stirn und wartete, bis die Atmung sich beruhigt hatte. Dann drückte ich auf den Aufzugknopf und fuhr nach unten, und durch das Aufzuggitter sah ich ein Grüppchen von drei Personen mit Hauptschlüsseln und so was außen an Sven-Eriks Tür herumfummeln. Draußen auf der Straße las ein Polizist ein Comic-Heft, das über das Steuerrad des Funkstreifenwagens ausgebreitet war; als ich vorbeiging, sah er auf die Uhr und gähnte. Ich mußte um mehrere Häuserblöcke gehen, ehe ich ein Taxi fand, aber als ich schließlich zu *Britta* kam, war da noch immer kein Boss. Die Uhr war ein Viertel nach neun. Und wo war Sven-Erik? Ich stand draußen auf der Treppe, genau auf dem gleichen Fleck, an dem ich Persson vor langer Zeit getroffen hatte, als ich zu der ersten Versammlung kam, und ich versuchte, mich in Sven-Eriks Lage zu versetzen und seine Gedanken nachzuvollziehen. Wohin sollte ich, falls die Polizei nach mir suchte, wenn ich nicht wagte, nach Hause zu gehen, wenn ich wüßte, ich wäre ertappt worden und hätte einen Bammel und wäre einsam. Es gab nur einen Ort, und ich fuhr also hin. Sehr richtig, stand sein Fahrrad draußen im Ständer, aber ansonsten war es leer und stockfinster, und der Wind rüttelte drohend die entlaubten Baumkronen. Das Clubhaus wirkte ganz tot, und ich mußte das Feuerzeug anzünden, um das Schlüsselloch zum Umkleideraum zu finden. Ich machte die Tür auf, hielt aber inne, als ich gerade hineingehen wollte.

«Bist du da», sagte ich halblaut.

Keine Antwort, keine Bewegung.

«Sven-Erik», sagte ich, «bist du da?»

Und jetzt hörte ich, daß er in der kalten Dunkelheit eine Bewegung machte, und in der nächsten Sekunde sagte eine barsche Stimme:

«Was willst du?»

Und etwas fiel krachend auf den Boden. Ich leuchtete mit dem Feuerzeug, und sein Gesicht kam mir aus der Finsternis entgegen, angespannt und müde und starr und ohne Hoffnung. Ich leuchtete auf den Fußboden. Da lag der Hammer, mit dem wir immer die Stollen einhämmerten. Wir sahen ihn beide einen Augenblick lang an.

«Wieviel hast du geklaut», sagte ich.

«Ziemlich viel, zu viel . . . Scheiße, so eine Scheiße, und ich wußte, daß er es heute entdecken würde, er hatte nämlich Inventur im Lager. Oh, Scheiße . . .»

Wir standen sehr dicht beieinander, wie auf einer Bühne einen Augenblick bevor der Elektriker das Spotlight aufleuchten läßt. Plötzlich verlor ich die Beherrschung.

«Verdammt noch mal, wie konntest du denn solchen Mist bauen», sagte ich wild.

Er starrte mir ins Gesicht, und die Härte wich langsam einer abgrundtiefen Enttäuschung.

«Ach, Scheiße», sagte er und wandte den Kopf.

Ich brauchte einige Sekunden, um Herr meiner Gefühle zu werden. Dann sagte ich:

«Hier sind meine Schlüssel, fahr zu mir und warte, bis ich komme. Die Haustür ist jetzt zugeschlossen, keiner kann reinkommen, und *meine* Tür traut sich keiner von außen aufzumachen. Fahr vorsichtig durch die Stadt. Ich läute dreimal an der Haustür, wenn ich will, daß du aufmachst.»

Er zuckte hoffnungslos die Schultern, und als ich mit ihm nach draußen ging, sagte er:

«Willst du nicht auch noch Reißdichamriemen sagen?»

«Das hilft wohl nicht viel, sich am Riemen zu reißen», sagte ich, und die Dunkelheit trennte uns.

Als ich zu *Britta* zurückkam, ging die Uhr auf zehn zu, und der Boss war gekommen. Er saß an einem Tisch in der Nähe des Ausgangs, in Gesellschaft einer ausgetrunkenen Kaffeetasse, und sah sauer und unzufrieden aus.

«Verflucht noch mal, was ist denn jetzt los», sagte er wütend, als ich mich setzte.

«Sven-Erik hat beim Uhrmacher geklaut, und die Polente ist hinter ihm her», sagte ich.

Ich glaube, er fuhr mehrere Zentimeter hoch.

«Das darf nicht geschehen», sagte er, «das darf nicht passieren. Das muß gestoppt werden. Wir können uns nicht leisten, ihn zu verlieren, und stell dir vor, der Skandal.»

«An was, glaubst du, habe ich in der letzten Stunde gedacht», sagte ich und erzählte ihm die ganze Geschichte.

«Ha», sagte er übermütig, als ich fertig war. «Ha, das Miststück wird keinen festsetzen können, ich kenn die miese Type doch. Das müssen wir schaffen, jetzt sofort, komm, wir gehen und reden mit ihm, und denk an eins: mach gute Miene zu jeder kleinsten Kleinigkeit, die ich sage!»

Ich rief Sven-Eriks Chef an und stellte mich höflich vor und sagte, wir kämen zu ihm nach Hause, jetzt gleich, wegen eines wichtigen Gesprächs über die Diebstähle in seinem Geschäft. Auf dem Weg dorthin bekam ich kein vernünftiges Wort aus dem Boss heraus. Er saß nur da und brummelte vor sich hin, wie ein Seelenkranker im Asyl:

«Scheißuhrmacher, verdammter Mist, unseren besten Außenspieler festsetzen, der kann mich ...»

Und so weiter.

Der Uhrmacher hieß Direktor Sandberg und wohnte in einem gepflegten Haus mit Sprechanlage. Er war ein halbfetter alter Knacker, der uns in Hausjacke empfing.

«Herr Sandberg, nehme ich an», sagte ich.

«Direktor Sandberg», sagte er patzig.

Dann fiel sein Blick auf den Boss und er stutzte ein wenig.

«Sind Sie nicht früher hier mal Hausmeister gewesen», sagte er.

«Hausverwalter», sagte der Boss, in eigentlich gut nachgeahmtem patzigen Ton.

Wir wurden in einen mit Möbeln überladenen Raum geführt und setzten uns. Fang du man an, hatte der Boss gesagt, und ich fing so an, daß ich kaum wieder aufhören konnte. Ich legte alles genauso überzeugend aus wie das Gegenteil eines Rechtsberaters und hämmerte die mitleiderregenden Punkte mit großem Nachdruck ein, einen nach dem anderen. Die Kinder, die junge Frau, die Knappheit im Haushalt, die Versuchungen, die Strebsamkeit ansonsten und den ganzen Kram. Ich überreichte die Schachtel mit den Sachen, die der reumütige Klauer mir unter bitteren Tränen gegeben hätte, ich benutzte Ausdrücke wie Eingebung des Augenblicks, Gelegenheit macht Diebe, böse Mächte, verführt und die Größe der Vergebung, und ich bot eine Zigarette an, die ich behalten durfte. Der Mann hatte ein Herz aus Stein. Er sah flüchtig, mit dem Blick eines Fachmanns, in die Schachtel und sagte trocken:

«Jaha, ganz recht, das ist ein Teil der gestohlenen Gegenstände, zum Wert von, lassen Sie mich sehen, ungefähr eintausendfünfhundert Kronen, der Rest dürfte wohl schon veräußert sein.»

«Aber ...» sagte er und sah uns sehr ernst und höflich an.

Er sah niederschmetternd entschlossen aus.

«Aber», sagte er, «der Junge hat sehr üble Veranlagungen gezeigt, und die Diebstähle kommen seit langem vor. Er ist also ein Gewohnheitsverbrecher und nicht das Opfer einer plötzlichen Eingebung, wie Sie es verstanden wissen möchten. Durch seine systematischen Entwendungen hat er mein Vertrauen gröblich enttäuscht, und weder will noch kann ich in dieser Angelegenheit Gnade vor Recht ergehen lassen. Ich bedaure, aber ich habe Anzeige erstattet, und sie zurückzuziehen ist – ausgeschlossen. Meine Herren ...»

Er erhob sich halb und sah verflucht nobel aus. Wir blieben sitzen.

«Meine Herren ...»

Der Boss hatte sich in der ganzen Zeit weder gerührt noch hatte er einen Ton gesagt, er hatte sich nur mit übergeschlagenen Beinen im Ledersessel gelümmelt. Jetzt sagte er etwas, und sagte es unter Betonung jeder einzelnen Silbe, als ob er nicht zu einer besonderen Person, sondern zum ganzen Volk spräche: «DIESER UHRMACHERMENSCH HIER IST EIN SCHWULER.»

Man hätte eine Daunenfeder fallen hören können.

Der Direktor stand vollends auf und äußerte, ziemlich ruhig:

«Kommen Sie nicht mit irgendwelchen Beleidigungen. Ich darf Sie bitten, sofort meine Wohnung zu verlassen.»

Der Boss flog aus seinem Stuhl hoch, als hätte er eine Rakete unterm Hintern.

«Nehe, du, Alterchen», brüllte er, «hier bleibt nichts ungesagt. Vergiß nicht, daß ich drei Jahre hier in diesem alten Kasten gearbeitet hab und daß ich *alles* gesehen habe, hör gut zu: alles! Und ich hör und seh 'ne Menge.»

Er packte den Direktor ziemlich brutal an der Schulter und drückte ihn ins Sofa hinunter.. Er hielt ihn immer noch fest, unnötig hart, fand ich, und guckte mich an.

«Dieses Miststück hier ist kein gewöhnlicher Pinkelschwuler, der schwult auch mit kleinen Kindern», sagte er.

«Das ist eine gemeine Lüge», sagte der Mann hitzig. «Im übrigen ist das eine Unwahrheit, das ist ... das ist ... Verleumdung. Sie sind Zeuge.»

Er zeigte auf mich. Aber der Schweiß war ihm in großen, dicken Tropfen aus jeder Pore seines Gesichtes ausgebrochen, und der zeigende Finger zitterte verdächtig.

Ich lächelte freundlich und beugte mich näher zu ihm. Aus der Nähe sah sein Gesicht wie eine überschwemmte Mondlandschaft aus.

Der Boss ließ ihn los und begann, im Zimmer herumzulaufen.

«Daß er Schwuler ist, wird für viele eine interessante Neuigkeit sein», sagte er, «aber dafür kommt er ja nicht gleich ins Gefängnis. Aber das mit den kleinen Knirpsen ist was anderes ... Ich hab allerhand gesehen, und für das, was man durch's Fenster sieht, kann man ja nichts. Ich erinnere mich besonders an einen Abend, als ich oben auf dem Dach war, um die Fahne einzuholen, und er den Vorhang vorm Schlafzimmerfenster schlampig zugezogen hatte. Da hab ich doch Sachen gesehen, ich wär fast durch den Schornstein gefallen.»

Aus dem Sofa kam ein Röcheln.

«Aufhören, Mensch, ehe ich ...»

«Ganz zu schweigen davon, wie ich den kleinen Jungen vom Heizer getroffen hab, er war erst vier Jahre alt damals, auf der Treppe, hier draußen. Er hatte eine große Tafel Schokolade in der Hand, aber er weinte noch immer, und das wundert mich nicht.»

«Aufhören, sag ich, aufhören, ehe ich telefoniere und Sie anzeige.»

«Nehe, du, hier sind wir das, verdammt noch mal, die anzeigen», tobte der Boss und ballte seine Faust vor dem aufgelösten Gesicht. «Hier wird jetzt Schluß gemacht mit den Sauereien.»

Ich hatte das Gesicht nicht eine Sekunde aus den Augen gelassen. Es sah jetzt widerlich aus, leichenblaß und patschnaß, und in den Muskeln war ein merkwürdiges Zucken. Er war offenbar reif für den entscheidenden Stoß.

«Sie werden vielleicht nicht verurteilt, wenn Sie Glück haben», sagte ich liebenswürdig, «aber die Sache wird ein enormes Aufsehen erregen, so viel ist sicher, ein enormes Aufsehen.»

Aber er hatte keine Widerstandskraft mehr in sich, und der Sieg war also unser. Doch zumindest einer der Sieger fühlte sich hundeelend, und ich ging in die Diele hinaus, um den Boss den Triumph allein auskosten zu lassen.

Ich glaube sogar, er mußte den Hörer halten, als die Polizei angerufen werden sollte. Ich stand jedenfalls da draußen und hörte Bruchstücke des erlösenden Telefongesprächs.

«... Direktor Sandberg, ja ... ein schreckliches Versehen ... ja, Mißverständnis ... bitte vielmals um Entschuldigung ... große Mühe, ja ...»

Wir gingen zu Fuß nach Hause, was beruhigend für die Nerven sein sollte. Wir sagten nichts, außer daß der Boss einmal, für sich, murmelte:

«Ich hatte also recht, und man sollte das Aas doch anzeigen.»

Es war inzwischen recht spät und recht kalt geworden, und ich schüttelte mich fröstelnd, als ich schließlich vor der Haustür stand und die Zeigefingerspitze gegen den Klingelknopf drückte. Es dauerte lange, bevor man Sven-Eriks Schleichen auf der Treppe hörte, und wahrscheinlich hatte er durch einen Gardinenspalt geguckt und zu sehen versucht, wer klingelte.

«Alles geklärt», sagte ich sofort.

«Was!»

«Alles geklärt ... Aber ...» Ich zögerte. Vielleicht hatte ich sagen wollen Machsnichnochmal.

«Kann sich sowas klären», sagte er, «konntest du ...»

«Der Boss», sagte ich, und ging in die Wohnung, die vor Zigarettenrauch neblig war, «der Boss hat das gedreht.»

18

Die Geschichte mit Sven-Erik brachte den Boss auf eine Idee zur Lösung eines Problems, das ihn schon lange irritiert hatte. Er hatte dieses Problem nie beim Namen genannt, und niemand außer ihm und mir wußte von seiner Existenz, und nicht einmal ich hätte das gewußt, wenn ich nicht mit der Zeit gelernt hätte, die unausgesprochenen Vertraulichkeiten aufzuschnappen und zu dechiffrieren ... Wenn es um große Fragen ging, sagte der Boss selten oder nie etwas, bevor er bereit war, zuzuschlagen, und das war wohl ein Teil des Geheimnisses hinter seiner Effektivität, denn grundsätzlich muß man einen verschwiegenen Menschen sehr gut kennen, um voraussehen zu können, was er demnächst tun wird. Wenn er sich manchmal räusperte und seine bedeutungsvolle Miene aufsetzte und sagte, hier ist eine harte Nuß zu knacken, das muß sofort gemacht werden, konnte man sicher sein, daß es eine Routinesache einfachster Art war. Größere Ereignisse wurden auf ganz andere Weise angekündigt.

Das Problem hieß diesmal, und seit etlichen Monaten schon, FC. Es war ein Wochentagsnachmittag, und wir standen beim Clubhaus und sahen einem Spiel der Knabenmannschaft zu, und der Boss guckte geradeaus und sagte wie von ungefähr:

«Der Sportplatz ist viel zu klein für zwei Clubs.»

In dem Augenblick wußte ich, daß er einen Plan hatte und daß sehr bald etwas geschehen würde, aber ich verstand noch nicht was, und fragte nicht, sondern sah abwesend dem Spiel zu. Unser Nachbarverein schien, zumindest für einen Außenstehenden, ziemlich unverändert zu sein, die Geräusche hinter der Bretterwand waren die gleichen, ebenso die Gesichter. Im Jahr zuvor hatten wir den FC im Serienspielsystem eingeholt und seine Repräsentationsmannschaft ein paarmal besiegt, ziemlich überzeugend; dann hatten wir uns an ihnen vorbeigespielt und waren in eine höhere Division eingestuft worden. Das hatte uns zum führenden Mieter auf dem Westlichen Sportplatz gemacht. Jetzt hatten wir das Publikum, und die anderen hatten den blassen Neid im Gesicht, aber seit Perssons Zeit kamen keine offenen Meinungsverschiedenheiten vor. Die Räumlichkeiten waren vielleicht ein bißchen beschränkt, aber das störte weniger als das Bewußtsein, daß keiner von uns ungeteiltes Hausrecht besaß.

Es wurde zur Spielpause gepfiffen, und unsere kleinen Jungen, die zu gewinnen schienen, stolzierten herum und taten wichtig, während die FC-Jungen sich um ihren Betreuer drängten, offensichtlich, um sich Mut und Anweisungen zu holen. Björk kam heran und stellte sich neben den Boss.

«An was denkt ihr, wenn ihr den fetten kleinen Stenz mit dem Homopropeller seht», sagte der Boss, immer noch so einfach in die Gegend.

Wir beobachteten den Jugendwart des FC und stellten fest, daß der Boss eine treffende Beschreibung von ihm gegeben hatte. Er war ein dicklicher kleiner Mann mit freundlichem, rundem Gesicht, in flottem grauem Anzug, karierter Weste und Fliege. Er lachte und redete, und alle kleinen Jungen standen dicht um ihn herum wie ein Häuflein Küken.

«Hier spielt sich was Merkwürdiges ab», sagte der Boss mit großem Nachdruck, «irgendwas, was mir nicht gefällt.»

Björk horchte andächtig auf. Er sah ernst aus, weil er etwas entdeckt hatte. Daß sich etwas Merkwürdiges abspielte, was dem Boss nicht gefiel. Der schmucke kleine Mann mit der Fliege stand noch immer inmitten seiner Jünger, gutgelaunt und lächelnd. Die Gruppe war mindestens fünfzig Meter von uns entfernt, und wir konnten natürlich kein Wort von dem hören, was gesprochen wurde, aber wir sahen, daß er zwei Jungen die Arme um die Schultern legte und sie kameradschaftlich drückte.

«Pfui Deubel, sag ich», sagte der Boss und spuckte verächtlich aus.

«Da hast du was gesagt», sagte Björk, als wenn ihm Myriaden Schuppen gerade von den Augen fielen.

«Und ich mein das: pfui Deubel», sagte der Boss.

«Da hast du was gesagt», wiederholte Björk und biß sich auf die Unterlippe.

Dann pfiff der Schiedsrichter zur Aufstellung, und der Boss und ich gingen in den Umkleideraum, wo wir einiges zu erledigen hatten. Ich sah, daß er einen verstohlenen Blick auf Björk warf.

«Pfiffiger Bengel, der Björk», sagte ich.

«'n guter Junge», sagte er, «gut zu gebrauchen.»

Drei Abende später hörte ich die Neuigkeit in der Stadt von einem Menschen, der vom Sport nicht mehr wußte, als wie ein Stadion von außen aussah. Am folgenden Tag wurde sie mir wieder erzählt, erstaunlicherweise am Arbeitsplatz – ich hatte jetzt eine andere Arbeit bei einer anderen Zeitung, aber im großen und ganzen war alles genau wie vorher –, und es war der Redaktionssekretär, der sagte:

«Man sagt, daß ein Sportverein hier aus der Stadt einen Homosexuellen als Jugendwart gehabt hat, mehrere Jahre lang. Verschiedene Leute haben angerufen.»

Er schwelgte einen Augenblick lang in der Vorstellung, wie die Auflage, die bald in Druck gehen sollte, aussehen würde, und fügte hinzu:

«Eltern nehmen ihre Kinder aus dem Verein ... die Leute sind entsetzt ... das ist eine unglaubliche Ferkelei.»

«Du setzt die Rubriken jetzt nicht», sagte ich und nahm ihm das Papier weg.

«Ich denke in Bildern und Überschriften», sagte er berufsbewußt, «du weißt, wie das ist.»

«Keine Ahnung hab ich», sagte ich und sah auf seine unzusammenhängenden Notizen. «Das hier ist im übrigen nur dummes Gerede. Ich kenn den jungen Mann und weiß, daß alles gelogen ist. Solche Gerüchte müssen gestoppt werden. Aber gib es der Sportredaktion – zur Kenntnisnahme.»

Plötzlich kam mir ein Gedanke.

«Ich kann das natürlich untersuchen», sagte ich zu seinem davoneilenden Rücken, und eine halbe Minute später war ich auf dem Weg nach draußen, um zu versuchen, den Boss zu fassen zu kriegen.

Es geschah eine Menge auf einmal. Der Boss war nicht im Botenbüro, zu Hause auch nicht. Der «Graf» rief die Redaktion an und stoppte die üble Nachrede, im Interesse des Sports, und damit verlor er wertvolle Zeit. Der FC hatte am hellerlichten Tag Vorstandssitzung. Sein Jugendwart hatte sich in seinem Zimmer eingeschlossen, und man glaubte, er habe Selbstmord begangen. Die Tür wurde aufgebrochen, und man fand ihn auf dem Bett. Er saß da und weinte. Er wurde im Auto zum Sportplatz gebracht, wo eine neuerliche Vorstandssitzung die vorausgegangene sofort ablöste. Was da drinnen vor sich ging, weiß ich nicht, aber es ging sehr laut zu. Ich fand den Boss im gemeinsamen Vorzimmer, wo er stand und das Telefon mit einem langen und völlig inhaltlosen Gespräch blokkierte. Jede dritte Minute zeigte sich der Vorsitzende des FC mit verschwitztem Gesicht im Türspalt und fragte, wann er wohl ans Telefon könne. Der Boss gab mir den Hörer und sagte, ich solle telefonieren. Ich rief meine Mutter an und sprach mit ihr über ihre Neuralgie im Gesicht, fünfunddreißig Minuten lang. Der Boss ging ein bißchen nach draußen und kam mit einem Bündel Hunderter in der Hand zurück. Ein wenig später verschwand er im Vorstandszimmer. Schließlich hatte meine Mutter die Diagnose aus allen erdenklichen Perspektiven beleuchtet und sagte, sie habe Kohlrouladen im Ofen und müsse Aufwiedersehen sagen. Ich legte den Hörer auf und massierte den Arm, um die Durchblutung anzuregen. Es klingelte nicht sofort, erst nach fünfzehn Sekunden. Der Boss kam im gleichen Augenblick heraus, mit einem starren Gesichtsausdruck, in dem sich Zurückhaltung widerspiegelte.

«Die Sache ist geritzt», sagte er.

Ich nahm den Hörer ab und sagte «hallo». Dann legte ich die Hand vor das Mikrophon und sagte:

«Das ist der ‹Graf›. Er will mit einem Vertreter des FC sprechen.»

«Sag ihm, daß er das schon tut», sagte der Boss und grinste überhaupt nicht.

Später habe ich mich gefragt, warum er sich das Vergnügen, dieses Gespräch selbst zu führen, versagte, und kam zu dem Schluß, daß es ihn nicht nach dieser Art von Triumphen verlangte, oder er auch nur Sinn dafür hatte. Wäre er preußischer Feldherr oder russischer Schachgroßmeister gewesen, hätte er vermutlich gesagt: Unsere Taten sprechen für uns. Aber er war ja weder das eine noch das andere und sagte nur:

«Du gehst rein und bringst die Schreibereien in Ordnung.»

Der FC war geplatzt und auseinandergefallen, in weniger als vier Tagen. Der Boss hatte den Bau im richtigen Augenblick ausgeräuchert, der Mißmut manch einer Spielsaison war aus den Ritzen hervorgequollen, und nun galt es nur, schnell abzusahnen und den Gewinn zu kassieren. Das Ansehen eines vermutlich unschuldigen Menschen war aufs Spiel gesetzt worden, aber wir taten unser Bestes, um den Schaden zu beheben. Nach ungefähr einer Woche hatten die Hände des Opfers aufgehört zu zittern, und bei Gelegenheit zog der junge Mann aus der Stadt weg und wurde woanders Jugendwart. Der FC stieg aus der Serie aus und wurde aus dem Verbandsregister gestrichen. Wir kauften die ganze Ausrüstung, mit Stumpf und Stiel, boten den Leuten ein Jahr freie Mitgliedschaft an und setzten einige der Betreuer auf zweitrangige Posten in unserer größer werdenden Verwaltung. Einige Spieler konnten uns so wenig leiden, daß sie aufhörten oder zu anderen Vereinen übergingen, und eine kleine Gruppe sammelte Geld und kaufte neue Sachen und gründete einen neuen Verein im südlichen Stadtteil. Sie spielten auf dem alten Platz hinter dem Rangierbahnhof, wo Wegerich und wilde Kamille schon seit langem den Schotterplatz bedeckten, außer an den zertretenen Stellen vor den Toren, und sie nannten sich zunächst Neuer FC, aber nach einiger Zeit fiel das Praefix weg.

Eine Zeitlang geschahen dennoch merkwürdige Dinge. Eines Abends war ich auf dem Weg zum Umkleideraum der jüngsten Knabenmannschaft, als ich von drinnen Stimmen hörte und an der Tür stehen blieb, um zu lauschen. Ein Dreizehnjähriger erzählte einigen Neulingen dies und das, und ich stand eine ganze Weile wie angewurzelt da, während ich den unglaublichsten obszönen Phantasien zuhörte, in denen der ehemalige Jugendwart des FC die Hauptrolle spielte und bei denen feine Fachausdrücke aus dem Sexualkundeunterricht der Schule hemmungslos mit der herkömmlichen Terminologie vermischt wurden. Und ich fühlte mich uralt und empfand es so, als müßten Ewigkeiten vergangen sein, seit man selbst ganz bescheiden und unter schweren inneren Kämpfen nach den Bildern in ‹Natur und Gesundheit› masturbiert und die Schauder in der Kreuzgegend gefühlt hatte, als man auf das Wort Testikel in Hässelbergs Wörterbuch gestoßen war. Ich schob die Tür auf und trat ein, langsam, von der Last meiner Jahre gebeugt, und das Kind sagte dreist:

«Nähä, man muß kein Gummi benutzen, wenn man einen Schwulen pimpert.»

Dann verstummte er unsicher und guckte in die andere Richtung. Er war einer unserer eigenen Jungen, und er wußte vermutlich überhaupt nichts über den Jugendwart des FC.

«Jetzt hör aber mal zu, du», sagte ich, «daß du dich nicht schämst, hier zu stehen und solche Geschichten zusammenzudichten.»

«Ich hab nichts zusammengedichtet», sagte er kiebig und brüstete sich vor seinen Kumpeln.

«Dann gehen wir schnurstracks zur Polizei», sagte ich, «dann kannst du das hier alles noch mal erzählen.»

«Neee», sagte er zögernd.

«War das denn alles gelogen», sagte ich – und mußte die Frage etwas nachdrücklicher wiederholen.

«Jaa», sagte er schließlich.

Ich wandte mich an die anderen.

«Da hört ihr's, Jungs, alles zusammen nur Erfindung. Nichts davon ist passiert, und außerdem, so wird das überhaupt gar nicht gemacht.»

Ich mußte wohl überzeugend gewirkt haben, denn der Allerkleinste erhob seine Stimme und sagte:

«Bist du schwul?»

«Ach was», sagte der Dreizehnjährige, bereit, eine Lanze für mich zu brechen, da ich mich nun forsch genug gezeigt hatte, seine Autorität zu torpedieren.

Ich ging davon und dachte, daß diese Generation vielleicht trotz allem heranwachsen und ein bißchen vorurteilsloser handhaben würde. Auch dachte ich, daß ich kaum das Recht dazu hatte, über anderer Leute vergleichbar unschuldige Einfälle zu Gericht zu sitzen, und für einen kurzen Augenblick fühlte ich mich gräßlich müde.

Vierzehn Tage später packte uns der Arm des Gesetzes. Es hatte recht lange gedauert damit, wahrscheinlich deshalb, weil nichts in den Zeitungen gestanden hatte und weil die Polizei meistens mehr aus der Presse erfährt als umgekehrt. Die Gerechtigkeit offenbarte sich in Gestalt eines Kriminaloberwachtmeisters, der im Vorstandszimmer saß und mit seinen Fahrradklammern fummelte. Sowohl der Boss als auch ich kannten ihn schon, denn er war ein ziemlich großer kleiner Mann, und sein Anliegen irritierte uns weniger als sein Mundgeruch.

Es gibt Polizisten und Polizisten.

Zum Beispiel solche, vor denen man am besten einen Bammel haben sollte. Das sind vielleicht recht wenige, aber doch genügend viele, um den Genickschlag auf der Kellertreppe niemals als eine vollkommene Überraschung empfinden zu lassen. Einige von ihnen treten nachts in die Haftzelle, leise und gelassen, und haben helle blaue Augen, und wissen immer, daß zu hoch angesetzte Schläge blaue Flecke und verräterische Zahnlücken hinterlassen und daß der alte Mantel, den der Inhaftierte trägt, der einfach versucht hatte, eine Türwache zu erschlagen, so oft gewendet worden war, daß er bis zur Durchsichtigkeit abgeschlissen war. Andere kommen herunter, zu irgendeiner Tages- oder Nachtzeit, ohne Uniformjacke und mit aufgekrempelten Ärmeln, und oft haben sie einen höheren Rang, und es schwelt ein besonderes Feuer in ihren Augen, und wenn ihre Untergebenen sie nicht beruhigen, hören sie fast nie auf, ehe die Glut verglommen ist.

Aber die meisten sind ganz anders. Sie verrichten eine undankbare Arbeit so gut sie können, und das bei beschissen schlechter Bezahlung, und die Tatsache, daß ihre Befugnisse lächerlich unzureichend sind, inspiriert sie nicht zu privaten Ausschreitungen in unterirdischen Korridoren oder verdunkelten Funkstreifenwagen. Manchmal sind sie dumm und grob und ungeschickt, was wohl oft an Übermüdung liegen mag, obwohl das kein Mensch glaubt, aber man weiß, wo man sie hat, und es kann dazu Anlaß geben, dafür dankbar zu sein.

Es gibt auch solche, die nie einen Fehler machen, aber auch kaum etwas anderes. Wenn man nach ihnen fragt, haben sie dienstfrei oder sind – öfter – auf dem Klo, wo es am ruhigsten ist für den, der eine schmerzlose kleine Beförderung ausbrüten will. Die werden selten Polizeipräsident, oft aber Oberwachtmeister, und sie können an einer Ermittlung jahrelang arbeiten, derweil sie hoffen, die Beteiligten würden die Aufgabe dadurch erleichtern, daß sie sterben oder emigrieren. Und wenn ihr Dienstzimmer keinen Tresor hat, dann gibt es immerhin eine Schublade mit Doppelschloß, und in der Schublade liegt ihre beste Ermittlung, eigenhändig auf der Maschine getippt, und sollten sie einmal meinen, sie müßten den Schlüssel in das Schloß stecken, dann würden vielleicht Staatsanwälte und andere für einige Zeit nachts schlecht schlafen.

Nicht selten haben sie einen Hang zur Kommunalpolitik und nehmen halboffizielle Aufträge gierig an, und ihre Aussichten, in die Stadtverordnetenversammlung oder zumindest in einen der lokalpolitischen Vorstände zu gelangen, sind gar nicht schlecht.

Der im Vorstandszimmer gehörte zur dritten Kategorie.

Er war bereits im kommunalen Sportausschuß und würde vermutlich bald zum Vorsitzenden gewählt, – was übrigens völlig egal war, er konnte nicht noch schlechter und inkompetenter sein als die jämmerliche Null, die sich seit Jahren an den Stuhl des Vorsitzenden klammerte. Sein Erscheinen auf dem Sportplatz war diskret vor sich gegangen, und er tat sofort seine Absicht kund, die Untersuchung mit dem größtmöglichen Maß an Takt zu führen. Nachdem wir alle auf die dämlichste Weise versucht hatten, einander eine Zigarette aufzudrängen, kontrollierte er, ob die Türen geschlossen waren, und fing an, in verlegenem Flüsterton Fragen zu stellen.

Hatten wir irgendwelche, hm, perversen Neigungen bei dem, hm, Mann bemerkt? Hatten wir den Eindruck, sein Verhältnis zu den Jungen sei nicht so gewesen, wie es, hm, hätte sein sollen?

Der Verdacht sei, soweit wir verstehen könnten, ganz und gar unbegründet, und eigentlich hätten wir nie etwas Dümmeres gehört, und wer könne wohl besser über die Sache Bescheid wissen als wir? Der Beschützer von Recht und Anstand sagte jaha, dreimal hintereinander, sichtlich erleichtert, und beförderte das Notizbuch in die Innentasche, ohne es mit dem kleinsten Federstrich verunziert zu haben. Offenbar betrachtete er die Vernehmungen als beendet. Der Boss klapperte mit seinen Schlüsseln und holte die halbe Flasche Grönstedts Monopole heraus, die jetzt im Vorstandsschrank wie eine nie versiegende Quelle ihr Dasein fristete. Während ich meinen kleinen Kunststoffbecher hinstellte, schielte der Gast auf das Etikett und sagte:

«Ich trinke eigentlich nie einen Tropfen im Dienst.»

«Wir auch nicht», sagte der Boss ernst.

Ein bißchen später, als wir an unserem zweiten Cognac nippten, kam Kvax herein, um den Schlüssel für die Sauna zu leihen. Er hatte vorher angeklopft und sein Auftreten war, wie meistens, ziemlich lebhaft, und als er wieder gegangen war, sagte der von der Kripo:

«Dieser Junge hat sich mit den Jahren deutlich gebessert. Wir kennen ihn natürlich von früher. Aber da steckt der richtige Sportgeist drin, so wie wir ihn in *unserer* Stadt haben wollen, Kameradschaft zu allen, und keine Unterschiede oder Verfolgungen von … zum Beispiel Juden und anderem Pa… ja, Ausländern und Landstreichern. In unserer bestehenden Gesellschaft ist das Wort von der Unterdrückung der Minderheiten bedeutungslos geworden …»

«Ja», sagte der Boss mit Nachdruck, um weitere Reden zu verhindern – aber ich bemerkte, daß er bedenklich den Mund spitzte. Vermutlich kam ihm erst jetzt der Gedanke, daß Kvax dem verhaßten Geschlecht angehörte, das Jesus töten ließ. Es lag ihm nicht, das Leben mit solcherlei Spitzfindigkeiten zu komplizieren. Der Polizist wechselte das Gesprächsthema und sagte diplomatisch:

«Ich vermute, daß dieser, hm, Mann, von dem wir vorhin gesprochen haben, seinen leitenden Posten im Verein nicht mehr hat?»

Wir sagten, er sei nicht eingetragen in unserem Verein und es auch nie gewesen, aber die ganze Zeit dachte ich an etwas anderes.

«Stimmt das, daß die Polizei eine sogenannte geheime Liste hat über Leute, die verdächtigt werden, homosexuell zu sein, und daß alle Gesuche für staatliche oder kommunale Stellen kontrolliert werden? Und daß, wenn der Antragsteller auf der Liste steht, sie dann ein Häkchen am Rand machen, damit jemand anderes die Stelle kriegt, ohne Rücksicht darauf, ob die anderen Voraussetzungen gegeben sind oder nicht?»

Er wollte erst das-weiß-ich-nicht sagen, hielt sich aber zurück und betrachtete seine Hosenklammern.

«Darüber kann ich nichts sagen», sagte er.

Dann leerte er hastig seinen Becher, gab uns die Hand und ging zur Tür.

Als er sie schon geöffnet hatte, drehte er sich halb um und sagte:

«Und wenn dem so wäre? Glauben Sie, die Leute wollen ihre Kinder in Schulen schicken, in denen es nur so wimmelt von Homophilen? Die legitimen Forderungen der Bürger hinsichtlich des Schutzes vor verbrecherischen Kräften abzudecken – und mit verbrecherisch meine ich hier zersetzende Tendenzen und unmoralische Schweinerei –, das ist es, wofür wir von der Polizei ständig arbeiten.»

Nachdem er dieses kleine Opfer auf den Altar der Rhetorik gelegt hatte, verließ er uns. Der Boss schenkte nach kurzem Zögern noch ein Tröpfchen ein, dann machte er einen feinen Strich auf dem Etikett und schloß die Flasche ein. Ich überlegte immer noch.

«Wenn du einen Jungen hättest», sagte ich, «hättest du mehr Angst, ihn in eine Schule zu schicken, wo der Lehrer ein Schwuler ist, als ein Mädchen zu einem sogenannten normalen Lehrer, das heißt einem, der glaubt, er sei ein toller Frauenheld?»

Er blickte auf, überrascht über diese naive Überspitzung.

«Nee», sagte er, «nicht, wenn ich nachdächte. Aber was geht uns das an?»

Natürlich hatte er recht, und das ging uns nichts an, aber ich konnte es nicht lassen, ich mußte ein bißchen nachdenken über die Sache. Es wird behauptet, daß vier Prozent von uns in diesem Land homosexuell sind. Auch wenn die Zahl vielleicht übertrieben ist, müßte die absolute Ziffer ziemlich hoch liegen, und auf jeden Fall repräsentierte sie eine Minorität, die in den unterschiedlichsten Zusammenhängen diskriminiert wird, jeden Tag und überall, und auch ohne das Zutun der Behörden. Diese Tatsache ist so selbstverständlich und so alltäglich, daß sich nicht einmal diejenigen, die sich der Diskriminierung für eigene Zwecke bedienen (wie wir es getan hatten), darum kümmern, sich Gedanken über die Ursachen, weit weniger noch über die Auswirkungen zu machen –, die doch die ganze Palette persönlicher Tragödien abdecken, von telefonischen Protesten bei der Vermittlung bis hin zu Veronaltabletten. Ich glaube, niemand ist sich dessen bewußter als die, die die Unterdrückung der Minoritäten mit Phrasen und platten Argumenten zu vertuschen suchen, aber ihre Methode ist die denkbar schlechteste. Man schafft die Probleme nicht aus der Welt, indem man ihre Existenz abstreitet, und es nützt nicht viel, einen Blumenteppich über das stinkende Aas auszubreiten, denn wenn die Blumen vermodert sind, kann man sicher sein, daß es wieder zum Vorschein kommt, voll kriechender Würmer, in schleimiger Fäulnis gärend.

Es gibt anderes gleicher Art, und man braucht nicht erst nach Lappland zu reisen, um es zu finden. Das abzuleugnen ist genau so lächerlich, als wollte man den Antisemitismus für ausgerottet erklären, da es zufälligerweise mehr Juden als ausgeprägte Antisemiten gibt. Bei uns.

An was der Boss dachte, weiß ich nicht. Aber er muß an etwas ähnliches gedacht haben, denn ich weiß noch, daß er sagte:

«Jetzt habe ich die Schnauze voll von Schwulerei. Auf dein Wohl.»

Wir kippten den letzten Tropfen und gingen zum Auswahlausschuß, der schon eine Zeitlang zusammengesessen hatte und sich einbildete, die Sitzung ganz allein abhalten zu können.

19

Ein weiterer Abend in diesem Herbst, an den ich aus bestimmten Gründen denken muß, fing, wie so viele andere, damit an, daß ich zusammen mit dem Boss bei *Britta* saß, mit irgendwas beschäftigt, als plötzlich eine Figur am Tisch stand. Es war ein alter Klassenkamerad, einer, den ich tatsächlich wiedererkannte, den ich aber seit Jahren nicht gesehen hatte, und wir starrten ihn an wie einen Furz, der Gestalt angenommen hat. Aus irgendeinem Grund war mir aber eine Nachricht über sein weiteres Schicksal im Gedächtnis hängen geblieben, und soweit ich wußte, war es ihm wohl nicht so gut ergangen. Er war Poet, mit eigenen Gedichtbänden, zumindest einem, und verdiente sich wohl seinen Unterhalt auf andere Weise. Er sprach mit mir, schnell und holprig, und schielte unsicher zum Boss hinüber, der mit seinem schicken Füllfederhalter auf der Serviette herumkritzelte, und was er sagte, war wie eine chiffrierte Nachricht von einem anderen Planeten. Er erinnere sich an mich durch den Literaturverein in der Penne, sagte er, und der Boss lachte so albern und indiskret, daß sich der Mann beleidigt fühlte und eine lange, unzusammenhängende Salve abschoß, die darauf hinauslief, daß er am nächsten Tag einige Freunde bei sich zu Hause haben würde, also, und würden ein bißchen essen und mehr reden und viel trinken, also, und daß er gemeint habe, daß ich es vielleicht auch nett gefunden hätte, wenn er mich doch nun getroffen habe, also, aber daß mich das wohl nicht interessiere, wenn man's recht bedenke. Also.

Ich fand das grotesk, fragte aber für alle Fälle, wo er wohnte. Und er sagte es mir, und ich sagte zum Boss:

«Schreib das auf.»

«Was machst du denn eigentlich jetzt so», sagte der Poet.

«Ich bin für den Sport tätig», sagte ich, und der Boss streckte sich automatisch, als sei er bei einer Festrede erwähnt worden. «Ich dachte, du wärst Journalist», sagte der Poet.

«In meiner Freizeit», sagte ich.

Der Knabe stand noch einen Augenblick lang da und schluckte daran. Dann sagte er hej und ging.

«Was war denn das für einer», sagte der Boss.

«Ein Poet.»

«Poet, großer, kräftiger Bengel», sagte der Boss. «Gehst du hin?»

«Blödsinn», sagte ich.

Aber ich ging hin, und ich weiß noch immer nicht, warum. Vielleicht einfach nur so, um unangenehm und arrogant zu sein. Oder ich war ein bißchen neugierig. Ich kam ungefähr eine dreiviertel Stunde zu spät, und der Poet empfing mich in der Diele, die ungefähr sechzehneckig, kleiner als ein Klo und mit weißen und schwarzen Dreiecken ausgemalt war. Die versammelte Gemeinde, so etwa sieben Knaben und ein Mädchen, bestand aus Malern und Schreiberlingen zu etwa gleichen Teilen. Einige trugen einen Bart, aber im ganzen sahen sie ziemlich normal aus. Sie waren jung und voll von allem möglichen, außer Selbstvertrauen, und deshalb benahmen sie sich wie die sieben Säulen der Weisheit, und redeten wie Orakel von Dingen, die sie offenbar etwas angingen. Sie kannten sich gut und verstanden einander, trotz des Umgangstones. Allesamt waren bestimmt sehr nett. Das ärgerte mich ungeheuer. Ich befand mich unter welchen, die über Rimbaud sprachen. Ich wußte nicht, wer Rimbaud war, und das sagte ich auch ungefragt. Ich ließ durchblicken, daß er sicherlich eine außerordentliche, überholte und bedeutungslose Figur sei, und steuerte auf den Klapptisch zu, der anscheinend die Entbindungsklinik des Poeten war. Ich sah in ein Buch, das merkwürdigerweise nur aus losen Seiten bestand, auf denen unbedeutende und unregelmäßige Wortgruppen fein verteilte Inseln bildeten. Ich fand das Buch lächerlich und widerlich und wies den Gastgeber sofort darauf hin, in der Hoffnung, er habe das Buch geschrieben. Nach einiger Zeit war die kleine Bude so voll von Rauch und leerem Geschwätz, daß man weder sehen noch hören konnte. Ein junger Mann mit angespannten Gesichtszügen kam heran und fing an, sehr ernsthaft über Theater zu sprechen, wovon ich keinen Schimmer hatte, und über Film, in dessen Gefilden ich mich ausreichend heimisch fühlte, um feststellen zu können, daß alles, was er sagte, dummes Zeug war.

Jahre später lernten wir uns sonderbarerweise richtig kennen und wurden gute Freunde. Ich ging ein bißchen herum und besah mir die Wände, an denen unbegreifliche Bilder und Zeichnungen mit Reißzwecken befestigt waren. Ich stellte mit tiefer innerer Befriedigung fest, daß ich mich gelangweilt fühlte. Ich bekam ein Trinkglas mit Rotwein und eine Brioche mit einem Stück Gorgonzola darauf und versuchte, mich so weit abseits wie möglich zu stellen, um die Delikatessen zu genießen. Es schmeckte abscheulich. Ich trank den Wein aus und legte den Rest in eine Ecke der Fensterbank. Jemand kam und füllte das Glas nach. Es war das Mädchen, und ich sah sie zum ersten Mal an. Sie sah nicht schlecht aus, in schwarzen Slacks und schwarzem Pullover mit Rollkragen. Ihre Hüften waren breit, aber ihre Taille ziemlich schmal, und der Pullover spannte über Brüsten, die übertrieben angehoben und spitz waren, nach allen Regeln der Kunst. Aus dieser schwarzen Einheit strebte der Hals wie eine Tempelsäule empor, und darüber war ein Gesicht, das ich erst viel später schön fand. Es war umrahmt von glattem, dunklem Haar und Pony und hatte kräftige, ziemlich schwere Züge. Sie hatte große, graugrüne Augen, aber zynische Mundwinkel, und trug die Kleidung, als sei sie aus Panzerplatten, statt aus Strickwolle und Gabardine.

«Du langweilst dich ganz besonders», sagte sie, so obenhin.

«Du hast einen ganz besonderen BH», sagte ich und schlürfte vom Wein, der sich am Gaumen herb und sauer anfühlte.

«Reizt dich das», sagte sie.

«Überhaupt nicht», sagte ich. «Wessen Mädchen bist du?»

«Mein eigenes.»

«Was machst du dann hier?»

«Das hier sind meine Freunde», sagte sie mit einem Nicken zu der Gruppe. «Reizt dich das?»

«Diese Gesellschaft hier ist die erlesenste Sammlung von Dummköpfen, die ich je gesehen habe», sagte ich und trank das Glas aus. Ich schenkte mir von neuem ein.

«Findest du das», sagte sie spöttisch und sah mich scharf an. «Blödmann» sagte sie.

Und ging.

Dich möchte ich eine halbe Stunde lang für mich allein haben, sagte ich gemein und wütend zu mir selbst. Das stimmte. Ich wollte sie gewaltsam öffnen, wie man eine Konservendose aufbricht. Ich wollte sie schänden und verunglimpfen, sie vergewaltigen und hinterher nackt auf die Straße schmeißen. Ich merkte, daß ich betrunken wurde. Ich weiß nicht mehr, was danach passierte, nur, daß ich noch etwas trank und saurer denn je wurde. Dann war sie wieder da.

«Reizen wir dich immer noch», sagte sie, «ich und meine Freunde?»

Da kam gerade ein bärtiger Typ heran und legte den Arm um ihre Schultern.

«Das stimmt», sagte er, «das stimmt.»

«Verflucht noch mal, was stimmt denn», sagte ich wutentbrannt.

Wir hatten alle schon ganz schön einen sitzen, und es reizte mich wahrscheinlich enorm und wider alle Vernunft, sie von jemand auch nur angefaßt zu sehen.

«Was sie sagt, stimmt immer», sagte er. «Sie ist unser Maskottchen, unsere keusche Jeanne d'Arc, und sie soll unsere Fahnen, die der Kunst, zum Siege führen.»

Er machte eine großartige Geste und verschüttete vin rouge d'Algérie nach allen Seiten.

«Du bist ein Idiot», schrie er plötzlich und faßte mich an der Schulter. «Ein Trottel bist du und ein Idiot.»

Es wurde still um uns herum. Ich machte mich frei, bestimmt viel heftiger als nötig. Aber ich hatte mich in einen für mich seltsam ekstatischen Zustand hochgearbeitet und war dazu bereit, mich mit jedem zu prügeln, der sich in Reichweite befand.

«Hört mal zu», sagte ich, und ich legte los, als wollte ich die Zuschauer auf der Tribüne im Stadion zur Ruhe bringen. «Ihr seid die schlimmste Bande von Wirklichkeitsverfälschern, die ich je gesehen habe. Ihr seid kindisch und albern und mickrig. Das einzige, was ihr zustande bringt, ist Geschmiere, ihr habt keine Ahnung von irgendwas und werdet nie eine haben. Wenn auch nur einer unter euch ist, der dazu taugt, dann soll er sich 'ne Stellung suchen, bevor es zu spät ist. Oder geht raus auf den Sportplatz und lauft, immer rund, rund, bis eure mickrigen kleinen Lungen nicht mehr können, bis ihr umfallt und liegenbleibt.»

Ich hörte auf, um Atem zu holen.

«Ich bin auf hundert Meter elf fünf gelaufen, verflixt noch mal», sagte jemand im Hintergrund, der offenbar Sinn für Humor hatte.

Ein anderer drängte sich vor, mit wildem Blick und die Arme schwenkend. Ich bereitete mich ruhig darauf vor, ihn totzuschlagen. Aber das Mädchen war dazwischen, schnell und effektiv, und der Typ verschwand. Ich setzte das Glas mit einem Knall ab und wandte mich ihr zu.

«Komm, wir gehen», sagte ich.

Sie ging mit. Die langen Treppen gingen wir hinunter, still. Ich hörte ihre Schritte, erst hinter mir, dann drängte sie sich vorbei und ging vor. In der Haustür blieben wir stehen und betrachteten einander voller Abneigung.

«Glaub ja nicht, daß du was Besonderes bist», sagte sie.

«Ich bin vielleicht viel besonderer», sagte ich, ohne etwas Dummes darin zu hören.

Dann nahm ich sie bei den Schultern und küßte sie. Sie antwortete mit offenem Mund und Reihen kleiner, scharfer Zähne. Ihr Körper war verkrampft und unbiegsam und die BH-Körbchen steif und spitz. Mit vorgefertigter Einlage. Sie preßte ihren Unterleib an mich, grob und kantig. Ich wurde steif, mit der gleichen selbstverständlichen Leichtigkeit. Jetzt kam es darauf an, höchst effektiv zu sein.

Wir gingen zum Taxistand um die Ecke, und ich mußte zweimal Westlicher Sportplatz sagen, ehe der Chauffeur mir glaubte. Dann saßen wir da, jeder in seiner Ecke auf dem großen Rücksitz, ohne uns auch nur im geringsten zu berühren oder ein Wort zu sagen. Die Autofahrt dauerte unendlich lange, die Minuten zogen sich hin, und es war nicht auszuhalten, keine Erwartung, aber viel Warten. Schließlich stand sie ein Stück von mir entfernt in der Dunkelheit, die Hände in den Hosentaschen, wie ein schlanker schwarzer Schatten, während der Taxifritze am Taxameter herumdrehte und ich mit Kleingeld fummelte. Ich schob sie durch das Drehkreuz, gerade in dem Augenblick, als das Auto wendete und das Clubhaus anstrahlte, aber sie sah sich nicht um, als wir um die Hausecke gingen. Ich schloß auf, und wir gingen durch den äußeren Umkleideraum, durch das Vorstandszimmer und in den Geräteraum hinein, wo es nach Leder und Liniment roch, und der groß und geräumig war. Ich knipste das Licht an und machte die Tür zu. Sie ging unter dem Gebammel der Bälle und Stiefel, die von der Decke hingen, nonchalant und mit den Füßen schlenkernd, wie ein müder Teenager auf dem Heimweg von der Schule. Sie sah sich um und drückte mit dem Fuß auf die Schaumgummimatratze, die wir immer auf die Massagebank legten. Dann drehte sie sich um, und wir sahen einander gerade in die Augen, und ihre waren kalt, und die Mundwinkel waren spöttisch nach unten gebogen. Ich faßte sie hart an und zog sie an mich, aber sie drehte den Kopf weg, und als ich unter den Pullover griff, um Hautkontakt zu bekommen, schraubte sie sich los.

«Mach das Licht aus», sagte sie.

Ich gehorchte, aber ganz dunkel wurde es nicht, weil wir das Licht im Vorstandszimmer nicht ausgemacht hatten, und das warf einen matten, reflektierenden Schein durch eine geriffelte Scheibe über der Tür. Wir näherten uns wieder einander, und meine Hände irrten unterm Pullover über ihren Rücken. Ich hakte die Öse am BH auf und fühlte, wie ihre Brüste weich wurden und in eine natürliche Lage herabsanken. Aber sie schützte das Weiche mit den Ellenbogen, als sei es etwas Genierliches und Verletzbares, und zerrte an meinem Oberhemd, um es aufzureißen. Wir waren nur für einige Augenblicke auseinander, um uns von allem Isolierenden zu befreien. Sie riß sich die Kleider vom Oberkörper und warf die Schuhe und die Hosen genauso schnell von sich wie ich. Ich sah ihre Nacktheit in einer ausdrucksvollen Pose für einen kurzen Augenblick im Dunkel, dann waren wir wieder dicht beieinander, mechanisch aneinandergepreßt. Es kam zu einem kurzen Kampf auf der Matratze, nicht um das Ziel, sondern um die Oberhand. Aber ich hielt sie unter mir, und sie begnügte sich damit, mich auf sich hinunter zu ziehen. Ihre Beine klappten auseinander und meine Hüften keilten sich zwischen ihren Schenkeln fest, die durch gespannte Muskulatur etwas hart waren. Wir waren wie zwei sinnreiche, beim Patentamt eingereichte Konstruktionen, deren Maße auf den Millimeter genau nachgemessen werden mußten, um die bessere zu prämieren. Sie schützte immer noch die Brüste, ihre einzigen revoltierenden Körperteile, deren freundliche Wärme unkontrollierbar war. Ihr Kopf war nach hinten über den Schaumgummirand gebeugt, und die gespannten Sehnen ließen den langen Hals vibrieren. Sie war perfekt, eine metropolische, paradox sterile Perfektion. Ihr breiter Schoß war heiß und schleimig, das ließ ich meine Hände auskundschaften, bevor ich langsam eindrang, oder eingesogen wurde, in seine lange Offenheit. Ich war ganz groß in Form, hart und unbezwinglich, in einem siegesrauschhaften Gleiten, das sie in kurzen Atemstößen stöhnen ließ. Aber wir kämpften noch um die Brüste, schließlich mußte sie die eine aufgeben, und meine Lippen suchten den Mittelpunkt, stolz zusammengezogen über seinem dunklen Kreis. Wir bewegten uns schneller in mathematisch zunehmendem Rhythmus, in ständiger und gegenseitiger Steigerung. Ihr einer Arm zog sich von ihren Brüsten ganz und gar zurück, und die Nägel rissen eine lange, diagonale Schramme über meinen Rücken. Ihre Schenkel strebten weiter auseinander, ihr Körper schwebte über der Unterlage unterhalb des Kreuzes, ihre Zähne schlugen kleine, feine Bisse in meine Schulter. In der Tiefe begann die große Eruption zu rotieren, fing an, sich zu unbezwinglicher Kraft zu stauen und zu kanalisieren. Sie zischte irgend etwas, was ich nicht verstehen konnte, was aber nicht schön geklungen hätte, außer in gerade diesem Augenblick. Meine Gefühle schienen in einem dieser modernistischen Bilder, die ich gerade gesehen hatte, zu ertrinken, in einem System aus Linien und klaren Konturen, hart aneinandergefügt, bereit, ihre Kräfte ineinander zu entladen. Farben in wilden Kaskaden, Linien in brutaler, heftiger Friktion, alles zusammenstürzend und ineinander verschmelzend ... Farben, in Tausendstelsekunden wechselnd, ein Profil wich zurück in den Umriß des anderen, bis ...

Da öffnete der Boss die Tür und knipste das Licht an.

Der Blitzstrahl, der nicht aufhörte zu leuchten, die Brandung, auf ihrer Höhe zu Eis erstarrt, die Gazelle, aufgespießt mitten im stolzen Sprung.

Er brauchte zehn Sekunden, um einen Schritt in den Geräteraum hinein zu tun, vollkommen sprachlos zu werden und sich zurückzuziehen, ohne das Licht auszuknipsen. Zehn Sekunden ist eine unendliche Zeitspanne für die Männer am Auslösungsmechanismus einer Wasserstoffbombe, oder für einen Hundertmeterläufer. Ein Neunzig-Kilo-Mann in Melone und Gandhi-Tuch ist ein Schock für den, der dumm genug ist anzunehmen, er sei von unsichtbarer Hand in das bisher wenig bekannte Dasein jenseits von Zeit und Raum hineingeführt worden – wie gut man ihn auch kennen mag.

Unsere Reaktion war genauso koordiniert wie all die vorangegangenen. Wir flogen auseinander, bevor noch die Tür zugemacht wurde. Ich glaube nicht, daß ich sie überhaupt wahrnahm, bevor ich meinem ersten, sinnlosen Instinkt gefolgt war, die Tür von innen abzuschließen. Sie saß auf dem Rand der Matratze, den Rücken in weichem Bogen und den Kopf an den hochgezogenen Knien. Sie hatte eine rotkarierte Socke an.

«Schicksal», sagte ich in einem matten und mißlungenen Versuch, die Tonart des Vorspiels wieder aufklingen zu lassen.

Da sah ich, daß ihre Waden schlapp und schlaff waren, die Schultern herabhingen, wie ruhende Flügel über weicher Fülle. Dann sah sie zu mir auf. Und ich bemerkte langsam einen glänzenden Schimmer in ihrem Blick.

«Ich wollte überhaupt gar nicht mit dir schlafen», sagte sie mit belegter Stimme. «Und ich möchte es auch jetzt nicht. Ich wäre niemals mit dir runtergegangen, wenn ihr euch nicht hättet prügeln wollen.»

Ihr Rücken zitterte, sie hatte Sommersprossen auf den Schultern und Gänsehaut an den Oberarmen.

«Und dann dieser verflixte Wein», sagte sie.

Sie weinte. Ich lag auf allen vieren neben ihr und wagte kaum, sie zu berühren. Die eine Hand schlich sich über den Fußrücken langsam das Bein hoch zur Hüfte. Sie hatte ein lustiges kleines Muttermal in der Taille. Ich kam mir vor wie eine Ratte, die leise heranschleicht und das Käsestückchen in die Falle zurücklegt. Sie blickte auf. Sie hatte eine Träne auf der Nase.

«Ich bin nichts Besonderes», sagte sie.

«Das weiß ich gar nicht mal so genau», sagte ich.

Sie lächelte ein ganz kleines Lächeln und schüttelte den Kopf.

Wir zogen uns an. Einmal sah ich sie an. Ihr Schoß war wie eine Muschel geschlossen, und die Brüste sahen schwer aus, aber das Gesicht war offen. Ich war zuerst fertig und ging hinaus in das Vorstandszimmer. Der Boss saß am Tisch, den Hut in den Nacken geschoben.

«Wie geht's», sagte er herb.

«Na ja, so», sagte ich. «Was machst du hier mitten in der Nacht.»

Er sah nach der Zeit.

«Die Uhr ist sieben Minuten vor elf», sagte er sachlich.

Sie kam heraus. Sie hatte versucht, ihr Haar in Ordnung zu bringen. Der BH sah aus wie eine Parodie. Er blickte nicht auf. Ich telefonierte nach einem Taxi.

«Wolltest du was von mir?» sagte ich.

«Das hat Zeit», sagte er.

«Na dann, hej», sagte ich.

«Auf Wiedersehen», sagte er.

«Auf Wiedersehen», sagte sie.

Sie wohnte nur wenige Häuserblöcke von mir entfernt, also stieg ich aus und begleitete sie zur Haustür. Es gab da eine Barriere, die man überwinden sollte, aber ich wußte nicht, wo ich den Ansatz machen sollte, also sparte ich mir die Mühe.

«Komische Geschichte», sagte ich und gähnte.

«Ja», sagte sie.

Dann zog sie die Stirn an der Nasenwurzel kraus. Das sah lustig aus.

Wir lächelten ein bißchen und lachten etwas zaghaft. Und wir lachten ein bißchen mehr. Und wir hörten auf zu lachen, und für einen Augenblick waren wir ganz ernst. Beide dachten wir daran, wie unheimlich es gewesen war, dieses schöne Gefühl, dieses verdammt schöne Gefühl.

«Wessen Mädchen willst du denn nun sein», sagte ich.

«Weiß nicht», sagte sie leise.

Ich küßte Zeige- und Mittelfinger ihrer rechten Hand und ließ sie ihre Stirn streifen. An der Nasenwurzel. Sie ging durch die Haustür. Wir versuchen es ein andermal, dachte ich und ging nach Hause.

Wir versuchten es ein anderes Mal, Monate später, als wir einen kleinen Teil dessen, was wir zu sagen hatten, zerredet hatten. Es klappte nicht besonders gut. Aber mit der Zeit wurde es viel besser. Sie verreiste und machte Dummheiten, und ich blieb zu Hause und machte Dummheiten, und sie kam zurück und machte mir Schwierigkeiten, und sie verreiste wieder und kam wieder zurück und machte mich froh, und fuhr weg und machte Dummheiten und ich blieb zu Hause, und schließlich verflochten sich unsere Schwierigkeiten und Kümmernisse und Dummheiten so ineinander, daß es sehr schwierig wurde, sie auseinander zu bringen.

Aber das alles geschah viel später und hatte wohl noch nicht einmal begonnen in dieser Nacht, in der ich müde und geil und durcheinander nach Hause kam und entdeckte, daß der Boss schon an meinem Schreibtisch saß und «Sveriges Rikes Lag», das schwedische bürgerliche Gesetzbuch, las.

20

«Was bist du nur für ein verdammter Kerl, der immer auftaucht, wenn man es nicht erwartet», sagte ich. «Gibt es denn keinen Winkel in der ganzen Stadt, wo man mal für sich sein kann?»

«Das hier ist wichtig», sagte der Boss und ließ den dicken Wälzer über seinem großen Zeigefinger zuklappen.

Nichts war gerade jetzt wichtig für mich – außer, ein Glas Wasser in der Küche zu trinken. Ich ging hinaus und trank gierig und spülte die Handgelenke unter dem Wasserhahn, bis die wirren Erinnerungen des Abends verblichen waren und mir genug inneren Frieden gaben, um hineinzugehen und mich auf die Couch zu legen und daran zu denken, daß es eine verdammt dumme Idee war, daß wir gegenseitig den Zweitschlüssel haben sollten. Der Boss behielt den Finger an der gleichen Stelle und starrte mit verhängnisvollem Blick in den Raum.

«Wir müssen Sven Lundell haben», sagte er.

Ich hatte etwas weitaus Durchgreifenderes erwartet, also tat ich so, als ob ich stöhnte, und rollte mich auf die Seite, um zu entspannen.

«Nicht jetzt schon wieder», sagte ich matt. «Dieser Rotzlümmel muß es dir angetan haben.»

«Der ist ein Idiot», sagte der Boss, «aber wir müssen ihn haben. Jetzt müssen wir ihn haben. Lindkvist soll am Meniskus operiert werden. Der ist für ein Jahr weg vom Fenster.»

Lindkvist hatte lange mit einem kaputten Knie zu tun gehabt. Er war unser bester Mittelstürmer. Wir mußten Sven Lundell haben. Aber wir konnten Sven Lundell nicht kriegen. Sven Lundell arbeitete im Torfmoor. Er liebte das Torfmoor ganz einfach. Er liebte seine kuhäugige Frau. Und sie liebte sicherlich auch das Torfmoor. Ich dachte voller Widerwillen an das schwarze Wasser zwischen den Soden und an das Fabrikskelett und die fetten Krähen. Mir grauste bei dem Gedanken, daß wir wieder da draußen stehen müßten, um die gleiche Litanei vor diesem monströsen Individuum herunterzubeten, das sich weigerte, sein eigenes Bestes zu begreifen. Ich hatte das Gefühl, ich müßte das irgendwie verhindern, also fuhr ich mit einem Ruck hoch, der das geplagte Hirn schwappen ließ, und sagte voller Wut:

«Wir haben doch massenhaft Ersatzspieler. Prima Jungs, die auf ihre Chance warten.»

«Sven Lundell ist besser», sagte der Boss.

«Verdammt noch mal, du weißt doch, daß das unmöglich ist», sagte ich. «Er hat bessere Angebote als unseres ausgeschlagen, und wir haben alles versucht.»

«Nicht alles», sagte er und fingerte am Gesetzbuch herum.

Ich starrte ihn an. Diesmal wollte er Sven Lundell haben, daran gab es keinen Zweifel. Er würde ihn in die Stadt verfrachten, und wenn es mit Zwangsjacke oder Chloroform zugehen müßte. Aber er hatte eine bessere Idee.

«Was hast du dir ausgedacht», sagte ich.

«Nichts», sagte er. «Ich nutze nur aus, was andere ausgedacht haben.»

«Was denn?»

«Seinen verfluchten Bruder», sagte er. «Wir haben uns seinen Bruder nicht zunutze gemacht.»

«Andere haben das versucht, und da ging es nicht.»

«Mit Geld, ja, aber das Schwein kümmert sich einen Dreck um Geld, solange die Hure ihn versorgt.»

Merkwürdigerweise verstand ich nicht, worauf er hinauswollte, bis er es selbst sagte. Ich hatte keine Geistesblitze an dem Abend ...

«Du meinst unseren Lundell», sagte ich.

«Ja, J. H. Lundell», sagte er feierlich. «J. H. Lundell hat die Clubkasse geklaut, oder? Er hat die Clubstoppuhr verpfändet und den Pfandschein verkauft. Er hat einen Ball, der dem Club gehörte, verscherbelt, an den FC, für fünf Kronen. Hab ich recht?»

«Das ist doch vor einigen Jahren passiert», sagte ich, «und alles in allem ging es um nicht mehr als ungefähr hundert Kronen.»

«Einhundertfünfundsiebzigfünfzig», sagte er und befragte seinen Notizblock. «Es gibt ein Vorstandsprotokoll darüber – dein eigenes Protokoll, und ich war selbst dabei.»

«Na gut, das stimmt, aber wer hat denn jetzt was davon?»

«Wir», sagte er und trat gegen den Papierkorb unter dem Tisch, ungeduldig über meine Schwerfälligkeit. «Das ist verdammt simpel. Wir zeigen Lundell bei der Polizei an, falls er nicht das mit seinem Bruder deichselt. Er kann das machen, und er wird es auch machen, glaub mir.»

Ich biß mir auf die Lippe.

«Das ist Erpressung», wandte ich ein, «du kriegst den Deubel auf den Hals, wenn du dich nicht vorsiehst.»

Er sah mich verdrießlich an.

«Ich werde nichts zu ihm sagen. Das wirst du machen. Du bist ja befreundet mit dem Dreckstück. Er vertraut dir. Du kannst ihn warnen, sagen, daß du Gerüchte von den Buchprüfern gehört hast, oder irgendwas. Er kümmert sich nicht um Moneten, aber er hat Angst vor der Polente. Du schreibst einen Brief an einen alten Kumpel, dem du einen Gefallen tun willst. Das ist keine Erpressung.»

Das war ein guter Plan, einfach und gezielt, und er würde sich sicherlich als effektiv erweisen. Der Boss würde seinen Stürmer bekommen und endlich zufrieden sein. Ich nickte.

Er schmiß seinen schweren Körper nach hinten und schob das Gesetzbuch mit einem Seufzer auf die Seite.

«Ich werde was Eßbares zubereiten, während du arbeitest», sagte er nach einem Weilchen und erhob sich steifbeinig, wie einer, der zu lange zu still gesessen hat.

Ich ging um den Tisch herum und schob einen Bogen in die Schreibmaschine. Das war ein mechanisches Unternehmen und es störte meine Gedanken nicht, die spielerisch, als seien es Bälle, mit geeigneten Formulierungen beschäftigt waren. Ich machte den ersten Anschlag und schrieb gleichmäßig und flüssig:

Hej, alter Kumpel!

Es ist schon lange her, seit wir unser letztes Spiel zusammen spielten, und genausolange auch, seit wir uns gesehen haben. Aber ich höre, daß es Dir immer noch gutgeht und daß Du immer noch gern einen hebst. Der Club macht Fortschritte, und wen wundert das, nach all der Mühe damals! Aber ich muß Dir da eine Sache erzählen. Wir haben neue, energische Buchprüfer bekommen, die in den Büchern geschnüffelt und die alten, unbeglichenen Rechnungen aus unserer gemeinsamen Zeit gefunden haben. Du erinnerst Dich an die verschwundene Kasse und diese Stoppuhr und den Ball, den der FC kaufte. Einige Deiner alten Feinde haben sich zusammengerottet und reden davon, das anzuzeigen und so was alles. Also, laß mich Dir, unter alten Clubkumpanen, einen guten Rat geben: Bring Dein Bruderherz auf Trab, damit er sich entschließt, zu uns zu kommen. Für ihn ist es das Beste – ich verspreche Dir, mich um ihn zu kümmern –, und wenn Du das nur erst erledigt hast, gibt es niemanden mehr, der über alte Sünden zu reden wagt.

Ich hielt einen Augenblick inne, um eine Zigarette anzuzünden. Ich fuhr fort:

Du kennst mich, also weißt Du, daß ich dies hier nie geschrieben hätte, wenn es nicht ernst wäre. Tu, was ich Dir sage, sonst geht alles den Bach runter. Ich hoffe, wir sehen uns bald. Und grüß Iris, falls Du sie noch bei Dir hast! Hej, alter Freund!

Ich nahm den Brief heraus und unterschrieb ihn. Dann schrieb ich den Umschlag und klebte die Briefmarke darauf. Bevor ich das Blatt zusammenfaltete und in seiner schneeweißen Hülle verbarg, las ich die Zeilen sorgfältig durch und schnalzte zufrieden. Das war ein guter Brief. Als der Boss mit dem Tablett hereinkam, lag er schon zugeklebt und säuberlich mitten auf dem Tisch.

Er hatte vier Eier gebraten und außerdem Bier gefunden, Brot,

Sardinen und Sardellen, genau, was ich brauchte. Er sah unangemessen zufrieden aus.

«Verdammt, hab ich Hunger», sagte er. «Ich hab einen verflixten Tag gehabt, und du warst nicht aufzufinden. Aber ich hab dich ja gefunden, genau im richtigen Augenblick.» Er lachte laut und haute mir auf die Schulter, wurde aber gleich wieder ernst.

«Du kapierst ja wohl, daß ich Spaß mache», sagte er. «Das war ein verdammtes Pech, ein verfluchter Irrtum, aber ich konnte doch nicht wissen ... Ich dachte doch wirklich, ich würde einen Dieb erwischen.»

Ich sagte ihm, das sei alles vergessen, und schweigend verschlangen wir das Essen. Dann gähnte er, sagte gute Nacht und ging, den Brief in der Hand. Ich wußte, er würde ihn in den Briefkasten vor dem Haus stecken, und ich horchte unbewußt, bis die Klappe gehoben worden und mit einem kleinen Klappen wieder zugefallen war.

Ich zog mich aus und ging ins Bett, schlief aber nicht gleich ein, sondern hing in der Stille den Gedanken nach.

Sven Lundell würde sich wohlfühlen in der Stadt. Er würde eine gute Stelle in der Kartonfabrik bekommen, in der der Boss Beziehungen hatte. Seine kuhäugige Frau würde die Leuchtreklame an der Freikirche und die Schaufenster an den Straßen leiden mögen. Er würde ein guter Stürmer werden und vielleicht einiges Geld verdienen. Der Boss würde zufrieden sein. Ich würde zufrieden sein. Sven Lundell würde zufrieden sein. Seine Frau würde zufrieden sein. Alle würden zufrieden sein. Aber die Gedanken weigerten sich, durch den letzten Gang des Labyrinths getrieben zu werden. Alle würden nicht zufrieden sein. Ich wußte das. Lundell würde nicht zufrieden sein. Ich durchdachte alles noch einmal, hämmerte die Schlußfolgerungen klar und logisch ein. Alles würde gut werden. Der Boss, Lundells jüngerer Bruder, ich selbst, – sogar Persson nickte aus seinem Liegestuhl meinen Anstrengungen ermunternd zu. Nun rang ich mit Lundell. Lange. Aber schließlich gelang es, die Rechnung ging auf, wie von selbst. Ich fand den goldenen Schlüssel und betrachtete ihn entzückt, während ich vermied, daran zu denken, was unter der Vergoldung war. Der Mensch hält sich durch seine Illusionen über Wasser. Lundell hatte seine fast alle verloren. Jetzt hatte er nur eine übrig, und an die klammerte er sich wie ein Ertrinkender, der er ja auch war. Wie so viele andere, bildete er sich im Lauf der Jahre ein, daß er nie von zu Hause hätte wegfahren sollen. Er sah sich selbst als ein wenig taugliches Mitglied der Gesellschaft, – und hatte wohl auch einigen Grund dazu. Er glaubte, sein Bruder würde in die gleiche Falle gehen, wenn er aus dem Moor wegginge. Deshalb versuchte er das zu verhindern. Aber nur zum Teil, denn in Wirklichkeit spielte er den Samariter, mit einer kleinen guten Tat, und das gab ihm eine Befriedigung, die er sich gönnen mochte. Wenn er aufgab und zuließ, daß der Club den Jungen verschlang, dann würde der letzte Balken in seinem Illusionsfloß in die Brüche gehen. Er redete sich ein, Sven würde werden wie er und schauderte bei dem Gedanken, es würde nicht so werden. Außerdem hatte er vielleicht noch einen dunklen Rest von Gewohnheitsdenken, daß es bei jedem Menschen etwas Erhabenes und Reines und Wohlbewahrtes gab, dessen erhabener Uneigennutz wie ein Bollwerk des Trotzes allem Schund, allen Lügen und Saufereien standhalten mußte. Alles das erwies sich als leicht zerstörbar. Der Ausgangspunkt war nämlich falsch. Lundell war kein besonders gescheitertes Individuum. Gewiß, er hatte keine Arbeit, aber das hatten in Wirklichkeit weder der Boss noch ich, ganz zu schweigen von einer Menge anderer netter Leute. Er wurde von einer Hure ausgehalten, aber ich habe etliche andere in der gleichen mißlichen Lage gekannt, die deshalb weder besser noch schlechter wurden. Übrigens war Iris keine Prostituierte, wenn man die Begriffe juristisch betrachtete. Er hatte nicht so hochstehende Ehrbegriffe im Sinne des Gesetzes, aber er war niemals angezeigt und schon gar nicht bestraft worden. Dank seiner angeborenen Gutmütigkeit war er noch nicht einmal wegen Trunkenheit eingelocht worden. Wenn auch sein Weg von ungetilgten Krediten und rückgängig gemachten Ratenkäufen gesäumt war, gab er doch das Bild eines einigermaßen annehmbaren Mitbürgers ab. Außerdem gab es zwischen den Gebrüdern Lundell einen grundlegenden Charakterunterschied. Der Jüngling im Torfmoor hatte nichts von der Verantwortungslosigkeit seines Bruders. Er war starrköpfiger, dümmer, hatte festere Konturen – war besser gerüstet für die nun aktuelle Lebensform. Und schließlich: Lundell würde nicht dadurch verlieren, daß seine letzte Illusion auf Grund ging. Das würde ihn vielleicht endlich dazu veranlassen, sich einen Ruck zu geben. Sich einen Ruck geben –, am Ende meiner einsamen Beweisführung hatte ich, ohne es zu bemerken, die Formulierungen des Boss' zu meinen eigenen gemacht. Lundell sollte sich einen Ruck geben, er sollte aufhören, wie ein Schwein zu leben. Dann würde er zufrieden sein.

Ich war zufrieden. Die Sache war klar.

Erst nach dem Einschlafen entdeckte ich die Lücke in den Ausführungen.

21

Einmal hatte ich einen Freund, der hieß Landin.

Ich weiß noch, wie ich mit dem blaukarierten Bettbezug über der Nase, da lag und horchte. Rundherum hörte man das erregte Atmen von fünf Mann. Alle warteten und horchten. Trotz des Schnaufens, das durch die Decken halb erstickt wurde, war es unnatürlich still, unnatürlich, weil man wußte, es waren sechs hellwache Jungs im Raum. Es war keine alte Stille. Vor zwei Minuten hatte jemand laut und schrill geschrien, ein Stuhl war umgeworfen worden, Flüche waren im Zickzack durch die Luft geflogen, ein Licht war an- und ausgemacht und ein Fenster zugeknallt worden. Jetzt war es still. Ich hörte, wie die Haustür klappte, weit entfernt. Danach konnte ich nichts mehr hören, bevor er oben im Korridor war und näher kam, ruhig und sicher, ohne Zögern und ohne Eile. Seine Stiefel schlugen gegen den Steinfußboden, näher und näher. Jetzt war er fünf Schritte von der Tür entfernt, in einigen Sekunden würde er sie aufreißen. Jetzt! Aber er ging vorbei. Ich hörte, wie er die Tür zum Waschraum öffnete, ganz hinten im Korridor, und die Angst zuckte im Zwerchfell. Da hätte ich beinahe einen bösen Fehler gemacht.

«Er ist vorbeigegangen, das Aas», sagte ein allzu lautes Flüstern in der Dunkelheit.

«Ruhig, verflucht», murmelte ich zurück.

Er schloß die Tür ziemlich leise, als er aus dem Waschraum kam. Dann mußte er auf Zehenspitzen gegangen sein, denn ich merkte nichts, bevor die Türklinke knarrte. Es quietschten die Türangeln, und rosafarbenes Licht schimmerte durch die geschlossenen Augenlider.

Dann geschah gar nichts.

Ich zählte die Sekunden, gab es wieder auf, blinzelte vorsichtig mit einem Auge und sah. Er stand in der Türöffnung, vom gedämpften Flurlicht beleuchtet. Mit seinem grobgeschnittenen Gesicht, seinen schweren, aber scharfen Zügen, der enganliegenden

Uniform und dem Schulterriemen, der diagonal über die Brust ging, glich er der unrechtmäßigen und selbsternannten göttlichen Obrigkeit. Er hatte die Pistole im Koppel, weiß der Henker, wozu das gut sein sollte, und die Trillerpfeife baumelte an einer Schnur unter der Dienstmarke des O.v.D. Er sah in den dunklen Raum hinein, ruhig und überlegen.

Als er die Hand zum Lichtschalter hob, traute ich mich nicht länger zu gucken, sondern versuchte, lautlos tiefer unter die Kommißdecke zu gleiten. Es knackte am Schalter und hörte sich so an, als ob er quer über den Fußboden der Mannschaftsstube ginge. Aber er sagte nichts. Er war jetzt wohl drüben am Fenster und blätterte in den Zeitungen auf dem Tisch. Nee, das war keine Zeitung, das war das Kartenspiel. Er mischte es. Einer der Jungs nieste. Kann man im Schlaf niesen? Nun hörte es sich so an, als ob er die Karten auf dem Tisch auslegte. Aber er sagte nichts. Warum sagte er nichts, das verfluchte, beschissene Schwein?! Mein Körper wurde schweißnaß. Nun kamen zwei Geräusche, die einschüchterten, – ein schwaches Prasseln neben meinem linken Ohr, als wenn eine Maus durch die Speisekammer huscht, und zwei Schläge der Wanduhr im Korridor. Zwei. Landin schob nicht mehr Wache, alle Hoffnung vorbei.

«Nun, wer war das?»

Die Worte schnitten wie ein Schlachtermesser durch die Luft. Aber keiner antwortete. Er sagte es noch einmal langsam, mit Betonung auf jeder einzelnen Silbe:

«NUN, WER WAR DAS?»

Ich dachte: Herrgott, warum hast du bloß solche Angst gekriegt, du Schlappschwanz? Wenn du gleich, als du ihn kommen hörtest, raus auf den Korridor gegangen wärst und gesagt hättest: Herr Hauptmann, ich war das. Ich war aufgestanden, weil ich auf die Toilette mußte, bin über einen Stuhl gefallen und mußte Licht machen ... Dann hättest du's geschafft, du wärst zum Kasernentor gekommen, bevor Landins Wache zu Ende gewesen wäre, und es hätte überhaupt keine unangenehmen Folgen gehabt. Aber da hast du unter der Decke gelegen, wie ein kleiner Hund, der Angst hat vor Prügel, und konntest nicht mal denken. Jetzt war alles verkehrt. Wie ich es auch anstellte, es würde alles doch verkehrt laufen. Aber das war nicht meine Schuld, sondern Johanssons.

Ich dachte: ich schmeiß die Decke ab, geh direkt auf ihn zu, sehe ihn an, als sei er ein Hausierer und sage: Was wollen Sie? Mit welchem Recht stehen Sie hier und schikanieren Leute, die nichts getan haben? Glauben Sie, das, was Sie Disziplin nennen, hat was mit dem Leben und der Wirklichkeit zu tun; daß Sie irgendwas erreichen, indem Sie Leute wie Kriminalpatienten behandeln, versuchen, ihre Freiheit zu unterdrücken und sich zum Richter über ihre grundlegendsten Bedürfnisse machen?

Er murmelte:

«Jetzt reicht es.»

Dann knallte er irgend etwas auf den Tisch, daß es sich wie ein Pistolenschuß anhörte, und schrie mit bester Kommandostimme:

«Aufstehen. Allesamt. AUF!»

Ich fiel aus dem Bett und blinzelte im Licht. Ich schaffte es mit Abstand als zweiter. Der Allerängstlichste, der, der ganz und gar nichts getan hatte, war erster. Johansson war letzter. Er kam hoch, groß und schwarz und zottig, langsam. Er war der einzige, der nicht zum Fenstertisch blickte. Der widerliche Kerl da hinten saß auf der Tischkante. Er hatte ein überlegenes, kaltes Grinsen ins Gesicht geklebt und schwenkte seine kurze Reitpeitsche zwischen den Fingern. Er betrachtete uns, wie man auf einen Haufen Pferdeäppel guckt.

«Stillgestanden! Nein, Pantoffeln sind nicht nötig!»

Ich war das erste Opfer.

«Es ist unhygienisch, ohne Schlafanzughose im Bett zu liegen», sagte er.

Ich reckte mich in Richtung Bett.

In unterweisendem Ton:

«Nein, wenn Sie im Bett liegen, sollen Sie die anhaben. Jetzt nicht.»

Zurechtweisend:

«Sie da müssen Ihre Füße waschen. Wie heißen Sie?»

«Johansson.»

Gewohnheitsmäßig:

«Haben Sie kein Benehmen gelernt?»

«9567 Johansson, Herr Hauptmann.»

Ganz allgemein:

«Ist es kalt? Strammstehen, Leute.»

Pfui Teufel, wie er die Situation genoß. Er ging schleppend über den eiskalten Steinfußboden und machte die Tür zu. Dann wieder zurück und öffnete das Fenster.

«Es ist ziemlich kühl, wie gesagt. Na, wer hat geschrien und Radau gemacht, und was war los?»

Wir standen wie Kühe in einer Schlachthalle. Glotzten vor uns auf den Boden und klapperten ein bißchen in der Kälte. Er setzte sich an den Tisch und fing an, die Karten in vier Haufen zu legen. Sagte, wie zu sich selbst:

«Die heißt ‹Idiot›, diese Patience, die geht fast nie auf.»

Ich sah die anderen an, sie sahen verschreckt und erbärmlich aus, bis auf Johansson, aber sie hatten jedenfalls Hosen an.

Er sah von den Karten auf und sagte scharf:

«Kopf stillhalten da!»

Lange Minuten zogen vorüber; ich fühlte jetzt die Füße kaum noch.

Verdammt, zeig, daß du Herr der Lage bist, zeig, daß du diesem verkleideten Pavian überlegen bist, daß du alles wie einen dummen Witz nimmst. Für einen Augenblick durchströmte mich, unbegreiflicherweise, Zuversicht, ich blickte auf seine blöde, halbgelegte Patience und sagte:

«Der ‹Idiot› geht offenbar wirklich nicht – auf, Herr Hauptmann ...»

Ihm gefiel das nicht. Er zuckte zusammen und stand auf. Die Eiseskälte in seinem Blick übertraf bei weitem die, die vom Fußboden heraufzog. Er spuckte uns die Worte entgegen.

«Schweigen Sie, wenn Sie nicht gefragt worden sind. Verstanden? Und nun: Wer war das, der geschrien und sich wie verrückt benommen hat? Keiner, was? Spinddurchsicht, Schuhe rausholen, Schränke aufmachen!»

Ich bekam einen Mordsschrecken, der sich tief in mich hineinbohrte und mir fast die Sinne nahm. Es war, als sollte ich ohnmächtig werden oder sterben oder auf den Fußboden pinkeln. Die auf der gegenüberliegenden Seite fummelten mit ihren Schlüsseln. Ich griff mit beiden Händen nach dem Eisenrahmen am Bettende, zitterte am ganzen Körper und stotterte:

«H-Herr H-Hauptmann, das war ich, H-Herr H-Hauptmann. Ich war in der Stadt, Herr Hauptmann, und als ich zurückkam, bin ich über einen Stuhl gefallen ... Entschuldigung ...»

Und aus unbegreiflichem Anlaß sagte meine Stimme:

«Deshalb hab ich es nicht geschafft, mir den Schlafanzug anzuziehen ...»

Im ganzen Zimmer hörte alle Geschäftigkeit auf.

Er blickte mich an und sah vor allem traurig aus.

«Jammerlappen», sagte er.

An der Tür drehte er sich um, betrachtete uns allesamt und sagte:

«Flaschen.»

Es machte ihm gar keinen Spaß mehr. Er sah aus, als wollte er nur noch zum Kasino gehen, eine Zubettgehzigarette rauchen und schlafen. Das Lächeln war verschwunden, die Glut in seinen Augen verglommen. Aber der Abstand zu ihm war bis zur Unendlichkeit vergrößert. Vollkommen mechanisch kam es:

«Melden Sie sich morgen früh beim Feldwebel. Die anderen haben eine Woche Stubenarrest.»

Das Licht wurde ausgemacht und die Tür schlug zu. Keiner rührte sich, bevor wir gehört hatten, daß er die Außentür zugeschlagen hatte. Dann fingen sie an, sich hinzulegen, außer Johansson, der sich auf's Bett setzte.

«Das war ja man ein Glück, daß dir was eingefallen ist», sagte er. «Ich hab gestanden und drauf gewartet, daß jemand petzen würde.»

Er war jetzt auf meiner Seite. Ich holte das Schlüsselbund und die Taschenlampe aus dem Bett, machte mich an der Tür zum Spind zu schaffen und bekam ihn auf. Ich schirmte das Licht mit der Tür ab und leuchtete zwischen die Sachen hinein.

Sie sah verflixt jämmerlich aus. Ein kleines, nacktes Mädchen, mit kleinen, blaugefrorenen Brüsten, mit strähnigem, hellem Haar und großen, runden Kinderaugen. Sie sah mich mit erfrorenem Vertrauen an. Als ich sieben Jahre alt war, bekam ich eine Schachtel von einem Onkel, der auf dem Lande wohnte. Darin saß ein kleines häßliches, geschecktes Kätzchen und starrte mich an. Sie hatte mein langes Seitengewehr in der Hand und sagte kläglich:

«Das hier ist zwischendurch umgefallen.»

Ich nahm es, zog sie heraus und legte den Arm um ihren kalten kleinen Körper.

«Hat alles geklappt», flüsterte ich ihr ins Ohr. «Er ist gegangen. Jetzt werd ich versuchen, dich hier wegzukriegen. Das wird sich schon irgendwie machen lassen, obwohl es schon über die Zeit ist. Kriech in die Falle und wärm dich, bevor du dich anziehst.»

Ich ließ sie los und begann ihre Sachen, die ich unter die Strohmatratze gesteckt hatte, herauszuziehen. Da fing dieser verfluchte Johansson wieder an:

«Gib sie her», sagte er.

«Halt die Fresse, du Idiot. Kapierst du nicht, daß es jetzt noch viel mehr zu spät ist. Wir müssen sie hier wegkriegen, und Landin schiebt nicht mehr Wache.»

«Landin ist dein verdammter Kumpel. Wenn du vorhin nicht Krach geschlagen hättest, wäre sie längst weg», sagte er bauernschlau. «Hier ist das Geld, ich bezahle. Gib mal her das kleine Luder.»

Er kam im Dunkeln näher, ich sah ihn gegen das Fenster. Sie klammerte sich an mich, ich fühlte ihre kalten Brüste und ihre Schenkel mit der Gänsehaut. Er versuchte, mich zu schlagen, aber ich sah seine Rechte kommen und beugte mich ein bißchen zur Seite. Er schlug in die Luft, und ich schlug nicht zurück. Während er mit ihr in Richtung eigene Flohkiste abzog, flüsterte ich:

«Alles kann ich dir aus'm Körper schlagen, nur deine Dummheit nicht, verdammter Gauner, aber du weißt, ich kann nicht noch einmal anfangen, zu schlagen, dann geht's für uns alle schief. Du weißt, daß deine neunzig Kilo Speck nichts nützen würden, ich würde dir die Linke in den Bauch stecken, daß du nur so zusammenklappst, und dann würdest du einen rechten Aufwärtshaken ans Kinn kriegen, daß du wie ein leerer Mantel zusammensackst ...»

Ich fing an, die Klamotten zusammenzusammeln und sie mir überzuziehen. Dann setzte ich mich auf das Bett und rauchte, bis es ausgeknarrt hatte auf Johanssons Matratze. Hätte ich das Seitengewehr genommen und wäre ich hinübergegangen, und hätte ich es viele Male in alle beide hineingestoßen, dann hätte ich der Menschheit einen größeren Dienst geleistet als sie verdiente, dachte ich. Endlich kam sie zu mir herüber und zog sich an. Hörte sich traurig an, mit dem Arm um meine Schultern:

«Sollen wir gehen?»

Ich bekam sie durch das Korridorfenster hinaus, wie üblich. Als wir im Dunkeln vor der Kaserne standen, nahm sie mich fest beim Arm und sagte:

«Wir konnten das nicht anders machen, nicht, es hätte nur noch mehr Ärger gegeben, verstehst du ... und ich hab mein Ge...»

«Ja, ja», sagte ich und überlegte, wie ich die verflixte kleine Rotzhure vom Gelände schaffen sollte. Der wachhabende Offizier würde selbst zwischen zwei und vier seinen Dienst am Kasernentor haben, hatte Landin gesagt. Und der Zaun war schrecklich hoch. Als wir zur Wache kamen, guckte ich voller Verzweiflung um die Ecke. Aber, aber, aber ..., ich schaffte es immer. Da stand Landin, mitten vorm Kasernentor, die Hände in die Ärmel geschoben und schwerfällig auf das Gewehr gestützt. Er sah träge und müde aus, aber seine Augen funkelten humorvoll.

«Wo, zum Teufel, bist du gewesen», sagte er. «Die Uhr ist fünf vor drei, und ich bin deinetwegen schon eine Stunde über die Zeit gegangen. Glaubst du, das ist ein Vergnügen, hier zu stehen und zu glotzen, während du da liegst und pimperst und alle anderen pennen?»

«Es wär beinah schiefgegangen. Der O.v.D. kam, und ich mußte sie eine halbe Stunde lang im Spind verstecken.»

«Ja, ja, hau ab und leg dich hin, bevor die Jungs hier unten aufwachen. Hej.»

Als ich einschlief, ging es mir wieder ziemlich gut. Ich fiel immer auf die Füße. Ich würde es immer schaffen. Als ich aufwachte und die trostlose graue Dämmerung draußen sah, war es ein unangenehmes Gefühl, einen langen, kalten Übungstag vor sich zu haben. Von oben, aus der Gefreitenstube, hörte man das Kratzen ihrer Lieblingsschallplatte.

«... du, der im Morgenschein des Kriegers Morgenlied singt, wenn du in Reih' und Glied dort gehst ... wenn du spähend stehst ... denk an Britta und an Ulla, denen du Blumen bringst ...»

Johansson war aufgestanden.

«Und dieser miese Landin?» sagte er.

«Halt die Fresse, der ist mein Freund», sagte ich.

Aber vielleicht war es nur die Buchstabenassoziation, die dazu führte, daß ich meinte, das alles habe mit Lundell zu tun.

22

Falls wir mit einer Blitzreaktion in dieser Angelegenheit gerechnet hatten, dann hatten wir uns allerdings geirrt. Es dauerte genau zehn Tage, bevor Lundell von sich hören ließ. Er rief den Boss gegen Abend an und wirkte, wie meistens, nicht völlig nüchtern. Er tat das Einfachste und Menschlichste. Er bat, es nicht tun zu müssen. Ich kenne natürlich nicht den genauen Wortlaut des Gespräches, aber ich weiß in etwa, wie Rede und Gegenrede waren. Der Boss, der alles außer dieser pathetischen Tonlage erwartet hatte, reagierte schnell, von Wut bis hin zu Abscheu. Lundell schluchzte und bat, es nicht tun zu müssen. Aber der Boss war steinhart. Schließlich sagte er:

«Das wird jetzt auf der Stelle in Ordnung gebracht, sonst gibt's 'ne Anzeige bei der Polizei.»

«Verdammter Schuft», sagte Lundell.

«Jetzt auf der Stelle», sagte der Boss.

Zwei Stunden später war J. H. Lundell tot. Er lag auf dem Rükken, im Regen, mit zertrümmertem Hinterkopf, und einige schreckliche Menschen standen rundherum und guckten ihn an. Keiner wußte, was er in dem Augenblick gedacht hatte, als die Hülle barst.

Ich jedenfalls wußte nichts, nicht einmal etwas über das Telefongespräch. Ich saß in meinem besten Stuhl, die Füße auf dem Tisch, und las Clausewitz. Ich hatte die Gardinen zugezogen und dachte gerade über die These nach, daß allein der Fähige auf die Dauer Glück habe, als das Telefon in der Diele zu klingeln begann. Ich ließ es viele Male klingeln, denn ich war gerade in bequemster Laune und hoffte beinahe, daß der, der anrief, die Lust verlieren würde, ehe ich abheben konnte.

«Lundell hat sich das Leben genommen», sagte er.

Ich sagte nichts.

«Er hat sich vor den Zug geschmissen», sagte der Boss mit finsterer Stimme.

Ich sagte noch immer nichts. Ich konnte nicht richtig umschalten auf die neue Situation.

«Die finden den Brief», sagte der Boss.

Die Situation wurde langsam klarer. Lundell war offensichtlich auf dem Weg nach Hause gewesen, um mit seinem Bruder zu reden.

Er mußte in der Nachbarstadt umsteigen. Er hatte da auf dem Bahnsteig gestanden und gewartet. Ich konnte ihn vor mir sehen, groß und fett und hochnäsig, mit der Aktentasche unter dem Arm und einem kitschigen Halstuch um, halb-schlampig und halb-elegant. Und dann war der Zug gekommen, voller Kraft und Impulse, mit klarem Ziel. Es war erstaunlich, daß gerade dieser Impuls sich auf Lundell übertragen hatte. Aber es war offenbar geschehen. Vorausgesetzt, die Auskünfte waren richtig. Mehr als eine Viertelstunde war wohl nicht vergangen. Lundell lag vielleicht noch immer dort. Auf den Schienen oder dem blanken Asphalt des Bahnsteigs. Ich versuchte mir vorzustellen, wie das aussah, und konnte das ziemlich leidenschaftslos tun. Es gab so viele praktische Probleme, die Aufmerksamkeit verlangten. Der Boss hatte recht. Der Brief konnte unangenehm werden. Er könnte den Club in einen enormen Sturm von Publizität verwickeln, der schwer zu überstehen sein würde. Das sagte der Boss, und ich wußte, er hatte recht, also bestellte ich ein Taxi und zog mir etwas über.

Aber bevor ich ging, blätterte ich etwas weiter in dem Buch, in dem ich gerade den Aufsatz von Clausewitz gelesen hatte. Vielleicht wollte ich eine Floskel finden, die mir Stärke geben konnte. Und ich las:

Kein Schicksal gibt's
Es gibt nur Mut und Wollen
Sei stark durch dich
So ist die Palme dein!

Dieses paßte sicherlich auf den Generalquartiermeister Ludendorff und möglicherweise, in bescheidenerem Ausmaß, auch auf gewisse andere. Aber wie ließ sich das mit dem Mann da im Regen vereinen und dem Kopf in der graugelb marmorierten Pfütze?

Jahre waren vergangen, seit ich das baufällige Haus im Hinterhof gesehen hatte. Und dennoch war es so, als wäre die Zeit irgendwie stehengeblieben, als ich durch den engen Gang ging und um die Ecke bog. Aber wirklich nur für einen Augenblick, denn als ich die dunklen Fenster sah, drängte sich die einfache Tatsache, daß Lundell tot war, in den Vordergrund. Ich wünschte inbrünstig, daß Iris nicht zu Hause sein möge, und dann klopfte ich an. Aber niemand antwortete, und ich tastete hinter dem Türpfosten nach dem Aufhänger, an dem der Schlüssel damals zu hängen pflegte. Er war leer, und ich drückte die Klinke herunter, und die Tür ging auf. Während ich mich da drinnen umsah, dachte ich daran, daß jemand gesagt hat, daß nur der freie Mensch seine Tür nicht zu verschließen braucht. Im ganzen war alles wie früher, abgesehen davon, daß der materielle Verschleiß den Klamotten hart zugesetzt hatte. Es lag ein Teil Frauensachen verstreut, aber der Geruch und die allgemeine Leere ließen mich daran zweifeln, daß Iris wirklich hier wohnte. Denn man nenne mir eine Frau, die nicht irgendeine Art von Spur in der Atmosphäre hinterläßt. Und einen Brief konnte ich nicht finden zwischen dem Trödel an den Haken. Ich guckte ein letztes Mal auf die Spiralmatratze, die nie eine gewesen war und schon seit langem aufgehört hatte, wie eine auszusehen. Und dann ging ich, weil ich es eilig hatte.

Die Nachbarstadt war ein langweiliges kleines Nest mit einem großen Bahnhof, einigen Fabriken, einem Buchverlag und nicht viel mehr. Ich kannte sie ganz gut, weil jetzt einige unserer Jungs dort wohnten, und übrigens war es einer von ihnen, der so flink gewesen war und den Boss benachrichtigt hatte. Aber im Leichenschauhaus war ich nie gewesen. Es lag an einer Seitenstraße und sah natürlich aus wie jedes andere Haus auch. Aber es stand ein Dienstwagen davor und ein Polizist im Hausflur.

Und da drinnen, unter einem Tuch, befand sich der sicherste Beweis dafür, daß Lundell vor nur zwei Stunden eine lebendige Realität gewesen war. Er war nicht verstümmelt, und die meisten Attribute aus seinen Lebzeiten waren noch da. Schädelfraktur und Hirnschaden, sagte der Arzt, und das war wohl das mindeste, was er sagen konnte. Ich wollte nicht gern an gewisse andere, robustere und treffendere Bezeichnungen denken, die sich unwillkürlich aufdrängen wollten.

«Du kanntest ihn», sagte der Assistent des Polizeikommissars, ein großer blonder Junge, der rittlings über einem weiß angestrichenen Holzstuhl mit Sprossen saß und mich unter sorgenvoll zusammengezogenen Augenbrauen ansah.

Als ob er auf irgendeine Weise sein Beileid ausdrücken wollte. Wir waren früher einmal Klassenkameraden gewesen. Ich hatte also Glück gehabt und hätte Dankbarkeit empfinden sollen, nicht nur wegen meines Presseausweises, der mir an der Flurwache vorbeigeholfen hatte. Ich nickte und blickte auf die Bahre. Lundell wirkte nicht ganz so unförmig, jetzt, da er tot war, aber der Körper wirkte kümmerlich, es war bedrückend. Es gibt keine erhabenen Leichen.

«Vor ein paar Jahren haben wir zusammen Sport getrieben», sagte ich. «Ich kenne seine – Familie.»

«Ein Todesstoß gegen die Idee des Sports als körperliche Ertüchtigung», wieherte der Arzt vom Waschbecken aus der Ecke.

Ich starrte ihn mißbilligend an, und er zuckte die Schultern. Ich habe es nie geschafft, Patentzynismus in dem Jargon, wie er in der medizinischen Fakultät gefördert wird, schätzen zu lernen. Dann sagte keiner etwas, und für einen Augenblick fühlte ich mich überflüssig, wie ich da mitten im Raum stand und zum Zinktisch an der Längswand hinüberschielte. Da war das Ziel, das ich zu erreichen suchte, und schließlich schob ich mich dorthin und blieb stehen, die Hände in den Manteltaschen, während ich bedächtig meine Augen über die verlassenen kleinen Gegenstände gleiten ließ.

«Nicht besonders großartig, das hier», sagte der Assistent des Kriminalkommissars. «Das reicht nicht einmal für eine Identifizierung.»

Dieses war also Lundells Gepäck auf seiner letzten Reise. Anderthalb Zigarren, zwei stumpfe, angeknabberte Bleistifte, sieben Kronen sechsundzwanzig Öre Kleingeld, ein verschwitzter Taschenkalender, ein Kamm und eine Rasierklinge. Ich zählte die Münzen sorgfältig mit den Augen, während hinter meinem Rücken der Holzstuhl unter dem Mann knarrte. Es kamen definitiv sieben Kronen und sechsundzwanzig Öre zusammen. Außerdem fünf Tippzettel und eine pornografische Wochenzeitschrift. Ich nahm den Taschenkalender und blätterte ihn durch. Da waren kaum Aufzeichnungen, und zwischen den Seiten war nichts. Ich schüttelte den Kopf und schlug die Zeitschrift auf. Und da lag er, zwischen einem Nacktfoto aus Bal Tabarin und einer Hollywoodmieze mit Bikini und Pistolenhalfter. Der Brief – aber es war nur ein Viertel, schräg abgerissen. Hinter mir hörte man den Assistenten aufstehen und einige Schritte über den Steinfußboden gehen.

«Wie ist das passiert», sagte ich, um seine Aufmerksamkeit abzufangen. Er stapfte herum, und ich kniffte den Zettel zwischen den Seiten zusammen.

«Die Ermittlung ist nicht abgeschlossen», sagte er. «Eine taubstumme Frau hat einen Beutel Kartoffeln umgestoßen. Einige fielen runter auf die Gleise. Der Mann hier sprang vom Bahnsteig runter, um sie aufzusammeln. Da kam gerade der nach Süden gehende D-Zug, und er hat einen Rangierzug nicht gehört, der sich von

Norden her näherte. Er bekam einen Schlag ins Genick von dem einen Puffer.»

Er machte eine Pause.

Ich vergaß, das Papier in die Tasche zu stecken. Für einen Augenblick standen meine Gedanken ganz und gar still.

«Zumindest kann es so passiert sein», sagte er. «Es gibt eigentlich keinen Zeugen.»

«Keinen Zeugen», sagte ich.

«Nee, da waren zwar Leute in der Nähe, aber im Regen und in der Dunkelheit hat keiner den Unfall gesehen, und die Taubstumme können wir nicht verhören. Sie ist geistig behindert.»

«Aber die Kartoffeln?»

Diese Kartoffeln sollten mich länger als irgend etwas anderes verfolgen, länger als die eigentliche Frage, ob ich Lundell ums Leben gebracht hatte oder nicht. Sie waren so empörend substantiell.

«Lagen immer noch auf den Gleisen verstreut», sagte er.

Sie hatte Angst bekommen und den Beutel fallen lassen – danach, dachte ich.

Aber ich sagte es nicht. Ich steckte den Brieffetzen in die Tasche.

«Tragisch», sagte ich.

«Ja», sagte er und sah traurig aus, denn er war ziemlich neu auf diesem Posten.

Dann begann er, mich über Lundell auszufragen, und ich konnte tatsächlich das meiste beantworten. Das Mitgliederverzeichnis hatte tiefe Furchen in mein vorzügliches Gedächtnis geritzt.

Zum Schluß erkundigte er sich, ob er mich irgendwohin fahren könne, und ich zog es vor, zu gehen und lehnte dankend ab und vermied es, zur Bahre hinzusehen. Und ich ging draußen in leichtem Sprühregen eine lange, spärlich bebaute Straße entlang durch den milchigen Lichtschein und fühlte, wie der kühle Nebel meine Schläfen streifte. Der eine mechanische Schritt fügte sich an den vorangegangenen, bis ich in einem Lichtkegel stehenblieb, als ob die Feder im Werk abgelaufen wäre. Darüber thronte der Verlag wie eine dunkle Masse mit einzelnen erleuchteten Fenstern, wie ein träger Moloch, der den Tag verschlingt, wenn er neu und frisch ist und ihn in der Dämmerung wie einen schmutzigen Fetzen ausspuckt.

Und ich zitterte nicht, als ich das Brieffragment auseinanderfaltete, und über die Sehschärfe konnte man sich auch nicht beklagen. Und ich las:

schließt, zu uns zu kommen
verspreche Dir, mich um ihn zu
der über alte Sünden zu reden
nie geschrieben hätte, wenn nicht
Tu, was ich Dir sage, sonst geht al
r sehen uns bald. Und grüß Iris

Auf der Rückseite waren die Telefonnummern vom Boss und von mir und darunter einige Worte in Lundells krummer und naiver Handschrift, vergröbert noch durch den stumpfen Bleistift.

J. H. Lundell Svenne Mittelstürmer will nicht verdammter Schuft SCHUFT.

Die Beine fingen wieder an, sich zu bewegen, und die Finger zerrissen das abgegriffene Papier, der Länge nach und quer durch, systematisch und effektiv. Kleine weiße Flocken schwebten schaukelnd im Dunst zu Boden, langsam und für immer. Als ich an einem Kiosk stehenblieb, um eine Abendzeitung zu kaufen, knautschte ich das letzte Fetzchen zu einer erbsengroßen Kugel zusammen und ließ sie fallen, einfach nach unten.

Lundell war tot.

23

Du fühlst dich ungewöhnlich gammlig, alter Knabe, sagte ich zu mir selbst, als ich auf dem feucht blanken Bahnsteig stand und auf den Vorortzug wartete, wobei ich die Pufferflächen an einem Güterwagen betrachtete, der auf einem Seitengleis abgestellt war. Es war so ein nebliger Abend, an dem die Luft übersättigt ist mit den Dämpfen von vermodernden Kartoffelblättern und den Ausdünstungen Zehntausender eilender Körper – an dem all das nicht nach oben stiebt und sich verflüchtigt durch barmherzige Winde, sondern unten, auf unserem eigenen Niveau hängen bleibt, wie eine Erinnerung an etwas Langweiliges, und sich in schwere, eisengraue Wasserpartikel verwandelt, die sich absetzen und in dunklen Ringen über ihr Tropfendasein meditieren. Wo sie nur können. Zum Beispiel auf runden Pufferflächen. Ab und zu sagt einer «plopp» und stirbt, aber die anderen kümmern sich nicht darum. Ich versuchte daran zu denken, daß ich eine Zeitung in der Tasche hatte und daß der Korea-Krieg kein Ende nehmen wollte, und ich ging ein Stückchen über den Bahnsteig, um den Güterwagen von der anderen Seite begucken zu können. Auf einer der Scheiben saß ein eigenwilliger, widerlicher kleiner Tropfen ganz allein, direkt unter dem Mittelpunkt; wenn man mit einem halbgeschlossenen Auge hinsah, konnte es wie eine plattgeschliffene Frauenbrust auf einem modernistischen Gemälde aussehen.

Nach dem klassischen Verhaltensmuster hätte ich mich eigentlich mit einer Hure ins Bett legen sollen. Aber wo so eine finden in dieser wohlgeordneten Gesellschaft? Es machen wie die Gegeißelten unseres Landes, gewisse Straßen auf und ab gehen und alle Frauen fragen, die man trifft, die, die vom Kino nach Hause gehen, die, die für eine Krone fünfzig Hefezopf zum Abendkaffee eingekauft haben, die, die von der späten Arbeit nach Hause kommen, die, die losrennen, um den Hausarzt anzurufen, weil ihre Männer Schmerzen im Leib haben, auf der rechten Seite, und das kann der Blinddarm sein? Und hoffen, daß die achtundzwanzigste nicht größere Schritte macht und vorbeirauscht wie ein Taxi mit heruntergeklapptem «Frei»-Schild bei Regenwetter, sondern beidreht in zögerndem Halbkreis und sagt:

«Deine Brieftasche hast du doch wohl nicht vergessen?»

«Außerdem willst du ja überhaupt nicht», sagte ich. Eigentlich solltest du gehen und dich hinlegen. Aber eigentlich solltest du ganz und gar nicht gehen und dich hinlegen, sondern mit dem Boss einige Stunden aufbleiben und reden, so daß er vollgestopft wird mit allen Auskünften und aus unserer wunderschönen, taghellen Welt morgen froh hinaustreten kann, ohne unbehagliches Gefühl und mit hocherhobenem Kopf.

All das sollte ich also eigentlich tun, aber vor allem heimgehen und mich hinlegen.

Du denkst müde Gedanken, sagte ich zu mir selbst, und da fuhr gerade der Vorortzug ein, und ich stieg ein und rückte den Hut zurecht und nahm die Zeitung fest in die Hand. Es gab nur zwei leere sich gegenüberliegende Plätze im Raucherabteil, und ich ging darauf zu in der forschen Haltung eines, der sich schnell heimlich verstecken will, und jemand anderes tat das gleiche aus der anderen Richtung. Wir kamen gleichzeitig an und ich zuckte zusammen, wie man es manchmal tut, wenn man gerade beim Einschlafen ist. Es war Astrid. Zweifelsohne. In einem blanken Regenmantel aus Plastik mit Kopftuch und hohem Kragen und anderen Tarnungsfinessen. Sich ihr gegenübersetzen. Das war zuviel für mich. Es gab hier und dort einzelne Plätze im Wagen, aber zu so einem zu gehen, wäre noch viel mehr zuviel für mich gewesen. Also setzten wir uns einander gegenüber.

«Hej», sagte sie.

«Hej», sagte ich.

Der Zug fuhr nicht ab.

«Ich hab mal auf dich gewartet, vor langer Zeit», sagte sie.

Stand immer noch.

«Ich lag im Bett und wartete», sagte sie und lachte ein so silbern klingendes Lachen, daß sich drei Personen umdrehten, um zu sehen, wer das war, der wagte, in den nahtlos geschweißten Durchgangswagen der staatlichen Eisenbahn zu lachen.

Sie blickte zu mir auf, gerade in meine Augen, mit ihren Augen, die so blau waren, mit schwarzen Ringen um die Iris, und das Lachen verschwand sofort, zuerst im Blick, zuletzt auf den Lippen.

«Ich bin jetzt verheiratet», sagte sie.

«Ich hab das mitgekriegt», sagte ich.

Der verflixte Zug setzte sich endlich in Bewegung, aber er war modern und machte nicht so viel Krach. Ich saß und dachte darüber nach, was ich sagen sollte anstelle von bist-du-glücklich. Das war eine harte Nuß. Wir hielten auf einem Bahnhof. Im Fensterglasreflex sah ich, daß sie mich immer noch anguckte.

«Bist du so glücklich, wie du es verdienst?»

«Mehr, glaube ich», sagte sie.

Dann ging es etwas einfacher, und sie schwatzte über vieles, über ihr Zuhause, über ihre Arbeit (sie las Korrektur beim Verlag) und über ihren Mann. Er war Reiseinspekteur, sagte sie, und sie war ein bißchen zu oft allein, jetzt auch, aber sonst war alles ganz gut und schön. Ich begann, mich etwas wohler zu fühlen und dachte über die Tatsache nach, daß meine einzige Äußerung psychologisch korrekt gewesen war. Das hatte den Zapfen aus dem Wortfaß geschlagen, und nun brauchte ich nichts mehr zu sagen.

Aber als wir gerade in den Bahnhof einfuhren, sagte sie:

«Du siehst schlecht aus.»

Und als wir vor dem Bahnhofsgebäude standen, sah sie mich im Neonlichtschein des Zeitungskiosks an, neugierig und sorgfältig wie eine Anatomiestudentin, die im gerade aufgeschnittenen Bauch eines syphilitischen Meerschweinchens forscht, und sagte:

«Du siehst wirklich schlecht aus. Ich habe dich oft gesehen in diesen Jahren, und du hast nie so schlecht ausgesehen.»

«Ich hab dich nicht gesehen», sagte ich wahrheitsgemäß.

«Oh, du warst immer so beschäftigt», sagte sie und lachte wieder.

Es regnete jetzt, goß richtig, und ich fand die ganze Szene plötzlich einfach kindisch. Daß wir wieder sechzehn Jahre alt waren und in die Penne gingen und uns nicht entschließen konnten, jeder für sich zu gehen und sein Frühstück zu essen.

«Ja, denn hej, laß es dir gutgehen», sagte sie und trat launig gegen den Bordstein.

Ein Bus war aufgetaucht, strahlend wie ein Weihnachtsbaum, einige Straßenecken entfernt.

«Warte, einen Moment», sagte ich. «Willst du mit zu mir gehen?»

Sie blickte langsam auf, und obwohl es dunkel war, wußte ich, daß sie wütend und ein bißchen enttäuscht aussah. Ich kannte sie ja schließlich.

Wenn du jetzt nichts sagst, Astrid, dachte ich intensiv, dann passiert gar nichts, du steigst in den Bus ein, und ich gehe nach Hause. Wenn du nur nichts sagst.

«Solche Dienste mußt du dir woanders beschaffen», sagte sie.

«Solche Dienste, wie ich sie brauche, gibt's nicht zu kaufen», sagte ich.

Der Bus stand schon an der Haltestelle. Sie zuckte die Schultern und machte den ersten der fünf Schritte, die sie in Sicherheit bringen sollten.

«Du glaubst doch wohl nicht etwa, daß ich dich verführen will», sagte ich entrüstet.

Und eine Sekunde später dachte ich mit dem urplötzlichen Erstaunen des eingefleischten Lügners, daß das ja stimmte.

Wir gingen zu mir, und es regnete auf dem ganzen Weg. In der Küche guckte sie auf das Knäckebrotpaket und ein halbes Pfund Butter und öffnete den Kühlschrank und schüttelte den Kopf. Vielleicht nickte sie auch nur dem einsamen alten Bückling da drinnen kameradschaftlich zu. Sie kochte Kaffee auf der elektrischen Platte, und wir hatten einige Blätterteigstücke gekauft, und ich saß am Tisch und stippte sie apathisch in die Tasse. Und sah zu, wie ihre glitzernden Zuckerkristalle in den Kaffee fielen und sich auflösten.

«Ich hab mich geirrt, du bist nicht der ideale Junggeselle», sagte sie, als wir in die Stube gingen.

Ein paar Monate später ging mir auf, auf was sie bei der Gelegenheit angespielt hatte.

«Geh und leg dich hin», sagte sie.

Sie drehte das Radio an, ein bißchen zu laut, und stellte sich ans Fenster und blieb dort, während ich herumirrte und mich auszog und hinlegte, ganz an die Wand, denn meine Couch war groß und breit.

Eine richtige Puffmaschine, würde Lundell gesagt haben.

Dann lag ich ganz still und blickte unter den Augenlidern hervor in das Zimmer, die fast geschlossen waren. Astrid war in die Küche hinausgegangen und klapperte mit irgendwas. Nach einer Weile kam sie zurück und machte die Tür zu, leise und sorgfältig, und ging hinüber, nahm den Regenmantel vom Haken und kam zum Bett.

Hej, dachte ich, ich hab wohl ein Paket Zigaretten auf dem Küchentisch. Oder soll ich meine Stimme erheben und fragen, ob sie welche hat?

Das wäre vielleicht doch eine allzu erschreckende Antiklimax gewesen.

Lange stand sie da, und schließlich ging sie, um den Plastikumhang wieder an den Haken zu hängen. Ich betrachtete sie weiterhin und glaubte, ich sähe aus, als schliefe ich, und fühlte mich merkwürdig belanglos, ungefähr so, als säße ich in einem Kino. Sie ging ein bißchen durch das Zimmer, guckte auf die Papiere auf dem Schreibtisch, drehte das Radio leiser und machte es schließlich ganz aus. Dann zog sie erst das eine Bein hoch, dann das andere, und schlüpfte aus den Schuhen, zog das Kleid hoch und fing an, die Strümpfe abzuknöpfen. Sie glaubte, ich schliefe. Etwas anderes kam ihr überhaupt nicht in den Sinn.

Sie setzte sich hin, während sie die Strümpfe herunterrollte und auszog, und legte nacheinander das eine Bein über das andere. Danach stand sie auf, zog das Kleid aus, flink und elegant, und war ganz und gar nicht nackt in BH und Strumpfgürtel und Nylonschlüpfer. Sie bewegte die Schultern ein bißchen, um auszuprobieren, ob die Überdenkopfzieh-Konstruktion zu fest saß, und beschloß offenbar, daß sie das nicht tat, und dann nahm sie das Kissen vom Schreibtischstuhl und schob es unter das Laken und machte das Licht aus und legte sich hin. Sie lag mit dem ganzen Körper etwa dreißig Zentimeter von mir entfernt, und ich will nicht behaupten, daß ich seine Wärme fühlte, aber ich wußte, sie war da, und die ausgezeichnete Sprungfedermatratze, die wirklich eine Sprungfedermatratze war, senkte sich ein bißchen.

Stell dir vor, sie denkt, daß man so leicht einschlafen kann, dachte ich. Wenn sie wüßte ...

«Heb den Kopf ein bißchen», sagte sie sachlich.

Ich tat, wie sie gesagt hatte, und sie schob eine Hand unter meine Wange.

So kannst du nicht lange liegen, dachte ich, weil die Hand einschläft, und das sticht wie hunderttausend kleine Nadeln und fühlt sich ganz gemein an.

Dann schlief ich ein, schlief wirklich, ohne zu träumen oder wegen irgend etwas zusammenzufahren, bis die Uhr vier Minuten vor sechs war. Sie war immer noch da, und es war ganz hell im Raum und außerdem furchtbar warm. Denn dies war ein wahnsinniges Haus, wie die meisten anderen auch, in denen geheizt wurde, sobald die Temperatur auf vierzehn Grad herunterging, weil einige alte Schachteln da wohnten, die in den obersten Stockwerken froren, und die wahrscheinlich sowieso froren, weil der Druck nicht bis nach oben reichte, sondern alle Wärme bei mir blieb, wo sie nicht nötig war.

Sie lag also immer noch da, und der BH hatte offenbar doch zu fest gesessen, denn er lag auf dem Fußboden, und ich konnte die Stellen sehen, wo die Träger streifige Furchen tief in der Haut hinterlassen hatten, und bestimmt hatte sie ihn im Schlaf ausgezogen. Sie schlief wie ein gesundes Kind, mit beiden Armen über dem Kopf, und hatte dunkle Haarwirbel in den Achselhöhlen (sie hatte sie früher immer rasiert), und ihr Körper wirkte mehr entwickelt und kräftiger und freimütiger. Im ganzen war sie schöner und heiler und gesünder als zu meiner Zeit.

Wenn ich einmal eine Frau bekomme, dann werde ich sie pflegen, daß sie so wird wie sie, dachte ich, wie ein kleines Kind vor einem Schaufenster mit einem teuren Spielzeug darin. Dann stand ich auf und drehte die Heizung ab und schloß die Jalousetten vor dem Fenster, und ging und legte mich hin, vorsichtig, und sah ihre Brüste an, bis ich einschlief.

Gegen halb zehn wachte ich richtig auf, und da war sie gegangen. Ich stand auf und duschte und zog ein reines weißes Hemd an und einen Blazer und braune Hosen, denn draußen war Altweibersommersonne. Sie hatte nichts zurückgelassen außer einem Strumpfbandknopf, was auf Eile beim Aufbruch hindeutete. Das war nichts Beunruhigendes, geschickte Mädchen nahmen zu so etwas ein Ein-Öre-Stück, und auf dem Weg nach draußen warf ich ihn in den Abfallschacht.

Auf der Veranda des Cafés saß der Boss, blätterte einen Stapel Zeitungen durch und kaute an einer zwanzig Zentimeter langen, mit verschiedenem Aufschnitt belegten Schnitte.

«Der Club ist nirgendwo erwähnt», sagte er zwischen Leberpastete und Mettwurst.

«Nee, das hab ich gestern abend geritzt», sagte ich. Ich konnte nicht verstehen, daß ich mir wirklich zwölf Stunden vorher so gemein vorgekommen war.

24

Schon am selben Nachmittag ließ ich meinen großen Geistesblitz aufleuchten: Der Club würde Lundells Beerdigung bezahlen. Nach einer halben Stunde war der Boss eingeschaltet und die Vorbereitungen waren im Gange, und alles deutete darauf hin, daß es ein sehr aufwendiger Transport zur letzten Ruhe werden würde. Der Boss nahm sich des Projektes höchst energisch an und es war, als ob er von Anfang an der Angelegenheit eine Art pervertierten Entzükkens entgegenbrachte, als ob er etwas viel Größeres und Bedeutungsvolleres wollte, als die kläglichen Überreste eines mißglückten Säufers unter die Erde zu bringen. Ich glaube kaum, daß er Ablaß zahlen wollte für unsere Gemeinheiten Lundell gegenüber, nein, er wollte eine ganze Epoche begraben, die Vergangenheit des Clubs, und das mit Gewicht und Pomp tun, die wirklich garantierten, daß die verpuppte Wahrheit niemals wieder auferstehen konnte, um den gekünstelten letzten Eindruck von frischem Fichtennadelduft und unechten Silberbeschlägen zu enthüllen.

Er war der Produzent, und für seine Show wählte er den besten Regisseur, den man für Geld bekommen konnte, nämlich den teuersten Begräbnisunternehmer der Stadt, und viele andere trugen mit Änderungen und Ergänzungen zur Szenerie bei, besonders Sonja, die sich als Begräbnishyäne von Rang entpuppte und eine ungeahnte Friedhofsroutine an den Tag legte. Ein Teil der Jungs kam mit ziemlich merkwürdigen Vorschlägen. Kvax setzte sich so zum Beispiel eifrig dafür ein, daß die ganze A-Mannschaft hinter den sterblichen Überresten in voller Fußballermontur hermarschieren sollte, mit Fahnenträgern und Musikkapelle an der Spitze, und jemand anderes meinte, die Träger der Stangen mit dem Trauerflor sollten, ganz symbolisch, zwei erstklassige Schiedsrichter sein. Sowohl der Boss als auch sein Regisseur, und vor allem Sonja, wußten, was üblich war, und alles in allem wurde es eine wahnsinnig stilvolle Beerdigung, obwohl sie an einem ungewöhnlich grauverhangenen und windigen Tag vollzogen wurde.

Lundells jüngerer Bruder und der torffarbene alte Mann aus dem Moor und eine Anzahl Angehöriger fuhren im ersten Auto. Sonja, ich und der Boss im zweiten. Uns folgte ein wirklich auffallend langes Ehrengeleit, denn wir hatten nicht nur unsere eigenen Mitglieder abkommandiert, sondern auch verschiedene andere Vereine aufgefordert, sich an der Bahre des gefallenen Sporthelden zu versammeln, und viele waren dem Ruf gefolgt.

Der Sarg wurde von Lundells Bruder und von repräsentativen Spielern getragen, und Rippe sollte mit der Fahne am Grab paradieren. Er sah ziemlich phantastisch aus, ausstaffiert in einem uralten Riesenfrack aus dem Leihgeschäft, aber durch seine Größe und ernste Art war er dennoch besonders geeignet für die Aufgabe.

Als er die Zeremonie einleitete und die Fahne aus der Wachstuchhülle hervorzog, machte er sich allerdings eines kleinen Mißgriffs schuldig, der erstaunliche Folgen haben sollte. Die Stange war so eine Gelenkkonstruktion und mußte mit einer Schraube in der Mitte befestigt werden, und Rippe entrollte die Fahne, bevor er die Schraube eingeschraubt hatte. Im gleichen Augenblick ging ein heftiger Windstoß durch die Lebensbäume und bauschte das Fahnentuch auf, und die Stange begann sich zu biegen, und Rippe nahm die Schraube zwischen die Lippen, während er sich breitbeinig abmühte und extra hoch zufaßte, um die Balance wiederzugewinnen. Die Fahne wackelte hierhin und dahin, aber Rippe war stark wie ein Stier und bekam die Situation in den Griff, während der Windstoß davonheulte. Den Boss, der daneben stand und mit dem Manuskript seiner Rede herumfummelte, irritierte das allerdings und er sagte, mit einem donnernden Theatergeflüster:

«Was machst du denn?»

«Ich versuch doch bl ...» sagte Rippe und gab im gleichen Moment, in dem der obere Stangenteil beunruhigend schwankte, einen merkwürdigen Laut von sich.

«Paß auf», zischte der Boss.

«Ich ... ich hab die Schraube verschluckt», sagte Rippe mit erstickter Stimme.

«Du, du, was ...» sagte der Boss kraftlos, und wandte sich demonstrativ in eine andere Richtung.

Die Situation war äußerst kritisch. Ein Jugendspieler, der ganz in der Nähe stand, grinste. Ein freikirchlicher Prediger aus Lundells Heimatort fing an zu reden. Die Fahne schwankte in einem neuerlichen Windstoß. Jeden Augenblick konnte sie zusammenklappen und jemand auf den Kopf schlagen oder ins Grab fallen. Vielleicht würde Rippe hinterherfallen. Ich bemühte mich, ein Stöckchen zu finden, das in das Loch paßte, aber die, die kräftig genug waren, waren zu dick, und die, die paßten, waren zu schwach. Die Adern an den Schläfen des Fahnenträgers schwollen an. Der Wind ließ wieder nach, und er konnte sich dem nicht gleich anpassen, sondern torkelte nach hinten. Die Katastrophe war nahe.

Aber Rippe war ein Kämpfer von reinstem Wasser, auf dem Spielfeld und anderswo. Er packte zu und stemmte sich dagegen und gab nach, um die Windstöße zu parieren, bis er blutrot wurde im Gesicht. Die Schweißtropfen fielen von seinen Wangen. Der alte Frack krachte in allen Fugen. Die Redner lösten einander ab, und die Fahne klatschte und wackelte. Mittendrin bekam Rippe einen Schluckauf, und sein gewaltiger Adamsapfel hopste hoch und runter in unterdrückten Zuckungen. Seine Augen wurden immer gläserner, und der Schweiß strömte von seinem Gesicht. Ich hörte kein Wort von dem, was am Grab gesagt wurde, sondern folgte fasziniert dem gewaltigen Ringkampf, und nach einem Weilchen starrten etliche Trauergäste verwundert auf die merkwürdigen Bewegungen der Fahne. Der Wind wehte zeitweise so heftig, daß es schwierig war, aufrecht stehen zu bleiben, auch ohne Fahnenstange. Aber Rippe gab nicht auf, und obwohl das Banner schräg vor und zurück wehte, bemühte er sich die ganze Zeit über, sie korrekt zu halten. Sein ganzer Körper war in diesem Unterfangen engagiert, und die Muskeln bewegten sich wie Ratten in einem Sack unter dem Frackstoff mit der grünen Patina.

Erst als die Fahne endlich über der Gruft gesenkt werden sollte, hatte es ihn bis an die Grenze seiner Kräfte getrieben, und gerade noch konnte der Boss den oberen Stangenteil ergreifen, während ich den umwickelten Griff aus den Händen des machtlosen Fahnenhüters übernahm. Er selbst sank in eine hockende Stellung zusammen, der Kopf hing zwischen den Knien, und die meisten glaubten wohl, er sei von Rührung überwältigt. Das Beispiel wirkte anstekkend und viele weinten. Ich glaube nicht, daß so viele die Standarte überhaupt beachteten, die wie ein Kran über Lundells letzter Ruhestätte herabhing.

Als wir die Fahne zusammenrollten, wurde mir klar, daß Lundell ohne meine Mitwirkung beerdigt worden war und daß ein Berg von Kränzen mit breiten, prunkvollen Schleifen sich vor der Grabstätte auftürmte. Falls ein Teil seines Wesens, seiner Seele oder sonst was, in der Verfassung war, daß es unserer Veranstaltung zuschauen konnte, so bin ich überzeugt davon, daß es herzlich gelacht hat.

Rippe war zweifelsohne der Herkules der Clubehre und der Held des Beerdigungstages, aber das konnte nicht verhindern, daß der Boss mit zusammengebissenen Zähnen sagte:

«Schraube verschlucken, was? Und solche Idioten soll man um sich haben!»

Eine Woche darauf tauchte Iris auf und fing an, Ärger zu machen. Sie war wütend, daß sie nicht zu den Feierlichkeiten eingeladen worden war, und ahnte, daß da etwas nicht ganz stimmte. Erst sah es so aus, als seien wir gezwungen, sie zu bestechen, aber nach und nach kam heraus, daß sie nichts wußte und nur von einem intuitiven Gefühl geplagt wurde, irgend etwas sei nicht ganz geheuer. Wir sagten natürlich, wir hätten sie nicht erreichen können, was tatsächlich stimmte (auch wenn wir uns nicht übermäßig angestrengt hatten), und dann warfen wir sie hinaus.

Das schlimmste war allerdings, daß sie mit «dem Blatt» geschlafen und eine Menge unsortierter Mutmaßungen ausgeplaudert hatte, und er war trotz anhaltender Alkoholvergiftung noch Zeitungsmann genug, um den Leichengeruch durch den Maiglöckchenduft hindurch zu schnuppern. Zum Glück erzählte Iris uns das – sie war ein geschwätziges Frauenzimmer und spielte ihre Karten mit Luschen und Trümpfen durcheinander –, und wir waren deshalb recht gut vorbereitet, als «Das Blatt» auftauchte und das Terrain zu sondieren begann. Wir gaben ihm einen reellen Longdrink und bufften ihn in den Rücken, und es dauerte lange, bis er die Möglichkeit bekam, zu sagen:

«Ich hab mit Lundells, hm, Verlobter dieser Tage gesprochen ...»

Und der Boss sagte sofort:

«Oh, Mann, wo hast du die denn getroffen?»

Das war eine Entgegnung, die das Selbstvertrauen des Interviewers zerfetzte, und er machte sofort einen recht eingeschüchterten Eindruck. Als wir ihm noch einen großzügigen Schluck eingetrichtert hatten und so ein bißchen was gemurmelt hatten von wegen Lundells alte Seitensprünge seien vergessen, schien die Gefahr vorüber zu sein. Zum Schluß sagte der Boss:

«Keiner soll was Schlechtes über Lundell sagen. Er war ein prima Junge.»

Und ich sagte, äußerst taktvoll:

«De mortuis ...»

«Das Blatt» hatte beinahe Tränen in den Augen, als er schließlich versuchte, sein Veloziped zu besteigen, und wäre er nicht so beduselt gewesen, er wäre wahrscheinlich in die Redaktion gefahren und hätte etwas Nettes über uns geschrieben.

Sven Lundell unterschrieb den Vertrag schon vierzehn Tage nach der Beerdigung. Einen Monat später zog er in die Stadt, mit Frau und Kind und allen Siebensachen, und trat seine neue Stelle in der Kartonfabrik an, ein guter Job übrigens, einfach, leicht und gut bezahlt. Ich hatte mit der Sache nicht viel zu tun, da der Boss es vorzog, alle entscheidenden Verhandlungen selbst zu führen, und ich sprach nicht einmal mit dem Jungen, bevor er beim Training eingeführt wurde, wo der Boss sich räusperte und sagte:

«Das hier, Jungs, ist unser neuer Freund Svenne Lundell. Er wird ...»

Er machte eine kurze Pause, zu bemerken nur für den geschulten Zuhörer.

«... da weitermachen, wo sein Bruder aufhörte.»

Wir hatten jetzt Winterspielpause, und das Training wurde in einer Turnhalle im südlichen Stadtteil abgehalten. Sie war von der gewöhnlichen Sorte, mit Holzgittern überall und Tauen, die unter der Decke hingen, und strömte die unverkennbare Atmosphäre von Fußwarzen und Körpergeruch aus, die die meisten Hallensportarten so entschieden ungesund erscheinen lassen. Ich stand an eine Sprossenwand gelehnt und besah mir einen Pressefotografen, der Aufnahmen vom Vorsitzenden zusammen mit der neuen Entdeckung machte, und als diese kleine Zeremonie überstanden war, kam der Junge herüber und sagte guten Tag.

«Wir haben uns doch schon mal gesehen», sagte er etwas verlegen.

Ich nickte und sah ihn an und dachte bei mir, daß er ein gutaussehender und netter junger Mann sei und daß nichts Nachteiliges passiert sei, was ihn anbelangte. Er würde es gut haben in der Stadt und bestimmt niemals von solchen Sorgen um das tägliche Brot angefochten sein, daß er auf der gleichen abschüssigen Bahn abrutschen würde wie sein Bruder.

Er warf einen vieldeutigen Blick zum Boss hinüber, der am anderen Ende der Halle stand und einen Vortrag hielt, und sagte, gleichsam mit großem Zweifel:

«Der Vorsitzende muß ein feiner Mensch sein ... ich glaube, daß ich ihn nicht richtig ... verstanden habe, damals ... also beim ersten Mal.»

«Er ist immer sehr geradeheraus», sagte ich.

Der Junge sah schuldbewußt aus.

«Ja», sagte er, «wir haben gewußt, daß nicht alles so war mit meinem Bruder, wie wir uns das gedacht hatten. Daß es nicht so gut ging für ihn, seit er von zu Hause weggegangen war ... aber ich war mir nicht ganz sicher, ob ihr wirklich sein Bestes wolltet ... und mein Bestes. Ich dachte, ihr wärt wie alle anderen, die einen irgendwie ausnutzen wollten. Deshalb hab ich nicht begriffen, weshalb er so ...»

Es fiel ihm offensichtlich schwer, das herauszubringen – aber es war wirklich nicht viel leichter, sich das anzuhören.

«... aufrichtig war, das Mal, als er von meinem Bruder gesprochen hat. Aber jetzt hab ich das alles verstanden, nach allem, was er ... was ihr getan habt für mich und für uns ... daß ihr ihm wirklich helfen wolltet. Und ... ja ... ich wollte ... das hört sich vielleicht dumm und kindisch an ... aber ich wollte dich auch um Entschuldigung bitten.»

Er streckte die Pranke vor.

Ich starrte auf diese gutgläubige Hand und fühlte mich, als müßte ich rot werden oder auf den Boden kotzen oder so was Ähnliches. Es war wirklich ein mieses Gefühl, und für einen kurzen Augenblick war ich nahe daran, ihn am Kragen zu nehmen und richtig zu schütteln und ihm alles zu erzählen, genau wie es war.

Aber was sollte das? Wem wäre damit gedient gewesen? Und wer wollte das eigentlich tun? Ich oder mein sogenanntes schlechtes Gewissen, das vielleicht nur ein Produkt einer gewissen Erziehung und eines zufällig herrschenden Systems ist? Auf jeden Fall war ich nicht der kleine historisch denkende Wahrheitsjäger, denn der sammelt nur Fakten zum eigenen Gebrauch und hat nicht den Wunsch, sie weiterzugeben. Im Gegenteil, er verpuppt sie und versteckt sie, bis das Magazin gerammelt voll ist, daß die Wände bersten.

Ich nahm also seine ausgestreckte Hand, genau wie damals im Moor, aber ziemlich lustlos, und ich befürchte, er fand mich erschreckend gleichgültig.

Er ließ mich stehen und ging wieder zurück zum Boss, und ich hörte nicht, was sie sagten, sah aber, daß sie vertraulich miteinander sprachen und einander die Hände drückten. Wenn es darauf ankommt, hat man immer den Spiegel vor Augen.

Der Erfolg mit Lundells Beerdigung schien dem Boss keine Ruhe zu lassen. Er hatte Geschmack für Schauspielerei bekommen, und an einem Januarvormittag kam er mit der etwas überraschenden Mitteilung, der Club werde Jubiläum feiern. Er hatte den Beschluß am Abend vorher gefaßt, offenbar bedrängt durch die Langeweile zu Hause in seinem pastoralen Porzellanidyll, und nach seiner verklärten Miene zu urteilen, hatte er eine neue Erfolgsaufführung im Sinn.

Nicht einmal mein relativ logischer Einwand, daß der Club erst in einiger Zeit einen runden Geburtstag habe, vermochte seinem Enthusiasmus nennenswert den Schwung zu nehmen. Er sah nur gekränkt aus und sagte:

«Gibt es jemand, der absolut sicher sagen kann, wann der Club gegründet wurde?»

«Das Protokoll gibt es noch.»

«Ändere das Datum», sagte er lakonisch.

Die Sache war klar; wir mieteten den großen Festsaal des Stadthotels und fingen damit an, Preise zu beschaffen. Letzteres war das Wichtigste, denn der Boss war sich völlig darüber im klaren, daß jedes Mitglied wenigstens mit einer «Salatschüssel» belohnt werden sollte, oder zumindest mit einem Diplom. Dann würden alle erfreut und zufrieden sein.

Wir widmeten dem Ereignis vierzehn Tage intensiver Vorbereitung und alle sagten, daß es ein tolles Jubiläumsfest werden würde. Alle Jungs sollten Damen mitbringen, und es wurden bestimmt einige neue Kleider genäht, und wir machten ein bißchen Trubel in den Zeitungen, aber der einzige Pressemann, der eine persönliche Einladung bekam, war «Das Blatt». Es gab nämlich Gründe dafür, eventuellen Verdacht aus dieser Ecke ein für allemal zu ersticken, und wenn man es richtig anstellte, konnte er außerdem, auf längere Sicht, ein wertvoller Verbündeter werden. Im übrigen war er der einzige, den wir mit den uns damals zur Verfügung stehenden Mitteln für uns gewinnen konnten.

25

Ich hatte immer die Angewohnheit, zu spät, dafür aber ganz bestimmt zu kommen, und demzufolge trudelte ich erst durch die Drehtür des Stadthotels, als der Festsaal schon ziemlich gut besetzt war. Die Dekoration war ansprechend, mit der Club-Fahne und der Blau-Gelben im Hintergrund über einem Tisch, der eigentlich unter der Last der Preise zusammenbrechen mußte, aber ansonsten war die Stimmung ziemlich flau. Nichts war serviert worden, und alle saßen unregelmäßig an kleinen Tischen verstreut, krampfhaft und mangelhaft gerade sitzend auf der äußersten Stuhlkante, während die eine und andere zaghafte Rauchschwade über die Leere des Tanzbodens dahinsegelte wie eine arme Seele auf der Flucht vor der verschämt geflüsterten Anekdote, die sich zweifellos auf ihre irdischen Überreste bezog. Ich reckte mich unbewußt, um den gleichen Eindruck wie bei der Beerdigung zu machen, und kreuzte unter würdigem Nicken nach rechts und links durch den Archipel der Sitzinseln. Der Boss tauchte wie der Geist aus der Flasche hinter einem Vorhang hervor und zischte mit einem Flüstern, das wie ein Windstoß vom Pol über die totenstarren Weiten pfiff:

«Verdammt, wo hast du gesteckt?»

Er zog mich hinter den Vorhang, hinaus in einen Gang für das Personal, der vollgestellt war mit alten Reservestühlen, Tellerstapeln und altem Gerümpel, und drehte nervös ein Taschentuch zwischen den Händen.

«Gib mir 'n Schnaps», sagte er heiser.

Ich holte vorsichtig den Halben aus der Innentasche hervor, aber seine Finger waren so schweißnaß, daß ich ihm mit dem Schraubverschluß helfen mußte. Er gurgelte einen kleinen Schluck mit ruckartigen Bewegungen in sich hinein, wie ein Drogenabhängiger im Kino, schnappte nach Luft und trocknete sich den Mund mit dem Handrücken.

«Wie sieht das aus», sagte er.

«Hübsch», sagte ich.

«Ja, alles wird verflixt hübsch», sagte er und reichte mir die Flasche.

Ich trank.

«Aber wir lassen uns nicht vollaufen», sagte er, «erst hinterher. Ich habe allen Jungs gesagt, wer sich vollaufen läßt, den soll der Deubel holen.»

Als wir gerade auf dem Weg nach draußen waren, um Gemütlichkeit im Wachsfigurenkabinett zu verbreiten, fühlte ich, daß er etwas in meine Tasche schmuggelte. Es war eine platte Schachtel.

«Das gibst du mir nach der Preisverteilung», sagte er.

Ich nickte und befühlte das Päckchen.

«Du kriegst auch was», sagte er und sah mich mit kindlichem Ernst an.

Der Festsaal war jetzt ganz gefüllt, und die Stimmung schien sich ein bißchen gelockert zu haben. Der Boss hatte seine Autorität ganz und gar wiedergewonnen, er ging von Gruppe zu Gruppe und klopfte den Leuten auf den Rücken. Die sich verdichtenden Zigarettenrauchschleier hatten begonnen, mildherzig die schärfsten Kanten abzufeilen, aber immer noch war alles von Würde und tödlichem Ernst geprägt. Ich entdeckte «Das Blatt», der am Preistisch zugange war – niemand anderes hätte sich so weit nach vorn gewagt –, und entsprechend meiner Pflicht ging ich hin und begrüßte ihn.

«Wir müssen ‹Das Blatt› ordentlich schmieren», hatte der Boss gesagt, «der kann viel für uns tun.»

«Er kann Sonja an den Tisch kriegen», hatte ich vorgeschlagen.

«O nee, der Strafe entrinnst du nicht», hatte er gesagt, «sie will neben niemand anderem sitzen als dir. Es gibt wohl keinen anderen, der fein genug ist, kann ich mir vorstellen. Nee, ‹Das Blatt› soll was Ordentliches haben, irgend so was Dolles. Er soll sich wohl fühlen.»

«Das Blatt» war ein netter Mann. Das hatte ich immer gefunden. Er sollte sich wohl fühlen.

«Viele Preise», sagte er und sah mich nachdenklich an.

Seine Augen sahen klug aus, hatten aber breite talgige Falten um die rotgeäderten Augen. Bevor wir noch mehr sagen konnten, dampfte der Boss an den Tisch heran; mit seiner rechten Pranke hielt er ein Mädchen am Handgelenk, die er wie eine Preiskuh vor die Jury bei einer Landwirtschaftsausstellung führte. Das war also das versprochene Dolle – Schwester eines Verteidigers in der Jugendmannschaft, hatte ich vorher herausbekommen –, und ich inspizierte sie interessiert. Sie war nicht alt und nicht groß, aber sie hatte die erstaunlichsten großen Brüste und entsprach auch sonst recht avancierten Ansprüchen an äußerlichen Finessen. Der Boss klopfte dem Ehrengast auf den Rücken und schwatzte drauflos.

«Formidabel», murmelte «Das Blatt» und sah an dem Mädchen herunter.

Dann sagte er ein wenig lebhafter:

«Könnt ihr euch an das Finale bei den Bezirksmeisterschaften 1942 erinnern? Wer hat in dem Jahr als Rechtsaußen bei den ‹Kameraden› mitgespielt? Ich habe den ganzen Nachmittag überlegt.»

Der Boss, der keine Ahnung von Fußballgeschichte hatte, und was das anbelangt, auch von keiner anderen Geschichte, machte sich aus dem Staub, während «Das Blatt» und ich uns in einen Dschungel von Fakten von damals vertieften. Das Mädchen mit den Brüsten stand die ganze Zeit daneben und rauchte sehr niedlich. «Das Blatt» sah sie einmal an, aber sie lächelte ihm so mitten ins Gesicht, daß er zusammenzuckte und statt dessen mich ansah. Als ich sie endlich allein ließ, hörte ich «Das Blatt», sehr lebhaft, sagen:

«Was halten Sie von Fußball, Fräulein?»

Kurz vor der Preisverteilung ging ich zur Toilette und öffnete das Päckchen, das der Boss mir gegeben hatte. In der Schachtel lag eine Silbermedaille in Untertassengröße. Das war bestimmt die größte, die ich je gesehen hatte. Auf der einen Seite spannte ein nackter Herkules seinen Bogen himmelwärts, umrahmt von den Worten: *Für einzigartige Verdienste*, auf der anderen stand nur der Name des Boss, in Blockschrift eingestanzt. Dieses war also das Geschenk des Kassenwarts für den Vorsitzenden, und es war wirklich von einem solchen Aufwand, daß es keinen Augenblick daran zweifeln ließ, wem diese Festlichkeiten eigentlich galten.

Die Preisverteilung ging wie geschmiert; es gab eigentlich keinen Schwanz, der nicht nach vorn gerufen wurde, einmal oder mehrmals, und mit jedem Musiktusch stieg die Stimmung eine Stufe höher. Aus gewissen Anzeichen konnte man schließen, daß die Taschenflaschen in den hinteren Regionen in Bewegung gesetzt worden waren. Der Boss drückte allen die Hand und zeigte seine großen Pferdezähne; man sah, er kam in Form. Endlich lag nur noch ein Verdienstzeichen auf dem Tisch. Der Boss räusperte sich und bat um Ruhe und ließ gut und gern dreißig Sekunden lang seine Blicke über die Anwesenden schweifen, so als blicke er geradewegs in die Ewigkeit hinaus.

«Ich weiß», sagte er mit Donnerstimme – und es war das erste Mal an diesem Abend, daß er seine Stimme erschallen ließ, denn vorher hatte ich die Namen der Preisträger herunterleiern dürfen –, «ich weiß, es gibt nicht einen einzigen hier im Raum, der nicht empfindet, daß wir hier heute abend nicht allein sind. Ja, ich weiß, daß ihr versteht, an wen ich denke. Lundell, dessen Leben so plötzlich und unerwartet endete. Und so traurig ... Ich weiß, alle Jungs sind meiner Meinung, daß wir Lundells Andenken ehren müssen, das Andenken an einen Freund ... und jetzt sage ich zu dir, und ich spreche für uns alle, jetzt sage ich zu dir, Sven: Sven Lundell, tritt vor und nimm diese Auszeichnung entgegen, die dein Bruder nicht selbst entgegennehmen konnte. Sven, tritt vor und erfülle deine Pflicht.»

Man schubste den Jungen aus der Reihe, und er kam nach vorn. Er sah aus, als sei er nicht ganz gescheit, und ich beobachtete ihn besorgt, aber es war nur sein Gesicht, das vor Rührung versteinert war. Ich sah schnell «Das Blatt» an, aber der hielt die Arme über der Brust verschränkt und stierte hölzern und ausdruckslos vor sich hin. Aber als ich das Mädchen mit den Brüsten ansah, bemerkte ich, daß zwei riesige Tränen ihre Wangen herunterkullerten. Seufzer stiegen aus verschiedenen Ecken des Raumes empor, und als der Junge dem Boss die Hand drückte, zitterte sein ganzer Körper vor abergläubischer Ehrfurcht. Der Boss befestigte mit wohl angepaßten Zeitlupenbewegungen die Nadel an seinem Jackettaufschlag und brachte im gleichen Augenblick ein eigentümliches, gurgelndes Grunzen hervor. Das sollte vermutlich ein Schluchzen sein, hörte sich aber mehr an wie das Rülpsen eines übersättigten Schweins. Die darauffolgende Stille war kaum zu ertragen. Der Junge blieb stehen. Der Boss behielt die Hand oben und sah dem Jungen direkt in die Augen, ohne zu blinzeln. Der Junge blieb stehen. Blieb so lange stehen, daß ich ihn am Arm stupsen mußte. Da durchzuckte es ihn, er warf einen hündischen Blick auf den Boss und ging.

«Und nun, meine Damen und Herren», sagte ich, und es gelang mir im Nu die ganze gespannte Atmosphäre aufzulockern, «nun, meine Damen und Herren, nachdem der Vorsitzende das Andenken unseres verstorbenen Kameraden geehrt und seinem Bruder das Ehrenzeichen überreicht hat, das posthum vom Vorstand verliehen wurde, ist der Augenblick gekommen, dem Leiter unseres Vereins unsere bescheidene Gabe aus Dankbarkeit für die selbstaufopfernde Arbeit, die er für unser aller Wohl geleistet hat, zu überreichen!»

Ich holte die Medaille heraus. Sie bedeckte die ganze Handfläche. Der Boss nahm sie und sah unglaublich zufrieden aus.

«Das hast du verdammt gut gesagt», flüsterte er.

«Willst du die in die Außenwand des Hauses einmauern», fragte ich und man merkte, er zog die Möglichkeit in Betracht, ehe die Gedanken im Applaus und den krampfhaften Trompetenstößen der Musiker untergingen.

Als das Abendessen begann, blubberte das Geschwätz schon durch breite Spalten in der Eisdecke, und alles war sehr gemütlich. Ich hatte erwartungsgemäß Sonja am Tisch und begann den Abend damit, sie zu vernachlässigen, weil ich die Begrüßungsansprache vorlas, die aus einer Menge frisierter Statistik aus der björkschen Schatzkammer bestand. Als wir den ersten Schnaps kippten, bemerkte ich, daß «Das Blatt», der mit seiner Supermieze zwischen mir und dem Boss saß, zwar das Glas erhob, den Schnaps aber merkwürdigerweise in ein leeres Trinkglas kippte. Das erschien mir als der Höhepunkt an Zerstreutheit, und ein paar Minuten später lenkte ich seine Aufmerksamkeit auf mich, um mit ihm zu prosten, aber er sah mich ernst an und wiederholte die Prozedur mit dem Trinkglas. Der Boss betrachtete mich unruhig von der anderen Seite, aber ich begriff immer noch nicht, also zuckte ich beruhigend die Schultern. Das Mädchen mit den Brüsten säbelte unberührt von der Umwelt am Kalbsbraten herum. Ich begann, mit Sonja über verschiedene Arzneimittel zu diskutieren. Eine halbe Minute später klopfte «Das Blatt» vorsichtig mit dem Griff seines Messers an das Glas und erhob sich. Der Boss sah ihn entzückt an, alle sahen ihn an.

«Da dieses vorzügliche Essen schon kalt geworden ist», sagte «Das Blatt», «wollte ich zwei Geschichten erzählen, eine, die ich gehört habe, und eine, die ich, zumindest teilweise, selbst miterlebt habe.»

Er machte eine Pause für das Knacken der Stühle, während alle sich zurechtsetzten. Das Mädchen mit den Brüsten bearbeitete weiter ihr Stück Fleisch, bis ich ihr auf den Arm tippte. Sie sah erstaunt aus, hörte aber auf zu kauen.

«Einmal», sagte «Das Blatt», «versank ein Schiff im Meer, und ein menschliches Wesen wurde auf einer Insel an Land geschwemmt. Es war nackt, aber sonst fehlte ihm nichts. Das Wesen hatte Glück gehabt, denn es war eine freundliche und sonnige Insel, und an den Bäumen und Büschen hingen Früchte, von denen aß es. Dem Wesen ging es gut. Eines Tages sah es ein großes Tier, das am Strand lag und ein Ei ausbrütete. Das Wesen ging weg, ohne zu stören, aber nachts wachte es auf und bekam Sehnsucht. Drei Tage lang hatte es Sehnsucht, dann ging es zurück zum Strand, mitten in der Nacht, und erschlug das Tier mit einem Stein. Das war mutig, denn das Tier war sehr groß und das menschliche Wesen war nackt, aber daran dachte es nicht. Es stahl das Ei und lief damit weg. Am nächsten Tag legte es das Ei in den Sand und legte sich mit seinem warmen Körper darauf, um es gegen den Wind und den Regen zu schützen. Es blieb viele Tage auf dem Ei liegen und gönnte sich kaum die wenigen Schritte, um von den Früchten zu essen, die rundherum reiften. Jeden Morgen stieg die Sonne aus dem Meer empor und verbreitete Licht auf der Erde. Viele andere hätten gesagt, das sei Schönheit, aber das menschliche Wesen kümmerte sich nicht darum. Tagsüber fuhren Schiffe vorbei, die es hätten retten können, in Sichtweite vorbei, aber das Wesen sah sie nicht. Eines Tages öffnete sich das Ei und zersprang, und ein kleines Tier kroch aus den Schalen hervor. Das menschliche Wesen stillte es mit der Milch aus seinen Brüsten, und während der kalten Nächte hielt es das Tier in seinen Händen, um es vor allem Bösen zu schützen. Eine lange Zeit verging, und das Wesen und das Tier sahen nichts anderes als einander. Sie lagen in der Sonne nebeneinander und waren glücklich. Eines Tages versiegte die Milch in der Brust des menschlichen Wesens. Das Tier war nun herangewachsen. Es war groß und schön und hatte eine Haut, die so weich wie Seide war und wie Gold glänzte. Das Wesen pflückte die schönsten Früchte von den Bäumen und legte sie vor das Tier. Das roch daran, sah das Wesen vorwurfsvoll an und fraß es auf. Danach war das Tier gesättigt und legte sich zum Schlaf nieder. Als es erwachte, war es in einen Käfig gesperrt und viele Menschen standen rundherum und besahen es. Aber das Tier war sehr hungrig geworden, und so brach es das Gitter entzwei und begann, den Menschen, der am nächsten stand, aufzufressen. Die anderen standen drumherum und schlossen Wetten darüber ab, wie viele es wohl fressen könnte. Das Tier fraß alle Menschen auf, und es gab einen, der dieses hatte kommen sehen. Aber er hatte an seiner Voraussicht keine Freude, denn als er sich hätte freuen können, war er schon längst aufgefressen. Alle Menschen aufzufressen hatte eine lange Zeit gebraucht, und unterdessen war das Tier sehr hungrig geworden. Aber es war auch sehr klug geworden, so klug, daß es sich unsichtbar machte und sich in Teile auflöste und diese Teile über die ganze Erde verbreitete. Das geschah vor langer Zeit, und es gibt Leute, die sagen, es sei überhaupt nie passiert.»

«Das Blatt» machte eine Pause, und ich sah zu ihm auf. Er stand ganz still und kerzengerade, und sein Gesichtsausdruck schien vollkommen geistesabwesend. Er benetzte die Lippen mit einigen platschenden Zungenbewegungen und fuhr fort:

«Ich bin älter als irgendein anderer hier am Tisch, und darauf bin ich nicht stolz. Ich bin auch nicht mehr der gesündeste, und diese Schwäche müßt ihr mir nachsehen. Dennoch habe ich mehr Spiele zu sehen bekommen als ihr – und viel mehr Ergebnisse gelesen. Und es ist immer das Ergebnis, das zählt, merkt euch das. Ich hab euch zwar nicht so oft spielen sehen, aber ich habe die Ergebnisse gelesen, und darin spiegelt sich das Leben eines solchen Vereins wie diesem wider – oder der Tod. Man sieht das viel klarer, als wenn man sich ständig bei den Spielen und mitten unter euch aufhielte. Jede Zahl für sich genommen, jeder einzelne Sieg oder jede einzelne Niederlage spielen keine so große Rolle, es sind die langen Zahlenreihen, die unendliche Kette von Einsen oder Zweien oder Nullen, die etwas bedeuten. Auf dem Schild hier oben steht, der Club sei zehn Jahre alt, oder so ähnlich. Das ist gleichgültig, er könnte fünf-, oder sechs-, oder siebenmal so alt und trotzdem kein Club sein, trotzdem nicht ausgewachsen sein. Aber ich hab sie gesehen, ich hab die Ziffern gesehen und ich weiß, dieser Club ist den Kinderschuhen entwachsen, nicht erst heute oder erst in diesem Jahr, sondern schon ziemlich lange. Und wißt ihr, was das bedeutet? Das bedeutet, daß keiner von euch eigentlich eine Rolle spielt, weder

der Vorsitzende noch der tollste Torschütze oder jemand anderes. Nicht mal der Name oder die Farben oder die Fahne bedeuten etwas. Vielleicht sitzt hier im Raum immer noch der eine oder andere, der glaubt, er sei wer, so daß er und noch ein paar dazu den Club kaputtmachen könnten, wenn es ihnen einfiele. Es gab bestimmt mal eine Zeit, da wäre euch das geglückt – vielleicht –, aber die Zeit ist seit langem vorbei. Ich hab hier gestanden und gesehen, wie ihr eure Medaillen und Pokale bekommen habt, und ihr glaubt vielleicht, daß ihr sie verdient habt, und der Vorstand glaubt vielleicht, daß ihr angespornt und eher dazu bereit sein werdet, euer Leben und Blut deswegen zu opfern. Aber das werdet ihr nicht, im Gegenteil. Es gab eine Zeit, da wäre das so gewesen, aber das ist vorbei. Das war damals, als ihr nur eine Fußballmannschaft wart. Und eine Fußballmannschaft ist wie ein kleines Kind, ein Kind, das weint, wenn es verliert, und das lacht, wenn es gewinnt. Und wenn es weint, gibt man ihm einen Lutscher – oder einen blanken Pokal. Aber Lutscher sind schädlich für Stärke und Wachstum. Es muß Dresche und Faustschläge geben. Woher sollen die kommen, fragt ihr. Vom Vorstand? Oder von der Stadtverordnetenversammlung? Oder vielleicht vom Publikum? Auch falsch. Die müssen vom Club kommen, und der Club besteht aus so vielen Einzelteilen, daß keiner mehr als ein paar von ihnen gleichzeitig sehen kann. Ja, vielleicht ist er sogar unsichtbar. Vielleicht ... ist er unsichtbar ...»

Da war nicht eine Gabel auf der ganzen Welt, die gegen einen Tellerrand schepperte. «Das Blatt» senkte den Blick aus der weiten Ferne herab auf die staunenden Münder des Jetzt. Er strich sich schlaftrunken über die Stirn und lächelte steif.

«Und jetzt», sagte er, «schlage ich vor, daß wir ein vierfaches ‹Hurra› auf den Club ausbringen und uns in dem Wunsch vereinen, daß Glück und Wohlergehen ihn auf seinem Weg begleiten mögen!»

Er packte das Bierglas, das fast ganz voller Schnaps war – der Boss mochte es mit dem gewohnten Gefühl für das, was sich schickt, ganz diskret aus der Halbliterflasche, die er unter dem Stuhl hatte, aufgefüllt haben. Alle erhoben sich und vertrieben befreit und energisch mit einem «Hurra» jede Spur von Eigentümlichkeit und Unlust aus der Atmosphäre. «Das Blatt» kippte das Glas, ohne zu atmen oder einen Tropfen zu verschütten und sank auf seinen Stuhl nieder. Er wandte sich sofort dem Mädchen zu und sagte irgendwas. Das Geschwätz brach die letzten Eisschollen. Es war ein tolles Jubiläumsfest.

Der Boss beugte sich hinter den Rücken zu mir und sagte: «Das war eine verdammt gute Rede.»

«Ja, verdammt noch mal», sagte ich.

«Pfui, wie ihr flucht», sagte Sonja.

Einige von uns aus dem «inner circle» hatten ein bißchen was zu erledigen nach dem Essen, und ich sah weder den Boss noch «Das Blatt». Erst eine ganze Weile später, als der Kaffee und der Cognac und die Longdrinks serviert worden waren und die Musik angefangen hatte und die Jungs sich an den Gedanken gewöhnt hatten, daß der Körper nicht stirbt, weil ihm ein dunkler Anzug und ein weißes Hemd angezogen wird, sah ich «Das Blatt» allein bei einem «Mahagony»-Drink, und ich ging zu ihm hinüber.

«Ich hab deine Rede angehört», sagte ich, «sie war anregend, aber war der Gedanke nicht doch ein bißchen zu melodramatisch?»

«Melodramatisch», sagte er mechanisch und völlig verständnislos, und schlürfte von seinem Drink.

«Aber wo ist mein kleiner Pudding», sagte er. «Sie wollte nur mal gehen, hat sie gesagt, nur, mein kleiner ...»

Er lehnte sich an mich, etwas undefinierbar Vertrauliches blubbernd, und da kam gerade der kleine Pudding zurück und führte ihn fröhlich, aber behutsam aus dem Blickfeld.

Eine halbe Stunde später, ich hatte mir gerade überlegt, mich selbst ein bißchen zu amüsieren, kam einer der Jungs ganz atemlos zu mir und sagte, ich würde im Personaldurchgang gebraucht. Hinter dem Vorhang war offenbar etwas passiert, denn der Boss stand mitten auf dem Fußboden, feuerrot im Gesicht und ohne Jakkett. Auf einem der Reservestühle saß «Das Blatt» aufrecht wie eine geschnitzte Holzfigur, und starrte gläsern vor sich hin. Direkt daneben, an die Wand gedrückt, stand das Mädchen mit den Brüsten und zeigte im Augenblick außerordentlich viel von ihren berühmten Vorzügen, während sie offensichtlich mit Reparaturarbeiten an ihrem Kleid beschäftigt war.

«Ich scheiß auf deine Meinung», sagte sie wütend zum Boss, «und ich stell mich *nicht* an, aber du kannst nicht verlangen, daß ich diesen verrückten alten Säufer ertragen soll. Ein ... ein besoffenes Schwein, das nicht mal zwei Sekunden auf eigenen Beinen stehen kann und einem die Kleider zerreißt. Guck mich an, fast nackt!»

«Er ist ausgerutscht», sagte der Boss finster.

«Ha, ausgerutscht, er, der da, der versucht, einen mitten auf der Tanzfläche zu vergewaltigen ...»

«Vergewaltigen? Was nimmst du für Worte in deinen Mund», sagte der Boss aufgebracht. «Vergewaltigen, was? Verflixtes Rotzgör, wenn du dich nicht benehmen kannst, dann werd ich ...»

Die Worte blieben ihm vor Ärger im Halse stecken. Das Mädchen sagte nichts, sondern pusselte weiter an ihrem Futteral, der Boss aber bohrte ihr unbeherrscht den Zeigefinger gegen die nackten Rippen, um seinen Worten Nachdruck zu geben.

«Es lebe der Club, hurra, hurra, hurra», schrie «Das Blatt» plötzlich mit rauher Stimme.

Er versuchte wohl, sich in strammer Haltung hinzustellen, vergaß aber, den Rücken zu strecken und kippte wie ein Winkeleisen nach vorn über, auf die Nase. Als ich ihn auf den Stuhl zurücksetzte, sah er mich mit einemmal bittend an, mit ganz lebenden Augen, und sagte:

«Siehst du es nicht, siehst du nicht das Tier? Wie es kauernd über den Sportplätzen hockt, wie es seine sabbernden Mäuler öffnet, um uns zu verschlingen? Hörst du nicht, wie es sich windet und wie es brüllt und schreit? Merkst du nicht, wie es uns vergiftet und zu kleinlichen Zahnrädern in einer chauvinistischen Gesellschaft macht, wie es uns dazu bringt, das einzige, was schön und rein und richtig ist in dieser verdammten Welt, kaputt zu machen? Siehst du es nicht, siehst du nicht das Tier? Die niedrige, schuppige Stirn ...»

Er hatte meinen Jackettärmel zu fassen gekriegt und zerrte wild daran.

«Pfui Deubel, der spinnt», sagte der Boss.

«Das Tier ...» sagte «Das Blatt».

«Das Tier, ja», sagte das Mädchen mit den Brüsten.

«So 'ne blöde Geschichte», sagte der Boss.

«Das Tier», sagte «Das Blatt» und sackte total weg.

Nach einer Viertelstunde Arbeit mit nassen Tüchern, hatten wir ihn auf die Beine bekommen. Er sah ganz erbärmlich aus, stand aber aufrecht. Das Mädchen hatte das Kleid in Ordnung gebracht, und ich mußte ihre Geschicklichkeit bewundern, denn es hatte hoffnungslos ausgesehen.

«Schaff ihn weg», sagte der Boss und fing an, sich die Hemdärmel herunterzukrempeln.

Sie gingen. Wir setzten uns jeder auf einen Klappstuhl, alleingelassen zwischen dem Staub und Gerümpel. Auf der anderen Seite des Vorhanges ertönte ein sentimentaler Foxtrott, jemand ließ einen Knaller hochgehen. Der Boss seufzte und holte den Halben hervor, der ihm an diesem Abend offenbar treuer als ein Hund folgte. Er wühlte zwischen dem alten Porzellan und fand zwei Tassen. Die eine hatte einen Sprung, die andere hatte keinen Henkel. Draußen schmachtete der Refrainsänger. Das Licht war bestimmt gedämpft. Wir saßen einander gegenüber, die Ellenbogen auf den Knien.

«Auf dein Wohl denn», sagte der Boss.

Wir tranken und prusteten ein bißchen.

«Verdammt und zugenäht», sagte der Boss, «sind wir denn blöde? Machen wir irgendwas verkehrt? Wir haben diesen Scheißclub hingekriegt, besser als jemand anderes das gekonnt hätte. Ich kann wahrhaftig nicht finden, daß wir was Verrücktes gemacht haben.»

«Weiß ich doch nicht», sagte ich, «was wir getan haben, ist jedenfalls getan. Und das ist unser Werk.»

«Hier ankommen und von Tieren reden und was weiß ich nicht was», sagte der Boss. «Tiere, hä? Und dann Sonja ...»

Nachträglich erscheint dieser vielleicht als einer unserer unpassendsten Augenblicke, aber es dauerte nicht länger als einen Augenblick. Weil das Mädchen mit den Brüsten zurückkam und resigniert einen Hut vor uns auf den Boden schmiß.

«Er kam nicht durch die Tür», sagte sie.

«Hau ab, und bleib weg», sagte der Boss gelassen.

Wir gingen wie olympische Götter durch das blaue Licht mit seinen sich schlängelnden Körpern hinaus in die Vorhalle. «Das Blatt» lag in der Drehtür. Sein Kopf und ein Schuhabsatz hatten sich zwischen den Flügeln verklemmt und den Mechanismus blockiert. Ein Garderobier versuchte, ihn hereinzuziehen. Draußen sah man einen von der Polente. Einige Personen konnten nicht hinauskommen.

«Das ist doch wirklich die Höhe», sagte einer von ihnen. Er sah sehr gesittet aus und hatte wohl in aller Seelenruhe gerade die «Etappe Schlaftrunk» absolviert.

«Gräßlich», sagte der Boss. «Was für ein armer Schlucker kann das sein und woher kommt er? Kennst du ihn wieder?»

«Nee, Gott sei Dank», sagte ich.

«Das Blatt» war losgekommen und der Kerl von der Garderobe

zog ihn herein. Ich beugte mich hinunter und guckte ihn voller Widerwillen an. Seine bleichen Lippen bewegten sich ein bißchen.

«Hurra, hurra, hurra», sagte er sehr leise.

26

Zwar hatte ich bei der Gelegenheit hinter dem Vorhang in der an den Festsaal angrenzenden Rumpelkammer nicht erfahren, was Sonja so äußerte und warum sie es äußerte, aber die Ungewißheit sollte nicht lange andauern. Ehe die Putzfrauen die letzten Konfettihaufen vom Tanzboden geschaufelt hatten und lange bevor sich der Kater von den Schläfen in den Hinterkopf verzogen hatte, wo er eigentlich hingehörte, saß der Boss auf der Bettkante und blies Tabakrauch in meine Nasenlöcher.

«Es ist doch mitten in der Nacht», stöhnte ich und blinzelte zu ihm hoch.

«Quatsch», sagte er von weither.

«Was ist das für ein Nebel im Zimmer», sagte ich.

«Die Sonne», sagte er lakonisch.

Ich hörte, daß er aufstand und sich entfernte und in der Küche nach Bier suchte. Er fand, was er suchte, und das hatte eine gewisse Wirkung. Eine halbe Stunde später hatte ich mich aus dem Bett hochgerangelt und geduscht und die Zähne mit rührender Energie gebürstet und war in das Zimmer gegangen. Er saß da und blätterte eifrig im Adreßbuch und sah quälend sauber und frischrasiert aus. Es war Sonntag. Die Sonne schien. Die Uhr war neun.

Ich fragte ihn, ob er verrückt geworden sei.

«Ich laß mich scheiden», sagte er.

«Das ist keinen Tag zu früh», sagte ich und sackte in einen Sessel.

«Das hat Spaß gemacht heute nacht», sagte er, stöberte weiter in seinem Wälzer.

Das Nachspiel war, soweit ich erinnern konnte, nicht ganz ohne gewesen, so, wie das bei solchen Festen eben ist. Der Boss schien ein besonderes Nachspiel gehabt zu haben, aber das war es wohl kaum, worauf er anspielte. Ich gähnte.

«Sei nicht so verflucht träge», sagte er effektiv.

«Was willst du denn, was soll ich tun», sagte ich.

«Ich laß mich scheiden», sagte er.

«Das hab ich gehört. Soll ich hingehen und mich zu deiner Alten ins Bett legen, damit du mit drei Zeugen und einem Blitzlichtfotografen kommen und uns ertappen kannst? Um neun Uhr, sonntags morgens?»

«Alte, das ist das richtige Wort», sagte er und schlug das Adreßbuch mit einem Knall zu.

Er guckte mich an und sah verheerend streng und entschlossen aus.

«Ich hab mir gedacht, wir wollten die Clubräume heute inspizieren», sagte er.

Der Gedanke erschien mir nicht so unerhört, wie man in Anbetracht der allgemeinen Lage meinen könnte, und sobald ich den Sportplatz zu Gesicht bekommen hatte, fühlte ich mich bedeutend munterer. Es war ein herrlicher, klarer Wintermorgen, und Schneefall gegen Morgen hatte eine hübsche weiße Decke über die Spielfelder und die niedrigen, langgestreckten Gebäude gebreitet. Bis auf die Spuren einer Katze, die quer über den Schotterplatz gelaufen war und den Clubhausgiebel in zwei Hälften geteilt hatte, war alles unberührt. Wir sahen uns die Pfotenabdrücke einen Augenblick lang genau an.

«So ein kleiner Gauner», sagte der Boss gutmütig, «immer gibt es wen, der hier oben rumstreicht, was?»

Wir schlossen die Türen auf und ließen das Licht und die Reinheit von draußen herein. Im Umkleideraum war die Luft ungewöhnlich gut, ganz anders als während der Spielzeit; jetzt roch es nach Holz, Leder und Naphtalin, aber trotzdem gab es da eine Spur von Grabkammersterilität und Aktivitätsmangel, die mich bedrückte. Der Boss holte zwei riesige Schlüsselbunde aus der Tasche hervor und legte sie auf den Tisch. Ohne ein Wort zu sagen, zog er seinen Ulster aus und hängte ihn auf und rieb sich entzückt die Hände. Die Inspektion des Clubhauses sollte eine umfangreiche Angelegenheit werden, denn seit es dem Boss gelungen war, den FC aufzulösen, verfügten wir über alle Räumlichkeiten auf dem Sportplatz: nämlich fünf Räume und unzählige Schränke. In den letzten Jahren war es üblich geworden, daß etliche Mitglieder eigene Fächer hatten, aber eine Voraussetzung für diese Möglichkeit war, daß der Vorstand, das hieß der Boss, einen Zweitschlüssel zu allen verschlossenen Hohlräumen bekam.

«Hast du Papier und Stift bereit», sagte der Boss und steckte den Schlüssel in das erste Vorhängeschloß.

Ich saß bereit, mit Papier und Stift und den bis zur Absurdität detaillierten Inventarverzeichnissen, die allmählich Björks Spezialität geworden waren. Und ich wußte, jetzt stand eine Orgie der Pedanterie bevor, die einem geisteskranken Hauptmann der Infanterie solche Ehre gemacht hätte, daß er vermutlich verabschiedet oder obendrein zum Major befördert worden wäre. Anfangs hatte der Boss diese Ereignisse nicht Inspektion, sondern Razzien genannt; damals hatte es keine Inventarverzeichnisse gegeben, und das ganze Unternehmen hatte zumeist aus einer Überrumpelungsjagd auf Schweinereien bestanden, wie es offiziell genannt wurde. Man muß auch zugeben, daß er viel öfter etwas fand als er leer ausging, und das Resultat war meistens, daß der Zeugwart ausgewechselt wurde. Das ging so vor sich. Der Boss streckte sich zu seiner vollen Größe vor so vielen aktiven Spielern wie möglich, hob seinen ausgestreckten, ungeheuerlichen Zeigefinger gegen den Unglücklichen und äußerte mit Grabesstimme:

«Leider hat sich herausgestellt, daß einer von uns das Vertrauen des Clubs mißbraucht hat. *Sauerei* ist vorgekommen, in den Trainingstaschen und den Schränken. Der Zeugwart hat sich nicht gescheut, einige von euch aufs Feld gehen zu lassen in Kleidung, die andere schon benutzt hatten, nicht nur einmal, sondern immer wieder. Das ist, wie ihr alle wißt – gesundheitsgefährdend. Und ich denke nicht daran, das so weitergehen zu lassen. Lieber will ich selbst als Waschweib im Waschhaus stehen, als sich unseren Clubraum in einen Saustall verwandeln zu lassen!»

Eine Rede dieser Art verfehlte nie ihre Wirkung, und schon bei der nächsten Versammlung pflegte die allgemeine Meinung den Untauglichen von seinem Misthaufen zu entfernen. Aber wenn auch viele während der Jahre ernannt worden waren, nur wenige waren geeignet. Es war nämlich nicht leicht, Leute mit dem rechten Gefühl für die Klamotten zu finden, seit Persson von der Bildfläche verschwunden war; zu seiner Zeit hatte nicht einmal der Boss gewagt, allzu wild in den Schränken herumzustöbern, so gern er auch gewollt hätte, denn Persson hatte bis zu allerletzt etliche Sympathisanten, und ihn offen anzugreifen, hätte zu ernstlichen Konsequenzen führen können. Aber nun war Persson seit langem weg, und alle, außer höchstens Sven-Erik und mir, hätten wohl vergessen, daß es ihn überhaupt gegeben hatte, wenn der Boss nicht in besonders flagranten Fällen von Sauerei die Erinnerung an ihn dadurch wachgehalten hätte, daß er Ausdrücke wie «Das ist, verflucht noch mal, kein bißchen besser als zu Perssons Zeiten» oder «Das sieht genauso aus, als ob diese Sau Persson am Werk gewesen wäre» von sich gab. Einen annehmbaren Zeugwart zu bekommen war, mit anderen Worten, nicht leicht, aber der Boss hatte es schließlich geschafft, genauso, wie er alles andere schaffte. Mit seinen Argusaugen war es ihm gelungen, aus der wachsenden Schar der Sponsoren einen Typ rauszupicken, den es nach nichts Besserem verlangte, als seine Freizeit in dem wenig ästhetischen, aber möglicherweise sättigenden Mief alter Wollstrümpfe und verschwitzter Trikots verbringen zu dürfen. Es war ein junger Mann, der in seinem Beruf die Abfalltonnen der Schlachterei entleerte und der sein Leben lang davon geträumt hatte, Mitglied eines Sportvereins zu werden, aber nie genug Mut aufgebracht hatte, um vorzutreten und den Zehn-Kronen-Schein zu überreichen, der in seinem speziellen Fall mit den Schlüsseln zum Himmelreich gleichzusetzen war. Seine Bewunderung für den Boss grenzte an Idolatrie; einmal war er in Tränen ausgebrochen nach einem, bestimmt ungerechtfertigten, Verweis, und man erzählte sich, er habe sogar das sonnabendliche Saufen aufgegeben, vermutlich, um nicht zittrig zu sein beim Umgang mit seinen geliebten Hosen und Beinschonern. Im ganzen war er eine anspruchslose Figur, die es allen recht machen wollte und die sich unauffällig benahm, abgesehen von einem unerträglichen Hang, Geschichten aus der Militärzeit zu erzählen, was alle Versuche zu etwas anderem als schweigendem Beisammensein undenkbar machte.

«Der perfekte Zeugwart», sagte der Boss manchmal unter vier Augen. Und dann dachte er einige Sekunden lang nach und fügte hinzu: «Aber man muß ihn in Trab halten.»

Das gehörte zu seinem Standardvokabular. Alle mußten in Trab gehalten werden.

Und so hatte sich der Zeugwart, einerseits durch Björks Verzeichnisse und bürokratische Kleinlichkeiten, und andererseits durch den Boss, der wie besessen Jagd auf Sauereien machte, langsam zu einem wahren Märtyrer verwandelt, einem verhunzten grauen Schatten, der lebte und sich bewegte und litt und sich freute in seiner muffigen Welt aus Lederfett und Lehmklumpen, Liniment und Fußschweiß. Höchstwahrscheinlich hatte er nachts Alpträume, warf sich hin und her auf seinem einsamen Lager und sah mit blinden Augen, wie Razzien und Inspektionen in stark vereinfachten Schreckensbildern abliefen.

Wie ich geahnt hatte, war der Boss an diesem Sonntag in einer ganz außergewöhnlichen Form. Die Inspektion dauerte gute drei Stunden, und er zerrte jedes Stück aus den hintersten und verborgensten Verstecken hervor, stapelte alles in Haufen auf, zählte und zählte noch einmal zur Kontrolle, drehte, untersuchte, schnüffelte und wühlte. Er fand drei leere Bierflaschen im Ballschrank, einen Nagel von drei Zoll im Verbandskasten und einige Privatbriefe und anderes Zeug in den verschiedenen Fächern. Die Briefe las er laut, mit großem Interesse, und betonte jede persönliche, sogenannte pikante Passage durch ganze Serien von freudigen Äußerungen, von lächerlichem, backfischhaftem Gekicher bis zu schallendem Gelächter, die voll echter und tiefer Schadenfreude waren. Endlich hatte er alles gefunden und kontrolliert, alles, außer einem Dosenöffner, galvanisiert, den jemand vermutlich aus Versehen vergessen hatte und den Björk daraufhin eilig, voller Genugtuung katalogisiert hatte. Jetzt war er nicht zu finden.

«Wir müssen das Mistding finden», sagte er energisch.

«Warum das denn», sagte ich.

«Um ihn wegzuschmeißen und von der Liste zu streichen», sagte er und schlug mit dem Zeigefinger auf das Inventarverzeichnis.

«Hm», erlaubte ich mir zu sagen.

«Das ist doch albern, den hier zu haben», sagte er und sah mich scharf an, «das ist idiotisch, den hier rumfliegen zu lassen.»

«Richtig», sagte ich, «jemand ist vielleicht schon auf diese Idee gekommen und hat ihn mitgenommen.»

«Soweit kommt's noch», sagte er, «alles, was hier steht, sind clubeigene Gegenstände, nun hör aber mal!»

«Ich hab ihn nicht geklaut, falls du das meinst», sagte ich.

«Nee, das hoff ich auch, verflixt noch mal», sagte er und wurde nachdenklich.

«Und ich gedenke auch nicht, ihn zu suchen», sagte ich.

Er murrte vor sich hin. Ich nahm den Hauklotz und hob ihn in die Sonne hinaus und setzte mich darauf und rauchte, an die Wand gelehnt. Das war eine ausgezeichnete Gelegenheit zum Nachdenken, und ich saß so eine gute halbe Stunde lang, indessen mein meditativer Zustand langsam in das hinüberglitt, was man Schlummer nennt. Als ungefähr vierzig Minuten verstrichen waren, kam der Boss heraus und haute mir auf die Schulter. Er zeigte den Dosenöffner vor.

«Ich hab das Mistding gefunden», sagte er triumphierend.

«Das seh ich», sagte ich.

«Im Verbandskasten, zwischen den sterilen Kompressen, ist das nicht zum Kotzen?»

«Manchmal bezweifle ich, daß du normal bist», sagte ich. «Denk doch mal, wieviel Zeit du für so eine Sache vergeudest. Nutzlos.»

«Auf die Details kommt es an», sagte er entschuldigend und besah das galvanisierte Gerät, «und im übrigen ist dieser Club hier auch nicht normal.»

Er machte kehrt und ging mit langen, schweren Schritten zur Hecke hinüber. Dort holte er Schwung wie ein Kugelstoßer und schmiß den Dosenöffner weit in die Natur. Er kam mit verklärtem Gesichtsausdruck zurück, wie von einer schweren Last befreit. Ich saß immer noch auf dem Hauklotz.

Er schob den Hut in den Nacken und lehnte sich gegen die Wand, holte sein elegantes Etui heraus und fummelte eine halbe Zigarette daraus los.

«Ich hab die Hölle zu Hause», sagte er und suchte in den Taschen nach Streichhölzern.

Ich schloß die Augen, um zuzuhören. Es war brütend heiß hier auf der Sonnenseite.

«Heute nacht», sagte er, «so eine Hölle. Ich war besoffen, hatte nicht mit ihr getanzt, ich war ein Faultier und ein Trampel, ich hatte an jedem Mädchen rumgefummelt, das in meine Nähe kam, und ich hatte vulgär geredet. Sonja ist ein Aas.»

Er zündete den Stummel an und sog eine Menge Rauch ein, ohne auch nur so viel wie einen Kubikmillimeter auszupusten.

«Und Pech hab ich gehabt, ich glaube, niemand auf der ganzen Welt hat so ein verfluchtes Pech gehabt. Stell dir vor, drei andere Mädchen hätte ich heiraten können, damals, welche ich wollte, und dann hab ich dieses verdammte frigide Aas genommen. Sie ist kein richtiger Mensch, das ist ihr Fehler. Für die Ordnung im Haus und zum Stopfen und Essenkochen, da ist sie gut, und deshalb hab ich sie genommen.»

Er machte eine kleine Pause und trat den Stummel trübsinnig mit dem Fuß im Schnee aus.

«Ein Mann muß eben Ordnung um sich haben. Und Ordnung, die hält sie ja auch, das muß man zugeben. Aber dann meckert sie in einer Tour über allen möglichen Scheißkram, und nichts kann da liegen bleiben, wo man es hingelegt hat, und überall stellt sie ihre blöden Schafe auf, und ich hab kaum Platz für die notwendigen und wichtigen Sachen. Sie kapiert nicht, daß sie zu Hause Ordnung halten soll und ich, verdammt noch mal, an so viele wichtige Sachen denken muß.»

Ich fand das ein bißchen wirr, aber so ist das ja meistens.

«Und das Eheleben ist nicht einen Pfifferling wert, und ist es nie gewesen. Man kriegt sie vielleicht einmal im Monat so richtig in Gang. Was sagst du dazu?»

Sagte er und sah mich verstohlen an.

«Das hört sich ja kümmerlich an», sagte ich.

«Man hat keine Freude an ihr», fuhr er schwermütig fort. «Einmal im Monat, wie? Vielleicht. Und da muß man auch noch geil sein wie ein Elch und zäh wie ein Wikinger. Ein normaler Mensch würde annehmen, daß ich immer in toller Form bin. Aber sie, sie liegt nur da und glotzt ihre Schafe an. Nee, Scheiße.»

Er dachte ein Weilchen schweigend nach.

«Wenn ich das hier nicht hätte, ich weiß nicht, was ich tun würde, zum Teufel auch.»

Er machte eine weitschwingende Armbewegung.

«Vielleicht geht es uns allen so», sagte er. «Vielleicht tauschen wir nur irgendwas gegen irgendwas anderes aus.»

«Vielleicht», sagte ich.

27

Es sollte allerdings noch dauern, bis ich erneut von der Scheidung des Boss' hörte, und unterdessen ging alles seinen gewohnten Gang. Wir gewannen in dem Jahr die Serie, aber diese Entwicklung war so sehr vorauszusehen, daß sogar die Jungs sich anstrengen mußten, fröhlich auszusehen, als sie sich nach dem letzten Spiel, mit der Visage zur Sonne, für die Pressefotografen aufstellten. Ich selbst hatte nicht einmal Lust, hinauszugehen und an den Fotoorgien teilzunehmen, sondern blieb wo ich war und lehnte am Geländer vorm Clubhaus und begnügte mich damit, das Schauspiel von fern zu betrachten – aber der Boss war natürlich mit im Zentrum des Geschehens und reckte sich, daß sein dunkler Anzug in den Nähten krachte. Es hatten sich über zweitausend Zuschauer um den Platz versammelt, an sich ein schöner Rekord für den westlichen Sportplatz, der ein gutes Stück außerhalb des Ballungsgebietes der Stadt lag, und eine ganze Menge Leute blieben noch bis lange nach dem Schlußpfiff, um beim Überreichen und Fotografieren dabeizusein und die Gelegenheit zu haben, den Jungs eins zwischen die Schulterblätter zu hauen, als diese allmählich zum Umkleideraum trotteten. Als der Boss über die Bande zur Laufbahn kletterte, kam ein unbekannter Mitbürger in grauem Anzug und schwarzem Hut heran und bestand darauf, seine Hand drücken zu dürfen. Das durfte er, und eine Menschenmenge stand rundherum und hörte, was er sagte. Er sagte:

«Ich bin selbst alter Sportler und möchte die Gelegenheit nutzen, euch für das zu danken, was ihr für den Sport und die Jugend in der Stadt hier getan habt. Danke, und Gott behüte euch auch in Zukunft. Solche Leute wie euch, die braucht diese Stadt.»

Lundells jüngerer Bruder, der übrigens ausgezeichnet gespielt und drei Tore geschossen hatte, nahm die Gelegenheit wahr, um ein Hoch auf den Boss auszubringen, und eine ganze Menge der Umherstehenden riefen auch «hoch». Es war eine rührende Szene. Sven-Erik, der wegen einer Zigarette zu mir herübergekommen war, zuckte die Schulter und sagte irritiert:

«Zu dämlich, wie dumm die Leute doch sind ...»

Er hatte eigentlich recht, denn Grund zum Jubel, ausgerechnet bei dieser Gelegenheit, gab es kaum. Was da gerade abgelaufen war, war ein ziemlich, um nicht zu sagen ungewöhnlich leichtes Spiel gewesen, und der Erfolg hatte sich, wie in den vorausgegangenen Spielzeiten, prompt gezeigt, weil die Mannschaft noch immer ganz ohne Zweifel für die Konkurrenz in dieser Serie überqualifiziert war.

Aber das änderte nichts daran, daß wir vier Serien hintereinander gewonnen hatten und durch die ganze schwedische Presse wanderten, auch nicht daran, daß es einem verspäteten Pressefotografen gelang, das herzerweichende Bild zu verewigen, das den Boss wie ein Felsenbild über dem Haufen begeistert hurrarufender Spieler und Zivilisten emporragend, zeigte.

Wir gewannen die Serie auch im folgenden Jahr und stiegen in die zweite Division auf, und ob es der Seriensieg war oder der persönliche Erfolg im Rampenlicht, der als Triebfeder wirkte, das möchte ich dahingestellt sein lassen, Tatsache ist aber, daß der Boss sich nach Stockholm verirrte zu einer Vier-Tage-Orgie, über deren Art und Absicht kein Zweifel zu herrschen brauchte. Es war wohl auch niemand, der ihm einen kleinen Urlaub mißgönnte, er hatte während der Spielzeit wirklich hart gearbeitet. Und als er zurückkam, beneidete man ihn noch weniger. Hohläugig, pleite und entkräftet saß er in meiner Küche und schlabberte schwarzen Kaffee von der Untertasse wie eine zahnlose alte Katze und brütete über der Frage, ob er sich nach Hause wagen oder mich das Klappbett vom Boden holen lassen sollte.

«Jetzt soll man nach Hause gehen», sagte er misanthropisch, «und, ach, zum Geier. Sauer war sie, als ich abfuhr. Ja, das war übrigens ein Höllenspektakel, und wie wird sie dann jetzt erst sein?»

Er hob die Untertasse, langsam und zitternd mit beiden Pfoten, und schlürfte bescheiden, die Ellenbogen auf den Tisch gestützt.

«Stell dir bloß mal vor», sagte er, «Jahr für Jahr mit diesem scheißfrigiden Aas, und mit der Scheidung läuft noch nichts.»

Ich erinnerte mich daran, daß seine Formulierung vor anderthalb Jahren fast genau die gleiche gewesen war, auf dem westlichen Sportplatz. Und ich goß mir selbst einen Schluck ein und sagte:

«Willst du dich wirklich scheiden lassen?»

Er starrte in eine andere Richtung und sagte ausweichend:

«Du bist nicht verheiratet, du, und das hört man, würde ich sagen.»

«Ich bin es vielleicht bald», sagte ich und fühlte den kleinen Stich eigener Kümmernisse, fern von anderer Leute Kenntnis und Urteilsvermögen.

Es war elf Uhr abends, und es war still draußen, und drinnen waren nur die Uhren und das Rieseln des Kaffees über die Untertassenkante zu hören.

«Was bin ich doch eigentlich für ein anständiger Ehemann, sag doch selbst», sagte er in einem neuen Anfall von Selbstmitleid. «Nie mach ich was anderes als prima und gute Sachen hier in der

Stadt. Nichts, wodurch sie Scherereien haben könnte. Andere saufen und jagen hinter Weibern her – und ich trink kaum mal einen Kaffee mit Schnaps drin während der Woche. Wenn ich mal ein bißchen Spaß haben will und Urlaub, dann fahr ich weg, wie jetzt zum Beispiel, und kein Schwanz weiß, was ich mache. Alle glauben, ich bin geschäftlich unterwegs. Außer dir.»

«Und Sonja», sagte ich.

Sein Blick verirrte sich wieder nach unten an die Scheuerleiste.

«Sonja ist ein Aas», sagte er tonlos.

«Sie weiß nicht, wie verdammt gut sie es hat», sagte ich.

«Nee», sagte er.

«Dann laß dich scheiden.»

«Ja, jetzt passiert das auch», sagte er, nicht sehr nachdrücklich.

Nach einem Weilchen sagte ich, in der Hoffnung, er habe das Thema fallen lassen:

«Möchtest du heute nacht hier schlafen?»

«Nee, ich geh jetzt nach Hause und pack die Kuh bei den Hörnern. Es ist am besten, das jetzt gleich zu machen. Und außerdem kann ich morgen nicht in dieser Kleidung hier durch die Stadt gehen, nicht wenn es hell ist.»

Er stand entschlossen auf und sagte zu sich selbst:

«Jetzt reicht's. Verflucht noch mal, jetzt reicht's.»

Und zu mir:

«Die muß jetzt gleich erledigt werden. Die Scheidung. Wenn die Herbstsaison anfängt, haben wir keine Zeit für irgendwelchen Unsinn.»

Er machte die Tür auf, zögerte aber und machte sie von innen wieder zu und drehte sich um, boxte mir scherzhaft in den Bauch.

«Wir sind in die zweite Division aufgestiegen», sagte er, «und jetzt werden wir im Stadion spielen, und dann werden wir den ‹Grafen› fertigmachen, und nächstes Jahr, oder vielleicht übernächstes, steigen wir in die höchste Spielklasse auf, in ‹Allsvenskan›.»

«Ja, das tun wir», sagte ich.

«Wir werden fein, du und ich», sagte er.

«Das sind wir immer gewesen», sagte ich.

«Alter Knabe», sagte er.

«Herr Vorsitzender», sagte ich.

«Das wird schön, wieder Junggeselle zu sein», sagte er und lachte.

«Sich wie ein freier Mann fühlen», sagte er draußen im Flur.

Er ging, und das Lachen verhallte im Treppenhaus, und ich machte die Deckenbeleuchtung aus und setzte mich an den Schreibtisch und machte die Schreiblampe an und versuchte, den Brief an die Frau weiterzuschreiben, die meine erste Ehefrau werden sollte. Es gelang nicht recht, und aus dem großen Dunkel starrte ich hilflos auf zwei verlorene Hände und einen blauen Kugelschreiber auf einer grünen Löschblattunterlage. Es hatte angefangen zu regnen, und die Tropfen klopften hart gegen das Fensterblech. Nach einiger Zeit klingelte das Telefon, und ich sandte einen dankbaren Gedanken an den noch unbekannten Eindringling in diese Stimmung, bevor ich den Hörer abhob. Das Gespräch wurde von einem Automaten aus geführt, und ich hörte die Zehn-Öre-Stücke durch den Münzschacht rasseln und den Weg für die Stimme des Boss' freigeben. Der sagte:

«Komm sofort.»

«Was ist passiert?»

«Weiß nicht.»

«Was denn nun, zum Teufel», sagte ich.

Er stand draußen und wartete vor der Tür zu dem Haus, in dem er wohnte. Es war so dunkel, daß ich sein Gesicht nicht erkennen konnte.

«Was gibt's», sagte ich außer Atem.

«Ich weiß nicht, hab ich doch gesagt», sagte er irritiert. «Die Wohnungstür da oben ist nicht zu und alle Zeitungen sind im Briefkasten.»

«Na, und?»

«Sie ist vielleicht nicht zu Hause», sagte er zweifelnd.

«Bist du nicht reingegangen?»

«Ich hab geklingelt, aber niemand hat aufgemacht.»

«Die Tür war ja offen», sagte ich.

Ich hatte noch nicht ganz begriffen, was er meinte, aber da fuhr gerade ein Auto vorbei und im Schein der Lichter sah ich, wie er starrte, gequält und vorwurfsvoll.

«Komm, wir gehen rauf», sagte ich.

«Ja», sagte er.

Ich ging voran, nicht besonders schnell, aber dennoch war er eine halbe Treppe hinter mir, als wir die dritte Etage erreichten. Es steckte ein ganzes Bündel Zeitungen und sonstige Post eingeklemmt in dem Briefschlitz. Ich drückte auf die Türklinke. Die Tür war wirklich unverschlossen.

«Wir gehen rein», sagte er heiser und schnaubte mir ins Genick.

Ich schob die Tür auf und trat in die dunkle Diele. Nach zwei Schritten merkte ich, daß er mir nicht folgte. Ich fand den Lichtschalter und drehte daran und ging weiter in das Wohnzimmer, wo alles soweit wie immer aussah, aufgeräumt und ordentlich. Aber die Gardinen waren nicht vorgezogen, und hinter der Sofaecke sah man Sonjas kokette Hausschuhe, rote, mit großen blau-violetten Quasten vorn. Ich kam mir vor wie der Privatdetektiv in einem amerikanischen Film und ging um das Sofa herum und blickte auf den unechten Teppich, der ein alltägliches und langweiliges Muster hatte. Ich zuckte die Schultern und ging durch das andere Zimmer hinaus in die Küche. Der Kaffeekessel und eine unabgewaschene Tasse und die Zuckerdose standen auf dem Tisch. Über dem Abwaschtisch summte eine ausgehungerte Schmeißfliege. Ich ging hinaus zum Boss.

«Sie ist nicht da», sagte ich.

«Hast du im Badezimmer nachgeguckt», sagte er, während er an seinem breiten, kurzgeschnittenen Zeigefingernagel biß.

Ich ging wieder hinein und öffnete die Badezimmertür, die merkwürdigerweise nach innen aufging, und hielt die Luft an, als die Tür gegen etwas stieß, was nachgab. Aber es war nur eine Wäscheleine mit zwei weißen Hemden, die wie Gespenster über der Badewanne schwebten, und ich ging wieder nach draußen vor die Wohnungstür.

«Da ist nichts», sagte ich, «komm jetzt rein.»

«Hast du im Kleiderschrank nachgeguckt», sagte er.

«Komm rein jetzt», sagte ich.

«Du mußt im Kleiderschrank nachgucken.»

Ich inspizierte den Einbauschrank und ging zurück.

«Sei jetzt nicht albern», sagte ich, «sie ist nicht hier.»

Er trat ein, unbeholfen und langsam und auf der Hut, und sah sich mißtrauisch um, wie eine Katze, die sich in einem fremden Haus verlaufen hat. Er durchstöberte die Zimmer.

«Sie ist nicht hier», sagte er.

«Nee», sagte ich, «sieht nicht so aus.»

«Wo kann sie sein», sagte er.

Er bekam einen kleinen Anfall und stapfte fluchend einige Male durch das Zimmer, bevor er sich zusammennahm und laut überlegte:

«Wohin, glaubst du, ist sie abgehauen?»

«Sie hatte es wohl satt und ist weggefahren», sagte ich.

«Wohin?»

«Wie soll ich das wissen?»

«Merkwürdig», sagte er, «verdammt merkwürdig.»

«Warum?»

Er sah mich enttäuscht an.

«Du verstehst nicht», sagte er, «Sonja ist nicht so. Wenn sie abhaut, dann ...»

Er verstummte.

«Na, was dann?»

«Du verstehst nicht», sagte er.

«Wir müssen sie finden», brüllte er. «Jetzt, sofort. Hörst du, was ich sage?»

«Natürlich hör ich», sagte ich, «und schrei mich nicht an. Ich hab sie nicht entführt.»

Das brachte ihn auf einen Gedanken, der ihm nicht gut bekam, denn sein Mund verzog sich und seine Haut wurde dunkel.

«Verdammt noch mal, was sagst du da», sagte er mit belegter Stimme, «entführt, was?»

Die Stimme versackte in ihm zu einem verkapselten Murmeln.

«Irgendein Miststück hat was mit ihr hinter meinem Rücken. Vielleicht jemand, den ich kenne. Jemand im Club. Irgendein kriecherischer, schäbiger Lump hat was mit ihr.»

Eine Idee explodierte hinter seiner Stirn und ließ seine Augen stechend funkeln. Er machte einen wuchtigen Schritt vorwärts.

«Weißt du etwas, was du nicht sagst», sagte er drohend.

«Scher dich zum Teufel», sagte ich und drehte mich um.

Aber fast sofort hatte ich seine Hand auf der Schulter und er sagte bittend:

«Nee, du mußt hierbleiben. Ich hab das nicht so gemeint.»

Ich hatte wirklich nicht daran gedacht, wegzugehen, und ich zündete eine Zigarette für ihn an, damit er sich beruhigen sollte. Danach machte ich einen vagen Versuch, diese seltsame Situation zu analysieren, deren einzige Merkwürdigkeit in der Art seiner Reaktion zu liegen schien.

«Nimm es nicht so ernst», sagte ich, «auch wenn sie ... Na ja, so was passiert täglich, rund um uns herum. Mein Mädchen ist in Frankreich und schläft mit einem anderen Mann – und trotzdem werde ich sie heiraten, glaube ich, jetzt, wenn sie wieder nach Hause kommt. So ist das immer, wenn Leute sich ein bißchen von einander entfernen. So ist das immer gewesen.»

Das lenkte ihn ein bißchen ab und er sagte:

«So steht das in den Büchern, aber in der Wirklichkeit ist das nicht so. Und was dich anbelangt, du hast einen verdammt schlechten Anfang gemacht.»

Er zog, daß die Zigarette warm wurde, und machte sie heftiger aus als nötig.

«Und außerdem ist dies hier was ganz anderes. Dies hier geht mich an. Und so kann man das mit mir nicht machen.»

Er überlegte ein Weilchen.

«Mit dir kann man das vielleicht machen», sagte er, «aber das glaub ich nicht.»

Mir wurde plötzlich klar, daß ich ihn mit einem Vertrauen geehrt hatte, das ich mir selbst noch kaum gegeben hatte. Der übliche Gedanke, ihn zu bitten es zu vergessen, schlich sich hervor, aber ich verjagte ihn. Man konnte sich auf ihn verlassen, solange es nicht um die Interessen des Clubs ging, und wenn es andererseits um diese ging, war er imstande, alle Versprechen zu brechen. Er unterbrach meine Überlegungen dadurch, daß er mit der Faust an den Türpfosten schlug und seinen großen Kopf vor- und zurückwarf. Er brüllte wie ein trauriger Ochse.

«Wo ist sie? Verdammt, wo ist sie? Wo kann sie sein?»

Ich schluckte meine eigenen Probleme und Zweifel hinunter und setzte ihn mit großer Mühe in den Sessel und versuchte, etwas Beruhigendes zu sagen.

«Nun sieh das mal cool. Niemand ist mit ihr abgehauen. Sonja ist nicht so eine. Sie ist nur verreist, zu irgendeiner Freundin, um sich ein bißchen zu beklagen.»

«Sie hat keine Freundinnen.»

«Dann eben zu Verwandten.»

Er dachte nach.

«Sie hat eine Schwester in Göteborg und eine in Schonen», sagte er.

«Und einen Bruder in Visby», sagte ich, wohlinformiert über Familienangelegenheiten.

«Den mag sie nicht», sagte er, «das ist also ausgeschlossen.»

Danach sagte er nichts mehr, sondern ging zum Schreibtisch hinüber und legte seine Hand schwer auf das Telefonbuch. Ich hörte ihn die Gespräche bestellen, auch das ausgeschlossene, mit grauer Stimme, während ich in die Küche ging, um nach Kaffee oder bestenfalls nach Cognac zu suchen.

Es war kein Alkohol da, aber viel Kaffee, und ich schüttete alles aus der Dose in den Kessel, um den Sud kräftig zu machen. Während ich damit beschäftigt war und mich über das langsame Erwärmen der elektrischen Platte ärgerte, öffnete er zweimal die Tür einen Spalt breit, wahrscheinlich um sich davon zu überzeugen, daß ich mir nicht aus den Gardinen Seile gedreht hatte und durch das Fenster geflohen war. Nach kurzer Zeit bekam er das erste Gespräch, das mit Göteborg, und sie war nicht dort. Er sagte nur jaha und nee, nee und warf den Hörer auf, und ich hörte zerstreut zu, während ich den Kaffee probierte, der schwärzer war als Sumpfwasser und entsprechend schmeckte. Ich goß den Extrakt in eine Suppentasse und trug sie in das Zimmer. Er saß wie versteinert am Schreibtisch und starrte auf die Wand, und der Rücken war ausnahmsweise einmal nicht ganz gerade, und als ich die Tasse zwischen seine Ellenbogen stellte, gab er mir einen schwermütigen Blick und sagte:

«Du hast den Zucker vergessen.»

Ich hatte den Zucker vergessen und ging, um ihn zu holen, und ich grinste und dachte: der gleiche alte Boss, und in dem Augenblick klingelte es und er fiel über das Telefon her wie eine Sturmmöwe. Ich suchte nach der Zuckerschale, die natürlich direkt vor meiner Nase stand, und blieb vor der Küchentürschwelle stehen, und es war leichter zu horchen, als es zu unterlassen.

Die Verbindung war offenbar schlecht, und sein Gebrüll erfüllte die ganze Wohnung.

«Ist Sonja da? IST SONJA DA?»

«Was, was macht sie?»

«Weck sie! Natürlich, jetzt.»

Gott sei Dank, dachte ich, und das hätte ich nie geglaubt.

Es dauerte scheinbar eine ganze Weile, obwohl es kaum mehr als drei, vier Minuten sein konnten, und man hörte als einziges lange, tiefe Atemzüge. Und er sagte, rauh wie Mergel:

«Bist du das?»

Und:

«Was? Was sagst du?»

«Warum bist du von zu Hause ausgerissen? Ja, ausgerissen.»

«Schätzen?»

«Schätze ich dich nicht?»

Und dann in vollster Lautstärke:

«WER?»

«Wer, sag ich. Wer? Wer?»

Dann:

«Das kannst du mir nicht antun.»

Die Verbindung war jetzt offenbar sehr schlecht, denn er wiederholte die Aussage mehrmals mit der vollen Kraft seiner Lungen. Ich nahm die Kristallschale mit den Zuckerstücken in die andere Hand und lehnte mich an den Türpfosten. Es war ein langweiliges Gespräch, und außerdem ist es immer irritierend, wenn man nur den einen Partner hört.

«Du mußt zurückkommen», schrie er.

Dann kippte die Stimme über und wurde rührselig, und die Worte waren wie dicke Klumpen, und für einen Augenblick war es ihm völlig gleichgültig, ob ihn jemand hörte oder nicht, und röchelndes Schluchzen kam aus seinem Innersten. Kurz darauf fiel ihm anscheinend ein, daß die Wiedergabe nicht so war, wie sie sein sollte, und er lieferte ein Schluchzen, das den technischen Anforderungen besser gerecht war. Das Schluchzen war ziemlich unbeschreiblich – obwohl ich schon einmal etwas Ähnliches gehört hatte, als der Tiger einer Tierschau sich an einem Kotelettstück verschluckte. Der Tiger war allerdings überhaupt nicht komisch. Aber wenn auch das Chromosomenschluchzen in gewisser Weise den Effekt verfehlte, Tatsache war, daß der Boss kurz vorher geheult hatte. So gut er das nun konnte.

Es wurde still im Zimmer, und ich ging mit dem Zucker hinein, und er saß mit dem Hörer in der Hand.

«Man hört nichts mehr», sagte er.

«Die Verbindung ist wohl unterbrochen worden», sagte ich.

Er gab mir den Hörer und einen feuchten, vorwurfsvollen Blick, und ich lauschte einige Sekunden dem Rauschen von siebenhundert Kilometer Kabel, ehe eine Telefonistin weit weg irgendwas sagte und mechanisch umschaltete auf tote, luftleere Stille.

«Rufst du noch mal an?» fragte ich und legte den Hörer auf.

«Nee», sagte er tonlos, «was nützt das schon? Man kann so was nicht per Telefon klären, und außerdem konnte sie nicht hören, was ich gesagt habe. Ich hörte sie, aber sie nicht mich.»

Ich schwieg, und er schluckte den fürchterlichen schwarzen Kaffee in langen, gurgelnden Zügen. Ab und an schüttelte er den Kopf.

«Weißt du, was sie gesagt hat? Daß ich sie nicht zu schätzen wüßte, daß es andere gäbe, die sie mehr zu schätzen wüßten als ich. Daß sie nicht wüßte, ob sie zurückkäme.»

«Ist doch klar, daß sie wieder herkommt», sagte ich. «Alle ihre Klamotten sind doch hier.»

«Was spielen Klamotten für eine Rolle», sagte er und sah feindlich auf die Möbelstücke. «Es gibt Augenblicke, da läßt man auch gern seine Kleider zurück, nur, um wegzukommen.»

«Okay», sagte ich, «hier hast du deine Scheidung. Gratis und franko.»

Ich konnte es einfach nicht lassen.

«Du verstehst nichts», sagte er.

Ich gähnte.

«Ich hab in den letzten vierundzwanzig Stunden nicht sehr viel geschlafen.»

«Ich hab die letzten drei Nächte kaum geschlafen», sagte er kritisch.

«Das sieht man», sagte ich.

Er stand auf und ging zum Spiegel hinüber.

«Pfui Teufel», sagte er. «Stell dir vor, jemand würde mich so sehen ... Wo liegt Skurup», sagte er und holte sein Necessaire.

«Zwischen Malmö und irgendwo.»

«Verflixt feine Auskunft», sagte er. «Wie weit ist das?»

«Fünfhundert Kilometer, sechshundert vielleicht oder siebenhundert.»

«Hol das Auto», sagte er.

Ich glotzte.

«Ich meine, würdest du so nett sein und das Auto holen», sagte er.

«Was willst du machen?»

«Mich rasieren», sagte er. «Dann hol ich sie.»

«Heute nacht?»

«Ja, jetzt sofort.»

Er hatte sich also erholt, jedenfalls so gut, daß er seine eigenen

Angelegenheiten auf die gleiche Art und Weise wie die des Clubs beurteilen konnte. Er war wieder in Fahrt. Er war der Boss. Sonja sollte geschockt werden, einfach nach Hause geholt werden, als ob sie der neue rechte Verteidiger wäre, von dem behauptet wurde, wir brauchten ihn in der zweiten Division.

Ich holte das Auto und kontrollierte, ob der Tank gefüllt war. Es nieselte immer noch, und als ich vor dem Haus vorfuhr, kam der Boss mit großen Schritten aus der Haustür und hatte sich umgezogen; es war schnell gegangen. Ich rutschte auf den Beifahrersitz und er setzte sich hinter das Steuer und sah auf die Uhr und sagte so nebenbei:

«Kommst du mit?»

«Wenn du willst.»

Er legte den ersten Gang ein, und erst als wir auf die Reichsstraße kamen, knuffte er mich in die Seite.

«Schlaf», sagte er.

Ich wachte einmal in taufeuchter, grauer Dämmerung und einer leeren Stadt auf, und danach erst, als es ganz hell war, mitten im Wald, und die Sehnen im Nacken taten weh, und die ganze rechte Seite war eingeschlafen. Wir machten eine Pause, und dann fuhr ich hundert Kilometer oder so, aber er fand, es ginge zu langsam, obwohl ich ganz schön abzischte. Er schlief einmal kurz ein, unruhig, wachte aber nach einigen Minuten wieder auf und fuhr hoch, daß die ganze Karre wackelte.

«Jemand hat was mit ihr», sagte er und starrte wild auf die leere Straße.

Wir kamen gegen elf Uhr vormittags an, und bis dahin hatten wir nicht mehr als zehn Sätze gesprochen, auf dem ganzen Weg. Ich besah neugierig die Landschaft, die hügelig vorüberflog, mit kleinen weißen Kirchen und schwarzbunten Kühen und rapsgelben Feldern, und es regnete überhaupt nicht in diesem Teil des Landes, und es war ein warmer, schöner Tag geworden.

Ich stieg an der Telefonzelle aus der Karre, um die Redaktion anzurufen und darauf aufmerksam zu machen, daß ich nicht gekommen war. Dann ging ich und setzte mich in ein Café, und nach einiger Zeit kam der Boss und hielt Sonja an der Hand und trug einen kleinen roten Koffer, und das war scheinbar ihr ganzes Gepäck für den Ausflug.

Ich fuhr den ganzen Weg zurück, und sie saßen auf dem Rücksitz, und ich hatte keine Lust, angestrengt zu lauschen, was gesagt wurde. Einige Male bekam ich zufällig den Boss im Rückspiegel zu sehen, und er sah genauso zufrieden aus, als hätte er einen Auswahlspieler geworben.

Als wir ankamen, war es schon Nacht, und der Boss klopfte mir sechsmal auf die Schulter, und dann ging ich nach Hause und legte mich ins Bett. Ich war müde und zog den Brief aus der Schreibmaschine und zerriß ihn. Bevor ich einschlief, dachte ich, jemand hatte was mit Sonja gehabt, und überlegte, wer das wohl sein könnte.

28

Mitten im Sommer, einen Monat vor unserem ersten Spiel in der zweiten Division, zogen wir um, vom westlichen Sportplatz zum Stadion. Das bedeutete einen großen taktischen Fortschritt, der nur durch langwieriges und hingebungsvolles Intrigenspiel ermöglicht worden war. Schon ein Jahr zuvor war es uns gelungen, einen gefügigen Mann in den Sportausschuß zu bringen, aber das half anfangs nicht nennenswert, weil der «Graf» immer noch den größten und führenden Verein der Stadt kommandierte, und sein Rückhalt in der kommunalen Verwaltung war fest verankert. Seit Jahren haßte er uns zäh und rabiat, und die meisten seiner Sympathisanten waren zu gut gestellt, um überredet oder bestochen werden zu können. Aber es gab weitere Spitzenorganisationen, vor allem eine Instanz, die komischerweise *Komitee für sportliche Zusammenarbeit* hieß und die prinzipiell recht viel Einfluß hatte. Es war lange vor unserem Entstehen gebildet worden, und alle Versuche, dort hineinzukommen, wurden lange Zeit dadurch behindert, daß die älteren Vereine einen steinharten Ku-Klux-Klan etabliert hatten, der systematisch alle Neuen aus der Gemeinschaft ausschloß. In der Tat konnten wir in dieser exklusiven Gesellschaft nicht Fuß fassen, bevor der Boss den FC torpediert hatte und er automatisch auf den freien Platz kam. Nach und nach lernte ich dieses *Komitee für sportliche Zusammenarbeit* kennen, in dem ich eine Reihe von Jahren als Vertreter unseres Clubs war. Seine Sitzungen waren von großer Würde gekennzeichnet, und sie verliefen immer nach parteiischen Richtlinien, die mit grotesker Konsequenz angewandt wurden. Drei weitere Vereine waren vertreten, und allesamt stimmten immer gegen jeden meiner Anträge, die also automatisch mit drei Stimmen gegen eine abgelehnt wurden. Es wurde vorausgesetzt, daß ich meinerseits in allen anderen Angelegenheiten dagegen stimmen würde, denen also genauso regelmäßig mit drei Stimmen gegen eine zugestimmt wurde. Wenn die drei Mehrheitsvertreter untereinander Meinungsverschiedenheiten hatten – und das hatten sie natürlich, dann wurde das offenbar intern geregelt, denn bei den Zusammenkünften präsentierten sie stets und ständig die selbe langweilige einheitliche Front. Meine Anwesenheit bei den Sitzungen war, mit anderen Worten, recht sinnlos, und um die Monotonie zu unterbrechen, stimmte ich manchmal für die Anträge der anderen Mitglieder, und manchmal sogar gegen meine eigenen, was mir scharfe Zurechtweisungen einbrachte. Ich entsinne mich unter anderem, daß es mir bei einer Gelegenheit aus purer Unaufmerksamkeit passierte, daß ich gegen meinen eigenen Antrag stimmte, das Komitee möge befürworten, dem westlichen Sportplatz eine von der Kommune gestellte Mülltonne zukommen zu lassen. Der Antrag wurde somit einstimmig abgelehnt, und als der letzte Hammerschlag gefallen war und die Ausschußmitglieder auf die Straße hinausgetreten waren, wo das feierliche Sitzungsritual nicht länger beachtet zu werden brauchte, sagte der Repräsentant des «Grafen»:

«Du ziehst die Arbeit des Komitees ins Lächerliche.»

Darauf entgegnete ich, wahrheitsgemäß, daß der Beschluß von untergeordneter Bedeutung sei, da wir auf eigene Kosten drei Wochen zuvor den umstrittenen Müllbehälter gepachtet hätten.

«Aber stell dir vor, der Antrag wäre durchgekommen und ihr hättet noch eine Mülltonne gekriegt», sagte der Mann ernst, «was hättet ihr denn dann gemacht?»

«Wir hätten sie vergoldet und auf einem Marmorsockel mitten auf den Rasen am Eingang gestellt», sagte ich.

«Ha, damit wäre die Finanzverwaltung niemals einverstanden gewesen», sagte er überlegen, aus den Höhen seiner kommunalpolitischen Übergescheitheit herab.

Wir hatten wirklich keinen größeren Nutzen von unserer Mitarbeit in der Verbindungsorganisation, aber niemand konnte mich daran hindern, mich zu Wort zu melden und so lange zu reden, bis mein Hals trocken wurde, und es gab maßlose Pseudoargumente und Scheinbeweise vor den parteiischen Abstimmungen. Die kompakte Mehrheit des «Grafen» im Komitee hatte allerdings, wie das meiste, eine Achillesferse. Um den Aufnahmeantrag eines Vereins abzulehnen, mußte das Komitee, den Satzungen entsprechend, einstimmig beschließen. Es genügte deshalb ein Bürge bei der Abstimmung zur Neuaufnahme, und wir kapierten ziemlich bald, daß diese Klausel einen Maulwurfstunnel öffnete, durch den wir mit etwas Geduld die Majorität des «Grafen» untergraben konnten.

Unser erster Verbündeter wurde der Neue FC, der durch meine Stimme aufgenommen wurde, nachdem wir ihn durch fleißiges Lüpfen des Vereinskassendeckels an uns gebunden hatten. Ein Jahr später wurde eine neue Straßenmannschaft im Süden der Stadt gebildet, und der Boss, der nun die volle Bedeutung der Pflege der Kleinen im Reich des Sports eingesehen hatte, versklavte schnell deren Vorstand mit Hilfe angemessener Erkenntlichkeiten. Nachdem auch dieser Verein aufgenommen worden war, war die Stellung im *Komitee für sportliche Zusammenarbeit* unentschieden, und alle Abstimmungen mußten durch das Los entschieden werden. Diese spannende Zeit wurde allerdings schon nach einem halben Jahr beendet, weil der «Graf» alle Spieler der neuen Gruppe zu sich gelockt hatte und der Verein verblutete. Trotz unserer tapferen Versuche, ihn am Leben zu erhalten. Der Rückschlag – der obendrein den Club auch noch eine hübsche Summe gekostet hatte – machte den Boss rasend, und er beteuerte unter endlosen, derben Flüchen, daß wir beim nächsten Mal gründlichere Vorbereitungen treffen würden.

Nach einiger Zeit wurde wieder ein kleiner Fußballverein geboren, aber um dieses zerbrechliche Embryo zu schützen, begnügten wir uns damit, es in Bereitschaft zu halten, in der Erwartung einer Möglichkeit, uns endlich der Mehrheit zu bemächtigen. Wir knobelten lange an diesem Problem, bevor wir allmählich zu der einfachen Lösung kamen, einen Verein aus Strohmännern zu gründen. Im gleichen Jahr, in dem wir den Sieg in der dritten Division nach Hause holten, wurde ein Ball- und Curling-Club gegründet mit Björk als Vorsitzendem und einer angemessenen Anzahl unbedeutender, in das Mitgliederverzeichnis eingetragener Individuen. Der Plan wurde mit äußerster Sorgfalt verwirklicht, und bei der Gründungsversammlung widmete ich eine ganze Stunde dem Vorlesen aus ausführlichen Instruktionsbüchern über Curling, alles zu Björks Erbauung und für den Typen, den wir in das *Komitee für sportliche Zusammenarbeit* bringen wollten. (Was nicht verhinderte, daß er nach seiner Einführung dort immer wieder sowohl Curry- als auch Curare-Club sagte.) Jedenfalls erreichten wir durch diese Manöver die Mehrheit im *Komitee für sportliche Zusammenarbeit* in dem Augenblick, in dem wir sie am meisten brauchten. Es ging so schnell, daß der «Graf» mit seinen Gegenmaßnahmen nicht zum Zuge kam, bevor es zu spät war – und im übrigen waren wir in der Stadt der zweite Club in der zweiten Division, und niemand konnte uns mehr schief ansehen. Als wir die Position erreicht hatten, daß wir in allen Instanzen unseren Einfluß geltend machen konnten, dauerte es nur wenige Tage bis der Boss, zurückgelehnt in einen modernen Stahlrohrsessel mit kunststoffbezogenem Sitz saß und sich selbstzufrieden mit der Bunkeratmosphäre tief unter der Betontribüne der Sportburg bekannt machte. Während die früheren Mieter mit saurer Miene ihre Sachen zum westlichen Sportplatz hinüberschafften.

Wir waren ins Stadion umgezogen.

«Es wird euch gutgehen, draußen auf dem Westlichen», sagte der Boss väterlich, als der Schriftführer des abziehenden Vereins die Schlüssel übergab. «Das ist ein prima Platz, ruhig und ungestört. Da kommen sogar sonntags kaum Leute hin.»

Er stand auf und ging aus dem kahlen Vorstandszimmer hinaus in den Korridor. Stand breitbeinig mitten im Gang und sah die letzte Umzugskiste die Treppe hinauf verschwinden. Unsere eigenen Trainingstaschen standen schon aufgestapelt an den Wänden. Ich sah den Boss an und dachte daran, daß er hier zwischen diesen Zementwänden seine Erklärungen vor den Journalisten abgeben würde, und daran, wie oft er auf den aufsteigenden Gang zu den Spielen hinaustreten würde, einige Meter hinter den Spielern, mit steifem Körper und der Aktentasche unter dem Arm und an der Spitze seines ganzen hin- und herlaufenden Stabes von Trainern und Masseuren und Beratern und Balljungen. Durch das Dunkel des Korridors und hinaus unter die Wölbung, unter der das große Feiertagsgeschrei stattfand. Es fiel schwer, meine eigene Gestalt in das Bild einzupassen, und durch eine fade Süße hindurch empfand ich einen sauren und verrotteten Beigeschmack. Und zum erstenmal verstand ich vielleicht Artisto, den ich einmal vor langer Zeit gekannt hatte und der immer das Interesse verlor, wenn er sogar am Torwart vorbeigedribbelt war und nur noch das offene Tor vor sich hatte, und ich begriff wie, aber nicht weshalb, und vielleicht war das der äußerste Schrecken, der Schrecken vor dem Mißlingen beim Allereinfachsten, dem lachhaft Einfachen, dem, das für alle anderen ein Kinderspiel zu sein schien.

Aber der Boss zeigte keinen Hang zu Zweifeln am Schattenrand seines Triumphbogens; er schritt nur mit noch größerem Ernst und noch größerer Gewichtigkeit daher, und es war eigentlich verblüffend, wie schnell sowohl er als auch die gesamte Gruppe in den Rahmen des Großvereins hineinwuchsen.

Wir verloren das Auftaktspiel der Serie, auf fremdem Platz, gewannen aber am Sonntag darauf, und schon da waren fünftausend Menschen im Stadion. Früher hatten wir nicht einmal ein halb so großes Publikum gehabt, aber der Boss schien dennoch nicht zufrieden, als er die Kasse zählte, und in dem Augenblick glaubte ich zu verstehen, daß er an das kommende Entscheidungsspiel dachte. Aber das mußte falsch gewesen sein, denn wenn man es recht bedenkt, kann ich mich nicht an eine spätere Gelegenheit erinnern, bei der er froh oder zufrieden wirkte. Auch wenn er in anderer Hinsicht ein wenig von seiner finsteren Würde abließ.

Das Entscheidungsspiel war natürlich die Auseinandersetzung mit dem «Grafen», wofür wir jahrelang gearbeitet hatten und die er genauso jahrelang zu vermeiden versucht hatte. Es war eine ungewisse Sache, wie alle Spiele in den höheren Serien, wo alle Mannschaften große Möglichkeiten haben, und es bekam in der Presse ein gutes Build-up, denn es war das erste Mal seit zwanzig Jahren, daß man ernsthaft darüber diskutieren konnte, wer wohl die beste Mannschaft des Bezirkes sei.

Obwohl es an diesem Tag nieselte, kamen fünfzehntausend Menschen ins Stadion, was ungefähr alles war an Leuten, von denen man sich vorstellen kann, daß sie sich Fußball ansehen, und als wir durch den Gang unter der Haupttribüne hinausgingen, hörte man schon den Widerhall des ersten Geschreis unter dem Betongewölbe. Wir von der Führung waren nervös, aber die Spieler nahmen es wie gewöhnlich, ruhig und berufsmäßig, und es wurde nicht viel aus der großen Dramatik, die die Zeitungen angekündigt hatten. Weil unsere Jungs besser waren, jedenfalls an dem Sonntag, und sie gewannen mit sicherem 3:1. Das Spiel war nur in den ersten zehn Minuten spannend, aber das Publikum war dennoch zufrieden, denn es hatte nach langem und treuem Warten endlich einen neuen

Favoriten bekommen. Als es zu Ende war und die träge, abreagierte Masse durch die Ausgänge auf dem Weg zum Sonntagsbraten hinausgequetscht wurde, stellten sich die Clubleiter vor den Fotografen auf und schüttelten einander die Hände, und der «Graf» lächelte richtig herzlich, und der Boss betrachtete ihn mit verhängnisvollem Ernst. Ich ging in den Umkleideraum und gab Sven-Erik einen Klaps auf den Rücken, teils, weil es ihm gelungen war, ein Tor zu schießen, aber vor allem, weil er alle denkbare Ermunterung nötig hatte. Denn seit langem lebte er nur für sein Fußballspiel, das war es, was ihn über Wasser hielt, und ich wagte nicht daran zu denken, was er sonst gemacht hätte, gefangen wie er war in einem katastrophalen Würgegriff.

Als ich hinauskam, drängten sich die Zeitungsleute um den Boss und wollten wissen, wie er das Spiel fand, und er sagte mit tödlichem Ernst:

«Ich hatte noch keine Zeit, das Ergebnis zu analysieren.»

Am nächsten Tag gab fast jede Zeitung diese merkwürdige Äußerung wieder, aber keine wies darauf hin, daß es genau das war, was die Politiker im Radio zu sagen pflegten, wenn ihre Partei ein Drittel ihrer Wähler verloren hatte.

Vielleicht wäre mir diese Assoziation auch nicht gekommen, wenn der Boss nicht gesagt hätte:

«Man sollte in der Stadtverordnetenversammlung sitzen.»

Er sagte das eine halbe Stunde später, als wir auf dem Weg zu mir nach Hause waren. Man war übereingekommen, daß wir nach dem Spiel ein bißchen feiern sollten, falls alles klappte, und Björk und noch ein paar sollten nachkommen.

«Was hast du gesagt», sagte ich und bremste, weil ein Verkehrspolizist das Stopzeichen gab.

«Ich sagte, man sollte in der Stadtverordnetenversammlung sitzen.»

Sagte er und spuckte gleichgültig aus dem Seitenfenster.

«Das wäre nützlich», sagte er.

«Wirst du Rechter oder Kommunist», sagte ich und mühte mich mit der Schaltung ab.

«Das wäre egal», sagte er. «Mach nicht das Club-Auto kaputt.»

«Ich bin gefragt worden», sagte er, «sozusagen. Werde darüber nachdenken.»

Ich fing erst viel später an, über diese Andeutung zu grübeln, vor allem, weil Gedankeninfektionen in meinem speziellen Bewußtsein eine beträchtliche Inkubationszeit brauchen, ehe sie zu Nachdenken, Reflexion und Entschluß anschwellen, und wir sprachen nicht mehr darüber.

Statt dessen widmete ich mich der Beschaffung von Getränken, derweil der Boss in einem Sessel saß und zerstreut dem Telefon zuhörte, das ununterbrochen klingelte, bis ich den Stecker herauszog. Es ist eigenartig, wie viele unbekannte Freunde und Sympathisanten sich in Erinnerung bringen, auch nach verhältnismäßig unbedeutenden Erfolgen. Ich ging zur Küchenarbeit über und bohrte Löcher in Saftdosen und klopfte Eisstücke aus dem Würfelbehälter, als ich ein eigenartiges Geräusch drinnen in der Wohnung hörte.

Ich legte die Küchengeräte aus der Hand und lauschte, und es fing an wie ein langsames, knochentrockenes Knattern und stieg zu einem schneidenden, verlorenen Meckern an. Und ich ging zur Tür hinüber und sah den Boss sitzen, die langen Beine ausgestreckt und den Kopf hintenüber geworfen und mit offenem Mund. Und er lachte das große Lachen, in dem freudlosen Triumph seiner Einsamkeit, wie ein verrückter Ziegenbock, und sein Gesicht war nach oben gewandt und angespannt und nackt.

Ich ging in das Zimmer hinein, und er verstummte und sah mich an und machte eine steife, abgehackte Gebärde mit der Hand, als ob er die ganze Welt in Wurstscheiben zerschnitt und sagte stoßweise:

«Junge ... wir haben es geschafft ... wir haben sie alle erledigt ... Die haben über uns gelacht ... früher ... damals ... und wir haben sie erledigt. Jetzt ... jetzt, verdammt ... jetzt lachen wir.»

«Das hör ich», sagte ich, und es klingelte an der Tür und ich ging hin, um Björk und die anderen einzulassen.

Sie hatten wohl auf dem Weg schon einige Tropfen zu sich genommen und wurden auf einer Woge guter Stimmung in die Wohnung getragen, Björk und der neu engagierte ostdeutsche Trainer aus Karl-Marx-Stadt, und ein einflußreicher Eisenwarenhändler, der gerade Vorsitzender im Sponsorenverein geworden war, und noch einige andere. Sie scharten sich um den Boss und klopften ihm auf den Rücken, und weil nicht alle gleichzeitig seine Hand drücken konnten, gaben sie mir und einander die Hand. Der Boss schielte sie von der Seite gleichgültig und ein bißchen verächtlich an und murmelte:

«Ja, ja, Jungs, ist gut, ist gut.»

Björk kam mit hinaus in die Küche und half mit bei den Flaschen, geschäftig wie üblich.

«Junge, Junge», sagte er enthusiastisch, «was für'n Tag.»

Wir trugen die Tabletts in das Zimmer, und Björk goß die Getränke ein, und alle fingen an, Drinks zu mixen, außer dem Boss, der die Hand nach der Flasche ausstreckte und das Glas zur Hälfte mit Cognac füllte und erst dann ein bißchen Selterwasser dazugab. Ich sah ihn verwundert an, da er bei solchen Gelegenheiten mit starken Getränken sehr viel vorsichtiger zu sein pflegte. Der Eisenwarenhändler, der ein Mann mit gutem Benehmen war, unterhielt sich höflich mit mir.

«Was hast du für eine nette kleine Wohnung», sagte er und sah sich vergeblich nach etwaigen Wertsachen um, die meine Gewissenhaftigkeit und meinen ordentlichen Lebenswandel bestätigen konnten.

«So kultiviert und nett», sagte er, als seine Inventur ergebnislos zu bleiben schien. «Ich freu mich, daß du mich hierher eingeladen hast und daß ich auf diese Weise schon mit im Kameradenkreis sein darf...»

Es hörte sich ein bißchen vage an, also erhob er sich und fing an, eine Ansprache zu halten. Es wurde eine gespreizte und überschwengliche Rede. Der Boss betrachtete ihn mit finsterem Blick und nahm Riesenschlucke aus dem Glas, und da der Redner absolut nichts zu sagen hatte, aber weitersprach, ließen es allmählich alle sein, so auszusehen, als hörten sie zu, außer dem Mann aus Karl-Marx-Stadt, der nichts begriff. Man prostete sich heimlich fleißig zu.

Als der Eisenwarenhändler endlich mit der Phrasendrescherei fertig war und das erste «Hoch» auf den Club ausbrachte, beließ es der Boss dabei, sitzen zu bleiben und die Huldigungen entgegenzunehmen. Dann leerte er das Glas und griff automatisch nach der nächststehenden Flasche. Die übrige Gesellschaft wurde von dem Beispiel angesteckt, und die harten Getränke setzten dem Vorrat an Alkohol ordentlich zu. Die Hurrarufe schallten und die Redner lösten einander ab. Der Boss sagte kein Wort. Als Björk bei seiner dritten Rede war, stand der Trainer auf und fing an, lang und breit in unbegreiflichem Sächsisch zu sprechen. Beide erhoben die Stimme mehr und mehr, um gehört zu werden. Jemand kippte ein halbvolles Glas aus. Der Boss sackte in den Stuhl zurück und trank in tiefen Zügen und lange, als ob er die Umwelt nicht bemerkte. Die Redner riefen Hoch und Hurra, und alle durcheinander schüttelten einander die Hand und sackten zusammen.

Es wurde laut.

«Wir holen Huren.»

Das war Björk, der offensichtlich völlig die Besinnung verlor.

«Huren! Ja! Ja!»

Das war der Trainer, der endlich etwas hörte, was er sowohl schätzte, als auch verstand.

«Nackte Weiber! Junge nackte Weiber!»

Das war der Eisenwarenhändler, der mit fleischigem Mund sabberte und sich auf seine fetten Schenkel schlug. Er bebte vor Erregung und ließ seine Zigarre auf den Teppich fallen. Als er versuchte, sie aufzuheben, fiel er vom Stuhl und blieb liegen. Ich hob die Zigarre auf und legte sie in den Aschenbecher.

«Ruhe!» brüllte der Boss und haute mit der Faust auf den Tisch.

«Jetzt kommt die Ansprache», flüsterte Björk andächtig mitten in die plötzliche Stille hinein.

«Ruhe, hab ich gesagt», sagte der Boss und fing an, sich aus dem Stuhl hochzuarbeiten.

«Ich meinte doch nur», maulte Björk.

«Ruhe!»

Er änderte mit einemmal das Tempo und stand so ungestüm auf, daß Flaschen und Gläser wackelten, und wahrscheinlich wäre der ganze Tisch umgekippt, wenn ich nicht von der anderen Seite dagegengehalten hätte. Er setzte sein Glas schmetternd ab, so heftig, daß der Boden zersprang, und das, was noch vom Drink übrig war, sickerte aus dem Riß und floß auf den Tisch. Es sah lustig aus, denn man sah den Sprung nicht, nur, wie die Oberfläche der Flüssigkeit im Glas sank, wie der Sand in einem Stundenglas. Der Trick hätte sich im Kino ausgezeichnet als Trinkerhalluzination gemacht, und ich starrte fasziniert darauf, bis ich fühlte, daß das Getränk an meinem Bein herunterlief und den Hosenstoff durchnäßte. Ich stand auf und ging in die Küche, um einen Lappen zu holen, und spülte im Vorbeigehen kaltes Wasser über die Handgelenke, vor allem aus alter Gewohnheit, denn ich hatte nicht soviel getrunken wie die anderen, und außerdem ist es gar nicht leicht, betrunken zu werden, wenn man ununterbrochen daran denkt, wie widerlich das Saubermachen nachher sein wird.

So verpaßte ich den Anfang der Rede, die der Boss hielt, und als ich wiederkam, war er schon mitten im Schlußwort. Er stand auf dem Stuhl und reichte bis fast an die Decke, denn die Wohnung war eine von diesen modernen, wo man der Bequemlichkeit halber den Kücheneingang und auch den meisten anderen Luftraum weggelassen hat und den Essensgeruch direkt in das Treppenhaus ziehen läßt.

«Also, denkt an eins, Jungs», schrie er. «Ohne mich seid ihr nichts. Bloß ein paar verdammt schlaffe Typen, mit denen sich jeder den Arsch abwischen kann, oder Hintern, falls ihr findet, das hört sich feiner an. Da waren welche, die haben über mich gelacht, früher mal, und heute hab ich die erledigt! Und ich werde jeden einzelnen erledigen, der eine Lippe riskiert, auf die gleiche Art oder anders. Ich werde sie vernichten, die ganze Bande, und kein einziger soll sagen können, daß er über mich gelacht hat, oder über das, was meins ist. Am allerwenigsten über den Club. Also, ich sag euch eins: haltet zu mir! Haltet immer zu mir, worum es auch immer geht. Sonst mach ich euch auch kaputt, genauso leicht, wie ich den hier kaputtmache.»

Er hatte einen Bleistift aus der Brusttasche genommen, nur einen Stummel, sechs, sieben Zentimeter lang, und legte seine großen Daumen darauf, um ihn durchzubrechen. Aber es kann verflixt schwer sein, einen Bleistiftstummel zu zerbrechen, besonders, wenn er von schlechter Qualität und aus faserigem Holz ist, und er ging nicht gleich entzwei. Er strengte sich an, daß die Daumen weiß wurden, und dicke Adern schwollen an seinen Schläfen, und der Stift knackte. Aber er brach nicht.

«Kaputtmachen werd ich . . .» röchelte er heiser und erstickt und beugte den Nacken, und die Schultern wogten vor Anstrengung.

Aber es war ihm nicht möglich, all die Kraft auf den mickrigen kleinen Stift zu konzentrieren, und der hielt.

Die Jungs saßen totenstill. Sogar der Eisenwarenhändler saß auf seinem Hinterteil.

Der Boss keuchte und gab auf.

«Verdammte Scheiße», grölte er und fiel krachend vom Stuhl. «Alle, alle werd ich kaputtmachen, ich werd euch zermatschen allesamt.»

Er warf den Stift auf den Boden und trampelte darauf herum, aber er hatte Schuhe mit Gummiabsätzen an, und als er zurücktrat, sah der Stift immer noch ziemlich heil aus.

«Jeden einzelnen werd ich kaputtmachen. Die ganze verfluchte

Stadt werd ich kaputtmachen. Jeder, jeder, der sich mir entgegenstellt, jeder, der die Disziplin nicht einhält, jeden einzelnen werd ich kaputtmachen. Hier, so!»

Er schmiß sich auf die Knie und hämmerte in besinnungsloser Wut mit einer leeren Flasche auf dem Stift herum. Ich ging zu ihm hin und legte ihm eine Hand auf die Schulter, und er erstarrte und stierte auf den Stift, der ziemlich mitgenommen, aber noch lange nicht zerbrochen war. Er stellte die Halbliterflasche auf den Boden und stand langsam auf.

«Das war das», sagte er. «Ihr habt gehört, was ich gesagt habe, und jetzt habt ihr euer Besäufnis gekriegt, und nun könnt ihr gehen.»

Der Trainer hielt plötzlich die Hand vor den Mund und torkelte zur Küche. Er schaffte es nicht bis dahin und kotzte auf den Teppich. Da es keine Hintertreppe gab, führte ich ihn in die Diele und schob ihn den Haupteingang hinaus.

«Geht weg», sagte der Boss.

«Du weißt doch wohl, daß wir allesamt zu dir halten», sagte Björk flehend.

«Geht weg, allesamt!»

Die Gesellschaft brach auf. Björk und noch einer stützten den Vorsitzenden des Sponsorenvereins, der das bekannte Lied von dem «Mann auf dem Flure» angestimmt hatte. Ich steckte den Telefonkontakt wieder ein, um ein Taxi zu rufen, und hatte eine Telefonistinnenstimme im Ohr.

«Hier liegt ein Telegramm für Sie», sagte sie.

«Ach», sagte ich.

«Soll ich es vorlesen?»

«Ja, bitte», sagte ich.

Auf der Treppe sang der Eisenwarenhändler:

«... sie sagt, sie könnte stricken, er sagt, er möchte ... hihihihi ... tanzen ...»

Es rauschte, und die Telefonistin sagte, mit stählerner Berufsstimme:

«Reinhold starb heute morgen. Unterschrift *Britta Persson.»*

«Haben Sie verstanden», sagte sie nach einigen Sekunden.

«Ja», sagte ich.

«Hier liegen ungefähr dreißig Telegramme für den Fußball-Club», sagte sie.

«Aha», sagte ich.

Der Boss stand mitten im Zimmer, immer noch blutrot im Gesicht, auf den Stift starrend.

«Persson ist tot», sagte ich.

«Welcher Persson», sagte er geistesabwesend.

«Verdammt», sagte er und nahm eine zweidrittelvolle Ginflasche vom Tisch.

Er setzte sie an den Mund und trank alles aus. Dann ließ er die Flasche fallen und machte einen schwerfälligen Schritt vorwärts und fiel wie ein abgesägter Baum vornüber auf den Teppich. Der Stift lag auf dem Boden, von kleinen gelben Farbsplittern umgeben. Der Vorstand lärmte auf der Straße. Langsam wählte ich die Taxirufnummer.

29

Persson starb am gleichen Tag, an dem der Club das große Spiel im Stadion gewann. Das heißt, man glaubte, daß er an dem Tag gestorben war, genauso, wie man, technisch gesehen, ihn am Tag davor am Leben zu wissen glaubte. Die Mitteilung kam wie ein Schock, nicht, weil man behauptete er sei tot, sondern weil dadurch deutlich wurde, daß er doch nur wenige Stunden zuvor am Leben gewesen war. Er hatte geatmet und vielleicht sogar etwas gedacht. Vielleicht hatte ihm jemand ein bißchen aus der Zeitung vom Samstag vorgelesen, und vielleicht hatte er gewußt, um welche Uhrzeit das Spiel beginnen sollte. Niemand hatte daran gedacht, daß er lebte, und sogar Sven-Erik und ich hatten seit langem vergessen, daß wir seinen Tod erwarteten. Seine Frau war schon im zweiten Jahr aus der Stadt weggezogen und hatte sich in dem kleinen Ort mit dem Bahnhof unterhalb des Sanatoriums niedergelassen, und man brauchte nicht Visionär zu sein, um sich vorstellen zu können, wie ihr Dasein ausgesehen hatte. Schon damals ging es Persson so schlecht, daß er jeden Tag nicht mehr als ein kleines Stündchen aufstehen konnte, und allmählich ging es ihm viel schlechter. Es kamen nicht mehr die kleinen Briefchen von ihm mit verschrobenen, gutgemeinten Ratschlägen, und nach dem zweiten Jahr war er in aller Stille im Clubarchiv begraben worden. Nun sollte er auch leiblich begraben werden, und Björk bestellte den billigsten Kranz, den der Blumenhändler anzubieten hatte, und das war's dann. Viel später erfuhr ich, daß Perssons Frau den Boss angerufen und eine naive Anspielung auf den Fall Lundell gemacht hatte und einmal anfragen wollte, ob der Club nicht der Beerdigungsfeier ein bißchen besonderen Glanz geben wollte. Aber ich glaube kaum, daß sie erstaunt oder sogar besonders traurig wurde, als der Boss sie an Björk verwies. Er war jetzt derjenige, der die Scheißarbeiten erledigen durfte, und außerdem hatte er ein Talent dafür, auf anteilnehmende Weise die Achseln zu zucken. Ich selbst hatte natürlich alle die alten, üblichen Gewissensbisse, und es passiert immer noch, daß sie mich überkommen, meistens sehr spät nachts wenn ich das Licht ausgemacht habe und daliege und in die Dunkelheit hineinstarre, und meine Frau, die zweite, die, die immer die richtige ist, mir ins Genick schnauft. Dann formuliere ich die Briefe, die ich nie schrieb, und suche die Postkarten aus, die ich nie abgeschickt habe, und rieche den Duft der Blumen, die ich noch immer nicht auf sein Grab gelegt habe. Aber diese Art der Gewissensbisse ist genauso banal wie der Steuerbeamte, man erkennt sie genauso leicht wieder und läßt sie herein, mit dem gleichen, schwermütigen Lächeln, und man weiß, daß sie nie lange bleiben. Außerdem ist es an sich nur logisch, daß die Erinnerung an einen Mann, der selbst wie ein lebendiger Vorwurf gegen alles und alle herumlief, auf diese Weise hängen bleibt.

Der Boss lag gute sieben Stunden auf meinem Langflorteppich. Er wachte mitten in der Nacht auf, und da war ich unterwegs, um mich persönlichen Angelegenheiten zu widmen. Er hatte den schlimmsten Rausch ausgeschlafen und war in so guter Verfassung, daß er schnurstracks nach Hause ging und seine Frau in den bekannten Erschöpfungszustand versetzte, in dem alle Fragen beantwortet werden, sofort und wahrheitsgetreu und unter vollständiger Angabe der Einzelheiten. In der Nacht erfuhr er also, was Sonja einige Monate zuvor zugestoßen war, und vermutlich auch warum.

Kurz danach erfuhr auch ich, aus einer anderen Quelle, was geschehen war, und es bedurfte keiner größeren Mühe, sich den psychologischen Hintergrund auszumalen.

Der Boss war an einem Sonntag nach Stockholm abgehauen, und abends ging Sonja mit einer Freundin zum Volkspark, um einen Schnulzensänger zu hören, der damals gerade aus seiner unverdienten Popularität Kapital schlug. Die Freundin hatte, so schien es, einen Bekannten getroffen und war von der Bildfläche verschwunden, und als Sonja sich nach einem neuen Anstandswauwau umsah, fiel ihr Blick zufällig auf Sven-Erik, der in dem Gewimmel mit sich ausbeulender Innentasche und nicht ganz einwandfreien Absichten herumstrich. Sie tanzten einen Slowfox und er bot ihr seine Begleitung in die Stadt an – aus Höflichkeit und ohne suspekte Hoffnungen, sagte er später, und das war wohl wahr. Als er sie zur Haustür brachte, kam ein Hagelschauer, und er ging mit ihr nach oben, um einen Happen zu essen und Kaffee zu trinken; und weil es wegen des Regens keinen Sinn hatte, zum Volkspark zurückzufahren, und der Abend deshalb ohnehin im Eimer war, holte er die Geheimwaffe zur Rettung armseliger Samstagsfreuden hervor. Eine Flasche billigen Sherry, süß und verräterisch für den unerfahrenen Konsumenten. Ein wenig später entdeckte er, vermutlich zum erstenmal während der sechsjährigen Bekanntschaft, daß die Frau des Boss' zwar einige Jahre älter war als er, aber wohlgeformt und gut erhalten. Schon nach zwei Gläsern funkelte lüsterne Enttäuschung in ihren Augen, und er tat ungefähr das, was man in ähnlichen Situationen so tut. Zog seine Jacke aus und dämpfte die Beleuchtung und entlockte dem Radio sanfte Musik. Als die Flasche ausgetrunken war, tanzten sie und sie wurde heiß (sagte er), und er zog ihr die Bluse aus und den BH und ließ den Unterrock bis zur Taille fallen, und ihre Brüste waren viel fester, als er geglaubt hatte und die Brustwarzen elastisch zusammengezogen wie feuchtes Leder. In dem Augenblick scheint Sonja die Rolle der mißverstandenen Ehefrau mit großem Einfühlungsvermögen gespielt zu haben, und er schleppte sie zur Couch und fing an, ihr den Schlüpfer abzustreifen. Aber offenbar berührte er aus Versehen den Schalter des Abkühlungsgetriebes, und sie kniff die Schenkel und den Mund zusammen und gab ihm eine Ohrfeige und jagte ihn hinaus und warf die Jacke hinterher. Am nächsten Morgen packte sie den roten Koffer und floh. Nach Skurup. Er selbst ging, mißgelaunt über noch ein zerstörtes Wochenende, nach Hause zu unaufgeräumten Klamotten und schreienden Kindern, und legte sich hin. An der Seite des rattengrauen, gleichgültig pantoffelschlürfenden Wesens, das einmal seine Frau gewesen war und das schon lange aufgehört hatte, sich dafür zu interessieren, ob er nüchtern oder betrunken oder fröhlich oder bedrückt oder überhaupt nicht nach Hause kam.

Das war also die Wahrheit, eine nackte, kümmerliche und unbedeutende kleine Wahrheit, die man in dem Dunkel ihres Mißgeschicks hätte belassen müssen, und die sich zusammenkauerte, verschämt und voller Unbehagen, wenn sie ans Licht gezerrt wurde.

Man fühlt sich nicht besonders wohl, wenn es einem gelungen ist, solche Wahrheiten ausfindig zu machen. Man will den großen Verrat entdecken und findet ein klägliches Beispiel menschlicher Schwäche. Man stiehlt den Brief aus der Handtasche der Ehefrau und fängt an zu lesen, mit einem Zittern im Zwerchfell, und sieht plötzlich ein, daß man ihn sehr wohl selbst hätte schreiben können, wenn man auch so vergessen und unglücklich wäre. Man fährt mit den Armen in das schwarze Loch, um die Schlange mit den bloßen Händen zu zerreißen, und findet einen eben ausgeschlüpften kleinen Vogel, graurot und schrumpelig und vor Angst wie gelähmt. Man legt seine ganze Kraft in den Schlag, und die dunkle, aufreizende Erscheinung löst sich im Scherbenregen eines zerschlagenen Spiegelglases auf. Dann steht man da mit seiner Bosheit, die einen genarrt hat, machtlos und einsam.

Aber der Boss wirkte nicht besonders machtlos, als er am Sonntagmorgen anrief und sagte:

«Ich weiß alles.»

«Das ist nichts Neues», sagte ich.

«Sonja hat gestanden», sagte er.

«Was denn?»

«Alles.»

«Und wann wird das Urteil verkündigt?»

«Es gibt Dinge, über die macht man sich nicht lustig», sagte er zurechtweisend.

Mehr bekam ich an dem Tag nicht zu wissen, und als ich ein paar Stunden später versuchte, ihn zu erreichen, antwortete einer der Männer im Büro, daß er verreist sei und erst in zwei Tagen zurückkomme. Am Dienstagabend war Training und ich wechselte ein paar Worte mit Sven-Erik, und er war genau wie immer, und wir machten die Mannschaftsaufstellung, obwohl der Boss nicht dabei war, und ich kümmerte mich darum, daß die Zeitungen unterrichtet wurden.

Am folgenden Morgen jagte mich die Türklingel viel zu früh aus dem Bett, und ich schlug mir die Decke um und wankte in die Diele, und Sven-Erik stand vor der Tür, blinzelnd und blaß und aufgeregt, und ich sagte ihm, er solle hereinkommen, und er fummelte lange an den Knöpfen der Wildlederjacke herum. Ich nahm Kurs auf die Küche und setzte das Kaffeewasser auf, und er kam hinterher und schmiß die Morgenzeitung auf den Tisch und sagte:

«Was soll das hier heißen?»

Ich sank über der Sportseite zusammen und wischte die Traumkristalle aus den Augenwinkeln und versuchte, mich auf die Buchstaben zu konzentrieren, und er half dabei, indem er den Zeigefinger auf die Mannschaftsaufstellung für das nächste Spiel setzte. Ich las, und es war die Mannschaft für Sonntag, okay, und ich hatte den Text am Abend zuvor telefonisch durchgegeben. Aber Sven-Eriks Name fehlte und man hatte einen anderen statt dessen eingesetzt.

«Es wäre nicht mehr als recht, wenn man gewarnt würde, wenn man gefeuert werden soll», sagte er und klopfte mit den Knöcheln gegen die Tischkante.

Ich überlegte.

«Und wie ihr Allan als Rechtsaußen einsetzen könnt, geht über meinen Horizont. Er taugt ja kaum für die B-Mannschaft.»

Beinahe hätte ich gesagt, daß wir keinen Allan eingesetzt hatten und daß Sven-Erik ausgewählt worden und sein Name mit in der Aufstellung gewesen war, die ich am Abend vorher herausgegeben hatte, aber ich verzichtete darauf und schleppte mich zum Telefon und wählte die Nummer der Zeitung. Da es eine Morgenzeitung war, war natürlich so früh niemand in der Redaktion, und ich suchte statt dessen die Nummer heraus, unter der man «Das Blatt» zu Hause erreichen konnte, und seine Tochter war am Telefon, und es dauerte lange, bis seine versoffene Stimme fragte, was denn los sei.

«Hast du heute nacht eine Änderung für die Mannschaftsaufstellung entgegengenommen», sagte ich.

«Ja, natürlich», sagte er und hustete erbärmlich, «das ging prima, die mit reinzukriegen.»

«Woher kam die?»

«Woher», sagte er erstaunt. «Der Boss hat natürlich angerufen. So um elf herum, aus Krylbo, glaub ich.»

«Ach so», sagte ich, «entschuldige die Störung.»

«Ist Sven-Erik verletzt», sagte er, und es hörte sich an, als ob er ein Streichholz anzündete.

«Es scheint so», sagte ich ausweichend.

Sven-Erik saß noch immer über der Zeitung und rauchte. Er wirkte ein bißchen ruhiger, aber bedrückter, und bevor ich etwas sagen konnte, sagte er:

«Natürlich kann ich für einige Zeit in der B-Mannschaft spielen, aber du mußt zugeben, man wird stinksauer, wenn ihr nicht mal wagt, einem das ehrlich zu sagen.»

Ich goß das Wasser in den Kaffeefilter.

«Übrigens, du willst heiraten», sagte er. «Gratuliere, muß man wohl sagen ...»

«Danke.»

«Aber mach dich nicht lächerlich», sagte er. «Ich weiß ...»

Ich stellte zwei Tassen auf den Tisch und goß Kaffee ein und setzte mich ihm gegenüber.

«Du warst das also», sagte ich.

«Was denn?»

«Der was mit ... der was mit Sonja hatte.»

«Verflixt, wie wußtest du das», sagte er äußerst mißtrauisch und verkrampfte sich.

«Ich wußte das nicht.»

«Weiß er?»

«Bestimmt», sagte ich.

Er entspannte sich wieder und sah genauso jämmerlich und bekümmert aus wie in der Nacht damals, als er aus Uhrmacher Sandbergs Lager stibitzt hatte.

Eine dreiviertel Stunde später verließen wir das Haus, er, um seiner Arbeit nachzugehen, und ich, um den Boss ausfindig zu machen, und da war auch ich eingeweiht in die kleine Heimlichkeit. Als wir uns trennten, bot er einen wenig ermunternden Anblick, und ich fühlte mich bemüßigt zu sagen:

«Reiß dich zusammen. Wir sehen uns heute abend beim taktischen Durchgang.»

Ich kriegte den Boss nicht zu fassen. Erst hieß es, er sei noch nicht zurückgekommen, und später dann, er sei zwar angekommen, aber keiner wisse, wo er sei. Ich hatte außerdem an eine Menge anderes zu denken, und als ich gegen sechs Uhr zum Stadion kam, war ich ziemlich am Ende. Die Korridore waren dunkel und menschenleer, aber im Vorstandszimmer brannte Licht, und da drinnen saß der Boss, ganz allein, die Brille auf der Nase, und klapperte einen ungewohnten Flohwalzer mit dem Zeigefinger auf der Schreibmaschine. Er sah nicht auf, als ich eintrat, sondern fuhr mit seinem langsamen, systematischen Hämmern fort und setzte den Schlußpunkt mit einem solchen Nachdruck, daß sich die Taste verklemmte. Er pulte sie mit den Fingern hoch und setzte die Walze frei und sortierte die Kohlepapiere aus und schob die fertiggeschriebenen Bögen in meine Richtung.

«Verbessere das, wenn es nötig ist», sagte er, und legte sorgfältig seine Brille in das Futteral.

Ich überflog, was er geschrieben hatte, setzte aufs Geratewohl einige Kommata, eigentlich völlig unnötig, denn genau wie manche andere schrieb er bedeutend besser Schwedisch, als er selbst glaubte.

Der Text war eine Mitteilung an die Presse und außerdem eine fette Neuigkeit für die Sportseite: Ein oft umschriebener norrländischer Rechtsaußen hatte die Unterlagen zum Vereinswechsel unterschrieben und würde zum Frühjahr für uns spielberechtigt sein.

«Was sollen wir mit einem Rechtsaußen», sagte ich, «wir haben doch Sven-Erik?»

Er gab mir einen langen Blick, nahm die Durchschläge und reichte sie Björk, der gerade ins Zimmer geschlüpft war.

«Sieh zu, daß die Zeitungen dieses hier heute abend kriegen», sagte er.

Björk las und sagte «oha oha» und «dolle Sache», und unterdessen kamen die Jungs nach und nach und grüßten durch die offene Tür. Der Boss gab mir die Akte mit den Papieren der Neuerwerbung, und ich fing an, sie genau durchzulesen, in der Erwartung, er werde seine nächste Karte spielen. Als ich aufsah, stand Sven-Erik auf der Schwelle.

«Hej», sagte er und sah unsicher vom einen zum anderen.

Ich sagte auch hej, und Björk nickte, und der Boss sagte nichts.

«Ich sehe, ich soll am Sonntag in der B-Mannschaft spielen», sagte Sven-Erik schließlich.

«Wo steht das denn geschrieben», sagte der Boss.

«Ich bin doch in der A-Mannschaft nicht aufgestellt.»

«Nee», sagte der Boss und sah in seine Papiere, «bist du nicht.»

Sven-Erik trat von einem Fuß auf den anderen. Dann sagte er: «Na ja, dann hau ich wohl nach drinnen ab.»

«Du wirst beim Durchgang nicht gebraucht», sagte der Boss

schroff. «Du spielst am Sonntag nicht, und auch an keinem anderen Sonntag. Nicht in der A-Mannschaft und nicht in der Reservemannschaft.»

«Was meinst du», sagte Sven-Erik schwach.

Er wirkte völlig verwirrt.

«Ich meine genau das, was ich sage. Ich hab dich satt.»

«Leck mich», sagte Sven-Erik hitzköpfig. «Ich bettele bei euch um nichts. Ich bin auch noch bei vielen anderen willkommen.»

«Du wirst auch nicht woanders spielen», sagte der Boss ruhig und legte beide Handflächen gegen den Tisch. «Du hast aufgehört mit Fußball.»

«Keiner kann mich hindern», schrie Sven-Erik, aber jetzt war ein kleiner Zweifel in seiner Stimme.

«Falls du nicht im Långholmen-Gefängnis spielen willst, natürlich.»

Die letzte Erwiderung saß, und Sven-Erik wurde noch blasser und sein Blick irrte hin und her, und es sah aus, als würde er in das Zimmer stürzen, aber er besann sich und ging rückwärts in den Gang hinaus.

«Immer mit der Ruhe», sagte ich. «Wir reden noch in aller Ruhe über diese Sache.»

«Das hier ist in aller Ruhe», sagte der Boss. «Seit drei Monaten war ich nicht mehr so ruhig.»

«Wenn ich euch scheißegal bin, dann seid ihr mir auch scheißegal», sagte Sven-Erik patzig und kindisch vom Korridor her.

«Tür zu», sagte der Boss.

«Warte mal», sagte ich und ging hinaus.

Björk machte hinter mir zu.

Sven-Erik stand noch da draußen, unschlüssig vor- und zurücktretend.

«Ich werd versuchen, das hinzubiegen», sagte ich.

«Schert euch zum Teufel, du und der da, der nicht mal auf seine Alte aufpassen kann.»

Er warf mir das Handtuch zu und begann, langsam zum Ausgang zu gehen.

Ich ging wieder hinein. Der Boss saß am Tisch, genau wie vorher. Björk machte ein nachdenkliches Gesicht.

«Jetzt hast du ihm gesagt, daß du mich rumkriegen willst», sagte der Boss. «Aber diesmal nicht. Ich will ihn nicht mehr sehen.»

«Dazu gehören zwei», sagte ich.

«Auf jeden Fall warten wir bis morgen», sagte er. «Ich bin verdammt müde, und wir müssen beim Durchgang dabeisein.»

Er seufzte und stand auf.

«Was sagst du denn dazu», sagte er beinahe vergnügt und boxte Björk an die Schulter.

«Tjaa», sagte Björk.

«Dacht ich mir doch», sagte der Boss.

Wir hatten ziemlich viel zu tun und waren immer noch da, als alle Spieler gegangen waren und nur noch der Zeugwart zwischen seinen Klamotten rumschnüffelte. Die ganze Zeit über wurde Sven-Eriks Name nicht erwähnt, und im Innersten war ich doch dankbar für den Aufschub, und war trotz allem überzeugt davon, daß der Boss Vernunft annehmen würde, wenn ihm nur erst mal ein bißchen Zeit gelassen würde. Wir verließen die Räume gemeinsam, aber als wir an den Stadionzaun kamen, kehrte der Boss um, weil er seine Aktentasche holen wollte, und Björk und ich gingen hinüber und setzten uns ins Auto, das auf der anderen Esplanadenseite geparkt war, ungefähr sechzig Meter von den Eingangstoren entfernt. Es war ein dunstiger, feuchter Abend, weich und dunkel und mit Regenpfützen auf der Erde, und nur der Platz vor dem eigentlichen Eingang war hell erleuchtet. Wir rückten uns zurecht auf dem Rücksitz, und ich sah den Boss durch das Tor kommen, heraus in das Licht, in dunklem Mantel und mit der Aktentasche in der Armbeuge. Dann zündete ich mir eine Zigarette an und sah überhaupt nichts, außer dem Blendlicht, hörte aber Björk nach Luft schnappen und sagen:

«Guck mal!»

Und da waren zwei Menschen im Lichtkreis, und eine hochgewachsene Gestalt löste sich aus dem Schattendunst, und das war Sven-Erik, und er raste auf den Boss zu, geduckt, mit langen, katzenschnellen Sprüngen, und ich sah, wie er den Arm zu einem Schlag oder Stoß hob. Wir behinderten uns gegenseitig, als wir aus dem Auto stürzen wollten, und ich sah ihn mehrmals schlagen, ganz schnell, und daß der Boss den Hut verlor und daß Sven-Erik noch einmal schlug und daß der Boss schwankte und die Aktentasche zu Boden fiel. Und während wir liefen, konnte ich sehen, daß der Boss Sven-Eriks rechtes Handgelenk packen konnte und ihn in die Knie zwang und daß Sven-Erik versuchte, mit links einen

Schwinger anzubringen, statt abzuwehren, und daß etwas glänzte, vielleicht, und daß der Boss zweimal zuschlug, kurze, kräftige Schläge, mitten ins Gesicht, und daß Sven-Eriks Kopf nach unten fiel und die Schultern schief hingen. Und gerade als wir ankamen, ließ der Boss los und machte einen halben Schritt zurück, und die schlappe Figur kippte vornüber und blieb im Dreck liegen.

«Das ging aber fix», sagte Björk, und ich begriff, was er meinte.

Und er meinte damit, daß Sven-Erik genauso groß war wie der Boss und dreizehn Jahre jünger und verdammt viel schneller. Ich dachte auch daran, und hatte schon daran gedacht, während ich lief, und man hat immer den neugierigen kleinen Mann in sich, der wettet, sogar, wenn die Wogen schäumen und über die Reling brechen und der Mast zerschlagen wird und der Motor stehenbleibt. Man hörte eilige Schritte, und der Boss setzte den Fuß auf das Messer, und ein Polizist kam quer über den Kiesplatz, mit baumelndem Säbel und sagte, was alle Polizisten auf der ganzen Welt immer sagen:

«Was geht hier vor?»

Dann erkannte er uns und kratzte sich am Kinn, und Björk sagte:

«Nur ein kleiner Streit. Dieser Typ da hat sich über den Boss hergemacht.»

«Das hätte er wohl besser gelassen», sagte der Polyp und stupste Sven-Erik mit dem Fuß an. «Soll ich ihn mitnehmen?»

«Nee, verflixt», sagte ich. «Dem ist nichts passiert.»

«Der riecht nach Alkohol», sagte der Polizist.

«Wir nehmen ihn im Auto mit», sagte ich.

«Jaha, ja ja», sagte der Polyp und lachte etwas unsicher.

«Gute Nacht, denn», sagte er.

«Hast du neulich deine Bilder gekriegt», fragte der Boss.

«Ja», sagte der Polyp, «schönen Dank auch.»

«Guck mal vorbei in der Kanzlei, wenn du Lust hast», sagte der Boss.

Der Polizist grüßte und wanderte in den Nebel hinein.

Es war nichts Gefährliches mit Sven-Erik. Wir fuhren ihn zur Nachtpoliklinik, und ein uninteressierter junger Mann in weißem Kittel klebte einige Pflaster auf, besonders auf die Nase. Dann fuhren wir ihn nach Hause, und er saß da und war die ganze Zeit über bockig. Die Nase sah etwas merkwürdig aus, aber nicht viel anders als vorher. Als wir vor dem Haus hielten, in dem er wohnte, sagte er kein Wort, stieg nur aus und ging schwankend über den Gehweg, ohne sich umzusehen. Und nun war der Boss wohl schon eingeschlafen, denn er war schon auf dem Weg zum Krankenhaus ausgestiegen.

Wir warten bis morgen, hatte er gesagt, in Wirklichkeit dauerte es aber mehrere Tage, ehe wir die Sache besprachen. Ich stieß nach dem Spiel am Sonntag auf Sven-Erik, und danach am Dienstag vormittag, und beide Male war er betrunken. Besonders am Dienstag, wo er offensichtlich die Arbeit schwänzte und auffallend wacklig auf den Beinen war und an meinem Jackenaufschlag zerrte und sagte, ich sei ein elendes Miststück, und daß ich vor Persson und Lundell gekatzbuckelt hätte und das vor allen Menschen bis in alle Ewigkeit so tun würde, und daß er es bereue, daß er das Messer nicht in der rechten Hand gehalten und nicht gleich versucht habe, zuzustoßen.

«Ich habe für den Club gearbeitet», sagte ich.

«Du kannst mich mal», sagte er. «Borg mir fünfzehn Kronen.»

Ich gab ihm einen Zehn-Kronen-Schein, mit dem Gefühl, ich hätte ihn auch genausogut in den Abfall werfen können, aber die Situation war irritierend, und irgendwie mußte ich mich von ihm befreien. Abends sprach ich mit dem Boss. Wir standen vor dem Funktionärsausgang, fast genau an der gleichen Stelle, an der ich zum allerersten Mal vom Club gehört hatte, und wir lehnten uns gegen das Drahtgitter, das seit langem den gelben Holzzaun ersetzte. Der Boss rauchte Pfeife, ein sicheres Zeichen dafür, daß er sich ruhig und gesammelt fühlte, und dafür, daß alles seinen gewohnten Gang ging.

«Ist die Dezember-Tournee soweit in Ordnung», sagte er.

Die Dezember-Tournee war klar, wir sollten drei Spiele in Frankreich zwischen Weihnachten und Neujahr machen, und er wußte das genausogut wie ich.

«Was wirst du mit Sven-Erik machen?»

Er antwortete nicht sofort, sondern klopfte seine Pfeife sorgfältig an der Absatzkante aus.

«Ach so, du denkst immer noch darüber nach», sagte er.

«Wir können ihn nicht ohne weiteres wegjagen. Jetzt säuft er und arbeitet nicht. Fußball ist das einzige, was er hat.»

«Ich weiß. Aber er hat das Vertrauen lange genug ausgenutzt. Er ist am Ende, übrigens in jeder Beziehung.»

«Er kann immer noch in der B-Mannschaft spielen.»

«Nee, ich will ihn nicht mehr länger haben.»

«Mensch, was denn? Er hat an Sonja rumgefummelt und du hast ihn verdroschen. Jetzt seid ihr quitt.»

«Aha, du wußtest es doch.»

«Du wußtest es zuerst.»

Er fing an, die Pfeife wieder zu stopfen, nachdenklich.

«Er fummelte ziemlich gründlich.»

«Er hat die Brüste angefaßt, das hab ich vielleicht auch mal getan. So was passiert.»

«Hast du ihr den Büstenhalter ausgezogen? In meiner Wohnung?»

Er lachte freudlos und zündete die Pfeife an.

«Nee, weißt du, darum geht es nicht. Ich hab ihn beobachtet. Er säuft und vernachlässigt seine Aufgaben, und das hat er seit langem getan. Er ist nicht mal mehr gut, und er hat kein Rückgrat. Ich hab seine Sauereien satt.»

«Das hast du damals nicht gesagt.»

«Damals war er fünf Jahre jünger, und wir brauchten ihn.»

«Und jetzt braucht er uns.»

«Ich arbeite für den Club. Und der Club ist kein Wohltätigkeitsverein. Wenn wir es so machen, wie du es haben möchtest, können wir ja auch gleich eine Alkoholikeranstalt aufmachen oder in die Heilsarmee gehen. Wenn er das nächste Mal erwischt wird, können wir ihn vielleicht nicht decken, und dann gibt es einen Skandal.»

«Das Risiko sind wir schon früher eingegangen.»

«Aber jetzt werden wir das nicht tun. Jetzt haben wir die Chance, alles anständig zu erledigen.»

«Du meinst, wir könnten es uns leisten, anständig zu sein?»

«Wenn du das so ausdrücken willst.»

«Ich meine, wir müssen ihm eine Chance geben.»

Er klopfte die Pfeife wieder aus und steckte sie in die Brusttasche.

«In vierzehn Tagen haben wir Jahreshauptversammlung», sagte er mit einer gewissen Schärfe, «und es darf keine Uneinigkeit im Vorstand geben. Wir müssen uns untereinander über diese Sache einigen, und ich kann dir schon jetzt sagen, ich ändere meine Meinung nicht.»

«Ich auch nicht», sagte ich.

Zwei Tage später entschieden wir den Fall. Der Boss rief an, ziemlich spät, und sagte:

«Hast du deine Meinung geändert?»

«Nee», sagte ich.

«Wirst du im Vorstand gegen mich stimmen?»

«Ja», sagte ich.

«Willst du den Zusammenhalt aufs Spiel setzen, um einen verdammten Saufbold zu verteidigen, der schon rumläuft und Mist über uns redet und um Fünfundzwanzig-Öre-Münzen vor den Bierkneipen bettelt?»

«Ja», sagte ich.

Das war, wie schon erwähnt, unsere letzte eigentliche Besprechung in dieser Angelegenheit. Als ich an diesem Abend ins Bett ging, dachte ich, daß Sven-Erik schon vor dem Ruin stand und daß es vielleicht zu spät war, ihn zu retten. Vielleicht war es schon zu spät gewesen, als ich ihn das erste Mal sah. Und im übrigen kann ein Mensch jemals einen anderen retten?

Danach gab es nur noch die Frage, ob es Sven-Erik war, der den Sport blamierte, oder umgekehrt.

30

In regelmäßigen Abständen, besonders dann, wenn Weltmeisterschaften oder Olympische Spiele gewesen sind und viel Aufhebens in Radio und Fernsehen gemacht worden ist, pflegen alle möglichen Menschen, von Persönlichkeiten des öffentlichen Lebens bis hin zu zierlichen alten Damen, den Sport zu entdecken – und die Politiker benutzen ihn oft dann, wenn sich die alten Argumente während der Wahldebatten abgenutzt haben. Was die Persönlichkeiten des öffentlichen Lebens anbelangt, so leben sie von Zeit zu Zeit davon, voraussehend zu sein und gewisse Erscheinungen an der verschwommenen Peripherie zu erkennen und sie in ihren eigenen Lichtschein hineinzuheben. Das kann morgen sein oder in zehn Jahren, und manchmal sitzen sogar die Redakteure der Feuilletons früh morgens und hängen über der Schreibmaschine, mit Kleister in den Augenwinkeln und bleiernem Geschmack im Mund, und denken, verflixt, was soll ich heute schreiben. Bei solchen Gelegenheiten entdecken sie, daß Hemingway ein sentimentaler Wiederkäuer ist und die schwedischen Schreiber der vierziger Jahre eine Bande Schmutzfinken, die deshalb Schriftsteller geworden waren, weil sie gern das Wort Pimmel gedruckt sehen wollten, und manchmal sind sie beschränkt genug, diese innersten Gedanken aufzuschreiben, aber meistens schreiben sie überhaupt nichts, sondern kaufen statt dessen einen Artikel von irgendeinem halbverhungerten freiberuflich Tätigen, nachdem sie sich versichert haben, daß er nichts Außergewöhnliches entdeckt hat. Wenn sie aber den Sport entdecken, sitzen sie meistens, ohne Spleen und unbeeinflußt von der Fahlheit oder von Ballantine, vor dem Glotzkasten, auf dem sie sich ein Spiel zwischen Real Madrid und Botafogo oder so ansehen, und es durchschauert sie ein großzügiger Nazismus und sie denken, dies sei «Schönheit» und «Spannung» und «Reinheit» und «Kraft», und am nächsten Tag stellen erstaunte Leser, die nie bis zu den Sportseiten einer Zeitung vorgedrungen sind, fest, daß man ein Randgebiet der Kultur entdeckt hat, das «Fußball» heißt, und daß seine Siedler, sogenannte «Fußballspieler», «animalische Geschmeidigkeit» und «Intuition» und «Intelligenz» besitzen müssen. Einige Wochen später tut das Radio das seine und läßt einen Poeten mit einer nörgelig knarrenden Entgegnung zu Wort kommen, und der hat das Geschrei im Stadion miterlebt und einen Wärter gesehen, der eine Schubkarre voll leerer Flaschen durch das Eingangstor gekarrt hat, und findet das alles höchst bedauerlich.

Das Los des Sportes ist es, ständig von Leuten diskutiert und beurteilt zu werden, die nichts davon verstehen.

Aber das ist leicht so, wenn man sich in ein Problem vertieft und auf dessen äußerster Spitze landet. Wer oben auf der Pyramide sitzt, weiß genausowenig wie der, der an ihrem Fuß sitzt. Wer den ganzen Weg geklettert ist, weiß hoffentlich etwas mehr, aber er sagt selten etwas. Vielleicht hat er Pyramiden satt, vielleicht ist es nur das Übliche, er weiß mehr, aber er begreift weniger.

Es stimmt, das eine Spiel kann ganz anders sein als das andere, aber beide bekommen sie den gleichen lapidaren Nachruf, zwei Zahlen und einen Doppelpunkt. Und genauso sicher ist es auch, daß, wenn es nicht überall Leute gäbe wie den Boss und Persson und Lundell, und Vereine, wie den FC und Örhults SC, dann würde es auch keine Weltmeisterschaft und nicht einmal einen Real Madrid geben.

Manchmal denke ich an die fünfzehn Jahre des Clubs, die auch unsere Jahre waren, und ich fühle mich davon überzeugt, daß wir eine Menge erreichten. Wir retteten vermutlich viele davor, Autodiebstähle zu begehen, und vor anderen, saisonbedingten Formen der Asozialität, und wir bewahrten die wenigen, die wirklich gegen etwas verstießen, vor dem Gefängnis. Auch bewahrten wir einige davor, sich allzu früh und allzu eingehend mit der eigenen Anatomie, oder mit der anderer, zu beschäftigen, denn nach einigen Stunden hartem Schliff finden die meisten in dem Alter, daß Haferbrei gut schmeckt und daß ein eigenes Bett das allerbeste ist. Wir hinderten einige daran, Waffen zu tragen, weil wir sie dienstuntauglich machten durch verheilte Fußverletzungen, und mindestens einen daran, Abitur zu machen, und einen, ein normales Leben zu führen, weil er einen Tritt in den Unterleib bekam und die Testikel hoch oben in der Bauchhöhle saßen, als die Rotkreuzler die Bahre abschleppten. Aber wenn wir einige Spalten in der Statistik ausradieren und uns sicherheitshalber immer wieder an die alte Weisheit halten, daß es Unglücksfälle immerzu und überall gibt, dann bleibt die Tatsache, daß wir die Energie und die Zeit einiger Menschen aufsogen – eine Zeit und eine Energie, die man vielleicht besser oder schlechter hätte ausnutzen können, und auf jeden Fall anders. Zum Ausgleich gaben wir ihnen den Sport, und für den gibt es keine Formel.

Ich kam auf die letzte Minute zur Jahreshauptversammlung und hatte alles mögliche im Kopf, denn ich hatte kurz vorher meine Arbeit aufgegeben und wollte kurz danach heiraten. Ich dachte über Sven-Erik nach, aber nur ein bißchen, und ich ging schnell die Außentreppe hinauf und durch die weißgetünchte Vorhalle. Die Versammlung wurde im großen Festsaal des Bürgerhauses abgehalten, der vollbesetzt war, und ich hörte das Stimmengewirr hinter verschlossenen Schiebetüren. Als ich die Halle durchquerte, sah ich mich nicht um, und sah die Pförtner mit ihren blau-gelben Seidenstreifen nicht, und nicht einmal den Boss, bevor er mit gedämpfter Stimme sagte:

«Hej.»

Er stand in der Halle, an der Seite, am Säulengang, und ich überlegte, was er hier draußen täte, ganz allein. Aber er hatte offenbar auf mich gewartet, und ich ging zu ihm hin, und wir gaben uns die Hand.

«Hast du deine Meinung geändert, über Sven-Erik?»

«Nee», sagte ich, «du weißt, was ich gesagt habe. Ich gebe auf keinen Fall nach, nicht in diesem Punkt.»

Er stand einen Augenblick, ohne ein Wort zu sagen, und sah mich an.

«Du», sagte er, «das hier ist doch bloß so'n Kleinkram. Du mußt deine Meinung ändern.»

Ich sagte nichts.

«Der Wahlausschuß hat deine Wiederwahl nicht vorgesehen», sagte er.

«Aha», sagte ich, «wann hat der getagt?»

«Gestern.»

Er machte wieder eine Pause, dann sagte er: «Bei mir zu Hause.»

Er war wenigstens ehrlich, und ich machte ihm dieses kleine Kompliment. Danach mußte er ganz allein weiterreden:

«Das bin ich dir gegenüber immer gewesen.»

«Anständig, mein ich», sagte er.

«Du, wir sind seit langem Freunde – man kann das ändern.»

«Das mit dem Wahlausschuß, mein ich.»

Es war, als hätte ich ihm die ganze Zeit geantwortet, obwohl ich keinen Ton sagte.

«Wir können was Großes aus diesem Club machen.»

Ich lauschte dem Stimmengewirr und dachte, daß er schon groß war.

«Ich meine, was richtig Großes.»

Nach einem Weilchen sagte er:

«Du glaubst wohl, ich soll vor dir katzbuckeln?»

Oder ich vor dir vielleicht? Und Sven-Erik? Und wir waren lange Zeit Freunde, und jetzt schmeißt du mich aus dem Club. Entschuldigung, aus dem Vorstand.

Er steckte die Hand in die Jacke und holte ein Kuvert heraus mit der Adresse des Clubs. Er öffnete es zögernd und hielt den Bogen vorsichtig zwischen den Fingerspitzen.

«Das sieht besser aus», sagte er.

Ich nahm das Papier und las:

«Wegen zeitlicher Überlastung bitte ich um Entlassung aus allen Aufgaben im Club.»

«Ich hab es selbst geschrieben», sagte er und reichte mir den Füllfederhalter.

Also nicht Björk, dachte ich, während ich unterschrieb.

«Du wirst verabschiedet, falls du reinkommst», sagte er.

Ich schüttelte zerstreut den Kopf.

«Na, denn hej», sagte er unvermittelt.

«Hej», sagte ich.

Und ging.

Den roten Kokosläufer entlang, und als ich bis zum Ausgang gegangen war, drehte ich mich um. Er stand da, am entgegengesetzten Ende der Halle, und sah mir nach, und trotz des flotten Rahmens wirkte er ganz und gar nicht klein. Er war ein stattlicher Mann, mit gewölbtem Brustkorb; und in seinem dunkelblauen Anzug wurde er zu einem klobigen, heidnisch geschwärzten Götzenbild gegen all das Weiße. Er stand direkt unter der großen Gipsbüste von Hjalmar Branting, und seine Arme hingen an den Seiten gerade herunter, tatkräftig, ohne Schlaffheit. Als ich die eine Türhälfte aufdrückte, hob er die Hand zum Gruß. Ich machte eine vage Geste und trat auf die Treppe hinaus.

Es war nicht das letzte Mal, daß ich den Boss sah. Ganz und gar nicht. In Wirklichkeit traf ich ihn schon am nächsten Tag. Aber irgendwie war es doch das letzte Mal, genauso, wie es das erste Mal an dem Nachmittag im Café am westlichen Sportplatz gewesen war, als er hereingestapft kam und ein namenloser, tolpatschiger Mensch in Schirmmütze und Lederjacke gewesen war.

Zwei Sonntage später gab es ein Spiel im Stadion, und ich war unterwegs durch die Stadt und nicht allein. Ich fuhr aus alter Gewohnheit vorbei und draußen auf der Esplanade war ein Lavastrom von Autos und Menschen, und die berittenen Polizisten segelten wie Schiffe auf dem Hütemeer. Man hörte die Lautsprecher Schlager und die Aufstellungen der Mannschaften durch das große Stimmengewirr hervorkrächzen, und ein Polyp, der mich erkannte, winkte mich in einen Platz nahe dem Haupteingang ein, neben den dunkelblauen Mercedes des Boss'. Ich parkte und stieg aus und dachte, ich geh durch den Eingang für Funktionäre und gucke, nur zwei Minuten. Ich erkannte den Burschen nicht, der da stand, wußte aber, daß er wußte, wer ich war. Und er sagte:

«Hallo, Sie da, wo wollen Sie denn hin?»

Ich sah ihn an und er starrte zurück. Jetzt wußte ich, ich hatte ihn schon einmal gesehen, aber mehr nicht.

«Machen Sie mal Platz, ja», sagte ein fremder Zeitungsmensch und drängelte von hinten.

«Verflixte Gratisgucker», sagte ein Fotograf und machte von den Ellenbogen Gebrauch.

Ich stand da, und in der Brieftasche hatte ich mindestens drei verschiedene kleine Kärtchen, die mich durch diesen Eingang dort schleusen würden, aber mitten in dem gewohnten Griff zur Brusttasche erschlafften die Arme und fielen zurück.

Ich hielt die Klappe und ging weg.

Mit dem Gefühl, ich hätte es mein ganzes Leben lang so gemacht, mich umgedreht und weggegangen.

Meine Frau fuhr, und ich saß neben ihr, und ein Polizist machte eine Durchfahrt frei und wir brüllten uns durch das Gedränge hindurch. Nach kurzer Strecke sah ich mich um und blickte auf das Stadion, und ich sah nichts Besonderes oder Ungewöhnliches. Eine dicke, große Wolke stand über der Haupttribüne, aber sie glich keinem Tier. Sie sah nur groß und freundlich und nachsichtig aus. Ich wußte, auf lange Zeit würde ich dort nicht wieder hinkommen, vielleicht würde es Jahre dauern, aber ich wußte auch, daß es eine Zeit geben würde, da würde ich dort oft sitzen, mindestens jeden zweiten Sonntag. Aber jetzt war ich gerade frisch verheiratet und froh und hatte wenig Geld, und ich fühlte mich, als wäre ich am Heiligabend morgens aufgewacht und der erste Schnee wäre nachts gefallen, tief und sauber und wie Wolle. Und soweit ich wußte, konnten Januar, Februar, März und April schöne und erfreuliche Monate für den sein, der sie wirklich so haben wollte. Ich lehnte mich zurück und spürte, daß ich atmete, und sah sie an. Sah die weiche Kuhle am Schlüsselbein, wo man die Nase hineinlegen kann, und ich dachte an ein lustiges kleines Muttermal irgendwo. Sie zog die Haut über der Nasenwurzel kraus und hatte keine Zeit, mich anzusehen.

Wir fuhren auf das Land, vorbei am westlichen Sportplatz und vorbei an dem elenden Viertel, wo die Balten und die Polen einmal gewohnt hatten. Wir fuhren vorbei an Menschen, die alles mögliche vorhatten. Einige waren wohl auf dem Heimweg vom Hauptgottesdienst, und andere kämpften auf ihren Fahrrädern voran, mit abgeschlissenen kleinen Taschen auf dem Gepäckträger. Es war Altweibersommer und schönes Wetter. Es war Sonntag.

In einer einzigen schwedischen Provinz wurden an diesem Tag eintausendsiebenhundertsechsundvierzig Fußballspiele ausgetragen, vierhundertdrei Vereine waren beteiligt und zweihundertsiebzehntausend Personen sahen zu. Im ganzen Land gab es zweitausendneunhundertvierundsiebzig eingetragene Vereine, aber die Statistik gab ein ungenaues Bild, und die Männer in der Verbandskanzlei schätzten die tatsächliche Zahl auf sechs- bis siebentausend.